PRYFETA

DIOLCHIADAU

Hoffai'r awdur ddiolch i'r Academi Gymreig am yr ysgoloriaeth a'i galluogodd i roi cychwyn ar y nofel hon; i John Deeming a Brian Levey, pryfetwyr yn Amgueddfa Genedlaethol Cymru, am eu cymorth parod; i Amgueddfa Genedlaethol Cymru am ganiatâd i ddefnyddio'r llun gan Thomas Jones (heb y pryfed) ar y clawr ac ar dudalen 242; ac i Andrew Syred/Microscopix am y lluniau o'r pryfed yn y llun hwnnw. Atgynhyrchwyd y llun ar dudalen 118 trwy garedigrwydd www.museum.woolworths.co.uk.

Pryfeta

TONY BIANCHI

Argraffiad cyntaf: 2007

⊕ Hawlfraint Tony Bianchi a'r Lolfa Cyf., 2007

Dymuna'r cyhoeddwyr gydnabod cymorth ariannol
Cyngor Llyfrau Cymru.

Cynllun y clawr: Siôn Ilar

Rhif Llyfr Rhyngwladol: 978 086243 999 6

Cyhoeddwyd ac argraffwyd yng Nghymru
ar ran Llys Eisteddfod Genedlaethol Cymru
gan Y Lolfa Cyf., Talybont, Ceredigion SY24 5AP
gwefan www.ylolfa.com
e-bost ylolfa@ylolfa.com
ffôn 01970 832 304
ffacs 832 782

LLYFR 1

Y Pryfetwr

1 Darn o Gofiant

MAE JAMES YN cydio yn llaw ei fam.

'A fory byddi di'n chwech.'

Yn lle ymateb, mae James yn tynnu bysedd ei law rydd ar hyd y wal gerrig sy'n rhedeg wrth ochr y pafin.

'Paid ti neud dolur i dy hunan, bach… '

Mae'r bachgen yn archwilio'r llwch ar flaenau'i fysedd.

'Ac rwyt ti'n siŵr o gael presante bach neis 'fyd… .'

Wedi cerdded y ddau ganllath rhwng y tŷ a'r fynwent, mae James yn cael gollwng llaw ei fam a rhedeg ymlaen.

'Paid mynd ar goll nawr… '

Y tu ôl i'w walydd uchel, mae'r rhan yma o'r fynwent yn anweladwy o'r tu allan. Y tu mewn, mae'r beddfeini cam a threuliedig, yr angylion llychlyd, ac addurniadau eraill angau'r oes o'r blaen wedi hen ildio i'r iorwg a'r drain a'r mwswgl.

'Paid ti mynd yn rhy bell nawr, James… '

Un prif lwybr sy'n ymestyn o'r gât fawr haearn y mae James a'i fam newydd ddod trwyddi hyd at y tir agored ym mhen uchaf y fynwent, y tir a neilltuwyd ar gyfer meirwon y ddau ryfel byd. Rhed llwybr arall ar ei draws a lle maent yn cwrdd plannwyd gardd flodau, yn gylch lliwgar, â seddau o bob tu iddi.

Rhwng y prif lwybrau hyn fe geir, yn ogystal, wead cymhleth o fân lwybrau, rhai cannoedd ohonynt: llwybrau y byddai galarwyr yn eu defnyddio ers llawer dydd i gynnal a chadw beddau eu hanwyliaid, i fynd â blodau atynt, i glirio'r dail yn yr hydref, i roi sglein ar y marmor. Ceid tramwy rheolaidd yma, mae'n rhaid, gan mor dynn y gwasgwyd y beddau at ei gilydd, gan mor niferus y claddedigaethau ym mhob un. Bellach, a'r coed wedi'u plethu'n ganopi trwchus, mae'n anodd dirnad i ble mae'r llwybrau hyn yn mynd, heblaw i ganol y tywyllwch.

Dyna'r atyniad i James. Ac er ei oed, mae'r mân lwybrau hyn, trwy'r mynych ymweliadau gyda'i fam, eisoes wedi creu mapiau yn y cof. Wedi rhedeg heibio'r ardd flodau a swmpo'r tap dŵr wrth fin y llwybr a thaflu golwg sydyn yn ôl tros ei ysgwydd er mwyn sicrhau bod ei fam yn dilyn, llithra James trwy fwlch cul yn y berth.

'Paid mynd yn rhy glou, James, neu fydda i'n ffaelu cadw lan.'

Ond mae ei fam yn gwybod yn iawn i ble mae James yn mynd. Gwasga'i hun trwy'r bwlch, gan afael yng ngodre'i ffrog rhag iddi gael ei dal gan y brigau bach pigog. Ar unwaith, llenwir ei ffroenau ag aroglau pridd, hen ddail a garlleg gwyllt. Er na chafwyd glaw ers dyddiau, mae'r llwybr yn wlyb a llithrig dan gysgod y coed a rhaid iddi droedio'n ofalus er mwyn peidio â baglu dros wreiddyn neu gerbyn bedd. Gwêl ei mab yn cymryd cip arall dros ei ysgwydd cyn troi i'r dde. Dim ond ei wallt melyn sydd yn y golwg nawr, gan mor uchel y tyfiant. Bob hyn a hyn, aiff o'r golwg yn gyfan gwbl.

'Aros di lle rwyt ti, James bach, nes bo' fi'n dala lan… '

Ond mae James eisoes wedi cyrraedd pen ei daith. Pan ddaw ei fam ato mae'n sefyll ar flaenau'i draed ac yn byseddu un o'r cerrig petryal a osodwyd, yn rheseidi cymen, ar wal fewnol y fynwent. Gwena'i fam wrth sylwi mai dyma'r tro cyntaf iddo lwyddo i gyrraedd y garreg isaf. Mae James ychydig yn fyr am ei oedran.

'Ti'n tyfu'n grwtyn mawr, James.'

'What's it say, Mam?'

'Nac wyt ti'n cofio, bach?'

'Say the story again, Mam.'

Ac mae ei fam yn dweud yr hanes wrtho yn union fel y bydd hi'n gwneud bob tro y dôn nhw i'r fynwent ryw brynhawn heulog a hithau wedi cwpla'r gwaith tŷ neu'r siopa, neu wedi blino ar fod gartref neu, fel heddiw, yn teimlo'r awydd i gael clirio'i meddwl cyn i'w gŵr ddod adref.

'What were the ships called, Mam?'

Mae'r fam yn tanlinellu'r enw â'i bys.

'*Friendship* oedd un… '

Ac yna symud at y garreg nesaf.

' … a *Stanley* oedd y llall.'

'Which ones are the babies, Mam?'

Mae'r fam yn darllen rhai o'r arysgrifau – yr enwau, y dyddiadau geni – ond erbyn hyn mae ei meddwl ar bethau eraill.

'Alla i ddim 'u darllen nhw i gyd, cariad.'

'This one, Mam… this one.'

Cydia'r fam yn llaw ei mab.

'Der o'na nawr, James. Rhaid i ni fynd sha thre. Bydd dy dad yn ôl chwap.'

Te pen-blwydd. Mae'r deisen a'r jelis a'r brechdanau yn sefyll ar fainc y gegin, yn barod i gael eu cludo i'r ardd. Yno, ar ganol y lawnt, mae'r bwrdd bach pren eisoes wedi'i hulio a'r lliain gwyn a'r platiau a'r cyllyll a'r llwyau'n disgleirio dan haul llachar. Mae pum stôl wrth y bwrdd.

'Ble rwyt ti, James?'

Mae James yn eistedd yn y parlwr ffrynt, ar sêt y ffenest. Bob hyn a hyn – wrth glywed bws yn stopio, neu ddrws car yn cau – mae'n edrych allan i weld a oes rhywun yn dod. Yn ei gôl y mae'r lluniau a gafodd ddoe gan ei dad i'w rhoi yn ei *scrapbook*. Lluniau o longau, bob un, ar gardiau. Mae James yn ymarfer yr enwau y mae'n gallu eu cofio.

'A… pa… pa… Apapa.'

Ac yn rhoi'r garden naill ochr.

Apapa

'O… lym… pia… Olympia.'

'What's this say, Mam?'

'Well i ti siapo, James bach, bydd dy ffrindie 'ma yn y funed.'

'What's this say, Mam?'

Cymer ei fam y garden ac edrych ar y cefn.

'Y *Canberra*, bach… *SS Canberra*… Mae SS yn meddwl "steam ship"… Llong stêm… '

'Canberra… Can… be… rra… '

Cymer James y garden yn ôl.

'And this here?'

'Golden Grain Tea, cariad. Daeth y garden gyda paced o de...'

'And this?'

Mae James yn tynnu allan lun sydd dipyn yn fwy na'r lleill. Does dim rhaid iddi edrych ar y cefn.

'Dylet ti gofio honna...'

Edrycha James i fyny arni, gan ddisgwyl ateb llawnach.

'... a dy dad wedi hala'r ddou fis diwetha arni...'

Edrycha'r fam allan trwy'r ffenest.

'*Trebartha*, bach, *Trebartha*.'

A throi'r enw yn araf yn ei cheg... *Tre... bar... tha...* gan feddwl mor Gymreigaidd yw ei sŵn. Aiff James ati i roi trefn ar y lluniau. Ac am ychydig eiliadau maen nhw'n ymgolli yn eu meddyliau eu hunain. Pan ddaw'r waedd o'r gegin, mae'n ddigon i gipio gwynt y ddau.

'Mary! I'm away out to clear the gutter.'

Mae'r fam eisiau gweiddi'n ôl bod parti James yn dechrau mewn munud, bod y plant eraill ar fin cyrraedd, bod gweithio ar ben ysgol yn yr ardd yn mynd i ddarfu ar y cwbl. Ond yn ei meddwl yn unig mae hi'n gweiddi'r geiriau hyn. Mae hi'n hanner troi tuag at y drws.

'Take care...'

Ac yn yr eiliad honno, nid yw'r fam, sydd hefyd yn wraig, yn siŵr a ddylai hi ddilyn ei gŵr a chynnig help iddo yn yr ardd, ynte aros gyda'i mab a pharatoi ar gyfer y parti. Ac oherwydd ei phenbleth, mae geiriau nesaf James yn dod ati o bell.

'Ddim yn dod.'

Mae James yn gosod y lluniau'n bentwr taclus wrth ei

ochr a disgyn oddi ar sêt.

'Beth, bach…? Beth wedest ti?'

'Ffrindiau fi ddim yn dod.'

Mae'r fam yn troi'n ôl at ei mab.

'Pam ti'n gweud 'ny, bach?'

Am eiliad mae hi'n llwyddo i afael yn llaw ei mab cyn iddo dynnu'n rhydd a rhedeg am y drws. Gwaedda ei ateb heb droi'n ôl.

'Dad.'

Te yn yr ardd. Te pen-blwydd. Mae James, erbyn hyn, yn penlinio ar y llwybr sy'n ymestyn o gefn y tŷ hyd at y berth uchel. Y tu ôl iddo mae'r lawnt fach lle saif y bwrdd pren a'r stolion. O'i flaen rhed border cul ar hyd ochr y llwybr, gyda'r clystyrau swbwrbaidd arferol o ffiwsia a mynawyd y bugail a ladis gwynion ac ar y pen, yn ymyl y berth, y shibwns mae mam James yn eu tyfu ar gyfer eu rhoi mewn salads a brechdanau. Petai'n troi a chodi ei lygaid yr eiliad hon, byddai'r bachgen yn gweld ei dad yn cyrraedd gris uchaf yr ysgol a thynnu cwdyn plastig o'i boced. Ond mae ei lygaid wedi'u hoelio ar rywbeth arall.

Plyga James yn is, nes bod ei wyneb o fewn chwe modfedd i'r ddaear. Yn ei law dde, rhwng bys a bawd, mae'n dal brigyn bach. Gyda chryn fedrusrwydd, defnyddia hwn i droi chwilen ddu ar ei chefn. Wedi gwneud hynny, erys i weld a all y creadur unioni ei hun, gan ryfeddu at y coesau bach yn gwingo yn yr awyr. Ar ôl gwegian ychydig, mae'r chwilen yn adennill ei throedle; ond cyn iddi ddianc i loches y gwlydd, mae James yn defnyddio'i law chwith i'w chorlannu unwaith yn rhagor. A dyma ailgychwyn ar yr un ddefod, gan droi'r chwilen ar ei chefn a gwylio'i straffaglu gwyllt. O gael yr un canlyniad, mae James yn colli diddordeb yn y creadur hwn ac yn mynd ati i chwilota o'r newydd ymhlith y dail a'r talpau pridd a'r cerrig mân. Daw mochyn coed heibio. Gyda'r un gofal ag o'r blaen mae James yn troi hwn, hefyd, ar ei gefn. Er syndod iddo, yn hytrach na dianc, mae'r mochyn yn troi yn belen fach gron, galed, mor llonydd ddifywyd â charreg. Er ei brocio a'i gocso a'i rolio o ochr i ochr, ni all James wneud dim ag ef. Try ei sylw at fuwch goch gota. Ond erbyn hyn, mae ei fam wedi dod i'r ardd.

'Dyma ni! Cawn ni barti bach net, dim ond ni'n dou!'

Mae mam James yn cario'r deisen sbwnj yn seremonïol at y bwrdd ac yn galw ar James i eistedd i lawr.

'A gei di weld… Siwrnai dechreuwn ni fyta rhywbeth, bydd dy ffrindie di'n dod. 'Na bet i ti.'

Ac er mwyn cysuro'i mab, mae hi'n torri darn o'r deisen a'i rhoi ar blât o'i flaen. Gŵyr y ddau mai peth anarferol yw torri'r deisen yn gyntaf, ond gwyddant hefyd nad te-parti cyffredin mo hwn.

'Mae gormod o awel i gynnu canhwyllau fan hyn, James… Ond galli di chw'thu nhw ma's wedyn yn y tŷ os wyt ti moyn…'

Sylla James ar y deisen.

'A wedyn, bydd Mami'n canu "Pen-blwydd Hapus" i ti… A gei di agor dy bresantau…'

Sycha'i dwylo ar ei ffedog a throi'n ôl am y tŷ.

'Aros di f'yna nes bo' fi'n hôl y sandwiches a'r pop a'r pethach erill.'

Wrth fynd at y drws cefn, cymer y fam gip sydyn ar ei gŵr, sydd erbyn hyn yn llenwi'r cwdyn â baw a brigau a deiliach o'r cafn dŵr.

A gyda bod ei fam yn mynd o'r golwg, mae James yn

gafael yn ei ddarn o deisen a dechrau ei chnoi, bob yn damaid bach, gan oedi nawr ac yn y man i lio'r briwsion a'r hufen oddi ar ei fysedd. Ymhen munud neu ddwy, wedi bwyta'r darn cyfan, doda'r plât o'r neilltu a llyfnu'r lliain gwyn â chledrau ei ddwylo. Pan yw'n fodlon bod y bwrdd yn lân ac yn gymen, estynna am y plât mawr, y plât â gweddill y deisen arno. Ond mae hwn yn rhy drwm. Yn rhy drwm hyd yn oed i fachgen sydd newydd gael ei chwe blwydd. Rhaid codi o'i stôl a defnyddio'i ddwy law i'w dynnu'n nes.

'James!'

Ac wedi gwneud hynny, ac eistedd i lawr eto, mae James yn troi'r plât nes bod y bwlch yn y deisen – y bwlch a adawyd gan y darn y mae newydd ei fwyta – yn ei wynebu. Edrycha ar y bwlch hwn dan grychu'i dalcen.

'James!'

Mae tad James bellach yn ymestyn draw i ben eithaf y cafn dŵr, lle mae hwnnw'n cwrdd â'r biben. Ar yr ysgol y mae ei droed chwith o hyd ond mae wedi symud ei droed dde i sil ffenest y stafell 'molchi er mwyn ennill ychydig o fodfeddi. Ceidw ei gydbwysedd trwy afael yn dynn yn y cafn dŵr â'i law chwith, ond ni feiddia roi ei ddwy droed ar sil y ffenest gan y byddai'n anodd wedyn mynd yn ôl at yr ysgol. Er ei ymdrechion, y mae'n amlwg ei fod ryw hyd braich yn fyr o'r nod. A phetai rhywun yn ei weld yr eiliad hon – rhyw gymydog efallai, neu ei wraig hyd yn oed, er mai digon cyndyn yw hi o gynnig cyngor i'w gŵr – diau y bydden nhw'n ei annog i ddisgyn o'r ysgol a'i symud draw droedfedd neu ddwy fel y gallai gyrraedd pen draw'r cafn yn ddiogel ac yn ddiffwdan. Ond does neb yno. Neb ond James.

'James! Go and get your mam to come and hold the ladder. Right away, James.'

Dywed y geiriau hyn yn araf ac yn uchel, gan roi pwyslais ar bob sill.

'Tell... Your... Mam... Right... Away... '

Ond mae James â'i feddwl ar bethau eraill. Wedi pendroni a phwslo, mae wedi dod i'r casgliad na all wneud y deisen yn gyfan byth eto. Byth. Mae hyn yn siom. Yn gymaint o siom nes iddo ddifaru bwyta'r darn a gafodd gan ei fam. Gallai fod wedi rhoi hwnnw'n ôl yn y bwlch a fyddai neb ddim callach. Nes iddo fynd yn grac gyda'i fam am ei dorri yn y lle cyntaf. Mae'r bwlch yn dal i syllu arno. Yna, yn ddisymwth, cilia'r gwg o'i wyneb. Cydia James mewn cyllell a dechrau torri gweddill y deisen. Ond nid ei thorri, chwaith, oherwydd mae hon yn un o'r cyllyll bach pen-pŵl, di-fin hynny a wneid ar gyfer plant ers llawer dydd. Ac er pob ymdrech i dorri'n fain ac yn gywir, fel y gwelsai ei fam yn ei wneud droeon, mae'r deisen yn prysur droi'n domen o dalpau bach di-siâp, a'r briwsion ar wasgar hyd y bwrdd a'r borfa o'i gwmpas.

'Get your bloody mother, will you!'

Nid yw James yn deall pam mae hyn wedi digwydd. Yn ei feddwl ei hun, mae wedi gwneud y cwbl roedd ei angen er mwyn creu plataid o ddarnau twt, unffurf, er mwyn cael gwared â'r hen fwlch annymunol hwnnw, er mwyn adfer rhyw fath o undod i'r deisen. Ac yn ei feddwl ei hun, mae'r gacen yn gyfan o hyd. Rhywbeth arall sydd ar fai. Y gyllell. Y plât. Y deisen. Neu'r ffrindiau sydd heb ddod i'w barti. Rhywbeth. Does gan y llanast o'i gwmpas ddim oll i'w wneud â'r deisen yn y meddwl. Y deisen gron, berffaith.

'A... '

A dyna i gyd sydd raid iddo'i wneud, er mwyn cael gwared â'r annibendod hwn, yw rhoi pwt bach i'r plât â chefn ei law. Un pwt bach, ac mae'r cwbl yn syrthio i'r llawr. Yn syrthio ac yn aros yno – yn beth dibwys, diwerth, fel y borfa ei hun, a'r pridd a'r mwydod a'r morgrug a'r dail. Mor hawdd yw ysgubo'r cwbl o'r ffordd. Y cwbl, heblaw am y briwsion a oferodd o'r plât i'r bwrdd. Ac mae James yn bwrw ati i glirio'r rhain hefyd, bob yn un, ac i lyfnu'r lliain gwyn: yn gyntaf, fel o'r blaen, â chledrau'i ddwylo, ac yna â'i freichiau, gan benlinio ar ei stôl a phwyso ar y bwrdd â holl rym ei chwe blwydd.

Ac o gael trefn ar bethau unwaith yn rhagor, cwyd James oddi ar ei stôl a gwneud osgo i droi'n ôl at y pryfed. A dyna, mae'n debyg, pryd y mae'n clywed sŵn yr ysgol yn rhygnu yn erbyn y wal oherwydd mae'n edrych i fyny i gyfeiriad y to, gan gysgodi ei lygaid rhag yr haul. Mae e'n rhy hwyr i weld yr ysgol yn cwympo, a'r cwdyn plastig ar ei ôl, ond fe wêl ei dad yn hongian ag un llaw o'r cafn dŵr, dan boeri a chwythu, a'i draed yn dawnsio'n wyllt wrth chwilio am yr ysgol absennol. Fe'i gwêl hefyd yn llwyddo i gael ei law arall am y cafn a cheisio sadio'i hun. Ac fe glyw wedyn, ar unwaith bron, ryw sŵn *crec crec* wrth i'r metel rhydlyd blygu a thorri – nid yn gyfan gwbl, ond yn ddigon i beri i ddwylo'r tad ollwng eu gafael, y llaw chwith yn gyntaf, yna'r llaw dde.

Ac fe glyw y waedd, ac yna sŵn annisgwyl, sŵn amhersonol fel sachaid o gerrig yn cwympo ar y llwybr concrid. A gwaedd arall, wedi'i thorri ar ei hanner.

A gyda hynny mae mam James yn rhedeg allan trwy'r drws cefn, gan ddweud, drosodd a throsodd, mewn llais isel ac ymbilgar, *Na… na… na… na… na…* Ac o weld ei fam yn cymryd ati yn waeth nag erioed o'r blaen – yn waeth, hyd yn oed, na phan fydd ei dad yn dweud pethau cas wrthi ac yn gwneud iddi lefain – mae James yn gweiddi ar dop ei lais, *Wy'n flin, Mam, wy'n flin am y gacen! Plîs Mam, wy'n flin am y gacen. Mam! Mam!*

2 Sgwrs Ffôn

'Sue..? Ti sy 'na, Sue..?'

'Ie… '

'Wyt ti'n iawn?'

'Ydw. Pam na ddylen i fod?'

'Ti'n swno'n… Ti'n swno'n… '

'Beth, Jim? Fi'n swno'n beth?'

'O'dd golwg flinedig arnat ti ddoe… Pan ddaethon ni 'nôl… '

'O'dd hi'n daith hir, Jim.'

'O'dd.'

'O't ti ddim yn edrych yn sbesial dy hunan.'

'Nac o'n, glei… Ond wyt ti'n teimlo'n OK… Wyt ti…?'

'Ydw, Jim. Ydw.'

'O'dd y plant yn becso amdanat ti… '

'Er mwyn Duw, Jim, sdim eisiau mynd ymla'n ac ymla'n ambwyti fe, o's e? Wy'n OK.'

'Iawn, Sue… Sori… '

'Mae rhywun wrth y drws, Jim… Na, wy'n gorffod mynd nawr… Na… Neb wyt ti'n nabod… Ie, fallai… Ond wy'n fisi, Jim… Yn fisi uffernol… Ie… Trwy'r wsnoth… Na, Jim, na, dwi ddim eisie dod i'r grŵp darllen… '

3 Glöyn Byw

'A SHWT AMSER gest ti ar dy wyliau, Jim? Welest ti ryw bryfed o werth?'

'Wel, naddo, Ozi, dim byd arbennig, na… Ond roedd hi'n ddigon difyr fel arall, diolch. Oedd. A'r tywydd yn fendigedig. A'r plant wrth eu bodd… '

'A Sue yn cadw'n iawn…?'

'Ydy, diolch, Haf. Yn fisi, fel arfer… '

'Cofia fi ati… '

'Gwnaf… Pan wela i ddi.'

'Bydde'n braf se hi'n galler dod 'nôl i'r grŵp bob hyn a hyn… '

'Weda i wrthi, Sonia… Ond ti'n gwbod fel mae hi, rhwng gwaith a phopeth… '

Nos Iau, 11 Medi, oedd hi neithiwr. Yr ail nos Iau yn y mis. Dyma'r noswaith y bydd ein grŵp darllen yn cwrdd. Na, 'dyn ni ddim yn bobl ddysgedig. Byddai rhai yn dweud hefyd, efallai, nad 'yn ni ddim yn grŵp arbennig o glòs, chwaith, o ystyried ein bod ni wrthi ers dwy flynedd, yn ymweld â chartrefi'n gilydd, yn rhoi'r byd yn ei le, yn malu'r mân us. Serch hynny, mae'n amlwg bod y cyfarfodydd yn cynnig rhyw fath o gynhaliaeth a difyrrwch i ni. Yn ein clymu ni ynghyd rywsut. Fel arall, pam fydden ni'n trafferthu i ddod 'nôl, fis ar ôl mis? Bydda i'n meddwl, weithiau, mai'r diffyg disgleirdeb yw un o'r atyniadau. Does neb yn teimlo dan fygythiad am nad yw e wedi darllen digon o lyfrau, na'r llyfrau iawn, nac yn gallu defnyddio geiriau mawr, astrus wrth eu trafod. 'Ti ddim hyd yn oed yn lico llyfrau, Jim,' byddai Sue yn ei ddweud. Gormodiaith, wrth gwrs. Does dim angen bod yn alcoholig i fwynhau cymdeithasu mewn tafarn. Na, ry'n ni'n maddau i'n gilydd ein diffyg treiddgarwch, ein chwaeth ganol-y-ffordd. Pobl gyffredin ydyn ni, os nad yn gyfan gwbl werinol. Wedi dweud hynny, doedd neithiwr ddim yn noson gyffredin.

Byddai Sue yn dod i'r cyfarfodydd hefyd, ar y dechrau. Ac roedd yn braf cael gwneud rhywbeth ar y cyd, fel cwpl cydnabyddedig. Peth braf, hefyd, oedd darllen y llyfrau gyda'n gilydd a dadlau'r pwynt hwn a'r pwynt arall yn y gwely fore Sul, neu dros bryd mewn tŷ bwyta Eidalaidd. Tipyn brafiach na'r gwaith darllen ei hun, a dweud y gwir. Ond prin oedd yr achlysuron hynny, rhaid cyfaddef. Oherwydd ei gwaith shifft (nyrs yw Sue, nyrs hen bobl yn bennaf) a natur flinderus y gwaith hwnnw, a'r ffaith ei bod hi'n byw yn y Sblot, 'dyn ni ddim yn gweld cymaint o'n gilydd ag y byddwn i'n dymuno. Ar ben hynny, lle mae'r grŵp darllen yn y cwestiwn, cystal imi gydnabod nad oedd Sue yn cael rhyw lawer o fwynhad o'r cyfarfodydd hyn. Roedd hynny'n ddigon naturiol, mae'n debyg. I ddyn sy'n treulio rhan helaeth o'i amser heb gwmni ond ei feicrosgôp a'i sbesimenau, mae'r grŵp yn un o'r llinynnau sy'n ei gysylltu â'r byd mawr y tu allan. Mae Sue ar ofyn y byd hwnnw beunydd beunos. Llonydd sydd eisiau arni, nid difyrrwch.

Ond nid hynny'n unig, chwaith. Teimlwn hefyd, ar brydiau, fod Sue braidd yn ddirmygus ohonom, a dechreuais anesmwytho rywfaint pan oedd hi'n bresennol. 'Rwy'n gorfod treulio hanner 'y mywyd gyda phobl anghenus,' dwedodd hi ar ôl ei chyfarfod olaf, 'a dwi ddim eisiau treulio'n oriau hamdden gyda nhw hefyd.' Gwyddwn, wrth gwrs, mai pwysau ei gwaith oedd yn siarad. Ymateb roedd hi, debyg iawn, ac ar ei gwaethaf, i anghenion anniwall rhyw hen fenyw ffwndrus a fu'n dreth ar ei hamynedd y diwrnod hwnnw. Beth bynnag, ni cheisiais ddwyn perswâd arni i ddod eto, ac ni ddaeth. O feddwl yn ôl, tybed ai ei pherswadio hi yn erbyn ei hewyllys a wnes i yn y lle cyntaf? Rhaid gochel rhag hynny.

Yn nhŷ Sonia roedd ein cyfarfod neithiwr. Tŷ teras yng ngardd-bentref Rhiwbeina yw hwn, yn dlws ond braidd yn gyfyng. Prin bod y lolfa'n ddigon mawr i ddal y chwech ohonom, a bu'n rhaid dod â stolion uchel o'r gegin ar gyfer yr hwyr-ddyfodiaid. Roedd y ffyddloniaid i gyd yno: Haf, fi, Ahmed, Phil, Ozi a Sonia. Hen Jeans A Phâr O Sanau. (Hen Jeans A Phâr O Sanau Sidan pan fyddai Sue yn dod.) Ond prin bod angen *mnemonic* ar gyfer nifer mor fach. Bûm i'n ddigon ffodus i fachu un o'r ddwy gadair esmwyth: fyddwn i ddim wedi dymuno rhannu'r soffa gyda Phil, na chael fy ngosod ar ben un o'r stolion, fel gwyfyn ar hoelen.

Cawsom drafodaeth ddigon bywiog am nofel ddiweddaraf Goronwy Jones, a phawb yn gresynu nad oedd mwy o ddeunydd doniol i'w gael yn Gymraeg. A dyna droi wedyn at *Northern Lights*. Er gwaethaf fy amheuon – dyw'r *genre* ddim at fy nant – gwnes ymdrech i werthfawrogi'r nofel hon, am fod cymaint o ganmol iddi, yn enwedig gan Nia, fy merch ieuengaf. (Er bod Bethan, ei chwaer, wedi tynnu fy nghoes am ymhél â stwff o'r fath. Stwff plant, roedd hi'n 'i feddwl. Mae Bethan yn bedair ar ddeg oed.) Fydd y sawl sydd wedi darllen y nofel ddim yn synnu i ni dreulio cryn hanner awr yn pendroni ynglŷn â natur y *daemon*. Y rheswm pam roedd *daemon* plentyn yn newid ei siâp, o un anifail i'r llall. A pham roedd *daemon* oedolyn yn aros yr un peth am byth. Buon ni'n trafod, hefyd, ystyr y llinyn sy'n cysylltu pob unigolyn â'i ddaemon. A pham bod torri'r llinyn hwnnw'n arwain at farwolaeth i'r ddau. Ac yn y blaen. Siarad gwag, yn fy marn i, gan nad oes yr un o'r pethau hyn yn bod yn y byd go iawn. A phawb yn syrffedu wedyn ar yr athronyddu a throi, yn ôl eu harfer, at ymatebion mwy personol.

'A pha anifail licech *chi* 'i gael fel *daemon*, Phil?' gofynnodd Sonia.

Nid bod hynny, ar ryw olwg, yn berthnasol i'r llyfr. Ond mae'n debyg bod grwpiau fel hwn, wrth i'w haelodau ddod i nabod ei gilydd yn well, yn magu swyddogaeth dipyn lletach a dyfnach na dadansoddi llyfrau yn unig. 'Does gan yr un ohonoch chi ddiddordeb mewn llyfrau, nac oes, Jim?' meddai Sue. Ond Sue, nid dilyn cwrs coleg ydyn ni. Ddaw neb i'n profi ni ar ddiwedd y tymor. A phwy sy'n mynd i'n cosbi ni am grwydro ychydig oddi wrth y testun?

'Sa i'n lico anifeiliaid,' meddai Phil, yn sych. A'i gadael hi fel 'na.

Y cam mwyaf a wnaeth Sue â ni, wrth gwrs, oedd ein gweld ni'n ddefaid o'r un praidd. Mae'n bosib, wedi'r cyfan, mai un ohonom, ac un yn unig, a dynnodd flewyn o'i thrwyn rywbryd, a'i bod hi'n dal dig yn erbyn y grŵp cyfan o'r herwydd. Phil. Phil fyddai'r pechadur amlycaf, mae'n debyg, yng ngolwg Sue. Tas wair o ddyn, yn afrosgo i gyd, a golwg newydd-godi-o'r-gwely arno. 'Wy'n siŵr 'i fod e'n teimlo'n gartrefol iawn mewn sgubor,' meddai Sue, ar ôl cwrdd ag e am y tro cyntaf. (Mae Phil yn gweithio fel gofalwr yn Sain Ffagan.) Gallai fynd ar nerfau rhai, does dim dwywaith.

'Wel... ' meddai Ozi, '... a bod rhaid dewis anifail... mae'n debyg y dewisen i'r fferet fach o'dd 'da fi pan o'n i'n grwt... '

Chwarae teg i ti, Ozi, am chwarae'r gêm. Am beidio bod yn rhy bwysig, yn rhy la-di-da. A dyma fe'n disgrifio sut y byddai'n defnyddio'r creadur i hela cwningod slawer dydd, a hwnnw'n aml yn bwyta hanner y prae a chwympo i gysgu yn y twll, ac Ozi'n cael gwaith y diawl i'w ddynnu fe o'na. Ac yn y fan honno, gan ddiystyru'r ffaith ei fod e'n eistedd ar soffa mewn tŷ clyd yn Rhiwbeina, dyma Ozi yn torchi ei lewys a phlygu tua'r llawr i ddangos i ni sut yn gwmws y buodd e'n twrio am yr anifail swrth, y llaw dde'n gyntaf, yna'r llaw chwith, ac yntau'n gorwedd ar ei hyd erbyn hyn, yn tuchan a diawlo bob yn ail, a phawb yn chwerthin.

Ozi yw'r hynaf ohonom, a'r unig un a welodd waith corfforol caled erioed. Byddai Sue yn parchu hynny. Prin y gallai godi gwrychyn neb.

'Peth chwithig 'di meddwl am yr enaid fel tasa fo'n anifail, w'ch chi,' meddai Haf, o'r gadair esmwyth arall. Efengylwraig yw Haf. 'Dydi o ddim yn iawn rywsut... '

Ac yn cyfaddawdu wedyn, yn hytrach na chodi cynnen.

'Ond mae gynna i Labrador adra... '

Haf, y gymodwraig. Haf wên-deg. Byddai Sue yn gweld bai arni am hynny, a mwy fyth o fai am ei bod hi'n fenyw. Rhyfedd, hefyd, o ystyried ei daliadau crefyddol. Ai dyna a dramgwyddodd Sue? Neu ei llais, efallai? Mae llais Haf yn ategu ei hawydd i blesio. Yn rhy felys. A phob brawddeg yn codi'n gwestiwn ar y diwedd. Ac mae hi'n dueddol o wisgo dillad henffasiwn, o ailadrodd y gair 'grymus' wrth ddisgrifio'r llyfrau, ac o wrido pan fydd rhywun yn crybwyll rhyw. Ie, ac mae ei hacen yn peri ychydig o drafferth i ni ddeheuwyr. Ond gan mai Sonia ac Ahmed yw'r unig rai sy'n hanu o Gaerdydd (un o Frynaman yw Sue ei hunan), does gennym ni mo'r hawl i bwyntio bys, nac oes?

'Mae gen i feddwl mawr o elyrch,' meddai Sonia, wrth ail-lenwi gwydrau pawb. 'Am eu ffyddlondeb... Dwi dim yn siŵr a yw alarch yn rhy fawr i fod yn *daemon*, chwaith...'

Does dim byd anghenus na chlwyfedig ynghylch Sonia, siawns. Menyw lond ei chroen a bodlon ei byd os bu un erioed. Yn fam i dri o blant, a'r ddau ifancaf o'r rheiny'n efeilliaid yn eu clytiau. Y gŵr sy'n eu carco lan llofft. A dyna'r sŵn a ddaw yn ôl ataf nawr. Y sŵn a glywais wrth eistedd yn y parlwr ffrynt neithiwr, yn disgwyl y lleill: sŵn a dreiddiai mor rhwydd trwy'r llawr yn y tŷ bychan hwnnw, y tŷ bach twt. Deuawd sgrechlyd yr efeilliaid ac ymdrechion cariadus, amyneddgar y tad i'w tawelu. Dedwyddwch teuluol allai godi cenfigen ar rywun. Cenfigen o bell, wrth gwrs. Cenfigen ddiogel. Ie, dyna yw dedwyddwch Sonia i mi. Ond i Sue? A! I Sue, pwy a ŵyr nad oedd y dedwyddwch hwn yn ennyn ynddi genfigen wirioneddol? *Sue, a yw Sonia'n codi cenfigen arnat, a thithau'n ddi-blant?* Sut gallwn i ofyn y fath gwestiwn?

Ac Ahmed. Ahmed, fy hen ffrind coleg, sy'n gweithio gyda mi yn yr Amgueddfa. Ahmed hynaws, swil, tawedog hyd yn oed. Creadur anghyffredin, mae'n debyg, i rywun o gefndir Sue. Ac i minnau hefyd, o ran hynny, petawn i ddim wedi dod i'w nabod yn y coleg. Ei led-nabod, dylwn i ddweud, yn rhannol am fod ein meysydd mor wahanol. Graddiodd mewn hanes. Does dim hanes i wyddoniaeth: y pethau diweddaraf yn unig sy'n cyfri. Rhaid cyfaddef, er fy nghywilydd, nad ydw i'n gwybod llawer iawn am ei gefndir, heblaw ei fod o dras Yemenïaidd ar ochr ei dad. Mae'r dras honno'n ddigon amlwg – i mi, beth bynnag – oherwydd lliw ei groen, ond synnwn i ddim bod ei deulu Affricanaidd yn ei weld e'n orllewinol o welw. Fe'i magwyd yn yr Eglwys Newydd gan ei fam: menyw o Bontyberem, rwy'n credu. Dwi ddim yn cofio gweld ei dad na chlywed sôn amdano. A dyw dyn ddim yn busnesa mewn pethau o'r fath heb wahoddiad, ac am ryw reswm fyddai Ahmed byth yn sôn am ei hanes. Dyw e ddim yn un i dynnu sylw ato'i hun.

'Ar ryw ystyr, mae gen i *daemon* yn barod.'

Mwya'r syndod, felly, pan ddewisodd Ahmed ddilyn trywydd cwbl bersonol.

'Collais i 'mrawd pan o'n i fawr mwy na babi. Yassuf oedd ei enw. Does gen i ddim cof ohono. Dim llun, hyd yn oed. Ond maen nhw'n dweud bo' chi'n ffaelu gwahanu gefeilliaid, serch bod un wedi marw, serch bo' nhw ddim wedi nabod ei gilydd erioed. Sa i'n gwbod. Roedd 'nhad yn galw Yassuf arna i weithiau. Efallai fod hwnna'n rhywbeth i wneud ag e. Ond mae Yassuf gyda fi o hyd.'

Cydymdeimlodd Sonia, a hithau, wrth gwrs, yn gwybod tipyn am efeilliaid ac yn deall i'r dim, meddai, y boen y byddai colled o'r fath wedi'i hachosi i'r teulu i gyd. Ac fe ges i bwl arall o gywilydd am nad oeddwn i'n gwybod dim o'r pethau hyn nac yn gwybod sut i ymateb. A pha syndod? Doeddwn i ddim yn nabod yr Ahmed hwn, yr Ahmed oedd mor barod i ddinoethi'i enaid. Roedd e'n eistedd ar un o'r stolion uchel, a dichon fod a wnelo hynny â'i huodledd annodweddiadol. Ei fod e'n teimlo dan bwysau i areithio.

A dyna'r criw i gyd. Hen Jeans A Phâr O Sanau. Heblaw amdana i, wrth gwrs. Jeans. Jeans am Jim. James. Dwi ddim yn siŵr beth mae'r lleill yn 'i feddwl ohona i, a dweud y gwir, ond rwy'n credu 'mod i ar delerau da â phawb. Ac eto, efallai, o feddwl am y peth heddiw – ac mae'r syniad yn un gogleisiol a brawychus ar yr un pryd – efallai nad y lleill oedd y broblem wedi'r cyfan. Efallai nad Haf a'i diffyg argyhoeddiad, na Phil a'i ddiffyg moesau, oedd yn poeni Sue. Na, efallai mai fi sy'n dychmygu hynny, yn chwilio esgusion. Efallai mai fi, a neb ond fi, oedd ei bwgan trwy'r amser. Nid ei bod hi wedi dweud hynny, nid mewn cynifer o eiriau.

Ond fel dwedais i o'r blaen, cyfarfod ychydig yn wahanol i'r arfer a gawson ni neithiwr. Ac rwy'n ei gofio, nid am fod Sue ar fy meddwl, nac Ahmed chwaith, er cymaint fy niddordeb yn ei frawd, na dim o'r lleill. Yr hyn sy'n procio'r meddwl heddiw, drannoeth y cyfarfod, yw ymddangosiad annisgwyl aelod newydd. Cerys yw ei henw. Cyrhaeddodd hanner awr yn hwyr, wrth i'r drafodaeth ar lyfr Goronwy Jones dynnu at ei therfyn ac, o'r herwydd, chawsom ni ddim cyfle i fân-siarad â hi a chael peth o'i hanes. Menyw yn ei thridegau yw hi, heb ddim yn drawiadol amdani ac eithrio hyn: ei bod hi'n ddall. Roedd hynny'n amlwg am fod Sonia'n gorfod ei hebrwng i'r lolfa gerfydd ei braich. A hefyd, am fod ei llygaid mor aflonydd. Bydden nhw weithiau'n edrych dros dy ysgwydd, bryd arall yn symud o ochr i ochr, a phryd arall – trwy hap, mae'n debyg – yn syllu i fyw dy lygaid. A hynny i gyd yn profi, i mi beth bynnag, nad oedd hi'n gweld dim. Tarodd wên gyfeillgar ar bawb wrth ddod i mewn, a chael rhai'n ôl hefyd, ond i ba ddiben? A phawb ohonom, rwy'n siŵr, yn meddwl yr un peth: sut bydd hon yn darllen y llyfrau? A hefyd: sut gallwn ni gyfathrebu â rhywun dall, rhywun nad yw'n gweld na gwên na gwg? Cwestiwn rhyfedd, o ystyried nad oes dim nam ar ei chlyw na'i lleferydd. Cynigiais fy nghadair iddi a mynd i eistedd ar un o'r stolion.

Rhaid cyfaddef ein bod ni i gyd wedi dwyn ambell gip slei ar Cerys yn ystod y drafodaeth ar y *daemon*. Ceidw'r rhai sydd â golwg ganddynt yr hawl i archwilio'r di-olwg, gan wybod na fedr y dall dalu'r pwyth yn ôl. Ac mae cael syllu ar rywun yn fraint mor amheuthun ac mor brin, hyd yn oed ymlith cariadon a pherthnasau agos, fel mai anodd yw ymwrthod â'r temtasiwn. Ond fynnwn ni ddim dangos ein gwendid i'r llygadog eraill yn ein plith. Ambell gip slei, felly. A sylwi ar y siwmper las a'r trywser porffor. Ar y gwallt brown golau, byr, wedi'i dorri yn steil merched ysgolion parchus ers llawer dydd. Ond bod angen ruban i wneud y darlun yn gyfan. Sylwi ar yr wyneb. Wyneb crwn, heb fod yn dew. Wyneb digon bywiog hefyd, ond ei fod yn tueddu i ddilyn ei reolau ei hunan, yn hytrach nag ymateb i'r wynebau o'i gwmpas, fel y mae'r rhan fwyaf ohonom yn ei wneud. Heblaw pan fyddai hi'n chwerthin, wrth gwrs: gallai hi gyd-chwerthin heb drafferth, chwerthiniad gwylaidd, tawel. A'r colur ychydig yn rhy dew ar ei gwefusau a'i llygaid, efallai. Pam gwisgo colur o gwbl? Ond o'i wisgo, wedyn, doedd dim syndod, nac oedd? A smwtsh bach o finlliw wrth ochr y geg. A hyn oll yn ennyn cydymdeimlad, dybiwn i. Ac edmygedd. Ac ynof fi, o leiaf, awydd i helpu. Awydd nawddoglyd, o bosib: pa ots am ei dillad anghydnaws a'i choluro anghelfydd? Ond awydd diffuant, serch hynny. I'w chroesawu'n iawn i'n plith a gwneud iddi deimlo'n gartrefol. Hen Jeans A Phâr O Sanau Coch.

'A pha anifail fyddech chi'n ei ddewis, Jim?' gofynnodd Sonia.

Doedd dim angen meddwl.

Y Brenin. Y *Monarch. Danaus plexippus.* Y mwyaf gogoneddus o'r holl ieir bach yr haf yn y byd, meddwn i o'm gorsedd fry ar y stôl. Oherwydd pwy arall allai fod yn gymar oes i mi ond yr iâr fach yr haf a ddewisodd ddydd fy mhen-blwydd i ymweld â Chymru am y tro cyntaf erioed? Y chweched o Fedi, 1876. Ac a ddewisodd Gastell-nedd ar gyfer yr ymweliad hwnnw – Castell-nedd, o bob man – fel petai'n mynd allan o'i ffordd, yn bell, bell allan o'i ffordd, i dalu gwrogaeth i Alfred Wallace, brenin y pryfetwyr.

Ac rwy'n credu bod Cerys, yn enwedig, wedi'i phlesio gan yr ateb hwn oherwydd fe wenodd a dweud na allai hi byth â chynnig *daemon* cystal â hwnnw.

4 Wncwl Wil

MAE INDIAID YR *Amazon yn llai cysetlyd na ni yn eu harferion
bwyta. Er bod crwbanod y môr, aligatoriaid, madfallod, nadroedd
a brogaod i gyd yn fwydydd cyffredin iddynt, ymhlith y trychfilod
a rhai o'r* Annulosa *eraill y mae eu prif ddanteithion i'w cael.
Y pwysicaf o'r rhain yw'r morgrugyn pengoch,* Œcodoma
cephalotes. *Benyw'r rhywogaeth ddinistriol hon sy'n darparu i'r
Indiad ei wledd flasus. Ar ryw adeg arbennig bob blwyddyn, daw'r
morgrug allan o'u tyllau yn y fath niferoedd fel bod angen defnyddio
basgedi i'w dal. Pan ddigwydd hyn yng nghyffiniau pentref Indiaidd,
ceir cyffro mawr ar bob llaw: aiff pawb allan, yn ddynion ifainc, yn
fenywod ac yn blant, i ddal y* saübas *gyda'u basgedi a'u gowrdiau, ac
nid ydynt fawr o dro cyn eu llenwi oherwydd, er bod gan y benywod
adenydd, y maent yn swrth iawn ac yn bur anaml, os o gwbl, y
byddant yn hedfan. Yr abdomen yw'r darn sy'n cael ei fwyta, a bwyd
bras iawn ydyw, am ei fod yn llawn wyau sydd heb ddatblygu. Cânt
eu bwyta'n fyw. Rhaid gafael yn y pen, yn yr un modd ag y byddwn
ni'n gafael mewn coesyn mefusen, a chnoi'r creadur yn ei hanner, gan
daflu'r corff, yr adenydd a'r coesau i'r llawr, lle parhânt i gropian fel
pe na wyddent ddim oll am golli eu rhannau ôl. Cedwir y morgrug
mewn gowrdiau neu fasgedi siâp-potel, a phrofiad hynod yw gweld,
am y tro cyntaf, Indiad yn brecwesta yn nhymor y* saüba. *Y mae'n
tynnu'r dail o enau'r fasged ac yna, wrth i forgrugyn gropian yn araf
o'i gaethiwed, y mae'n ei godi'n ofalus a'i drosglwyddo i'w geg, bob
yn ail â dyrnaid o flawd. Pan ddelir niferoedd mawr ohonynt, cânt
eu rhostio neu eu mygu'n ysgafn, a rhoddir ychydig o halen arnynt.
O'u paratoi felly, y maent yn gryn amheuthun hefyd ymhlith yr
Ewropeaid.*

Mae'n wyth o'r gloch y bore. Eisteddaf wrth ffenest fy fflat ym
Mhontcanna, a chwpanaid yn fy llaw, yn gwylio'r lorïau trwm
yn mynd heibio, yn teimlo'r cryniadau – *At the Cutting Edge,*

Timber and Building Supplies.

Bu cyfieithu prif weithiau Alfred Russel Wallace
– *A Narrative of Travels in the Amazon and Rio Negro, The Geographical Distribution of Animals, Contributions to the Theory of Natural Selection,* yr hunangofiant, *My Life,* ac yn y blaen – yn uchelgais gen i er pan oeddwn yn fyfyriwr. Ond roedd yn arwr i mi ymhell cyn hynny. Peth anarferol i fachgen yn y 1970au oedd mabwysiadu gwyddonydd o Oes Victoria yn *role-model*, ond dyna a wnes i. Tra byddai fy ffrindiau ysgol yn mynd draw i'r Vetch i wylio Toshack a'i scowsers, neu'n rhannu mwgyn ar draeth y Mwmbwls, troi am y mynyddoedd a wnawn i. Dala'r bws i ben ucha'r cwm a llethrau Fan Gihirych, efallai – gallwn weld y mynydd hwn o 'nghartref ym Mhentre-poeth – neu, pan oedd gen i ddigon o amser, a digon o arian poced, fwrw draw am Gwm Nedd a Chwm Dulais, gan ddilyn yn ôl traed y cawr ei hun.

Ar wahân i'm diddordeb angerddol yn Wallace a'm hawydd i drosi ei waith i'r Gymraeg, prin iawn oedd fy nghymwysterau ar gyfer y gorchwyl hwn. Gwyddonydd oeddwn i, o ran hyfforddiant a phrofiad, wedi graddio mewn Bioleg ac yn gweithio byth oddi ar hynny ym meysydd entomoleg a bioamrywiaeth. Ac eto, gwyddwn fod rhyw elfennau, o leiaf, o'r hyfforddiant hwnnw y gallwn eu trosglwyddo i faes cyfieithu. Yr unplygrwydd. Y manylder. Yr angen am fod yn anweladwy. Mae'r cyfieithydd a'r gwyddonydd ill dau, dybiwn i, ar eu gorau pan ymdebygant i gwarel o wydr: wyddoch chi byth eu bod nhw yno, heblaw pan welwch ryw frycheuyn, rhyw grafiad bach, yn tarfu ar y tryloywder perffaith. Dangos y gwreiddiol yn ei lawnder yw'r gamp, heb dynnu sylw at y trosiad, at ymyrraeth y casglwr, y dadansoddwr.

Yn ymarferol, hefyd, ychydig o gyfle a gefais i hogi fy noniau cyfieithu. Bydd gofyn i mi lunio taflenni gwaith bob hyn a hyn at ddefnydd Adran Ysgolion yr Amgueddfa. Byddaf hefyd, yn ôl y galw, yn cydweithio gydag Ahmed yn yr Adran Gyhoeddiadau neu'n cynnig cyngor i'r cyfieithwyr llawn amser ynglŷn â chapsiynau ac esboniadau. Ond tameidiau sydd eu hangen arnynt hwy, gan amlaf – rhyw derm arbenigol neu ddisgrifiad bach cryno – nid talpau mawr o ryddiaith, lle mae gofyn meddwl am arddull a chystrawen a llif a chywair a phethau cyffelyb, pethau sydd, oherwydd fy nghefndir addysgol, yn bur ddieithr i mi. A Chymdeithas Edward Llwyd, wrth gwrs. Daw'r galw, yn achlysurol, i gwrdd a gohebu â chyd-aelodau o'r gymdeithas honno, yn bennaf er mwyn dyfeisio enwau i'r miloedd o rywogaethau nad ydynt eto'n bod yn Gymraeg. A dyna ddiwedd y *curriculum vitae* yn y cyswllt hwn, i bob pwrpas.

Na, ddim yn hollol, chwaith. Galla i ychwanegu un eitem arall. O ran hwyl, pan oeddwn i'n astudio ar gyfer fy ngradd, byddwn i'n dyfeisio cofeiriau Cymraeg ar batrwm y *mnemonics* Saesneg sy'n boblogaidd gan fyfyrwyr. Pethau fel *King Phillip Called Out Fifty Good Soldiers*, sy'n cael ei ddefnyddio i gofio'r prif ddosbarthiadau biolegol, *Kingdom, Order, Class*, ac yn y blaen. 'Taflwch Ffyn Derw Uwchben Tref Gaerog Rhuthun' oedd fy nghynnig i ar gyfer y termau Cymraeg: Teyrnas, Ffylwm, Dosbarth, Urdd, Teulu, Genws a Rhywogaeth. Gan nad oedd neb yn astudio Bioleg trwy gyfrwng y Gymraeg, chafodd yr un o'r cofeiriau eu harfer yn helaeth iawn, gwaetha'r modd. Yn y diwedd, difyrion yn unig fu'r dyfeisiadau hyn, yn arf i ladd amser mewn darlithoedd diflas.

Heddiw, dridiau ar ôl cyrraedd adref o Northumberland, lle cefais fy magu, mae cyfieithu Wallace yn cyflawni swyddogaeth debyg i'r hen gofeiriau. Mae'n mynd â fy meddwl oddi ar faterion annymunol. 'Meddyliau ymwthiol' – dyna fydd Sue yn eu galw nhw. Meddyliau ymwthiol fel y ffarwél fach swta ges i ganddi pan ddaethon ni'n ôl o'n gwyliau. Yr olwg ar ei hwyneb yn dweud 'mod i wedi'i phechu hi. Ei llais ar y ffôn echdoe, mor oer, mor ddifater. A'i llais yn fy meddwl o hyd, yn dwrdio. Mae Wallace yn fy helpu i fygu'r llais hwnnw am ychydig.

Fe glywais enw Wallace am y tro cyntaf pan aeth Mam a fi i aros gydag Wncwl Wil ym Mryn Coch. Roedd John wedi gadael cartref erbyn hynny. Wncwl i Mam oedd Wil, nid i fi, ac roedd yn bur fethedig a dryslyd – er nad oedd yn arbennig o hen, o'r hyn rwy'n ei gofio. Roedd newydd golli ei wraig, a gan mai Mam oedd yr unig berthynas o fenyw ddi-briod o fewn can milltir, hi gafodd y cyfrifoldeb o'i garco a rhoi trefn ar ei bethau, cyn iddo symud i'r cartref hen bobl ym Mhontardawe. Dwi ddim yn cofio imi ei weld e oddi ar hynny, a welais i ddim rhyw lawer ohono ym Mryn Coch chwaith, am ei fod fwy neu lai yn gaeth i'w wely – ac roedd salwch a henaint, a'r holl ofalon annymunol oedd yn gysylltiedig â nhw, yn bethau gwrthun i fachgen deuddeg mlwydd oed.

Lle digon diramant oedd Bryn Coch, mae'n debyg, o edrych arno'n wrthrychol. Doedd dim golygfa werth sôn amdani, bu'r fferm ei hun yn segur ers blynyddoedd am nad oedd etifedd i'w gweithio a'i chynnal, roedd y beudy wedi mynd â'i ben iddo, roedd chwyn wedi gwladychu'r clôs, ac roedd y tir, ar un ochr, yn ffinio â'r heol brysur i Gastell-nedd. Ond, ym mlodau fy arddegau, doedd y realiti hwnnw'n golygu dim i mi. Oherwydd yr ochr draw, y tu ôl i'r fferm, rhedai afon Clydach ac yno, ar ei glannau coediog, caregog, hudol, y treuliais bron y cyfan o'r haf byr, berwboeth hwnnw. Ac os mai encil fechan oedd hi o ran maint, yr oedd, i un a faged mewn tŷ teras ymhlith rheseidiau o derasau eraill, yn anfeidrol o fawr yn y rhyddid a brofais yno. Nid ymweliad dydd Sul â Phenrhyn Gŵyr oedd hyn, na threulio ambell benwythnos gyda Mam-gu yn ei thŷ teras hithau yn Llanelli. Nid dim ond newid lle oeddwn i, ond newid cynefin, aildiwnio'r synhwyrau, byw yn ôl rhythmau gwahanol.

Fy mhrif ddiléit yn Mryn Coch oedd mynd i lawr at bwll cysgodol yn yr afon a chwilio am y chwilod a'r corynnod a'r creaduriaid bach eraill a heidiai yno ymhlith y cerrig a'r hen foncyffion; ac o gael hyd iddynt, eu hadnabod. Gwnes hynny gyda chymorth yr *Observer's Book of British Insects and Spiders*: llyfr roedd Mam wedi'i roi imi'n anrheg ben-blwydd y flwyddyn cynt. Rwy'n dal i gofio'r wefr a gefais wrth briodi'r pryfyn bach aflonydd ar gledr fy llaw ag un o'r lluniau yn y llyfr. Dyma'r profiad gwefreiddiol cyntaf a ges i erioed. A hwn, rwy'n credu, oedd y profiad a bennodd gwrs fy mywyd. Eu hadnabod ac yna eu henwi, wrth gwrs, a thrwy hynny hawlio peth o'u bodolaeth. *Whirligig (family Gyrinidae), usually found only at the surface of the water*. A dyna fe, y *whirligig* ei hun, yn ymddwyn yn gwmws fel roedd e i fod, a minnau'n ei hoelio'n sownd yng nghas arddangos y meddwl. Fy sbesimen cyntaf! 'Doeddwn i erioed wedi profi dim byd mor debyg i farwolaeth ei hun,' meddai Wallace, ar ôl darganfod glöyn byw newydd, arbennig o hardd, yn yr Amazon. Yr afon fach hon yn ymyl Castell-nedd oedd fy Amazon innau.

Ond er mor feddwol y pleser a gefais ar lannau afon Clydach, mae'n debyg mai pryfetwr amser hamdden fyddwn i o hyd, oni bai am un peth. Roedd Wncwl Wil wedi mentro lawr staer ar un o'i 'ddiwrnodau waco', fel byddai Mam yn eu galw nhw. Bob hyn a hyn byddai'n cael nerth o rywle a dweud ei fod am 'fynd ma's i dendo'r ffowls', neu 'ddod â'r da miwn i'w godro' neu ryw orchwyl tebyg y byddai'n arfer ei wneud ers llawer dydd. Ond byddai'n drysu'n druenus o weld nad oedd dim gwaith o'r fath i'w wneud, ac o weld cyflwr y tai ma's a'r clôs. Un tro, bu'n gweiddi nerth ei ben fod rhyw Mr Steele 'yn trial torri miwn a dwgyd y march'. Pwy oedd Mr Steele, a beth oedd y march yn ei wneud yn y tŷ, doedd neb yn gwybod, ond roedd y gweiddi a'r ofn yn ei lygaid yr un mor frawychus â phe buasai'n ddihiryn o gig a gwaed. Beth bynnag, daeth Wncwl Wil i lawr rhyw brynhawn, yn ei hen ddillad gwaith – y cap, y *wellies* a'r cwbl – a gweld un o'r potiau jam roeddwn i'n eu defnyddio i gludo pryfed yn ôl i'r tŷ pan oedd angen mwy o amser i'w hastudio. Siani flewog oedd ynddo ar y pryd, rwy'n credu. A dail. A dwedodd Wncwl Wil fod rhyw ddyn arall wedi galw hibo 'da Da'-cu p'ddiwrnod i ddala pryfed 'fyd', doedd e ddim yn cofio'i enw, a'i fod e wedi 'gatel ei bapurach yn y cwpwrd 'co a bod isie'u hala nhw 'nôl ato fe, o'dd, bod isie neud 'ny heddi'. A dwedodd wrtha i wedyn am ofyn i Magi os na allen ni gael hyd iddyn nhw. Magi oedd ei ddiweddar wraig. Ond byddai fe ambell waith yn drysu ac yn dweud Mari, am ei fod yn swnio'n debyg, ac am fod yna Fari yn y tŷ ar y pryd. (Mari yw enw cyntaf Mam.) Ac mae'n rhyfedd, o edrych yn ôl, sut y gallai 'gofio' pethau a ddigwyddodd ymhell o flaen ei eni, ac eto'n methu cofio marwolaeth ei wraig ei hun fis ynghynt. Adegau eraill, roedd fel petai'n gwneud hwyl am ben y peth. Byddai'n canu rhigwm od. *Mae Magi wedi marw a'i chorff sydd yn y bedd, A'i henaid yn y whilber yn mynd sha Castell-nedd.* Magi. Ynte ai Mari oedd hithau hefyd? Dwi ddim yn cofio. Y ddwy, o bosib.

Welais i ddim papurau yn y cwpwrdd. Yr hyn a ddarganfyddais yno, rhwng y Beibl teuluol a'r llyfr emynau a hen rifynnau o'r *Farmers' Weekly* a'r *Neath Guardian*, oedd llyfryn bach yn dwyn y teitl *Materials for a Fauna and Flora of Swansea*, gan Thomas Dillwyn, rhifyn o'r cylchgrawn, *Zoologist*, dyddiedig 1847, a chyfrol dipyn yn fwy trwchus na'r rhain – *My Life: a Record of Events and Opinions* – gan ryw henwr barfog, addfwyn yr olwg, yn ôl y llun ohono a geid y tu mewn i'r clawr, o'r enw Alfred Russel Wallace.

Maen nhw gen i o hyd. (Doeddwn i ddim yn ystyried mai lladrata oeddwn i, am fod Wncwl Wil mor awyddus i gael gwared â'r 'papurach' hyn. A doedd Mam yn gwybod dim am y peth.) Roedd haen drwchus o ddwst dros y cyfan. Digon sych, hefyd, oedd cynnwys y llyfrau hyn, ond roedd hynny, i mi, yn ychwanegu at eu hud a'u hapêl, yn union fel petaen nhw'n rhyw hen gistiau rhydlyd, yn disgwyl i rywun eu hagor a datgelu eu trysor cudd. Ac o bori am sbel, tra oedd Mam yn ceisio tawelu Wncwl Wil, cefais hyd i'r trysor hwnnw.

We had to go to Glamorganshire to partially survey and make a corrected map of the parish of Cadoxton-juxta-Neath. We lodged and boarded at a farmhouse called Bryn-coch (Red Hill), situated on a rising ground about two miles north of the town. Here we lived more than a year, living plainly but very well, and enjoying the luxuries of home-made bread, fresh butter and eggs, unlimited milk and cream, with cheese made from a mixture of cow's and sheep's milk, having a special flavour which I soon got very fond of. A little rocky stream bordered by trees and bushes ran through the farm, and was one of my favourite haunts. There was one little sequestered pool about twenty feet long into which the water fell over a ledge about a foot high. This pool was seven or eight feet deep, but shallowed at the further end, and thus formed a delightful bathing place.

Geiriau Wallace oedd y rhain, ryw flwyddyn cyn iddo gychwyn am yr Amazon. I mi, ni fu Bryn Coch na'r pwll tywyll byth yr un peth eto. Fe drodd yn lle chwedlonol, arwrol, arallfydol bron. Ond, ar ryw ystyr, fe aeth yn llai hefyd. Oherwydd nid digon oedd pipo dros ysgwydd y pryfetwr mawr yn ei lety dros dro; na, roedd yn rhaid cymryd rhan, orau y gallwn, yn ei anturiaethau i gyd. Man cychwyn yn unig oedd Bryn Coch. Ac felly, dros y tair blynedd nesaf, ymestynnai fy Amazon fach innau, wrth imi olrhain camau'r arloeswr yn y cymoedd cyfagos a chwilio am y sbesimenau roedd e wedi'u darganfod yno. Am yr *Adelosia picea* yng Nglyn-y-big, yr *Aplotarsus quercus* 'by the road near Crinant', y *mathinus minimus* yng nghoedwig Aberdulais, neu'r *Trichius fasciatis* 'on a blossom of *Carduus heterophyllus* near the falls at the top of Neath Vale', ac yn y blaen. Ac os byddwn mor lwcus â gweld un o'r creaduriaid hyn yn y man cywir, a datgan ei enw, yn uchel, ar lan afon neu ar lethr mynydd, fel pe bawn i'n offeiriad yn bedyddio plentyn, rwy'n siŵr na fu'r wefr a gefais yr un tamaid yn llai na'r wefr a gafodd Wallace ei hun pan fu yntau'n troedio'r parthau hyn ac yn cofnodi'i ddarganfyddiadau. Yn debyg iddo yntau, *I was bitten by the passion for species and their description.*

Yr adeg honno, adeg fy ymwneud cyntaf â maes pryfeta, dim ond rhwydo, archwilio a chofnodi'r sbesimenau a wnawn, fel arfer, a'u gadael yn rhydd wedyn. Doedd gen i ddim o'r lle na'r cyfarpar i wneud dim byd arall, na'r awydd chwaith. A dweud y gwir, cefais fy nychryn gan rai o'r hanesion a ddarllenais am y pryfetwyr cynnar a'u harferion rheibus, a bu John McGillivray yn destun mwy nag un hunllef ym mlynyddoedd fy mebyd. (Dyma'r naturiaethwr a ddefnyddiodd ddryll i ddal y sbesimen cyntaf erioed o *Ornithoptera victoriae* Gray, glöyn byw anferth sy'n hedfan ym mrig y coed, y tu hwnt i afael y casglwr mwyaf pybyr.) Doedd Wallace ei hun fawr gwell. Ysbryd ei gyfnod, debyg iawn. A hefyd, wrth gwrs, yr angen am ennill bywoliaeth. Gydag amser, deuthum i werthfawrogi mai pris annymunol ond anochel cynyddu gwybodaeth oedd yr ysbeilio hwn. Ble byddai'r Amgueddfa hebddo?

Enwi'r pryfed yn Saesneg wnawn i, wrth gwrs: doedd dim dewis yr adeg honno. Enwau digon swynol oedden nhw, hefyd: y Rosy Footman, y Round-winged Muslin, y Satin Lutestring, y Gothic Wainscot, yr Heart and Dart, ac yn y blaen. A'u henwi yn Lladin hefyd, o ddilyn arferion dosbarthu y llyfrau safonol. Ond roedd fy anallu i adnabod y creaduriaid hyn yn fy mamiaith, na siarad na sgrifennu amdanynt, yn sicr yn cwtogi ar y pleser o'u cofnodi, os nad o'u darganfod. Ac roedd hynny, yn bendant, yn rhan o'r cymhelliad i drosi gweithiau Wallace i'r Gymraeg. Roedd y chwilen fwgan a'r gleren fustl yn haeddu cael eu bedyddio yn nyfroedd eu cynefin. A hefyd, efallai, roedd ynof awydd i gogio bod y glöyn byw godidog a ddarganfuwyd gan Wallace yn yr Amazon wedi'i ddal am y tro cyntaf yn rhwyd y Gymraeg, nid y Saesneg. I ddychmygu gorffennol gwahanol, helaethach, rhyfeddach.

Hidlo gwybed, Jim. Hidlo gwybed. Llais Sue yn dwrdio. Y llais yn fy meddwl.

Rhaid i mi fynd draw i weld Mam.

5 *Déjà Vu*

DOES DIM FFENESTRI yn y coridor hir. O ganlyniad, ni welir yma ddim golau naturiol, na dim cysgodion chwaith: rhyw wawl drydanol unffurf sy'n llywodraethu ddydd a nos ar hyd y flwyddyn. Yn waeth na hynny, mae'r lle'n drewi'n barhaus o fresych berwedig a grêfi. Canaf y gloch ac yna agor y drws â'm hallwedd fy hun.

'Mam!'

Safaf yn fy unfan. Pesychaf.

Tawelwch.

'Mam!'

'Helô? Ti sy 'na, Jim?'

'Ie, Mam.'

Mae Mam yn byw ar ei phen ei hun mewn fflat bwrpasol nid nepell o'm cartref. Ceisiaf alw heibio ryw ddwywaith bob wythnos i gadw cwmni iddi. Byddwn yn mynd allan am dro o bryd i'w gilydd, hefyd, yn enwedig yn yr haf, ond mae'n ganol hydref nawr a'r dail gwlyb yn drwch ym mhob man, ac mae Mam wedi cael un codwm cas yn barod eleni. Mae'n ddigon heini o hyd, serch hynny, o ystyried ei hoedran – bydd hi'n 80 ymhen deufis – ac yn gallu gwneud ei siopa i gyd ei hunan. A dweud y gwir, mae arna i ofn ei bod hi weithiau'n rhy annibynnol, yn ystyfnig o annibynnol. Mae'n pallu'n deg â derbyn cymwynas gan yr un o'i chymdogion, ac mae'n ddigon cyndyn o ofyn am help gan ei theulu hefyd.

'Shwt mae'r hwyl, Mam?'

'Ydy Sue 'da ti?'

Pan ddof i mewn i'r lolfa fechan, dim ond ei thraed y galla i eu gweld, wrth waelod y gadair esmwyth. Mae'r gadair yn wynebu'r ffenest ac mae fel petai wedi mynd yn fwy wrth i Mam fynd yn llai. Tŷ dol o le yw'r fflat, a Mam wedi crebachu i'r maint priodol. Maint plentyn. Ond erys y gadair fel celficyn strae o gartre'r cewri.

'Mae hi'n gweithio, Mam. Fuost ti lawr yn cael coffi 'da'r lleill bore 'ma?'

Fydd Mam byth yn mynd i'r boreau coffi, rwy'n gwybod hynny: mae'n gas ganddi falu awyr â lot o hen fenywod cecrus, meddai hi. A gweddwon ydyn nhw bron i gyd, wrth gwrs: eu gwŷr wedi mynd ymhell o'u blaenau. Mae yno ambell eithriad. Sid a Bronwen, er enghraifft, sydd newydd ddathlu 65 mlynedd o fywyd priodasol. A'r hen lanc â'r *cravatte* a'r ewinedd melyn. A Miss Heavers. 'Bydde honco'n llai o grystyn sych,' bydd Mam yn ei ddweud, fel tiwn gron, 'se hi wedi agor ei meddwl unwaith neu ddwy.' Gan ychwanegu, weithiau, 'A'i choesau 'fyd.' Ond heb wên. Suro at bobl mae Mam, yn ei henaint. Ond rwy'n ei hannog hi o hyd ac yn gobeithio, rywbryd, y bydd ei hunigedd yn ei sbarduno i gymdeithasu mwy.

' … Ti wedi gofyn 'ny'n barod, Jim…'

Ond problem fwyaf Mam yw ei chred bod popeth mae hi'n ei weld a'i glywed wedi digwydd o'r blaen.

'Naddo, Mam.'

'Do… gynne fach… '

'Newydd gyrraedd ydw i, Mam… '

'Na… gallen i dyngu… '

Gallai Mam dyngu bod y dyn ddaeth i drwsio'r teledu yr wythnos diwethaf wedi dod yr wythnos gynt hefyd. Gallai dyngu mai hen newyddion y bydd hi'n eu clywed byth a hefyd ar y radio, ac i beth 'nelen nhw shwt beth? *Paramnesia* yw enw'r meddygon ar y cyflwr. Rhyw *déjà vu* parhaus: fel rhifyn omnibws diderfyn o hen opera sebon.

'Ti wedi bod ma's, Mam…?'

'Do… Es i moyn torth a pisyn o gaws… '

Gwelaf ddwy botel lawn ar ben y dreser.

'A'r poteli, Mam…? Gariaist ti ddim o'r rheina 'nôl dy hunan, gobeithio?'

Edrycha draw ar y poteli sieri.

'Bachan ffein sy yn yr off-leisens, yntefe…? Ac ma' fe wedi cynnig cario'r poteli draw… Os eith hi'n drech… '

Ac mae hi'n derbyn cynigion tebyg gan y siopau i gyd, chwarae teg iddyn nhw: cynigion nad yw hi byth yn manteisio arnynt, wrth gwrs. Ond pam prynu dwy botel o sieri ar y tro? Pam prynu gormod o bopeth? Roedd dwy botel lawn yn y cwpwrdd yn barod. Mae twmpath o roliau tŷ bach yn y stafell wely sbâr, hefyd. (Does dim digon o le iddyn nhw yn y tŷ bach ei hun.) A dwi ddim yn gwybod faint o badiau sgrifennu ac amlenni o bob maint a lliw sydd ganddi mewn gwahanol ddreiriau a chilfachau, a hithau'n sgrifennu at fawr neb y dyddiau hyn.

'Ond Mam fach, 'wy wedi cynnig hôl y pethe trwm i ti'n hunan…'

Tynnaf anadl ddofn.

'Beth weden nhw se ti'n cwmpo a'r poteli'n torri a tithau ar dy din ynghanol y sieri i gyd?'

Mae'n chwerthin. Ond does dim yn tycio.

'Nag wyt ti'n ei gweld hi'n dywyll 'ma, Jim?'

A dyma ddechrau ar ddefod arall.

'Y goeden, Mam… Y goeden fawr tu fa's… Yn bwrw cysgod… Bydd y dail yn cwmpo'n ddigon clou.'

Oherwydd, er bod Mam yn meddwl bod pethau sy'n digwydd am y tro cyntaf wedi digwydd o'r blaen – wedi digwydd droeon o'r blaen – dyw hi ddim o reidrwydd yn cofio'r pethau *sydd* yn digwydd dro ar ôl tro. Mae'r sgwrs hon, sgwrs rwy'n hen gyfarwydd â'i holl drofaon a chuddfannau, yn diriogaeth fythol newydd iddi.

'… A'r adar mawr du 'na, yn hedfan yn gro's i'r ffenest… Sa'i erio'd wedi gweld adar mor fawr… Ydy rheina'n byw yn y goeden, Jim? Pam bod yr adar gymint yn fwy ffor' hyn?'

Brain sydd ganddi. Rhai digon cyffredin, ond am ryw reswm – effaith y bilen sy'n dechrau pylu'r ddau lygad erbyn hyn, siŵr o fod – mae eu maint wedi tyfu, yn ei golwg hi, i raddfa frawychus, hunllefus.

'Fydden nhw byth wedi ca'l nythu… Wyt ti'n clywed eu sŵn nhw, Jim…?'

'Ydw, Mam, ydw…'

'Fydden nhw ddim wedi ca'l nythu mor agos i'n tŷ ni, na fydden nhw, Jim? 'Na un peth galli di weud ambwyti fe... '

'Pwy, Mam...? Am bwy ti'n siarad?'

Saib.

'Hwpa'r stôl 'na dan 'yn nhra'd i, 'nei di, Jim?'

Saib arall.

'Ti'n cofio pan dorraist ti'r ffenest yn y bac?'

'John dorrodd hi, Mam.'

'Beth wedest ti?'

'Wedes i taw John dorrodd y ffenest... '

A minnau'n dal yn fy nghlytiau.

'Galle fe droi ei law at bethe fel 'na... '

Ond y tro hwn, dwi ddim yn porthi.

'Gymeri di ddisgled, Jim? Neu gwrw bach?'

Af i'r gegin i wneud cwpanaid o de ac arllwys sieri i Mam, a chael cip, wrth fynd heibio, ar y cypyrddau a'r rhewgist, i wneud yn siŵr nad dychmygu gwneud y siopa wnaeth hi.

'Diolch, Jim.'

A minnau wedyn yn newid y testun. Newid o destun sathredig a llawn gofid i destun sathredig mwy diniwed. Ddaeth y plant i dy weld ti dros y penwythnos, Mam? Ffonodd John? Ti wedi gweld rhywbeth da ar y teledu? Ac o ddilyn y trywydd hwnnw bydd Mam, wrth gwrs, yn taeru iddi weld pob pennod o *Pobol y Cwm* o'r blaen. Os yw'r plant wedi galw, cwyna eu bod nhw wedi ei blino hi â'r un storïau â'r tro diwethaf. 'I beth maen nhw'n rwdlan am yr un pethach o hyd, Jim?'

Ond, y tro hwn, nid cwestiwn llenwi bwlch sydd gen i.

'Wyt ti'n cofio'r wythnos diwetha, Mam, pan ffonais i i ddweud pryd bydden ni'n dod 'nôl...?'

'Wsnoth dwetha?'

'Ie… '

'Wrth gwrs bo' fi'n cofio… O't ti bant ar dy holidês 'da Sue a'r plant.'

Dechrau da. Mae hi'n cofio. Ac i brofi ei bod hi'n cofio'n gywir mae'n codi llyfr bach glas oddi ar y bwrdd wrth ei hymyl ac yn dyfynnu o'r cofnod diweddaraf.

'Sykes Cottage Embleton gadael dydd Sadwrn yn ôl marce chwech ffôn nymbyr ô one two four four three seven six.'

'Ie, 'na ti… Ond Mam, wyt ti'n cofio –'

'I Bolam bydden ni'n mynd.'

'I le, Mam?'

'Pan o't ti'n grwtyn bach… O'dd llond lle o frogaid 'no… Yn y llyn… A *newts* 'fyd… '

'Ond pan ffonais i… '

'Fydde dim un o'nhw'n byw'n hir iawn, cofia… '

'Na fydden… Na… Ond pan ffonais i, wyt ti'n cofio fi'n dweud rhywbeth am Sue. Mm? Pan o'n ni bant ar ein holidês, fi, Sue a'r plant. Pan ffonais i i ddweud pryd bydden ni'n dod 'nôl. Ddwedais i fod rhywbeth yn bod?'

'Na, na… Rwy'n cofio nawr… '

'Wyt ti, Mam?'

Saib.

'Cofio beth wyt ti, Mam? Beth wyt ti'n 'i gofio?'

'Wy'n cofio ti'n holi o'r bla'n… Ydw… A paid ti â gweud taw un o'r pethach 'na yw e 'fyd… Achos wy'n cofio'r cwbwl… O'n i'n gweud ambwyti'r adar, a wedyn holaist ti am … am… '

'Am Sue…?'

'Am Sue… A wy'n gwbod yn iawn be ti'n mynd i weud nesa…'

'Ie, Mam?'

'Wy jest â chofio nawr… Aros di… Deith e 'nôl i fi nawr…'

6 Ynglŷn â Hoelio Pryfed

TRWY FLYNYDDOEDD FY mebyd, bu'n rhaid bodloni ar bryfed mwy gwerinol na'r Brenin. Ambell waith, byddwn i'n hela'r rhain ym mhen uchaf y cwm a rhai o'r mannau eraill roedd Wallace wedi'u mynychu ganrif a hanner ynghynt. Ond, a minnau'n fachgen ifanc prin fy adnoddau, doedd hynny ddim bob amser yn ymarferol. Mwy hwylus a llai costus oedd ymweld â safleoedd oedd yn nes at fy nghartref yn Nhreforys. Wrth lwc, mae'r safleoedd hyn, ac yn arbennig yr ardaloedd arfordirol cyfagos, ymhlith y mwyaf cyfoethog yng Nghymru. Yn wir, maen nhw'n rhagori ar y rhai a gysylltwn â Wallace ei hun. Rhaid cofio mai gwaith digon llafurus, yn oes y gŵr mawr, oedd tramwyo'r gweunydd a'r gwlyptiroedd anghyfannedd a wahanai Gwm Nedd oddi wrth brif gyrchfannau pryfeta ein dyddiau ni, megis Porth Tywyn, Pen-bre, Machynys a Bynea. Hyd yn oed i mi, yn yr 1970au, roedd yn fwy cyfleus, weithiau, yn hytrach na threulio amser a gwario arian ar ddal y bws yn ôl ac ymlaen o Dreforys, i sefyll gyda Mam-gu ar ochrau gorllewinol Llanelli. Oddi yno, gallwn i seiclo'n rhwydd i'r safleoedd hyn i gyd.

Oedd, roedd yn gyfleus. Ac fe edrychaf yn ôl ar y cyfnod hwnnw gyda rhywfaint o hiraeth, fel y bydd crefftwr yn dwyn balchder a boddhad o gofio dyddiau'i brentisiaeth, ni waeth pa mor llwm oeddent. Hidlo'r drwg mae'r cof, a da hynny, oherwydd doedd hi ddim yn fêl i gyd. Bu Mam-gu yn byw ar ei phen ei hun ers sawl blwyddyn, ac roedd hi wedi troi yn hen fenyw eitha crablyd. Nid yn gyfan gwbl ar ei phen ei hun chwaith. Roedd ganddi ast fach ddu o'r enw Blackie, creadures amhendant ei llinach, ac mor dew ag roedd Mam-gu o denau. Byddai Mam-gu'n siarad â'r ast hon trwy'r dydd. Gyda hi, yn hytrach na'i hŵyr, y rhannai glecs y pentref, anhwylderau henaint a manylion y rhestr siopa. A thrwy Blackie, yn rhyfedd iawn, y cyfeiriai ei hymdrechion i'm disgyblu. 'Mae James yn gwbod na geith e symud o'r ford 'ma nes bod e'n byta'i gin'o i gyd, nac yw e, Blackie?' 'Naw o'r gloch, Blackie! Nac yw'r crwt 'na'n gwbod pryd mae e fod mynd i'r gwely?' Roeddwn i'n fach am fy oedran, ac weithiau gallwn i dyngu bod Mam-gu yn gweld o'i blaen, nid llencyn deuddeg mlwydd oed digon annibynnol ac atebol, ond rhyw gi bach arall, un stwbwrn, anystywallt yr oedd angen torri ei ewyllys. 'Cael gormod o faldod 'da'i fam, yntefe, Blackie?' Cadwai Mam-gu ei maldod hithau ar gyfer yr ast. Ni wenai'n aml iawn. Wyneb tenau, crychlyd oedd ganddi. Nid 'afal-wedi-gwsno' y storïau tylwyth teg, yn sicr. Wyneb esgyrnog, crychlyd, dyna i gyd.

Oedd, roedd Mam-gu mor denau â rhaca, a doedd hynny ddim yn syndod o ystyried cyn lleied roedd hi'n 'i fwyta. Yr un prydau bach pitw gawn innau hefyd, wrth reswm, a bu'n rhaid mynd â thocyn go sylweddol gyda mi ar fy nhrafaels fel na fyddwn i'n llwgu. Na, nid rhaca. Cryman. Dioddefai'n wael iawn gyda'r gwynegon, yn enwedig yn ei dwylo a'i choesau, ac o'r herwydd cerdded yn ei chwman fyddai hi, gan ddefnyddio ffon. Ac fe âi â'r ffon honno i bob man. Defnyddiai hi i newid y sianel ar y teledu ac os byddai eisiau ei ffags yn y bore, neu ddisgled, a hithau'n methu codi oherwydd ei chloffni, byddai hi'n bwrw'r llawr neu'r wal i ddal fy sylw. Unwaith, rhedodd â'r ffon ma's i'r ardd (gallai symud yn ddigon chwim pan oedd angen), dan regi fel tincer, i ladd dwy chwilen fawr roedd Blackie wedi'u rhyddhau o'm storfa ddirgel yno. (Feiddiwn i ddim dweud wrth Mam-gu am y bocs hwn gan gymaint ei hatgasedd at drychfilod, ac fe gedwais y gyfrinach tan ei marw.)

Ond, er gwaethaf y trafferthion hyn, gwnes fy ngorau i dorchi llewys o gwmpas y tŷ ac i ufuddhau i orchmynion y ffon. Gydag amser credaf i ni fagu rhyw fath o *modus vivendi* a oedd yn fuddiol i ni'n dau. Yn sicr, roedd y trefniant yn fy siwtio i'r dim o ran fy ngweithgareddau pryfeta. Ac roedd Mam yn falch 'mod i'n gallu cadw llygad ar Mam-gu a hithau'n methu gwneud llawer i'r cyfeiriad hwnnw oherwydd gofynion gwaith.

Fynnwn i ddim diflasu'r lleygwr trwy restru hyd yn oed uchafbwyntiau'r cyfnod hwnnw. Digon yw dweud i mi lwyddo i adnabod deuddeg o'r pedair rhywogaeth ar bymtheg o glêr-lladd-malwod a drigai yn Fforest Pen-bre, sef y rhai y gallwn wahaniaethu rhyngddynt gan ddefnyddio chwyddwydr. Bu'r orchest hon yn blufyn mawr yng nghap pryfetwr ifanc, ac fe arweiniodd, yn bendant, at fy niddordeb proffesiynol mewn *diptera* mewn blynyddoedd i ddod. Bûm hefyd mor lwcus â gweld, ar fawndir Llannon, sawl sbesimen o'r pryfyn prin hwnnw, Carw'r Gwellt (*Sabacon viscayanum*), a'r Chwilen Grwydr (*Hadrognathus longipaplis*): rhywogaethau a ystyrid gynt yn fewnfudwyr diweddar ond a arddelir bellach, oherwydd pellter Llannon o unrhyw gynefinoedd posibl eraill, yn frodorion o waed coch cyfan. Achos llawenydd, hefyd, ym Mhorth Tywyn, oedd cael hyd i'r Chwilen Ddaear (*Panageus crux-major*): creadur du ac oren hynod drawiadol a fu'n gyffredin trwy gydol de Cymru ar un adeg ond sydd bellach yn gyfyngedig i'r twyni hyn.

Ond, er mor gofiadwy oedd y darganfyddiadau hyn, ac eraill, y mwyaf cofiadwy o'r cwbl, yn ddiau, oedd Chwilen Ddail ddigon di-nod o'r enw *Timarcha tenebricosa*. Yn anffodus, nid oes balchder na boddhad yn gysylltiedig â'r trychfilyn arbennig hwn, er iddo nodi *rite de passage* go bwysig yn fy ngyrfa gynnar fel pryfetwr. Dylwn nodi, yn y fan yma, mai dyma'r adeg – o gwmpas y pedair blwydd ar ddeg oed – pan rois gynnig ar gasglu fy sbesimenau cyntaf. Mae hyn, rwy'n siŵr, yn gam y mae'n rhaid i bob prentis o entomolegydd ei gymryd os yw o ddifri ynglŷn â'i alwedigaeth. Ond mae'n gam na ddylid, ar unrhyw gyfrif, ei gymryd yn ysgafn. Mae'n bosib 'mod i wedi mentro'n rhy gynnar. Beth bynnag, cefais fenthyg yr unig lyfr pwrpasol oedd ar gael yn llyfrgell Abertawe, sef *Collecting, Studying and Preserving Insects* gan H. Oldroyd, a chael sioc o weld yr holl gyfarpar a ystyrid yn anhepgor ar gyfer hyd yn oed y pryfetwr lleiaf uchelgeisiol: y *sweepnets*, y *beating trays*, y *poosters*, y *killing bottles*, yr *aspirators*, y glud, y pinnau a'r nodwyddau amrywiol, y cemegau, y gwahanol fathau o bapur – a myrdd o bethau eraill, hyd at y math o inc yr oedd yn rhaid ei ddefnyddio wrth sgrifennu ar y labeli.

Yn niffyg y pethau hyn, ac yn niffyg yr arian i'w prynu, cyntefig ac amrwd oedd fy offer i. Jariau losin – rhai bach plastig o'r siop gornel ym Mhentre-poeth – oedd y botel gasglu a'r botel ladd fel ei gilydd. Ac roeddwn i wedi begera amryw o focsys o siopau eraill ar gyfer cadw'r sbesimenau a'u hastudio. Bocsys sgidiau dringo oedd orau: yn gadarn ac yn fwy o faint na'r lleill. Gallwn ffitio o leiaf chwech o bryfed bach ym mhob un o'r rhain, ynghyd â'u cardiau adnabod; roedd angen mwy o le, wrth reswm, ar gyfer y chwilod mawr a'r glöynnod byw. Cas gobennydd â weiren trwyddo ar ben cansen oedd y rhwyd. Yn anffodus, roedd hon mor llipa â macyn poced, ac ychydig iawn o sbesimenau a ddaliais ynddi, er ysgubo'n ddiwyd am oriau trwy'r hesg a'r grug a'r brwyn. Ond bûm yn fwy llwyddiannus gyda'r *coleoptera*, yn enwedig y rhai anhedegog, am fod modd hysio'r rheiny i'r botel ladd â dim mwy na brigyn bach.

Erbyn i mi gyrraedd fy mhedair ar ddeg, hefyd, roedd fy nghroen yn llawer mwy trwchus nag yr oedd flwyddyn neu ddwy ynghynt. Byddai Wallace wedi cymeradwyo hynny, rwy'n siŵr. Roeddwn wedi diosg fy agweddau 'cysetlyd' tuag at greaduriaid di-asgwrn cefn a dechrau eu gweld am yr hyn oeddent. Sut tewhaodd y croen? Wel, fe wyddwn yn barod, wrth gwrs, bod Natur yn gallu bod yn fam greulon, a defnyddio'n hieithwedd anthropomorffig arferol. Roeddwn wedi gweld y corynnod a'r morgrug wrth eu campau. Deuai'r gath ataf yn gyson gyda'i hoffrymau hithau, yn llygod ac adar bach, rhai yn dal i wingo a gwichian. A bûm yn dyst dyddiol bron i helfa'r boda a'r curyll coch uwchben y Farteg ac Allt-y-grug yn ymyl yr ysgol. Yr un wers a ddysgai pob un o'r pethau hyn i mi: trechaf, treisied.

Ond y diffyg cemegau oedd y broblem fwyaf. Gellwch ddyfeisio eich potel ladd eich hun. Gellwch lunio rhyw lun ar rwyd a blwch cadw. Anos o lawer yw cael hyd i gemegyn a 'wnaiff y tro'. Doedd dim modd i fachgen o'm hoedran i brynu ethyl alcohol yn y siop gemist. A feiddiwn i ddim gofyn i Mam: roedd hi'n ddigon amheus o'm hobi yn barod. Yn wyneb yr anhawster hwn, bûm yn arbrofi gyda dulliau eraill o ladd y sbesimenau. Rhois gynnig ar eu boddi mewn dŵr, ond roedd yn anodd eu sychu wedyn heb rwygo'u hadenydd a'u coesau. Ceisiais eu mygu mewn cwdyn bach plastig, ond heb fawr o lwyddiant. A bûm am sbel yn eu cadw mewn blwch caeedig, gan hyderu y byddent, ymhen hir a hwyr, yn marw o ddiffyg maeth. Ymgais ofer fu hynny hefyd. Cadwent gymaint o sŵn, gyda'u ffrystio a'u sgrialu a'u crafu fel mai fi, ac nid y pryfed, a oddefai fwyaf, a hynny oherwydd diffyg cwsg. Ofnwn, hefyd, y byddai Mam yn dod o hyd iddynt ac yn dweud y drefn wrtha i am gadw 'pethach ffiaidd ambwyti'r lle'. Fe'i siarsiais i beidio â dod i mewn i'm stafell wely rhag iddi annibennu fy ngwaith papur, neu ddymchwel un o'r blychau sbesimenau, ond gwelwn ôl ei dwsto a'i hwfro o bryd i'w gilydd. Dechreuais wneud fy hwfro fy hun yn y cyfnod hwn, er mwyn peidio â rhoi esgus iddi. Credaf i hynny – glanweithdra a redai'n groes i natur yr arddegyn nodweddiadol – beri mwy o bryder i Mam na'r pryfed hyd yn oed .

I'r hwfer y bo'r diolch am ddatrys y broblem hon. Ac am greu un arall yn ei lle. Oherwydd, wrth roi'r hwfer yn ôl yn y cwtsh-dan-sta'r ymhlith yr hen duniau paent, y rholiau papur, y brwsys yn eu jamjars, y bocseidiau o hoelion a sgriws a phlygiau, fe welais ddwy botel wydr. Roedd un yn llawn o ryw hylif tryloyw, di-liw. Dim ond ychydig ddiferion oedd yn y llall. Yr un label oedd ar y ddwy: *Carbon Tetrachloride DO NOT INHALE FUMES.* A rhyw rybuddion cyffelyb. Gwn erbyn hyn, wrth gwrs, mai stwff glanhau carpedi a chelfi oedd hwn, o gyfnod ein symud i mewn, debyg iawn. Ond digon ar y pryd oedd gwybod na ddylid, ar unrhyw gyfri, anadlu'r cyfryw hylif. Dyma'r hylif i mi, meddyliais. Tynnais gorcyn y botel wag a'i wynto'n betrus. A'i wynto eto. A chael fy siomi braidd nad oedd yr aroglau'n fwy brathog, fel oedd yn weddus yn fy meddwl i, i wenwyn o'r iawn ryw. I wenwyn tebyg i amonia a hydrogen swlffid a defnyddiau drycsawrus eraill y gwersi Cemeg yn yr ysgol. Yn wahanol iddyn nhw, roedd ar yr hylif hwn aroglau go felys, aroglau a'm hatgoffai braidd o stafell molchi Mam-gu. Roedd yn anodd credu y gallai sent hen fenyw wneud niwed hyd yn oed i'r lleiaf a'r eiddilaf o wybed daear.

Ar ôl i mi ddychwelyd o dŷ Mam-gu y penwythnos canlynol, wedi diwrnod o gasglu llwyddiannus, rhois haenen o wlân cotwm ar waelod y botel ladd. Gan ddefnyddio gwelltyn yfed fel *pipette*, taenais ychydig ddiferion o'r Carbon Tetrachloride drosto. Euthum ati wedyn i drosglwyddo'r pryfed o'r botel gasglu. Roeddwn wedi dal rhyw ddeg sbesimen y bore hwnnw ar dwyni Pen-bre a dod â nhw adre'n fyw. Yn eu plith roedd pryfyn lleidr, chwilen deigr – math o gorryn sy'n dynwared morgrugyn – cwpl o löynnod byw ac amryw o bethau eraill. Hefyd, fel dwedais i o'r blaen, roedd enghraifft ddigon safonol o Chwilen Ddail. Yn niffyg offer mwy soffistigedig, ac i sicrhau na fydden nhw'n dianc, bu'n rhaid arllwys y cyfan o'r creaduriaid hyn yn ddiseremoni o'r naill botel i'r llall a dodi'r clawr arnynt yn ddisymwth. Y glöynnod byw, fel y gellid disgwyl, achosodd y trafferth mwyaf, gan hyrddio eu hunain i bob cyfeiriad, a thipyn o gamp oedd cael y ddau i aros yn yr un botel ar yr un pryd. Ond fe'u cafwyd i fwcwl yn y diwedd.

Roedd yr hylif persawrus yn amlwg yn fwy grymus nag yr oeddwn i wedi tybio. Ymhen cwta ddwy funud, aeth pob creadur yn llonydd, heblaw am wingad bach coes fan hyn neu gryndod antena fan draw. Y glöynnod, wedi'u tipyn gwrthryfel, oedd y cyntaf i ildio, efallai am eu bod nhw'n cael blas ar y cemegyn. (Mae glöynnod yn blasu gyda'u traed.) Ac wrth i'r sbesimenau ddechrau trigo, euthum ati i baratoi'r labeli, fel hyn.

Plateumaris braccata
Fforest Pen-bre
SN 005 413

Daliwyd â rhwyd yn yr hesg
8.8.1974
J. Robson

Y dasg nesaf oedd eu hoelio. Roeddwn eisoes wedi rhoi darn o bolysteirin ar waelod dau o'r bocsys sgidiau, i dderbyn y pinnau. Pinnau o focs gwnïo Mam oedd y rhain, rhai hir a rhai byr. O ystyried fy niffyg profiad, barnais mai doeth fyddai dechrau gyda'r sbesimen mwyaf. Chwilen Ddail oedd y sbesimen hwn, digwydd bod. Cedwais mor agos ag y gallwn at y cyfarwyddiadau yn llyfr Mr Oldroyd, gan symud yn ofalus a phwyllog o un cam i'r llall, sef gosod y trychfilyn yn y man cywir ar y garden, ymestyn y coesau ac, yn olaf ac yn bwysicaf, chwilio yn y thoracs am yr union gyhyrau y byddai'n rhaid gwthio'r pìn rhyngddynt er mwyn sicrhau gafael tyn. Haws dweud na gwneud. Yn wir, mor galed oedd y cwtigl (yn wahanol i ni, mae trychfilyn yn gwisgo ei sgerbwd ar y tu allan), ofnwn y byddai'n rhaid i mi ddefnyddio morthwyl i wneud y job yn iawn. Ond ymhen munud neu ddwy o ffwlffala a thuchan, fe lwyddais, rywsut, i daro'r pìn i'w le. Fe'i gwthiais, wedyn, trwy'r garden â'r manylion disgrifiadol arni ac yna ei gosod yn sownd yn y polysteirin. Roedd fy sbesimen cyflawn cyntaf yn barod. Eisteddais yno a'i astudio'n fanwl o bob cyfeiriad. Ystyriais y coesau a'u plygiadau rhyfedd. Ystyriais yr abdomen trwchus a'i olwg fetalig: golwg a'm hatgoffai o faelwisg rhyw filwr troed o'r Oesoedd Canol. Ac roeddwn i'n falch.

Rhois glawr ar y bocs a'i ddodi yng ngwaelod y wardrob, lle câi lonydd, siawns, rhag ymyrraeth Mam ac unrhyw un arall a ddigwyddai alw heibio. A symudais ymlaen at y sbesimen nesaf. Bûm wrthi am lawn ddwy awr cyn cwblhau'r hoelio i gyd a chartrefu gweddill y trychfilod yn y wardrob. Pan euthum i'r gwely, o'r diwedd, roeddwn wedi ymlâdd yn llwyr. Ond fe'm llenwyd hefyd â rhyw foddhad nad oeddwn wedi'i brofi o'r blaen. Nid y boddhad cyffrous a gawn wrth ddarganfod pryfyn newydd yn y caeau. Na, roedd hyn yn foddhad mwy aeddfed, mwy cyfrifol rywsut – boddhad rhywun sydd wedi darganfod ei gwrs mewn bywyd a gwybod, am y tro, mai dyna i gyd sydd ei angen arno.

Brynhawn trannoeth, deuthum adref o'r ysgol ychydig yn gynharach nag arfer. Chwilio am fy allwedd oeddwn i pan glywais y sgrech. Un sgrech fer. Rhedais i fyny'r grisiau a gweld Mam yn sefyll yng nghanol fy stafell wely, yn gryndod i gyd. Roedd y bocs ar y gwely o'i blaen, heb ei glawr. 'Beth 'nest ti iddo fe?' meddai hi. Ac eto. 'Beth 'nest ti iddo fe?' Ac eto. Ac eto. Yn y bocs, roedd y Chwilen Ddail wedi dod ati'i hun. Roedd yn gwneud ei gorau glas i ddianc, ond allai hi ddim. Allai hi ddim rhedeg na chropian am ei bod hi'n gaeth i'w stanc. Allai hi wneud dim ond chwyrlïo yn ei hunfan fel Catherine Wheel. Nofio yn yr awyr. Dawnsio â'i chysgod ei hun. A chlecian fel nodwydd ar hen record. *Cer-íc. Cer-íc. Cer-íc.*

'Smo hi'n teimlo dim byd, Mam.'

Hoelio chwilen am y tro cyntaf

7 E-bost gan Cerys

YCHYDIG IAWN O'R pryfed yn yr Amgueddfa a welir gan y cyhoedd. Cedwir y rhan fwyaf o'r casgliadau yng nghrombil yr adeilad, yn bell o'r golwg. Ac yno, hefyd, y mae fy stafell innau. Dywedaf 'fy stafell innau', ond dwi ddim yn ddigon breintiedig i gael stafell gyfan i mi fy hun: y mae'n gartref hefyd i dros gan mil o chwilod, rhai Prydeinig gan fwyaf. Gosodwyd y rhain yn nhrefn yr wyddor, mewn droriau pwrpasol sy'n ymestyn o'r llawr i'r nenfwd. Ceir chwe rhes o'r droriau hyn, un ar ben y llall, yng nghanol y stafell, a nifer o resi eraill ar hyd dwy o'r walydd. Yn y gornel bellaf mae fy nesg, o dan y ffenest uchel. (Mae'n uchel am fod y rhan fwyaf o'r stafell dan ddaear. Does dim ffenestri o gwbl mewn llawer o'r stafelloedd eraill, y rhai sydd yng nghanol yr Adran.) Rwyf hefyd yn rhannu'r stafell â dwy biben. Mae'r rhain mor drwchus â dwy dderwen hynafol ac yn debyg i'r pibau a welir yn *engine room* rhyw long gefnfor: oherwydd yma, yng ngwaelodion yr Amgueddfa, y mae calon a pherfeddion y system wresogi.

Rwy'n archwilio chwilen-gorryn o Awstralia pan ddaw galwad ffôn gan y porthor i ddweud bod Sue yn disgwyl amdanaf wrth y fynedfa gefn.

Sue.

Sue?

'Bydda i draw nawr.'

Mae gan yr Amgueddfa reolau diogelwch tyn. Does neb yn cael crwydro'r coridorau cudd heb fod rhywun yn ei fugeilio. Does neb yn cael mynediad heb gael tynnu'i lun a chofnodi'i fanylion, yn union fel petai'n ymgeisio i fod yn sbesimen yn un o'r casgliadau. Ac felly, er bod Sue yn hen gyfarwydd â'r byd tanddaearol hwn, rhaid i mi wneud fy ffordd draw i gwt y porthor a'i hebrwng hi'n ôl i'm stafell.

Mae'n darllen y syndod ar fy wyneb.

'Gobeithio nad oes ots 'da ti, Jim.'

'Ddim o gwbl... Mae'n hyfryd dy weld di... Syrpreis fach neis...'

Ac mae'n wir. Mae'n dda iawn gen i ei gweld. A pheth digon anghyffredin yn ddiweddar, hefyd. Mae'n cario *boxfile* dan ei chesail. Rwy'n drysu.

'Mae dy wallt di'n wahanol, Sue.'

'Mae'n fyrrach... Wedi'i dorri fe, 'na i gyd.'

Mae'r steil newydd wedi caledu ei hwyneb, wedi ei foeli. Mae wedi rhoi iddi wedd fwy clinigol, ac efallai mai dyna oedd y bwriad, i feithrin delwedd fwy cydnaws â'i gwaith. Neu â'i hoedran. Gwn fod hyn yn dir peryglus.

'Mae'n edrych yn smart iawn.'

'Smart?'

Mae hi'n gwenu. A gyda'r wên, mae'r caledu'n cilio. Rhoddaf fy mreichiau am ei chanol.

'Neis ofnadw dy weld di, Sue... Ac rwy'n flin am...'

Mae'n rhoi ei dwylo'n ysgafn ar fy ysgwyddau. A'r ysgafnder hwnnw sy'n dweud bod ei meddwl ar faterion eraill. A hynny, yn ei dro, yn dweud nad er mwyn fy ngweld i y galwodd heibio.

Ceisiaf lenwi'r bwlch.

'Es i draw i weld Mam neithiwr...'

'A shwt mae hi?'

'O, yr un peth ag arfer... Yn meddwl bod popeth wedi digwydd o'r blaen.'

Ac mae chwant gen i ddweud 'ac yn waith caled, hefyd', ond rwy'n ymatal. Byddai Sue yn meddwl fy mod i'n bathetig, a hithau'n gorfod dygymod â phobl llawer mwy anhydrin na Mam. Hefyd, mae Sue a Mam yn dod ymlaen yn dda. Dwy fenyw ydyn nhw, wedi'r cyfan, yn gallu rhannu eu dirmyg o ddynion. Ac mae Sue yn fwy amyneddgar na fi. A dyw hi ddim yn cario baich perthyn. Byddai'n annheg. Byddai. All Mam byth â help.

Ac mae Sue a Mam yn dod ymlaen yn dda hefyd, wrth gwrs, am mai Sue roes ofal iddi pan ddaeth i Gaerdydd gyntaf. (Oni bai am salwch Mam, fyddai Sue a fi byth wedi cwrdd.) Rhoddodd Mam ei hymddiriedaeth ynddi o'r cychwyn cyntaf. Yn ei chadernid. Yn ei hawdurdod tyner – y siwt las, yr osgo sicr, ddiffwdan, y llaw ar y fraich, y wên gysurlon. Mae'r pethau bach hyn i gyd yn cyfri. A'i ffordd jocôs. 'Does dim llawer yn bod arnoch chi, oes e, Mari?' A Mam yn credu hynny, dim ond achos taw Sue sy'n ei ddweud e. (Galwai 'Mari' arni o'r cychwyn cyntaf. Ac os oeddwn i'n gweld hynny braidd yn rhyfygus, roedd Mam wrth ei bodd.) A synnwn i ddim nad oedd gan ei thaldra rywbeth i'w wneud â hyn i gyd, sy'n rhyfedd, am mai dyna un o'r pethau a wnaeth i mi deimlo braidd yn anesmwyth yn ei chwmni ar y dechrau. A dwi ddim eto wedi llwyr gyfarwyddo â dal llaw menyw sy'n dalach na fi. Gwirion, rwy'n gwybod: modfedd o wahaniaeth sydd rhyngom ni.

Do, fe gafodd Mam fenthyg cyfran o gadernid Sue, ac roedd hynny'n bwysig wrth iddi gynefino â'i chartref newydd a'i lwybrau dieithr. Roedd rhywun wrth law a wyddai'r ffordd. Mewn gwirionedd, wnaeth Sue fawr mwy na rhoi profion cof iddi – holi pwy oedd y Prif Weinidog, beth oedd prifddinas Ffrainc, beth oedd enw ei mam cyn priodi, ac yn y blaen – ac yna, pan gafodd bob ateb yn gywir, dweud mor eithriadol o dda oedd hi am ei hoedran. 'Ych chi'n gwybod mwy na fi, Mari.' Roedd Mam ar ben ei digon, ac erbyn diwedd y sesiwn dim ond anghyfleuster bach dibwys oedd y *paramnesia*. Do, rhoes Sue hyder newydd iddi.

Yr unig elfen annifyr yn hyn i gyd oedd rhai o'r cwestiynau mwy personol. Doedd siarad am ei phlentyndod ddim yn poeni Mam: roedd ganddi gof byw a manwl o bob celficyn yn y tŷ yn Llanelli lle magwyd hi, o liw'r paent ar y ffenestri, o'r blodau a dyfai yn yr ardd, o bwy ddelai i'r tŷ ar y diwrnod a'r diwrnod, ac yn y blaen, a byddai wedi brygowthan am y pethau hyn hyd Ddydd y Farn, o gael y cyfle. Ond, yn rhyfedd iawn, bu'n rhaid iddi feddwl am ychydig cyn cynnig enw fy nhad. 'Smo *fe*'n ei gofio fe, nyrs,' meddai, gan daflu cip arna i, fel petai hi'n ceisio dangos mai fi oedd â'r cof diffygiol, nid hi. A minnau'n gorfod egluro bod fy nhad wedi marw ar y môr pan oeddwn i'n ddim o beth. A Sue, chwarae teg iddi, yn ddigon call i adael llonydd i'r mater a throi at bethau eraill. Ble cafodd fy mrawd ei eni. Enwau anifeiliaid anwes. Dyddiad fy mhen-blwydd. A phethau niwtral o'r fath. Roedd Sue yn hen gyfarwydd â throeon annisgwyl y meddwl oedrannus a doedd dim yn ei hanesmwytho.

Cefais innau gysur o'r profion hyn hefyd, yn rhannol am fod Mam wedi codi rhywfaint o'i digalondid ond yn bennaf, rwy'n credu, am fod y fenyw gadarn yma wedi ysgwyddo peth o'm pryder i fy hun. Ar ryw ystyr, roedd hi wedi troi yn fam i Mam. Ac fe gymerais ati. Do, fe gefais ei chadernid meddal yn ddeniadol. Na, nid yn gymeradwy – nid hynny'n unig, beth bynnag – ond yn ddeniadol. Edmygwn drylwyredd a rhwyddineb ei gofal, ond fe ddotiais hefyd ar y ffordd y cafodd y gofal hwnnw ei gnawdoli, fel petai. Ar y ffordd y byddai'n tynnu ei chadair yn nes at Mam, gan symud llaw a braich a choes gyda'r fath osgeiddrwydd diffwdan, er mwyn peidio â tharfu ar y claf. Ar y ffordd y byddai'n plygu ymlaen er mwyn siarad â hi, ac wrth wneud hynny yn dangos modfedd, dim ond modfedd, o'i gwar o dan y gwallt tywyll. Ar y ffordd roedd hi wedi clymu'i gwallt mewn clip pili-pala: cyffyrddiad bach chwareus a lefeiniai'r ddelwedd gyfrifol, broffesiynol.

Ac felly, pan gododd Sue i fynd ar ddiwedd y profion cof a'r cloncan a'r cwpaneidiau o de, fe es i â hi naill ochr a gofyn iddi'n dawel fach, fel na fyddai Mam yn clywed, a allen ni gwrdd eto. 'I ni gael trafod beth galla i wneud i helpu 'ddi, 'na i gyd.' Edrychodd ychydig yn syn – dwi ddim yn siŵr ai oherwydd y gwahoddiad ei hun neu am nad yw meibion, at ei gilydd, yn arfer dangos y fath gonsýrn am eu mamau. 'Mae 'ngwaith i wedi dod i ben, i fod…' meddai hi. 'Cyfrifoldeb y meddyg teulu fydd hi o hyn ymlaen, chi'n gweld.' Geiriau digon pendant, terfynol, ar un olwg. Ac eto, fe synhwyrais fod rhywbeth arall yn llechu yno, rhywbeth a'm hanogai i chwilio ymhellach. Mae geiriau, yn fy mhrofiad i, rywbeth yn debyg i ddrysau. Mae'r rhan fwyaf dan glo. *Cadwch allan,* maen nhw'n 'ddweud, yn gwrtais ddigon. Ond yna, yn annisgwyl, byddwch chi'n clywed sŵn allwedd yn troi. 'Mae 'ngwaith i wedi dod i ben, i fod…' A dim ond hwp bach sydd ei angen, ac mae'r drws yn agor. 'A,' meddwn i, mewn llais ymostyngar dyn sy'n derbyn ei dynged, a'm llygaid yn gwyro tua'r llawr. ''Na drueni… R'ych chi wedi bod yn gymaint o gefn iddi…' Ac fe drodd yr allwedd fymryn yn fwy.

Fore trannoeth, dros gwpanaid o goffi yn un o gaffis Pontcanna, cefais eglurhad llawn gan Sue o natur *paramnesia* ac o'r rhagolygon ar gyfer Mam. Doedd dim rheswm, meddai, pam y dylai waethygu, oni bai ei bod hi'n cael strôc arall. 'Byddwch yn amyneddgar,' meddai. 'A triwch wneud pethau gwahanol gyda hi. Pethau i dynnu 'ddi ma's o'i hunan. Mynd â hi ma's am wâc… Mynd â hi i brynu dillad…' Ac er nad oedd yr un o'i hawgrymiadau'n apelio rhyw lawer, fe deimlwn yn well. Mae deall y pethau hyn – hyd yn oed effeithiau brawychus heneiddio – a'u deall yn ffeithiol, ddisentiment, yn tynnu colyn y drwg rywsut. A hefyd, yn rhyfedd iawn, roedd rhywbeth amheuthun o synhwyrus – mae'n chwithig gen i gydnabod hyn nawr – yn y ffordd y byddai gwefusau Sue yn consurio geiriau cyfrin ei phroffesiwn, yn y ffordd y byddai'i hacen orllewinol, gynnes yn eu cofleidio, yn tynnu pob oerfel ohonynt.

'Cwpaned?'

'Iawn, Jim… Diolch… Ac wedyn… '

A dyma'r eglurhad am yr hyn rwy'n ei wybod eisoes.

'Ac wedyn… Mae'n rhaid i fi ddefnyddio dy lun-gopïwr… '

'A!'

'Mae un y clinig wedi torri… Fydda i ddim pum munud… '

A minnau'n ddigon diniwed i feddwl, efallai, ar ôl y pum munud, y cawn fwynhau ychydig o gwmni ein gilydd.

'Awn ni draw i'r cantîn wedyn, ife..? Neu ma's i'r parc? Does dim hast, o's e?'

'Na, na… Dyna'r pwynt, t'wel… Rwy'n gorffod mynd â'r papurau 'ma 'nôl i'r gwaith… '

'A!'

Gwnaf ryw ystum fach 'fel 'na mae' gyda'm dwylo.

'Mae'n ddiwrnod gwaith, Jim… '

Gwenaf wên amyneddgar a nodio fy nghydymdeimlad.

'Sdim eisiau bod fel'na, Jim, o's e?'

'Fel beth?'

'Ti'n gwybod beth. '

A gwn nad oes diben i mi brotestio. O ennill y ddadl, mae Sue yn barod i gynnig gwobr gysur.

'Gawn ni amser i ni'n dau dros y penwythnos.'

Cynnig annisgwyl.

'Wel… Diolch, Sue… Edrycha i mla'n.'

Diolch? Unwaith eto, rwy'n teimlo'n fach.

Blodeuo'n araf wnaeth perthynas Sue a minnau a hynny'n bennaf, efallai, am fy mod i'n meddwl gormod am greu argraff, am gynnal fy nelwedd rinweddol. Mor ddihyder oeddwn i yr adeg honno yng nghwmni menywod, roeddwn i'n sicr nad oedd gen i ddim byd arall i'w gynnig iddi, dim byd a'm gwnâi yn deilwng ohoni. Gwnes dipyn o sioe, felly, o fod yn garedig wrth Mam, o mofyn te iddi, o holi am ei gwynegon, o archwilio cynnwys ei chypyrddau. Dwi ddim yn dweud nad oeddwn i'n fab ffyddlon dilys a diffuant, ond roeddwn i hefyd yn gwisgo mantell y mab ffyddlon, a hynny am un rheswm yn unig: i ennill cymeradwyaeth Sue. Es i mor bell â darllen rhai o'r llyfrau safonol yn ei maes, llyfrau hynod anodd gyda theitlau fel *Cognitive Gerontology* a *The Neuropsychology of Ageing*, fel na fydden ni'n rhedeg allan o bethau i'w trafod. A'i holi, hefyd, am ei gwaith, am ei chleifion anhydrin a threisgar a budr, a dangos cymaint roeddwn i'n ei pharchu am gysegru ei bywyd i achos mor bwysig, mor anodd, mor heriol. A chredaf iddi gynhesu ataf rywfaint wedyn, neu o leiaf at fy mharodrwydd i wrando: rhinwedd go brin, dybiwn i, ymhlith y bobl y byddai hi'n arfer troi yn eu plith. Roeddwn i'n gymeradwy, ac roedd cymeradwyaeth, gallwn obeithio, yn gam o fath tuag at gyfeillgarwch ac yna, o ddal ati, at rywbeth amgenach.

Yna, o sylweddoli 'mod i'n dechrau rhygnu'n ormodol ar yr un tant, ceisiais droi'r sgwrs at fy ngwaith innau. Ond prin yw'r tir cyffredin rhwng byd salwch meddwl a byd y pryfed. 'Pryfed? Rwy wedi clywed digon am bryfed heddi,' meddai Sue, yn ddirmygus braidd, pan soniais gyntaf am fy ngwaith. A dweud wrtha i wedyn am ryw hen fenyw yn ei gofal oedd yn achwyn o hyd 'fod y morgrug yn ei b'yta ddi'n fyw', ac yn crafu cymaint nes bod ei breichiau a'i bola yn grachau i gyd. A Sue yn credu, mae'n amlwg, fod y creaduriaid dychmygol hynny yn bwysicach na'r pryfetach o gig a gwaed roeddwn i'n eu trafod bob dydd. Hyd yn oed y llau a'r chwain a'r tsetse a'r mosgito. 'A beth am y *demodex folliaculorum..?*' protestiais. 'Mae'r rheiny yn dy lygaid di, Sue. Maen nhw yn fy llygaid innau. Ac mae cymaint ohonyn nhw yn llygaid rhai pobl nes bod blew eu hamrannau'n cwympo ma's. Nes 'u bod nhw'n colli'r gallu i lefain.'

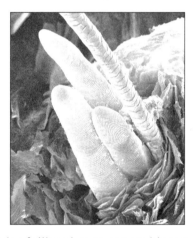

Demodex folliaculorum mewn blewyn llygad

'Iawn, Jim,' meddai Sue. 'Ond nage ti sy'n gorffod eu trin nhw, ife?' Jyst fel 'na. Ddim yn sbengllyd. Yn gwbl ffeithiol. Yn oeraidd o ffeithiol.

Ond er gwaethaf y siom gychwynnol – y siom a deimlais am nad oedd Sue yn rhoi'r un parch i'm gwaith i ag a roddwn i i'w gwaith hithau – fe ddaliais ati. Doedd gen i fawr o ddewis. Wedi'r cyfan, fi *oedd* fy ngalwedigaeth, i raddau helaeth. O nabod y gwaith, roedd rhywun yn nabod y gweithiwr hefyd. A beth bynnag, roeddwn i'n teimlo'n fwy cartrefol, yn fwy naturiol, o drafod fy niddordebau fy hun. Ac yn rhyfedd ddigon, gydag amser, fe ymlaciai Sue hithau. Hoffai fy ngweld yn mynd i hwyl ynglŷn â nodweddion caru malwod, neu gyfansoddiad rhyw lindysyn bach ar frigyn yn y parc. 'Wyt ti'n gwybod fod gan siani flewog ddau gant dau ddeg wyth o gyhyrau yn ei ben…?' A rhyfeddu wedyn at fyrhoedledd pethau. 'Y biffgynnen 'co… Wyt ti'n 'gweld hi, Sue? Mae honno'n byw am ddiwrnod. Un diwrnod.' A'r Gleren Fai. 'Dim ond pum munud mae honno'n para… Meddylia amdani, Sue… Mae'n gorffod ffindo gŵr, cael rhyw 'da fe a dodwy wyau… I gyd mewn pum munud.' A minnau'n cochi wedyn, o'i gweld hi'n chwerthin. A'r chwerthin yn cynyddu, wrth gwrs, o weld fy amesmwythyd. A Sue yn meddalu. Yn meirioli. Efallai am ei bod hi'n dirnad rhywbeth hoffus yn fy mrwdfrydedd bachgennaidd.

A phwy a ŵyr nad oedd y swildod hwn wedi braenaru'r tir, yn anfwriadol, ar gyfer y garwriaeth a ddilynodd? Dwi ddim yn siŵr. Mae rhywfaint o le i gredu hynny oherwydd, pan ddaethom at ein gilydd, ymhen hir a hwyr, byddai hi'n siarad â fi fel plentyn. 'A beth mae'r crwtyn bach eisie nawr, te?' Ar yr un pryd, daeth yr elfen chwareus yn ei phersonoliaeth yn fwyfwy amlwg: yr elfen roeddwn i wedi'i lled-synhwyro yn y clip gwallt, yn y siarad cellweirus â Mam. Ac o dipyn i beth, a gyda chymorth ambell wydraid o win, fe ledodd yr elfen honno ymhell y tu hwnt i arferion gwisgo a sylwadau bach ysmala. Yn wir, fe ledodd i'r fath raddau nes ei bod yn anodd credu y gallai nodweddion mor wahanol gyd-fyw o fewn yr un bersonoliaeth: y Sue gyfrifol, aeddfed, â'i thraed yn sownd ar y ddaear, a rhyw

Sue arall na welswn o'r blaen. Sue eiddgar, hy, bryfoclyd.

'Siarada'n frwnt, Jim… Siarada'n frwnt… '

Alla i ddim dweud cymaint o sioc oedd hyn i mi, ar ôl wythnosau o sgwrsio diwair am hen bobl a phryfed, ar ôl i mi deimlo'n euog am gymryd mantais ohoni, am sathru ar ei natur hael a daionus. A chymaint o embaras o hyd yw cydnabod y pethau hyn, hyd yn oed i mi fy hun.

'Gwaedda fe ma's, Jim… '

Erbyn hyn, wrth gwrs, gwn nad dau berson yw Sue, oherwydd dull o fynnu'i ffordd ei hun oedd hyn i gyd, yn y pen draw. A'm trin fel plentyn buodd hi o'r cychwyn.

'Gwaedda fe ma's yn uchel, Jim, na gw' boi… '

A minnau, y carwr mud, yn gorfod porthi. A hynny, a bod yn gignoeth o onest, yn gwneud i mi berfformio â llawer llai o argyhoeddiad. Dyna fe. Rwy wedi'i ddweud e. Ac efallai mai drwg arall yn y caws oedd hynny.

Fyddai mantid ddim yn cael y drafferth hon, wrth gwrs. A fyddai'n haws petawn i'n fantid, Sue? Gall hwnnw gnychu ag arddeliad tra bod 'i wejen yn crensian ei ên, ei dalcen, ei lygaid, ei ben. Dyw e'n menu dim arno fe. A dweud y gwir, tipyn o niwsans yw'r hen ymennydd. Mae'r mantid yn cnychu'n well hebddo. Yn fwy egnïol. Yn fwy angerddol.

Byt di fy mhen, Sue. Cnoia fe bant, bob yn dipyn. Y llygaid yn gyntaf. A chei di weld – daw popeth i fwcwl wedyn.

Amser i ni'n dau, meddai. Noson, efallai? I roi cynnig arall arni?

Pan ddof yn ôl â'r coffi, mae Sue yn ceisio rhyddhau darn o bapur sydd wedi mynd yn sownd yng nghrombil y llungopïwr. Mae hi'n ei dynnu allan bob yn damaid bach.

'Diawl peth... '

Helpaf Sue i glirio'r sgrapiau papur sydd, erbyn hyn, wedi'u gwasgaru ar hyd y bwrdd a'r llawr, a'u taflu i'r bin. Mae hi'n tuchan ei rhwystredigaeth. Penderfynaf beidio â sôn am y noswaith arfaethedig eto. Yn lle hynny, eisteddaf i lawr ac ailafael yn fy ngwaith – a cheisio dangos, wrth wneud hynny, fy mod i'n berson diwyd a chyfrifol. Trof at y cyfrifiadur ac agor fy negeseuon e-bost.

Dwy neges sydd wedi dod yn ystod yr awr ddiwethaf, y gyntaf oddi wrth Sue, yn gofyn a all hi ddod draw i ddefnyddio'r llungopïwr. Byddai wedi arbed tipyn o gamddealltwriaeth petawn i wedi gweld y neges honno cyn iddi gyrraedd. Rhyw gwmni o'r enw *happinesstheexperience. com* sydd wedi anfon yr ail neges, ynghyd ag atodiad.

Mae Sue wedi cael y llungopïwr i weithio eto. Gwelaf fy nghyfle.

'Fyddai nos fory'n bosib, ti'n meddwl..?'

'Mm?'

'Nos fory, Sue... Meddwl o'n i, efallai gallen ni fynd ma's... '

'Ma's?'

'Am bryd bach... '

'Bydde hynny'n neis... '

Ond o agor y neges, gwelaf gyfarchiad mwy cyfeillgar nag a ddisgwyliwn.

```
Annwyl Jim

Roedd yn bleser cwrdd â chi y noson o'r blaen a
chael trafod llyfrau â phobl mor hynaws a deallus.
Digon simpl oedd fy nghyfraniadau i, mae arnaf ofn.
Edrychaf ymlaen yn fawr at y tro nesaf. Yn eich ty
chi y tro hwn, mae'n debyg? Gwell byth.
```

Gan Ahmed y cefais eich cyfeiriad e-bost. Dwedodd
eich bod chi'n gwneud tipyn o waith cyfieithu ac
roeddwn i'n meddwl, efallai, y byddai gennych
ddiddordeb mewn cyfieithu'r ddogfen yn yr atodiad.
Deunydd cyhoeddusrwydd yw e, i dynnu sylw at ein
canolfan newydd yng Nghaerdydd. Menter gyffrous
iawn, er mai fi sy'n dweud!

Rhowch wybod os medrwch ymgymryd â'r gwaith ac fe
anfonaf archeb ffrfiol.

Cofion gorau

Cerys Fortini

'Yn edrych ymlaen yn fawr.' Peth rhyfedd i'w ddweud,
a ninnau braidd wedi siarad â'n gilydd. A hithau heb fy
ngweld, hyd yn oed. Cwrteisi yw hyn, mae'n rhaid, awydd
i wneud ffrindiau, a hithau'n newydd-ddyfodiad yn y
ddinas. Neu, a wynebu realiti caled byd busnes, gallai fod
yn llai na hynny, hyd yn oed. Rhyw ddabad bach o saim i
gael yr olwynion masnachol i droi. Cystwyaf fy hun am fod
mor naïf. Ond pa fusnes?

'Ti'n fisi, te, Jim?'

Dwedaf wrth Sue 'mod i'n paratoi disgrifiad o chwilen-
gorryn o Awstralia. Ond taw o Fae Caerdydd y daeth y
sbesimenau dan sylw.

'Mm… '

A dwedaf wrthi am sut roedd seleri i lawr yn y Bae yn
llawn llygod ffyrnig. A sut aeth y Cyngor ati i ladd y llygod
hyn trwy ddefnyddio warffarin, ond bod y warffarin yn
gymysg â blawd, mae'n debyg, rhyw flawd o dros y môr, a
hwnnw'n gyforiog o bryfed bach barus.

'Mm… '

A'r pryfed yw'r pla erbyn hyn, Sue. A rhaid cael eu
gwared. Eu difa.

'Mm… '

Mm? Nad yw hwnnw'n orchwyl rhinweddol, Sue? Yn

orchwyl o werth cymdeithasol?

Edrychaf eto ar yr e-bost. Beth yw ystyr y 'gwell byth' 'na? *Yn eich tŷ chi y tro hwn, mae'n debyg? Gwell byth.* Oni bai, wrth gwrs, ei bod hi'n byw yn yr ardal hon a bod dod i'm tŷ i, felly, yn fwy cyfleus na'i llusgo ei hun i Riwbeina, a hithau'n methu gweld. Ai dyna sydd ganddi? Ac eto, fy newis i wnaeth hi, yn hytrach na chyfieithydd go iawn, cyfieithydd proffesiynol. Fy newis i, heb wybod dim am fy ngallu. Ydy hi'n disgwyl telerau ffafriol, tybed? A pham na fyddai hi wedi cyfieithu'r ddogfen ei hun? Am ei bod hi'n ddall? Ond fe lwyddodd i anfon y neges e-bost, on'd do? Dim ond y 'ffrfiol' yna, a'r diffyg acen ar y 'tŷ', sy'n ei gadael i lawr. Ond faint, wedyn, sy'n trafferthu i gywiro eu negeseuon e-bost? Oeri ychydig mae'r neges tua'r diwedd. Ynte ai fi sy'n dychmygu hynny, wedi argyhoeddi fy hun bod rhyw wreichionyn o wres yn y brawddegau cyntaf?

'A'r llyfr 'na? Yr un am y dyn gwirion sy'n mynd ambwyti'r lle yn saethu parots?'

'Mae'n dod, Sue… Bob yn damaid… '

Agoraf yr atodiad i e-bost Cerys. Testun taflen sydd yma: taflen yn hysbysebu nwyddau – hetiau ffansi, mygydau, stilts, sgerbydau plastig, peli jyglo, sgidiau clown, rubanau lliwgar, powdwr cosi, a phethau tebyg ar gyfer partïon plant, dybiwn i. Ac wedyn, rhyw 'entertainment services' nad oes dim manylu arnynt fan hyn. *Happinesstheexperience*? Beth sydd a wnelo'r fflwcs hyn â hapusrwydd? A ble, Cerys, ble ar y ddaear mae'r 'fenter gyffrous' y buoch chi'n sôn amdani?

Annwyl Cerys

Diolch am yr e-bost. Mae'n dda gen i ddeall i chi gael amser da y noson o'r blaen. Trueni mai dim ond unwaith y mis ry'n ni'n cwrdd, ynte? Gobeithio bod y llyfrau newydd at eich dant. Eu dewis nhw

```
wnes i am eu bod nhw'n edrych yn ddiddorol - ches i
ddim cyfle i'w darllen eto - ond peth mor bersonol
yw chwaeth, does dim dal sut fydd pobl eraill yn
ymateb. Oes gennych chi ffefrynnau, tybed? Bydd yn
bleser cyfieithu'r ddogfen. Mae eich gwaith i'w weld
yn ddifyr.
```

'Oes gen ti le mewn golwg?'

'Mm?'

'I gael bwyd... '

'Meddwl am rywle agos o'n i... Y *Spice Tree* 'fallai... Be ti'n feddwl...?'

Ddylwn i fentro?

'Gallwn ni gerdded 'nôl wedyn... '

'Swnio'n iawn i fi... '

Ac mae'n swnio'n iawn i finnau hefyd.

Dileaf y neges a dechrau o'r newydd.

```
Annwyl Cerys Fortini

Roedd yn bleser cwrdd â chithau hefyd.

Diolch am gynnig y gwaith i mi. Bydd yn barod erbyn
diwedd yr wythnos, os yw hynny'n dderbyniol. Mae
manylion am delerau yn yr atodiad.

Hwyl am y tro

etc.
```

8 Cinio gyda Sue

PAN DROSWYD 'COCA-COLA' i'r Tsieinëeg am y tro cyntaf, defnyddiwyd pictogramau a gynigiai'r seiniau tebycaf i'r enw gwreiddiol. Y seiniau, sylwer: i'r glust yn unig yr oedd y cwmni'n anelu'r trosiad hwn gan feddwl, yn ei Americaniaeth ddiniwed, fod modd cyfleu *the real thing*, a dim ond *the real thing*, heb fagu dim ystyron, dim adleisiau, dim lliwiau gwahanol ar hyd y ffordd hir a throellog rhwng Atlanta a Shanghai. Y seiniau a ddewiswyd oedd: *ce-cŵ-ce-la*. Wedi cynhyrchu rhai miliynau o labeli ac arwyddion, cafodd y cwmni wybod bod y seiniau hyn yn golygu 'Bwytewch y fadfall gŵyr'.

Doedd neithiwr ddim yn llwyddiant. Fy mai i oedd y cyfan, rwy'n cyfaddef. Yn debyg i Coca-Cola, roeddwn i'n credu fy mod i'n ynganu seiniau diniwed, a chredu ar gyfeiliorn. Yr oedd, mae'n amlwg, ystyron cudd yn y seiniau a ddewisais, ystyron a berai loes i Sue, a hynny er gwaethaf pob ymdrech ar fy rhan i osgoi testunau a allai suro naws yr achlysur. O'r funud yr aethom at ein seddau yn y Spice Tree, ddywedais i'r un gair am waith na Mam na gwyliau – na hyd yn oed am y grŵp darllen, er fy mod i'n awyddus iawn i gael ei barn am Ahmed a'i brawd. Ac efallai am fusnes y *daemon*, hefyd. Na, cedwais draw oddi wrth y tiroedd corsog i gyd.

Ac fe aeth popeth yn hwylus am awr gyfan. Trafod rhyw bynciau digon ysgafn y buon ni, fel sioeau realiti ar y teledu, anwareidd-dra canol y ddinas ar nos Wener ac ymddygiad cŵn yng nghaeau Llandaf. Adrodd am sut y cefais fy mherswadio gan ffrind i gario ffon bob tro yr awn am *jog*, rhag imi gael fy mwyta'n fyw gan ryw gorgi neu Jack Russell. Ac o ymarfogi yn y dull hwn, cael haid o'r creaduriaid ffyrnig yn ei heglu hi ar draws y cae a neidio'n syth amdanaf. 'Ha! Y ffon o'n nhw eisiau, Sue, dim ond y ffon!' Aethom ati wedyn i gyfri nifer y marwolaethau gwaedlyd yn *Coronation Street*, a Sue yn cyrraedd naw cyn rhoi'r gorau iddi. Gallwn i enwi tipyn mwy na hynny, wrth reswm, am fod fy nghof yn mynd yn ôl ymhellach. Roedd Sue yn cael hwyl ar ddynwared yr acen a symud ei phen o ochr i ochr wrth siarad, 'fel y byddan nhw'n 'wneud ffor 'na', meddai hi, yn enwedig merched y ffatri, a minnau'n dweud wrthi am beidio â siarad mor uchel achos roedd y cwsmeriaid eraill yn pipo arnon ni, a hithau wedyn yn siarad rhwng ei dannedd fel tafleisydd gwael, ond heb ostwng ei llais o gwbl, *gydd neg yn gwgod hwy sy'n siarad naw na gydd?* ac yna'n gofyn imi estyn *hohadon* iddi. Wedi potelaid o win, mewn awyrgylch gynnes, glyd, mor barod oeddem i chwerthin, mor benderfynol o gadw'r byd a'i ddiflastod ar y tu allan.

Ac mae bwyd Indiaidd yn gymar perffaith i'r rwdlan synhwyrus, gwirion yma. Nid yw'n dilyn plot unionsyth y pryd Prydeinig: ei ddiléit, yn hytrach, yw crwydro, gan ddilyn ei drwyn a'i dafod a'i fysedd hyd lwybrau pleser yr Alloo Chaat, y Baingan Bartha, y Mukhi Aur Khumb, y Chana Masala a'r Dat Basanti. A neithiwr roeddwn i'n credu o ddifri bod Sue a finnau'n dechrau magu blas newydd ar gwmni ein gilydd. Am y tro cyntaf ers wythnosau roeddem yn ymddwyn fel cariadon. Dywedais i rywbeth i'r perwyl hwn. Pa mor bwysig oedd hi i neilltuo amser fel hyn i ni'n hunain. 'Yn bwysig iawn, Jim,' meddai Sue, gan ymddifrifoli'n sydyn. 'Yn bwysig iawn.' A minnau'n crybwyll, dim ond wrth fynd heibio, heb wneud môr a mynydd o'r peth, mai un o brif broblemau fy mhriodas, o edrych yn ôl arni, oedd ein bod ni – fi a fy ngwraig – wedi treulio cyn lleied o amser gyda'n gilydd.

Doeddwn i ddim yn ceisio gwneud pwynt mawr. Ac efallai, hefyd, bod angen bwrw peth o'r bai ar yr alcohol. Rwy wedi sylwi o'r blaen bod Sue'n troi yn fwy emosiynol ar ôl yfed. Ta waeth, yr hyn ddwedais i wedyn oedd bod fy ngwraig a minnau'n treulio cyn lleied o amser gyda'n gilydd yn bennaf am fod plant bach gennym ers yn gynnar iawn yn y berthynas. Byrdwn y sylw hwn, i mi, oedd bod fy mherthynas â Sue gymaint yn well na hynny. Roedd wedi cael amser i anadlu, i fwrw gwreiddiau, i sefyll ar ei thraed ei hunan. Dyna i gyd. Ond yr hyn a ddwedais oedd: cymaint gwell oedd ein perthynas ni am fod fy mhlant wedi cyrraedd oedran lawer mwy – llawer mwy 'hwylus' oedd y gair ddefnyddiais i, rwy'n credu – ac mor ddiolchgar oeddwn i iddi hi, Sue, am y ffordd roedd hi'n gwneud ymdrech i ddod ymlaen gyda nhw. 'Rwyt ti fel chwaer fawr iddyn nhw.' Dyna ddwedais i.

Dyna'r cam gwag, mae'n debyg, oherwydd bu tawelwch mawr wedyn. Gofynnais iddi beth oedd yn bod, ond roedd hi'n gyndyn o ateb. Tynnodd facyn o'i llawes. 'Wyt ti'n llefen, cariad?' gofynnais i. 'Oes rhywbeth wedi dy ypseto di yn y gwaith heddi?' A mwy o dawelwch. 'Dyna pryd mae'r *stress* yn dod ma's, ti'n gweld… pan rwyt ti'n dechrau ymlacio.' Ond dyfalu oedd hyn i gyd, wrth gwrs, ac i beth mae dyfalu'n dda? A thewais innau wedyn. Buom ni'n dau yn dawel am funud gyfan a neb yn cyffwrdd â'r bwyd na'r gwin, a minnau'n edrych arni, a chwilio am ryw arwydd o'r hyn oedd yn ei chorddi, a'i llygaid hithau'n edrych ar i lawr o hyd. A chefais gip nerfus ar y bwrdd nesaf, rhag ofn bod y cwsmeriaid eraill wedi sylwi bod rhywbeth o'i le, a dod i'r casgliad – fel y gwna pobl dan amgylchiadau o'r fath – mai fi, y dyn, oedd ar fai. Dyna yw ystyr dagrau menyw, ynte? A dyma Sue yn sychu'i thrwyn, a thynnu anadl, a sythu'i chefn ac edrych i fyw fy llygaid: 'Dwyt ti ddim yn deall, Jim, nac wyt?'

Oeddwn i'n deall? Wel, nac oeddwn yw'r gwir plaen. Ond cefais ddeall. Nac o'n i'n gwybod, meddai hi, y byddai hi'n aberthu popeth er mwyn cael y plant roeddwn i mor anystyriol ohonynt? 'Anystyriol, Sue? Ond… ' Torrodd ar fy nhraws. 'Rwy'n dri deg pump, Jim,' meddai, trwy ei dagrau, 'a nage hwylustod 'y mhlant sy'n 'y mhoeni fi. Does gen i ddim plant, Jim. Dyna sy'n 'y mhoeni fi.' Ceisiais ei chysuro. Doedd hi ddim eisiau cysur. Ymddiheurais am fod mor ansensitif. 'Dw i ddim yn deilwng ohonot ti,' meddwn i. Ac roeddwn i'n dweud y gwir. Doedd hi ddim eisiau fy hunandosturi chwaith, meddai. Ceisiais egluro 'mod i'n dal i deimlo'n euog am yr ysgariad a'r plant, a chytuno – ie, cytuno – bod angen i mi dorri allan o'r rhigol roeddwn i ynddi ar hyn o bryd, a bod… Ond na, wnâi hynny ddim o'r tro chwaith. 'Nage *ti* rwy'n siarad ambwyti fan hyn, y twpsyn dwl,' meddai hi. 'Sa i'n becso dam am dy ffycin rhigol di na dy ffycin cydwybod di. Rwy'n siarad ambwyt fi… *fi*… *get it?* Ble ydw *i*'n sefyll yn hyn i gyd, Jim?' Oedodd eiliad. Am ateb, efallai. Ond doedd gen i ddim ateb. Ddim un parod, beth bynnag. 'Rhwng dy gydwybod a dy hwylustod, ife, Jim?' meddai, wrth godi o'i chadair.

Wedi darganfod ei gamgymeriad, aeth cwmni Coca-Cola ati'n ddiymdroi i archwilio'r deugain mil a rhagor o bictogramau yn yr iaith Fandarin. Yn y pen draw, cafwyd hyd i'r cyfuniad, *co-cŵ-co-le*, sef, 'hapusrwydd yn y geg'. Mor debyg i'r trosiad chwerthinllyd cyntaf, ac eto mor wahanol. Bron na ellid dweud ei fod yn rhagori ar y gwreiddiol.

Dwi ddim mewn sefyllfa i archwilio deugain mil o bosibiliadau. Ond, ar ôl profiad chwerw neithiwr, rwy'n gwybod bod yn rhaid i rywbeth newid. Bod yn rhaid i mi weithredu. Y peth cyntaf wnes i ar ôl codi'r bore 'ma, felly, wedi noson o droi a throsi, oedd anfon e-bost at Sue. (Barnais ei bod yn rhy gynnar eto i fentro ei ffonio.) Nid i ymddiheuro, wrth gwrs, nac i geisio esgusodi fy hunan. Roedd Sue wedi ei gwneud hi'n amlwg neithiwr mai siarad gwag oedd pethau felly iddi hi. Na, nid i drafod y 'fi fawr', ond i ddweud – yn syml ac yn ddiffuant – fy mod i'n cymryd yr hyn ddwedodd hi neithiwr o ddifri, a phe cawn i'r cyfle eto byddwn yn ceisio gwneud iawn am fethu ystyried ei hanghenion hi. Braidd yn annelwig, rwy'n cyfaddef. Ond rwy'n gwybod na wnâi dim byd y tro ond dweud, yn groyw ddifloesgni, 'Sue, fy nghariad, rwy am

i ni gael babi.' A dyw hynny ddim yn debyg o ddigwydd.
Mae'n ddau o'r gloch y prynhawn a dwi ddim wedi derbyn
ateb eto.

9 Ar y We

RWY WEDI GOFYN i Nia a Bethan ddod draw heddiw. Y
bwriad gwreiddiol oedd mynd â nhw i'r dre am damaid o
fwyd, ac yna dala'r bws i lawr i'r Bae am dro bach a hufen
iâ ar y cei os byddai'r tywydd yn caniatáu. A gweld ffilm, o
bosib. Do'n i ddim yn hollol siŵr. Beth wnei di â phlant yn
eu harddegau ar brynhawn dydd Sadwrn? Ond roedden
nhw eisoes wedi trefnu gweld ffrindiau y bore 'ma ac allen
nhw ddim dod draw tan ganol y prynhawn. (Ffrindiau
gwahanol, wrth gwrs: fynnen nhw ddim cael eu gweld
gyda'i gilydd, ddim dros eu crogi.) Pryd yn union? Do'n
nhw ddim yn siŵr. Fe ddelen nhw cyn gynted ag y gallen
nhw. Gwnaf bryd o fwyd iddyn nhw fan hyn. 'Lleddfu dy
gydwybod eto, ife, Jim?' Dyna fyddai Sue yn ei ddweud,
gan anghofio ein bod ni newydd fod ar ein gwyliau gyda
nhw. 'A! Rwyt ti mor hael â dy amser, Jim. Wythnos gyfan
bob blwyddyn.' Dyna fyddai'i chân wedyn. Ac efallai y
byddwn i'n magu digon o blwc i daro'n ôl. 'Wel, dyw
eu mam nhw ddim yn achwyn, beth bynnag.' Ond mae
ganddi ateb i bopeth. 'Na, Jim, rwy'n gwybod, dyw mamau
ddim yn achwyn. ' Ac yn y blaen. Alla i byth ag ennill.

Ac yn y cyfnod amhenodol hwn cyn i'r plant gyrraedd
fe'm caf fy hun o flaen y cyfrifiadur, yn ceisio dirnad union
natur y cwmni adloniant mae Cerys yn gweithio iddo.
Agoraf ei neges eto. Mae manylion gwefan yn ei chwt.
www.happinesstheexperience.com

Cliciaf.

Ymddengys cylch glas ar y sgrin. Un bach, yn erbyn cefndir gwyn. Wedi sefyll yn llonydd am ychydig eiliadau mae'r cylch yn tyfu nes ei fod yn llenwi'r sgrin gyfan. Yn ei ganol, fesul llythyren, gwelaf eiriau'n ymrithio a diflannu. Mae'n anodd dal gafael arnynt am eu bod nhw'n symud mor gyflym. O dipyn i beth mae'r cyfuniadau'n lluosi, a'r llythrennau, y tro hwn, yn symud rhwng y geiriau, yn llifeiriant chwim, di-atalnod, pensyfrdanol o erfyniadau ac ebychiadau. Mae *rally* yn troi yn *thrill, reach* yn *achieve,* mae'r *x* yn *bmx* yn esgor ar glwstwr o eiriau eraill, *xtreme, xcitement, xcel!* A gyda'r geiriau hyn, daw lluniau i'r golwg, a'r rheiny'n gwibio blith draphlith hefyd, plentyn yn chwerthin, cwpwl yn cusanu a hen fenyw – ie, hen fenyw, rwy'n siŵr, ond wedi'i gwisgo fel Robin Hood – yn saethu gyda bwa, *twang!* a'r saeth fel petai hi'n hisan tuag ataf wrth i mi wylio'r sgrin – codaf fy llaw a thynnu fy mhen yn ôl, mor gredadwy yw'r rhith – nes bod gwydr y sgrin yn chwalu'n yfflon, nes bod y darnau mân yn troi'n flodau melyn a choch a glas. Nes bod y cyfan yn sadio yn un gosodiad terfynol.

CLICK HERE TO FIND YOUR TARGET!

Cliciaf. Mae'r dudalen nesaf yn llawn baneri. Mae nifer ohonynt yn ddieithr i mi, ond dyna'r Ddraig Goch yn y rhes isaf, rhwng haul Siapan a lleuad fain Twrci. Ac o glicio ar y ddraig, mae mynegai yn ymagor i fyrdd o ddudalennau eraill, i gyd yn nhrefn yr wyddor. Cliciaf ar y gyntaf. *Barcuta.* Daw merch a bachgen ar y sgrin. Maen nhw'n rhedeg trwy gae heulog gan dynnu barcut ar eu hôl, un pinc â chynffon hir. Cwyd hwn i'r entrychion, yn uwch ac yn uwch, ac ar yr un pryd clywir llais melfedaidd sylwebydd – Frank Lincoln, efallai, neu R. Alun Evans – yn cynnig i mi *y rhodd orau a gawsoch erioed*. Yna saib, a'r barcut yn parhau i nofio yn llif yr awel. *Rhyddid*. Saib arall. *Y rhyddid prin mae hedfan barcutiaid yn ei roi i'r corff a'r enaid. Cewch ddewis helaeth yn Nhŷ Dedwydd.*

Barcuta

Ond does gen i ddim diddordeb mewn barcuta. Dychwelaf at y mynegai ac ystyried yr opsiynau erall. *Canŵio. Dawnsio. Drama. Dringo. Hwylio. Jyglo. Neidio bynji…*

Cliciaf.

A gweld caleidosgop arall o eiriau.

Nirvana
 Mecca
        heaven
      and hell
              where everyone's
  twisted
    BUZZING
         magnetic
  on to it!

Dwi ddim yn deall pam mae'r Gymraeg wedi diflannu, ond daw'r rheswm yn glir yn y man. Saif gŵr ifanc yng nghanol y llun. Mae ganddo wallt golau, lliw haul, gwên ddanheddog ac acen o ben draw'r byd – Awstralia, siŵr o fod, neu Seland Newydd. Howie yw'r enw ar ei grys, ac nid Cymro mohono. Wrth i'r camera dynnu'n ôl, daw'n amlwg ei fod yn sefyll ar ben tŵr, tŵr metel uchel, rhywbeth tebyg i fecano ers llawer dydd ond ar raddfa anferth. Mae rhaff am ei goes ac mae'n barod i neidio. A ydyn *ni*'n barod i neidio gydag e? Llais Howie sy'n gofyn.

Ond does gan y gwyliwr ddim dewis.

Mae ei goesau'n plygu.

Wooow! Radical road hip, man! Adrenaline eldorado! Shitting boulders!

Mae'n codi'i law arnaf.

Act cool, Howie, act cool. Hey, this is legendary madness, man, wô! wô! wô! what the hell am I DOING here?

Mae'n sadio'i hun.

OK, Houston, OK, countdown, countdown… three… two… one… and TAKEOFF… Holy shit!

Ac mae'n neidio.

AAAAARRRWWWWWYYYYYAA…

Dangosir yr un clip drosodd a throsodd. Y naid, y waedd, y bownsio'n ôl, y naid, y waedd, y bownsio'n ôl.

Ac er nad oes gen i ddim diddordeb mewn neidio bynji, chwaith, fe ymgollaf am ychydig yng ngofynion neilltuol cyfieithu'r darn hwn. Dychmygaf, am funud, fod Cerys, a hithau wedi'i phlesio'n fawr gan fy ymdrechion cyntaf, wedi gofyn i mi ymgymryd â rhywbeth mwy heriol. Rhywbeth a fu'n drech na'r cyfieithwyr eraill, o bosib. Ac am funud, rwy'n ymrafael o ddifri â'r gofynion dybryd hynny. Beth, er enghraifft, yw 'radical road hip' yn Gymraeg? Neu, a mynd yn nes at graidd y mater, pwy *fyddai* Howie petai e'n Gymro? Am funud fer. A diffygio wedyn. Hyderaf... etc. Hyderaf fod <u>happinesstheexperience.com</u> yn bwriadu Cymreigio'r dudalen hon – dim ond barcuta o chwith yw neidio bynji, wedi'r cyfan – ac eto, gobeithio na ddaw Cerys ataf i i wneud y gwaith. Mae'r twr yn 300 troedfedd o uchder. Mae pob naid yn costio £50, yn cynnwys y fideo. Dyna'r math o gyfieithu sydd at fy nant i.

Gwibiaf heibio *Ogofa.* Ac yna, rhwng *Pêl-droed* a *Rygbi*, ac yn gwbl annisgwyl, gwelaf *Pryfeta.* Cliciaf, a chael mynediad i fyd pryfetwyr bach ers llawer dydd. Adferwyd y Gymraeg ac mae'r llun yn llawer mwy derbyniol.

Beth sydd yn y rhwyd heddiw, blantos?

<u>Cliciwch *yma* i gael gwybod!</u>

Cliciaf eto, a daw mynegai arall i'r golwg. *Buwch Goch Gota. Ceiliog y Rhedyn. Cleren. Chwannen. Chwilen Ddu. Iâr Fach yr Haf. Morgrugyn...*

Cliciaf ar *Morgrugyn.* A dyna siom yw darganfod

nad morgrug yw testun y dudalen, wedi'r cyfan, ond yn hytrach rhyw gêm i'r cyfrifiadur o'r enw SimAnt, ar werth am y pris gostyngol o £12. Af yn ôl at y gleren a chael hysbyseb arall. *Real Myst, dim ond £15!* Mae'r chwilen ddu hefyd yn serennu yn ei gêm ei hun, *Bad Mojo.* A dyna'r *Butterfly Hunt,* wedyn, heb yr un iâr fach yr haf yn agos iddi. A dwi ddim eisiau mentro ymhellach, Cerys, oherwydd wela i ddim o'th 'fenter gyffrous' fan hyn. Pryfed prosthetig yw'r rhain, a does gen i ddim awydd cael hwyl yn rhith pryfyn.

Rwyf ar fin cau'r wefan pan glywaf leisiau Nia a Bethan. Lleisiau cecrus. Ac yna'r gloch yn canu. Agoraf y drws a daw'r cynhennu i ben, gan ennyn ynof deimlad annifyr mai fi oedd testun y ffrae. Dydyn nhw ddim yn poetsian â chyfarchion a mân siarad. Mae Bethan wedi prynu CD newydd gan ryw grŵp – ddala i mo'r enw – ac fe aiff yn syth i'r gegin i'w chwarae, gan ofyn, yn ddefodol yn unig, a oes ots gen i. Mae'n llenwi'r tegil ac yn paratoi i fwrw'i blinder.

A thra mae Bethan yn dilyn mympwyon swrth ei phedair blwydd ar ddeg, daw gwaedd o'r stydi, lle mae ei chwaer fach yn eistedd o flaen y cyfrifiadur. 'Gawn ni fynd, Dad? Gawn ni fynd i Tŷ… i Tŷ Ded… '

'Tŷ Dedwydd, bach. Cewch, wrth gwrs.'

10 Drama yn Nhŷ Dedwydd

'IFE HWNNA YW e, Dad?' meddai Nia ar ein hymweliad cyntaf, gan gogio brwdfrydedd ond heb fedru cuddio'r siom.

Ydy, mae Tŷ Dedwydd yn lle digon digalon o'r tu allan. Fe'i lleolir ar stad ddiwydiannol newydd ar gyrion dwyreiniol y ddinas, rhwng afon Rhymni a'r morfa. Gallwch fynd ato trwy ddilyn Lamby Way, troi i mewn i New Road a throi eto i fyny'r Avenue a dyna fe, Uned 6b, yn y pen pellaf, ar y chwith, rhwng ffatri gwydro dwbwl a warws nwyddau glanhau. Blwch alwminiwm anferth yw'r adeilad, i bob pwrpas, gydag ambell ffenest fach sgwâr yma ac acw yn tyllu ei foelni unffurf. Nid oes logo nac arwydd i'w weld, dim ond yr enw, mewn llythrennau perspecs coch uwchben y drws – **TŶ DEDWYDD** – ac oddi tano, gyfeiriad y wefan: www.happinesstheexperience.com.

'Mae'n dwll,' meddai Bethan.

Dyddiau cynnar, dybiwn i. Heb gael ei draed dano eto.

'Bydd yn well tu fewn, cariad.'

Roeddwn wedi bod yn y parthau hyn nifer o weithiau dros y blynyddoedd, yn bennaf er mwyn cael gwared â hen gelfi, a phethau diangen eraill yn y tomenni swbriel cyfagos. Fe ddes i yma hefyd yn rhinwedd fy swydd, ryw haf poethach na'r cyffredin – '92 neu '93 , rwy'n credu – pan oedd trigolion Tremorfa'n achwyn am y pryfed. John, yr arbenigwr ar *diptera* yn yr Amgueddfa, fu'n eu harchwilio – ond y fi gafodd y fraint o'u dal a'u difa. Clêr heidiog (*Pollenia rudis*) a chlêr cyffredin (*Musca domestica*) oedden nhw, gan fwyaf. Lladdwyd miliynau ohonynt y flwyddyn honno.

O ddychwelyd i'r lle, roedd y newidiadau'n amlwg. Bellach, gorchuddiwyd cyfran o'r domen â gwair a llwyni a choed, gan greu bryncyn gwyrdd y gellid yn hawdd ei gamgymryd am hen gaer o'r Oes Haearn. Gwnaed llyn yma hefyd. Ac mae mynd mawr ar ailgylchu. Ond draw, o'r golwg, mae rhan helaeth o'r domen yn fyw o hyd. Mae'r gwylanod sgrechlyd yn dal i'w chylchu ac mae'r gwynt wedi para mor sur ag erioed. Ni ellir mynd ar gyfyl Tŷ Dedwydd heb glywed y ddau, y surni a'r sgrechiadau.

'Bydd, bydd e'n well tu fewn.'

Daeth y plant yn ymwelwyr cyson â Thŷ Dedwydd yn ystod yr wythnosau canlynol. 'Rwy'n mynd i fod yn Tracey Beaker y tro 'ma,' byddai Nia'n brolio – neu 'Violet', neu 'Gemma', neu ryw gymeriad arall o un o'i hoff lyfrau. Dyna ddeallwn i, beth bynnag: dwi ddim, am resymau amlwg, mor gyfarwydd â'u harferion darllen erbyn hyn. Byddai hi'n gofyn hefyd, gan achosi tipyn mwy o bryder i mi, a oedd hi'n ddigon hen i fod yn ffrind spesial i Dunk, neu Simon neu Lee? Allai hi wneud gìg gyda Beyonce Knowles? Neu ryw gwestiynau tebyg na ddeallwn i'r un gair ohonynt. Beth bynnag, dyna aeth â bryd Nia: y gweithdai drama.

I Bethan, a *oedd* yn ddigon hen i chwarae'r *rôles* amheus yma, mae'n debyg, doedd gêmau actio ddim yn ddigon cŵl. 'Dim Nia *ydw* i, Dad. Wy'n un deg pedwar oed for god's sake. Get real!' Rywsut neu'i gilydd, a heb fy nghymorth i, fe ffindiodd bethau amgenach i'w gwneud yng nghaffi Tŷ Dedwydd: gwylio DVDs, chwarae gêmau fideo a hongan ma's 'da merched eraill yn bennaf, yn ôl yr ychydig roedd hi'n barod i'w ddatgelu. Yn wir, o wythnos i wythnos, fe berswadiodd fwy a mwy o'i ffrindiau i fynd draw i gadw cwmni iddi. Gan na fûm i fawr mwy na *chauffeur* iddyn nhw, roedd yr holl weithgareddau hyn yn dipyn o ddirgelwch i mi.

Dyw'r ymweliadau ddim yn rhad: mae gweithdai Nia yn costio ugain punt yr un, ac mae Bethan yn disgwyl mwy o arian poced i dalu am ei hadloniant hithau: ni fodlonai ar geiniog yn llai na'i chwaer fach, galla i warantu hynny. Mae'n dipyn o strach, hefyd, gorfod croesi'r ddinas a gwacsymera am ddwy awr nes bod y gweithgareddau'n dod i ben. Hyd yn ddiweddar, byddwn yn llenwi'r amser

marw hwn trwy fynd am dro o amgylch y domen. Na, dyw
e ddim yn llecyn hardd, rwy'n gwybod, ond dyw e ddim
heb ei atyniadau chwaith, ac am sbel fach fe deimlwn fel
crwt ifanc eto, yn fforio'i ffordd trwy diriogaethau newydd.
O waelod The Avenue, gallwn dorri trwy dwll yn y ffens
ac ymuno â'r llwybr sy'n rhedeg wrth ochr y Rhosog Fach
– nant eitha sylweddol nad oeddwn i wedi sylwi arni o'r
blaen – a dilyn hwnnw tua'r morfa. A bod y tywydd yn
dirion, cawn gip wedyn ar y môr a bwrw draw am y clwydi
mawr yng nghefn y safle. A pheth braf, ar dro, fyddai cael
sgwrs yno ag un o'r dynion a gyflogir i gywain y fflwcs
strae sy'n cael eu chwythu hwnt ac yma gan y gwynt.
Yn aml iawn, gwaetha'r modd, gwynt a glaw a geid, neu
byddai'r drewdod yn drech na fi, a byddai'n rhaid troi'n
ôl am y bryncyn ffug. Erbyn hyn, a hithau'n ganol Medi,
mae'r dyddiau'n byrhau a bydd yn rhaid dyfeisio ffyrdd
eraill o dreulio'r pytiau amser yma.

Ydy, mae'n strach. Ond daeth un bendith pendant o'r
cyfan. Mae Tŷ Dedwydd wedi dod â ni'n nes at ein gilydd,
a hynny ar adeg, o ddilyn cwrs naturiol pethau, pan yw
merched yn tueddu i fynd i'w cregyn. Ac rwy'n ddiolchgar
iddo am hynny. Ac rwy'n ddiolchgar i Cerys am agor y
drws i ni.

Mae'n saith o'r gloch nos Wener. Mae Nia a Bethan wrth eu
pethau yn Nhŷ Dedwydd, a minnau'n sipian peint yn y Six
Bells yn Peterstone Wentloog. Mae'n annaturiol o dawel.
Gwynllŵg. Dyna enw'r lle, o'i drosi. Llanbedr Gwynllŵg.
Rhois gynnig ar rai o'r tafarnau eraill yn y cyffiniau yn
ystod yr wythnosau diwethaf. Y Carpenters yn Llanrhymni.
Y Monkestone yn Nhredelerch. A rhyw bum munud
brawychus yn y Rompney Castle Hotel. Hwn, y Six Bells,

yw'r un lleiaf annymunol. A'r Royal Oak, wrth gwrs.

Petawn i'n cymodi â Sue, wrth gwrs, gallwn i fynd i'w thŷ hi. Bu ond y dim i mi alw heibio nos Wener ddiwethaf, ar ôl cael peint yn yr Oak. Es i mor bell â gadael y tafarn yn gynnar a cherdded at y drws. Syllais am funud gron ar fotwm y gloch. Ar ei henw, yn ei hysgrifen gymen ei hun, o dan y botwm. Ar y ffenest, lle gallwn weld golau rhwng y llenni. Ond ymatal wnes i. Fyddwn i ddim eisiau iddi feddwl fy mod i'n achub mantais, yn enwedig lle mae'r plant yn y cwestiwn. A doedd gen i ddim byd newydd i'w ddweud, dim byd a allai ennill ei maddeuant. Ac eto, heb siarad â'n gilydd, sut gallwn ni gymodi? Dwi ddim wedi cael ateb i'r un o'm negeseuon, ar y ffôn na thrwy'r e-bost.

Yn y Six Bells ydw i heno, felly, nid yn yr Oak. Mae llai o demtasiynau yma. Ond does dim llawer o gysur. Daw criw o bobl ifainc i mewn, yn llawn hwyliau nos Wener, ac yn sydyn fe deimlaf anesmwythyd y llymeitiwr unig. Llyncaf weddillion fy mheint a gwenu 'nos da' cyfeillgar wrth y barmaid a cheisio cyfleu, trwy'r wên honno, a thrwy daflu cip brysiog ar fy wats, nad llymeitiwr unig o argyhoeddiad mohonof a bod atyniadau amgenach yn galw. Mae hi'n hanner awr wedi saith: yn llawer rhy gynnar i hôl y plant. Ond beth alla i wneud? Y tu allan, mae wedi dechrau tywyllu. Mae awel fain yn chwipio'r morfa. Mae'n bygwth glaw. Gyrraf yn ôl, yn falwenaidd o araf, i gyfeiriad Lamby Way. Yn y pellter, gwelaf y gwylanod yn cylchu'r domen.

Pan gyrhaeddaf Dŷ Dedwydd, mae'r cyntedd yn fwrlwm o blant: rhai'n disgwyl am eu rhieni i fynd â nhw adref ac eraill, yn ôl pob golwg, yn paratoi at fynd i'w gweithdai. Yn eu plith gwelaf lygoden, dwy gwningen lamsachus, cwlwm o fechgyn mewn dillad gwaith o Oes Victoria, ac un wrach hir-drwynog â het big ar ei phen. Yn rhyfedd, myfi yw'r un sy'n teimlo'n chwithig. Ac am funud, gan gymaint y dorf a'r cynnwrf, fedra i ddim symud oddi wrth y drws. Yn y man, daw un o staff y ganolfan i'r golwg a thywys y plant, megis rhyw Bibydd Hud, i'w stafelloedd ymarfer. Manteisiaf ar y cyfle i holi am Nia a dywed y fenyw yn y swyddfa docynnau, gan edrych ar ei chyfrifiadur, fod ei gweithdy i ddod i ben ymhen rhyw hanner awr a bod croeso i mi aros yn y caffi. Egluraf nad wyf am achosi embaras i'm merch hynaf, a hithau yng nghwmni ei ffrindiau yno, ac y byddaf yn ddigon hapus i aros lle ydw i, yn y cyntedd, diolch yn fawr.

Eisteddaf, ac edrych o'm cwmpas. Ar y mynd a'r dod. Ar y mamau a'r tadau, yn cyrraedd fesul un a dau. Ar eu plant, yn adrodd eu hanturiaethau wrthynt. Ar fy wats. Ar y taflenni dwyieithog: y taflenni a gyfieithais i rai wythnosau'n ôl. Ar ddefodau gweinyddol dirgel y fenyw yn y swyddfa docynnau. Ar fy wats eto. Ac ar y sgriniau teledu. Gwelaf y rhain am y tro cyntaf: rhesaid ohonynt fry ar y wal y tu ôl i ddesg y fenyw. Dwi ddim wedi sylwi arnyn nhw o'r blaen, efallai am mai lluniau mud sydd ar bob un.

Ystyriaf bob sgrin yn ei thro, gan symud o'r chwith i'r dde. Dyna'r ffilm o'r plant â'r barcut eto, yn ymweu trwy'i gilydd yn eu haf tragwyddol. Dyna, yn nesaf ati, yr olygfa mae peilot yn ei gweld wrth sgimio dros wyneb y môr: nid y peilot, chwaith, ond rhyw gamera a glymwyd wrth adain yr awyren, mae'n rhaid, gan nad oes ffenest na dim arall o gorff yr awyren i'w weld. Mae'n codi'r bendro arnaf. Ac yn nesaf at hwnnw, wedyn, rhywbeth gwahanol. Mae nifer o blant yn y llun hwn, a does dim cystal graen arno. Plant yn eu gwisgoedd actio. Llygod bach fan hyn, cwningod fan draw. Ac yna sylweddolaf beth sy'n digwydd.

'Ry'ch chi'n eu dangos nhw… y gweithdai… yn fyw… ar y sgrins?'

Caf gadarnhad gan y fenyw yn y swyddfa docynnau.

A chael ar ddeall hefyd mai'r *Gruffalo* sydd ar y sgrin gyntaf; mai *Horrid Henry and the Stink Bomb* sydd ar yr ail; ac mai Chance House, beth bynnag yw hwnnw, sydd ar y drydedd.

'Yn Chance House mae eich merch chi.'

'A!'

Dwi ddim yn gweld Nia ar unwaith. Neu os *ydw* i'n ei gweld, dwi ddim yn ei hadnabod. Mae'r rhan fwyaf o'r plant – rhyw chwech ohonynt, i gyd – â'u cefn at y camera, ac mae eu dillad yn rhoi golwg ddieithr iddynt. Nid am eu bod nhw'n ddillad anghyffredin chwaith, ond am mai dillad pobl mewn oed ydyn nhw. Nyrs. Hen ddyn, i fod, yn ôl y ffon a'r ffordd y mae'n sefyll yn ei gwman. Hen fenyw. Hen fenyw, a rhywbeth cyfarwydd ynglŷn â hi hefyd. Menyw ifanc wedyn, yn ôl steil ei gwallt a'r colur ar ei hwyneb. Ac maen nhw wedi cefnu ar y camera, fel y gallaf weld nawr, am eu bod nhw i gyd yn edrych draw i ochr arall y stafell, lle mae bachgen yn sefyll ar ei ben ei hun. Mae hwn yn gwisgo siaced – siaced feddal, ecsotig braidd. Nid siaced fraith, yn hollol: dyw hi ddim yn lliwgar, heblaw am ryw sglein ariannaidd. Na siaced o glytiau chwaith, er bod darnau bach o ddefnydd – ugeiniau ohonynt – wedi'u gwnïo arni. Rubanau, efallai? Na, mae'r cyfan yn rhy drwchus – yn rhy *fyw*.

'Chance House, wedoch chi?'

Mae'r fenyw'n egluro mai tŷ yw Chance House mewn stori gan – dyw hi ddim yn cofio'r enw – ond *Feather Boy* yw teitl y llyfr. A dyna'r ateb, wrth gwrs. Nid o ddefnydd y gwnaed y siaced, nac o rubanau. Siaced blu yw hi. Ac mae pawb yn edrych draw at y bachgen â'r siaced blu amdano. A hwnnw, erbyn hyn, yn defnyddio stôl er mwyn codi i ben bwrdd. Bwrdd pren, moel, hirsgwâr, fel hen fwrdd cegin ers llawer dydd. *Feather Boy*. Mae'n sefyll ar y bwrdd.

'Actio'r stori maen nhw, felly?'

A chael gwybod gan y fenyw – gwelaf y bathodyn ar ei chrys nawr: Yvonne yw ei henw, Yvonne Walker – a chael gwybod ganddi fod Cerys wedi dewis darnau o'r llyfr i'w hactio. Uchafbwyntiau.

'Cerys..?'

'Cerys Fortini.'

Ni welaf Cerys ar y sgrin. Cyfarwyddo'r plant o'r tu ôl i'r camera mae hi, siŵr o fod. Ond sut – mae'r hen gwestiwn yn brigo i'r meddwl eto – sut *gallai* rhywun dall…? Ac yna, o ganol y cwlwm o blant, mae un yn torri'n rhydd. Bachgen. A bachgen wedi'i *wisgo* fel bachgen yw hwn, nid fel dyn mewn oed. Mae'n rhedeg ar draws y stafell tuag at y bwrdd. Ond am ryw reswm, cyn iddo gyrraedd y bwrdd, mae'n stopio'n sydyn a cherddded yn ôl. Pam? Heb sain, alla i ddim dweud. Am fod pawb yn dilyn cyfarwyddiadau Cerys, o bosib. Mae'r bachgen yn gwneud yr un peth eto. Rhedeg. Stopio. Cerdded yn ôl. Ac eto. A thrwy'r amser, saif y llall, yr un â'r siaced blu amdano, yn ddigynnwrf ar ben y bwrdd.

Ac wrth i'r olygfa ymagor am y pedwerydd tro, gwelaf yr hen fenyw – yr hen fenyw o blentyn – yn troi ei hwyneb at y camera. Nid at y camera chwaith, ond at Cerys sydd, rwy'n weddol sicr, yn sefyll yn ymyl y camera, ond o'r golwg. Mae hi'n troi. Ac yn troi yn llawer rhy chwim i fod yn hen fenyw go iawn, er gwaetha'r wìg. A gwelaf… Gwelaf Mam. Gwelaf ei hen gardigan wyrdd. Yr un â'r pocedi, a chornel ei macyn i'w weld yn glir. Gwelaf ei chrys gwyn â'r brodwaith ar y coler. A'i sgert wlanog. A'i bag llaw. A'i mwclis. Gwelaf Mam. A gwelaf Nia.

Mae'r bachgen yn rhedeg ar draws y stafell. Y tro hwn, mae'r llall – yr un ar ben y bwrdd – yn barod amdano. Mae'n codi ei adenydd. Na, nid adenydd. Bachgen yw hwn. Does ganddo ddim adenydd. Mae'n codi ei freichiau o blu. Mae'n plygu ei goesau.

Ac rwy'n gwybod beth sydd am ddigwydd nesaf ac rwy'n gwybod mai fi yn unig all roi stop arno.

11 Gair am y Brenin

MAE'R BRENIN WEDI ymweld â Chymru bedair gwaith yn ystod fy oes. Yn amlach na hynny, o bosib, ond dyna'r nifer sydd wedi'u cofnodi. Dyna'r nifer o weithiau, felly, y cafodd ei weld gan bobl a wyddai ddigon am löynnod byw i'w adnabod ac a drafferthai wedyn i hysbysu'r awdurdodau. Roeddwn i'n rhy ifanc i boeni am ymweliad 1968. Yn 1981, os cofiaf yn iawn, roeddwn wedi ymgolli'n ormodol yng ngweithgareddau'r coleg i dalu llawer o sylw i'r peth. 1999 oedd blwyddyn yr ysgariad. 1995, felly, oedd y cyfle gorau a gefais i gael cip ar fy eilun. Cyfle a gollais, gwaetha'r modd, a'i golli o drwch blewyn.

Yr ochr draw i'r Iwerydd, wrth gwrs, mae'r wyrth yn digwydd bob blwyddyn. O weld y diwrnodau'n byrhau, a theimlo'r awel yn awchu'i min, bydd degau o filiynau o'r creaduriaid ysblennydd hyn yn codi pac ac yn ei mentro hi tua'r de. Tua dwy fil o filltiroedd sydd rhwng Canada a Mecsico, a'r rheiny'n aml yn filltiroedd garw, oer a diffaith, heb yr un ddôl na gardd na choedlan i roi lloches i'r ymfudwr dewr. Ond mae gan y Brenin gwmpawd – cwmpawd rhyw reddf hynafol, a'i fys yn pwyntio'n dragwyddol tua'r cyhydedd – ac fe ddilyna'r cwmpawd hwnnw'n benderfynol ddiwyro nes cyrraedd gwlad ei addewid. Dyna'r chwedl, beth bynnag. A dyw'r chwedl ddim yn bell iawn oddi wrth y gwir. Ond nid yw'n hollol wir, chwaith. Waeth *mae* 'na wyriad: un gwyriad bach a ddaeth yn rhan hanfodol o'r daith ei hun. Tro cam a seriwyd yr un mor ddwfn ar fap y cof a'r llwybr syth tua'r haul.

Wedi croesi Lake Superior, a hynny heb orffwys na bwyta, y mae'r heidiau o Frenhinoedd, bob yn un, yn cymryd tro annisgwyl tua'r dwyrain. Yna, wedi cyrraedd rhyw fan nad oes iddi'r un nodwedd y gallwn ni, fodau dynol, ei ddirnad, cymerant dro arall ac ailafael yn eu cwrs gwreiddiol. Does neb yn gwybod pam. Dywed rhai pryfetwyr fod y Brenhinoedd hyn yn osgoi rhewlif mawr: rhewlif a ddiflannodd dros ugain mil o flynyddoedd yn ôl ond sy'n dal i ymrithio'n frawychus o fyw yng nghof y creadur. Dywed y daearegwyr mai yma, yn ymyl y llyn, ym more'r byd, y safai'r mynydd uchaf a fu erioed ar y cyfandir hwn. A all y Brenin gofio'n ôl mor bell â hynny? Neu, ac arfer meddwl mwy pragmataidd, efallai mai'r cyfan sy'n digwydd yw bod y cof yn troi'n arferiad, o flwyddyn i flwyddyn. Yr arferiad sy'n cael ei gofio wedyn. Fyddwn ni byth yn gallu ateb y cwestiynau hyn.

Beth bynnag fo'r rheswm, mae'n bosib na ddôi'r un Brenin byth i'n plith ni, fan hyn, yn Ynysoedd Prydain, heb y gwyriad rhyfedd hwn. Oherwydd, o gymryd tro cam a throi'i olygon tua'r Iwerydd, mae'r creadur yn ei roi ei hun ar drugaredd y gwynt – ac o gael gwynt gorllewinol neilltuol o gryf, does ganddo'r un dewis ond i ymddiried ynddo a dilyn ei ffawd dros y cefnfor. Mewn blwyddyn gyffredin, ymlâdd a boddi fydd tynged y mwyafrif. Ond blwyddyn anghyffredin oedd 1995. Yn sgil corwynt Marilyn, chwythai llif o awyr gynnes ar draws yr Iwerydd, llif cyflym ac eto heb fawr o gynnwrf ynddo. Cwta bedwar diwrnod fu hyd y daith i'r Brenin: cyfnod y gallai'i gorff ddygymod ag ef yn weddol hwylus, wedi haf hir o besgi.

Er gwaethaf y manteision hyn, un Brenin yn unig a fentrodd i Gymru y flwyddyn honno, hyd y gwyddom ni, a gardd faesdrefol ym Mhenarth gafodd y fraint o'i groesawu. (Yn briodol iawn, fe'i gwelwyd yn sugno neithdar ar glwstwr o flodau Ffarwél Haf.) Clywais fod nifer ohonynt wedi cael eu gweld yng Ngherynw ac Ynysoedd Sili yn ystod dyddiau cyntaf mis Hydref, ac roedd pawb ohonom yng Ngrŵp Ieir Bach yr Haf Morgannwg yn bur hyderus y byddai ambell un yn llwyddo i groesi Môr Hafren, fel y gwnaethant o'r blaen. Ond nid peth hawdd yw darogan yr union fan lle bydd glöyn byw yn disgyn. Bu dros hanner cant ohonom yn disgwyl amdano mewn gwahanol safleoedd ar hyd yr arfordir, o Fro Gŵyr hyd at gyffiniau Casnewydd. Yn anffodus, gwylio'n ofer ar draeth Larnog, nid nepell o Benarth, yr oeddwn i pan ddaeth i'r lan. Ymhen llai nag awr, roedd wedi diflannu. A dyna, yn anffodus, yw patrwm yr ymweliadau hyn. Ymhen deuddydd arall, doedd yr un Brenin ar ôl ym Mhrydain gyfan.

Ond nid rhith mo'r pryfyn hwn. Ac nid gêm yw ei fordaith faith. Hyderaf y daw cyfle eto i mi ei groesawu i'r lan. Mae meddwl am y gobaith hwnnw'n codi'r galon.

12 Cerys yn Gweld o Chwith

RWY'N EISTEDD YN swyddfa Cerys. Mae hi'n codi'r teclyn llaw a'i bwyntio at y teledu.

Mae'r fideo yn dangos bachgen, â siaced blu amdano, yn paratoi i neidio oddi ar ben bwrdd. Clywir llais menyw yn ei gyfarwyddo. 'Rhaid plygu dy goesau...' Daw rhaff i'r golwg. Mae hon yn ymestyn o'i ganol hyd at y nenfwd, mae'n debyg, ond bod hwnnw y tu hwnt i gyrraedd y camera. Mae'r rhaff yn tynhau, mae'r bachgen yn neidio ac, am eiliad, ymddengys fel petai'n hedfan. Yn yr eiliad honno, yn yr eiliad cyn glanio, mae bachgen arall yn rhedeg tuag ato, dan weiddi a chodi'i ddyrnau. Amgylchynnir y ddau gan griw o blant, rhai ohonynt wedi'u gwisgo fel oedolion, ac un o'r rheiny'n dynwared osgo hen fenyw.

Dim ond yn raddol, oherwydd sŵn yr actorion, y deuir yn ymwybodol o ryw dwrw arall: twrw sy'n deillio, nid o weithgareddau'r plant, ond o ryw fan gwahanol, o'r golwg. Sŵn hyrddio drws ar agor. Sŵn baglu dros seddau, sŵn taflu byrddau o'r ffordd. Sŵn gweiddi, 'Peidiw–', a'r waedd yn tagu'n sydyn, ar ei hanner. Ac erbyn hyn, nid ar y ddau fachgen y mae'r plant yn edrych. Am ryw reswm na ellir ei ddirnad eto, lle roedd pawb cynt wedi hoelio'u sylw ar y neidiwr a'i wrthwynebydd, maen nhw bellach wedi troi i wynebu'r camera. Yna, daw pen dyn i'r golwg: dim ond y pen i ddechrau, yna'r ysgwyddau. Mae ei wallt melyn yn anniben a'i wyneb yn gors o chwŷs. Er hynny, mae mor welw ag uwd. Mae'n syllu ar y bachgen â'r siaced blu amdano ac mae hwnnw'n syllu'n ôl arno yntau, yn gegrwth. Aiff pawb yn dawel.

Roedd Nia'n benwan, wrth gwrs. 'Ti wedi dangos fi lan o flaen 'n ffrindie i gyd… Pam, Dad… Pam?' Ac a'm llaw ar fy nghalon, allwn i ddim egluro pam, dim ond dweud 'rwy'n flin, rwy'n flin' a hel esgusion am ddiogelwch a methu gweld yn iawn, ac yna ceisio newid y pwnc. Holi am y rhan roedd hi'n ei chwarae yn y ddrama, am y dillad mae hi wedi cael eu benthyg gan Mam-gu, am sut mae hi'n dod ymlaen gyda Cerys. A hynny'n ei hala hi'n wyllt eto. 'A beth fydd Miss Fortini'n gweud, Dad!?'

Ie, beth *fyddai* Miss Fortini'n ei ddweud?

Es i draw i Dŷ Dedwydd drannoeth, yn ystod fy awr ginio, i gael gwybod. Ac i ymddiheuro. Ac i geisio egluro, i gyfiawnhau. Roedd Cerys yn sefyll yn y cyntedd pan gyrhaeddais, yn siarad â'r fenyw y tu ôl i'r ddesg, er na sylwais arni ar unwaith am fod y lle'n ferw o ferched ysgol pifflyd. Oedais ychydig nes bod saib yn eu sgwrs ac yna dweud 'Helô, Cerys… ' mewn llais uchel, clir. Ac yna, 'Jim sy 'ma', fel y byddai hi'n gwybod ble roeddwn i'n sefyll. A dweud hynny braidd yn rhy uchel, o bosib, am fod pennau pawb yn troi – Cerys, y fenyw tu ôl i'r cownter a'r merched ysgol i gyd fel ei gilydd. Ac oherwydd hynny, daeth pwl o embaras drosof. 'Meddwl o'n i… ' A sychu. A dechrau ffwndro am eiriau wedyn mewn ffordd ddigon truenus. 'Dod i ddweud… Am be ddigwyddodd neithiwr…' Ond cyn i mi gael cyfle i roi trefn ar fy meddyliau, dyma hi'n achub y blaen arna i yn y modd mwyaf annisgwyl. 'Gobeithio bo chi ddim yn grac, Jim.' Ie, yn y modd mwyaf diymhongar a gostyngedig. Wel na, wrth gwrs do'n i ddim yn grac: wedi'r cyfan nid fy lle i oedd bod yn grac. Ac ar hynny, fe'm tynnodd gerfydd fy mraich i fan mwy tawel ym mhen pella'r cyntedd.

'Ych chi'n iawn, Jim. Ddylai rhywun dall ddim bod yng ngofal plant. Dyna o'ch chi'n meddwl 'i ddweud, Jim, yntefe?'

'Wel… Na… '

Ac fe wadais i'r awgrym, a'i wadu'n ddigon diffuant hefyd: doedd y syniad ddim wedi croesi fy meddwl nes iddi grybwyll y peth.

'Oes gyda chi funud, Jim…?' gofynnodd, fel petai'n gofyn cymwynas.

A rhyw fwmial esgusion tila fues i bob cam o'r ffordd i stafell Cerys, heb sylwi'n iawn – gan gymaint fy ngofid am fy embaras fy hun – mor hyderus oedd ei chamre trwy'r coridorau prysur, mor sicr ei gafael ar ddolen drws, mor gywir ei reolaeth dros y botymau yn y lifft.

'Ar yr ail lawr rwy'n gweithio, Jim… Cawn ni fwy o lonydd f'yna… Os yw hynny'n iawn 'da chi…'

Roedd y stafell yn foel a hytrach yn dywyll, fel y disgwyliwn. Ni chynheuwyd y golau, ond dôi ychydig o oleuni trydan trwy'r ffenest fewnol. (Doedd gan y stafell ddim ffenestri allanol.) Eisteddodd i lawr a gwneud arwydd i mi wneud yr un peth.

'Rwy'n edmygu be' wnaethoch chi neithiwr, Jim.'

'Edmygu…?'

'Ac rwy'n cyd-fynd â chi. Ddylai rhywun dall ddim bod yng ngofal plant.'

A sut gallwn i anghytuno?

'Ond dwi ddim yn ddall.'

Cododd Cerys ei phen. Ac am y tro cyntaf, yn yr hanner gwyll, y prynhawn hwnnw yng nghanol Stad Ddiwydiannol Lamby Way, fe edrychodd arnaf â rhyw rithyn o adnabyddiaeth yn ei llygaid.

'Ddim yn y ffordd ry'ch chi'n 'i feddwl, beth bynnag.'

Doeddwn i ddim yn deall. Rhaid bod hynny'n amlwg oherwydd bu'n dawel am ychydig, gan edrych o'i chwmpas fel petai hi'n chwilio am y geiriau cywir.

'Ro'n innau eisiau hedfan hefyd, Jim… Yr un peth â'r bachgen o'ch chi'n becso gymaint amdano ddoe…'

Gwenodd. Na, doedd dim gwawd na cherydd yn y wên. Gwên betrus oedd hi, gwên ymddiheuriol, bron. Ac roeddwn i'n ddiolchgar am hynny.

'Dim hedfan fel y cyfryw, wrth gwrs.'

'Wrth gwrs…'

Edrychodd Cerys o'i chwmpas eto.

'Bues i'n ddall er pan o'n i'n bum mlwydd oed, Jim... Ac roedd yr awydd i weld, gallwn i feddwl, rywbeth yn debyg i'r awydd i hedfan i bobl fel chi, Jim... Pobl sy'n gallu gweld ... Mae'n flin 'da fi, Jim... Ydy hynny'n gwneud synnwyr?'

'Ydy, Cerys,' meddwn innau. 'Wrth gwrs ei fod e.'

A lleisiais fy nghydymdeimlad. Cydymdeimlad twymgalon, byrlymog bron, cymaint oedd fy rhyddhad nad y fi, na'm hymddygiad afreolus, oedd testun y sgwrs.

'Ond roeddech chi'n gallu gweld unwaith?' cynigiais.

A gyda'r cydymdeimlad hwnnw'n gefn iddi, rwy'n credu, fe fagodd Cerys ychydig o hyder. Eglurodd sut roedd ei chof – ei chof gweledol, felly – wedi pallu o dipyn i beth, yn gwmws fel olion traed a chestyll tywod, meddai, a'r llanw'n chwalu pob un, nes bod dim ar ôl, fel pe na bai dim byd wedi bod yno erioed. Nes ei bod hi'n methu breuddwydio gweld, heb sôn am gofio gweld.

'Ond mae dallineb mor ddierth i chi, Jim... Mor ddierth â hedfan. Mor ddierth â gweld i rywun fel fi.'

Edrychodd arnaf eto ac yna edrych i ffwrdd yn ddisymwth, dan gysgodi ei llygaid â'i llaw.

'Fyddai ots 'da chi fynd i eistedd yn y gadair 'na yn y cornel, Jim?' meddai. 'Mae'n flin 'da fi fod yn boen... '

Symudais, heb ddeall pam.

'Galla i 'ych gweld chi'n well f'yna... Ro'ch chi'n rhy fawr o'r blaen... '

Ac yna, o synhwyro fy nryswch, eglurodd mai'r cysgodion oedd ar fai.

'Mae goleuadau llachar yn gwneud dolur... Ond heb olau, mae'r cysgodion yn cymryd drosodd... Dwi ddim yn siŵr p'un sydd waethaf... Mae'r cysgodion yn disgwyl yn gwmws fel byrddau a stolion i mi... Wela i ddim gwahaniaeth… Bydda i weithiau'n rhoi fy mhapurau ar ben cysgod… A chithau… '

'A finnau?'

Ac fe aeth Cerys yn ei blaen, yn ei ffordd dawel, ddigyffro, i egluro bod canghennau'n tyfu allan o'm corff lle roeddwn yn eistedd o'r blaen. Canghennau a brigau a deiliach lle roedd breichiau a choesau i fod. Bod fy wyneb yn goferu i'r wal ar brydiau, a bod fy mhen weithiau yn rhannu'n ddau, ac am eiliad bu gen i ddau ben cyfan.

'Roedd cysgod eich pen ar y wal yn edrych fel pen arall i fi. Does gyda chi ddim dau ben, nac oes, Jim?'

Chwarddodd yn dawel. Rhyw siffrwd o chwerthin, fel y noson o'r blaen. Roedd hi'n barod i gellwair am y peth, chwarae teg iddi. Doedd dim chwerwder yn ei llais.

'Ydych chi wedi darllen *The Sphinx*, Jim? Gan Edgar Allan Poe?'

Dwedais nad o'n i'n fawr o ddyn llenyddol. Ond bod Bethan, y ferch hynaf, â diddordeb mewn pethau o'r fath – er mai Stephen King oedd yn mynd â'i bryd ar y funud, nid Edgar Allan Poe. Na, yn bendant, doeddwn i ddim wedi darllen *The Sphinx.*

'Mae'n disgrifio sut mae'n teimlo i gael eich golwg yn ôl, Jim… A methu gwybod, ar y dechrau, beth i'w wneud ag e… '

Dim ond dysgu gweld mae Cerys. Dyna oedd byrdwn ei geiriau yn ystod yr awr nesaf. Awr o ddysgu pethau na wyddwn i ddim oll amdanynt o'r blaen. Am weld a methu gweld, am y gwahanol fathau o gam-weld, am sut roedd hi wedi dysgu adnabod ei chelfi erbyn hyn, y rhai yn ei chartref ac yn ei swyddfa, cyhyd â bod popeth yn aros yn llonydd. Cyhyd â bod neb yn symud y bwrdd, neu'n rhoi lliain coch neu botaid o flodau arno heb iddi wybod. (A minnau'n meddwl tybed a oes rywun felly acw, yn ei thŷ

– rhywun a allai, o bosib, trwy gamryfusedd, symud y celfi a'r llieiniau a'r potiau a gwneud iddi ddrysu, gwneud iddi gysgodi'i llygaid â'i llaw, yn union fel y gwnaeth funud yn ôl yma yn y swyddfa.) Ie, cyhyd â bod popeth yn aros yn llonydd. Cyhyd â'i bod hi ei hun yn aros yn llonydd. Doedd ei meddwl ddim yn gallu prosesu pethau symudol eto: dim ond y *tableaux*, y *still lives*. Ac ar ddiwedd yr awr fe deimlais yn freintiedig, am fod Cerys wedi fy newis i ar gyfer rhannu ei phryderon.

'A lluniau, Jim. Dyw'r rheiny'n golygu dim i fi chwaith. Cybolfa o liwiau a siapau… Dyna i gyd wela i mewn llun… Ac ar y teledu hefyd.'

A hynny, mae'n ymddangos, oedd gwir amcan y cyfarfod ddoe, oherwydd yr hyn a wnaeth Cerys wedyn oedd troi'r peiriant fideo ymlaen. Ac fe'm gwelais fy hun ar y sgrin, yn camu i mewn i'w drama.

'Gallwch chi fod yn dywysydd i fi, Jim, os 'ych chi moyn.'

13 Pen-blwydd Mam

'Pen-blwydd hapus, Mam.'

Rwy'n cynnig fy anrheg iddi, ond nid y blodau. Ddim eto. Un peth ar y tro.

'Diolch, Jim.'

Dyw hi ddim yn hawdd prynu anrhegion i Mam. Bu'n ddigon diystyriol o bethau felly erioed. 'Paid bratu dy arian, bach,' fuodd hi'n ddi-ffael, bob Nadolig, bob pen-blwydd, ers galla i gofio. Bu symud o'r tŷ ym Mhentre-poeth yn gyfle i droi'r ddiystyriaeth honno'n ddeddf.

'Sdim lle 'da fi fan hyn, Jim.' Stondin fach i roi planhigyn arni. Golau newydd i arbed straen ar ei llygaid. Doedd dim yn gwneud y tro. 'Rwy'n baglu dros y blincin celfi 'ma fel ma' ddi, Jim.'

Y tro hwn, prynais gasét iddi: un amrywiol ei gynnwys o'r siop hiraethu-am-hen-bethau yn yr arcêd. Tipyn o bopeth – Doris Day, Ann Shelton, Johnny Mercer, Frankie Lane, Nat King Cole, ac yn y blaen – gan feddwl siawns y byddai hi'n hoffi rhai ohonyn nhw.

Rhydd ei sbectol ar ei thrwyn er mwyn darllen y print mân.

'Welcome… Home…'

A rhoi cynnig arall arni wedyn, heb ei sbectol, gan ddal y casét ddwy fodfedd o flaen ei llygaid.

'Happy… songs… and… music…'

'Caneuon diwedd y rhyfel, Mam,' dywedaf.

Rhoddaf y blodau iddi a mynd â'r casét at y peiriant. Llenwir y fflat â seiniau Glenn Miller: seiniau sydd, hyd yn oed i mi, a anwyd flynyddoedd yn ddiweddarach, wedi'u lapio mewn gwawl o hiraeth.

Nid ar chwarae bach mae mab yn prynu hen bethau i'w fam. Rhaid iddo wahaniaethu rhwng yr 'hen' sy'n plesio a'r amryfal fathau eraill o 'hen' na fyddent yn golygu dim iddi. Rhaid adnabod yr 'hen' sy'n *rhy* hen, ac yn debyg o ddenu gwawd. Rhaid adnabod yr 'hen' sy'n rhy ddiweddar ac, yn ei chlustiau hi, yn ddim ond sŵn aflafar. Bu'n hynod lawdrwm ar gasét o Al Bowlie a brynais iddi unwaith. Yn mynnu ei fod yn ofnadw o henffasiwn. 'Ti'n cymysgu lan rhyngto i a Mam-gu, Jim.' 'Ond ga'th e 'i recordo yn 1940, Mam. Mae'n gweud fan hyn.' A darllenais y manylion iddi: enw'r band, enw'r arweinydd, ble cafodd y gân ei recordio, fel petai hynny'n debyg o wneud gwahaniaeth. 'Cyn 'yn amser i, bach.' Wel beth *yw* dy amser di, Mam?

'Caneuon croesawu'r *troops* 'nôl gartre, Mam… Yn ôl y llun ar y clawr… '

Astudiaf yr eiliad o orfoledd teuluol a ddaliwyd gan y ffotograffydd. Mae Mam yn troi ei sylw at y blodau.

'Blodau pert, Jim. Ond ddylet ti ddim bratu dy arian.'

Mae Mam yn codi, yn sadio'i hun, ac yna'n llusgo'i thraed tua'r gegin. Yno mae hi'n tynnu jwg o'r cwpwrdd, yn dadlapio'r blodau, yn torri eu coesennau, bob yn un, i'r hyd priodol, ac yna'n eu trefnu'n fanwl daclus, a phob symudiad, pob gweithred, yn mynnu ei sylw cyfan. Gwn mai ei defod hi yw hon ac na fyddai'n weddus i mi gynnig help iddi. A thra mae hi'n gwneud y pethau hyn, rwyf innau'n bodloni ar eistedd yn llonydd yn y gadair *chintz* a gadael i'r alawon melys lifo drosof, Glenn Miller, Jo Stafford, ac erbyn hyn Vera Lynn a'i *White Cliffs of Dover*. Ac i gyfeiliant y caneuon, mae fy llygaid yn crwydro dros furiau'r stafell fechan.

A beth *yw* dy amser di, Mam?

Mae yma olion o'r tŷ ym Mhentre-poeth. Y gadair rwy'n eistedd ynddi. A chadair Mam hefyd. Yr antimacasars brodiog sy'n eu haddurno. Y llewys gwlanog, glas sy'n cuddio'r clustogau. Rwy'n ei chofio hi'n gwau'r rheiny: tua'r amser yr es i i'r ysgol fawr, mae'n rhaid, oherwydd fe gofiaf yr embaras a deimlwn wrth ddod â ffrindiau'n ôl i'r tŷ, a hwnnw'n llawn pethau o'r fath, pethau di-raen, pethau ail-law, pethau gwneud-y-tro. Mae'r glas wedi ffado erbyn hyn. Ni ddaeth y ddreser. Yn rhy fawr, meddai Mam, a'i byd yn cael ei gywasgu rhwng waliau mor gyfyng. Cadwodd y *sideboard* ar gyfer y llestri gorau a'r trugareddau – nid bod rheiny'n niferus, a hithau'n byw ar ei phen ei hun ers cymaint o flynyddoedd. Mae'r platiau glas, y rhai a etifeddodd ar ôl Mam-gu, o'r golwg. Dim ond yr hen jwg *Gaudy Welsh* sy'n cael ei harddangos arni bellach. Mae Mam

yn meddwl bod hwn yn werthfawr, ond rwy'n amau. Mae
hollt fain yn rhedeg i lawr un ochr, yr ochr sydd wastad yn
wynebu'r wal. Ar ben y teledu, mae dau lun: un o Nia a
Bethan pan oedden nhw'n fach ac un o John, fy mrawd, a'i
deulu. Maen nhw'n byw yng Nghanada ers deng mlynedd,
ac efallai fod anfon lluniau'n gyson yn lleddfu rywfaint
ar eu cydwybod. Mae'r ddau lun wedi'u troi ychydig at i
mewn, fel petaent yn edrych ar ei gilydd.

Gaudy Welsh

Ar y wal uwchben y teledu, yn y cysgodion braidd, y
mae'r unig lun o Mam: un du a gwyn a dynnwyd pan oedd
hi'n dal i fyw yng nghartref Mam-gu, ar bwys Llanelli. Mae
ei gwallt yn donnau mawr, yn ôl ffasiwn yr oes, ac mae'n
sefyll gyda'i thad, eu breichiau ymhleth, a'u llygaid bron
ynghau oherwydd yr haul llachar. Tad-cu. A hwnnw tua'r
un oedran ag ydw i nawr. Does dim llun o fy nhad. Ddim
fan hyn, beth bynnag. Roedd llun ohono'n arfer hongian
wrth ochr y tân yn stafell wely Mam yn yr hen dŷ. Fy nhad,
yn ei iwnifform, a gwên llawn gobaith a disgwyl, gwên
ddiwedd rhyfel a dod adref; mae rhyw ddiniweidrwydd
brawychus yn y ffordd mae e'n dal ei ben ar un ochr ac yn
gwenu ar y camera. Ac mae e'n llawer, llawer ifancach na fi.

O'r blaen, ym Mhentre-poeth, roedd nifer o luniau eraill. Dau neu dri ar y mamplis a rhagor yn stafell Mam – dwi ddim yn siŵr faint, efallai am mai lluniau o bobl ddieithr oedd cymaint ohonyn nhw. 'Cyn dy amser di, James bach,' byddai Mam yn ei ddweud. A thewi. Ond na, Mam, ddim pob un. Roedd rhai o'r lluniau o fewn fy amser i, yn bendant. Waeth roeddwn i'n fabi yn ambell un. Siawns nad yw hynny'n rhoi rhyw hawliau i mi. Ac efallai mai mynnu'r hawliau hynny oeddwn i trwy adrodd storïau amdanynt wrth fy ffrindiau. Dw i ddim yn siŵr, erbyn hyn, ble cefais afael ar y storïau – gan fy mrawd, efallai – ond o'u hadrodd fe deimlais, gydag amser, fy mod i'n nabod y bobl hyn, er mai dim ond wynebau mewn lluniau oedden nhw.

Cofiaf y llun o Wncwl Tom. Llipryn o ddyn â sbectol bach crwn ar ei drwyn. Bu hwnnw'n beilot awyrennau traws-Atlantig yn fy storïau i. (Nac oedd gen i luniau Brooke Bond o'r awyrennau i brofi hynny?) A'r llun o Dad, wrth gwrs. 'Roedd Dad yn gapten llong yn y rhyfel, ac fe laddodd e lot o Germans!' A'r tro hwn, roedd gen i gardiau â lluniau o longau arnynt yn dystiolaeth. Ac roedden nhw'n storïau defnyddiol, hefyd, ar gyfer ateb sbeng y plant eraill. *Your Dad's run away 'cos your mam's a slag.* Rwy'n weddol siŵr fod gennym lun o Wncwl Wil yn rhywle hefyd, ond yn fy myw alla i ddim cofio ble.

Ta waeth, does dim lle tân fan hyn. Ac mae'r lluniau wedi mynd. Alla i ddim dweud faint. Na faint o bethau eraill chwaith. Mae popeth – y celfi, y jwg, y cloc ar bwys drws y gegin, symudiadau Mam hwnt ac yma – maen nhw i gyd allan o drefn rywsut. Dydyn nhw ddim yn dilyn y patrwm yn y cof, ac oherwydd hynny mae'n anodd adnabod y bylchau.

Daw gwaedd o'r gegin. 'Home Guard o'dd T'cu, Jim. Do'dd e 'riôd yn yr Armi.'

Dweud hyn i'm cywiro mae hi, nid er mwyn dechrau sgwrs am y gorffennol.

Na, alla i ddim llenwi'r bylchau i gyd. 'Gall colli ychydig o lythrennau wneud brawddeg yn annealladwy,' meddai Wallace. Siarad am anifeiliaid oedd Wallace, wrth gwrs, nid celfi. Am anifeiliaid a'r ffiniau rhyngddyn nhw, fel y ffin honno a gadwai'r cangarŵ a'r cocatŵ yn Awstralia a'r tapir a'r cornlyfi yn Bali. Lle i bopeth a phopeth yn ei lle, ys dwedai Mam-gu. Ond ddim fan hyn. Na, fydda i byth yn gallu gwneud y lle hwn yn gyfan. Brawddeg fratiog, anghyflawn yw stafell Mam. Bu farw gormod o'r llythrennau brodorol. Aeth y gweddill ar ddisberod.

Rwyf wrthi'n arllwys bob o wydraid o sieri i ni pan ddaw'r plant â'u hanrhegion hwythau. Mae Mam yn gwenu am y tro cyntaf ers i mi gyrraedd. Ânt â dwy o'r stolion sy'n cwato dan y bwrdd bwyd – does dim lle yn y stafell i fwy na dwy gadair esmwyth – ac eistedd wrth ochr Mam, er mwyn rhannu'r pleser o agor y parseli bach. Rhyw gymysgedd o bethau sydd ganddyn nhw, mae'n debyg. Dyna maen nhw'n arfer ei brynu. Sent, sebon, a phethau o'r fath, a phob eitem wedi'i lapio ar wahân, mewn pecyn twt, a phapur sgleiniog a ruban coch am bob un. Bydd defod yr agor yn cymryd cryn amser. Dodaf y sieri ar y bwrdd bach ar bwys Mam a mynd i'r gegin.

Ac wrth i mi chwilio am gyllell addas i dorri'r deisen, a honno'n deisen siocled hufenog anodd ei thrin – rhywbeth at ddant y merched yn hytrach na'u mam-gu, fentrwn i, gan mai nhw sydd wedi dod â hi – clywaf Mam yn ymystwyrian o'i thawedogrwydd. Dwi ddim yn siŵr beth oedd y sbardun. Y gerddoriaeth, efallai, yn chwythu anadl drwy rhyw hen farwydos yn y cof. Al Bowlie, o bawb, sy'n canu erbyn hyn. Neu'r sent. Maen nhw'n dweud nad oes dim cystal ag aroglau am ddwyn hen atgofion yn ôl. Ond fel'na mae hi yng nghwmni'r plant oherwydd eu hoedran, siŵr o fod, neu'r gwahaniaeth oedran, yn hytrach. Does yna ddim i'w golli ar y naill ochr na'r llall. Ac am eu bod nhw i gyd yn ferched, wrth gwrs.

Siarad am ei phlentyndod ei hun mae hi. Clywais y storïau hyn droeon o'r blaen ac rwy'n gwybod ym mha drefn maen nhw am gael eu hadrodd, fel petaent i gyd ynghlwm wrth ryw gortyn. O gynnau pen y cortyn does dim amdani ond sefyll yn amyneddgar nes bod y fflam wedi cyrraedd y pen arall a diffodd. Nid cortyn, efallai, ond ffiws. Ffiws heb y ffrwydryn.

'Gethon ni bedair *free pass* y flwyddyn achos bod Dat yn gwitho ar y rêlwe…'

Bethan sydd wedi sôn am un o'i theithiau tramor gyda'r ysgol, ac mae Mam am danlinellu pa mor braf yw ei byd hi o'i gymharu â'r hen ddyddiau.

'Doedd fawr neb yn galler ffordo mynd ar y traen yn yr amser 'ny… Ddim yn bellach nag Abertawe… Ond fuon ni'n lwcus… Yn ca'l mynd lle mynnen ni heb dalu…'

Caent fynd mor bell â'r Alban.

'Ethon ni i Sgotland unweth…'

A throi'n ôl wedi cwpanaid o de.

'Stopo i gael te yn Gretna Green a dod 'nôl yn strêt!'

Mae Mam yn chwerthin. Cymer sip fach o'i sieri, gan adael bwlch ar gyfer ymateb ei chynulleidfa. Manteisiaf ar y saib i fynd â diodydd i mewn at y merched.

'Do i â'r gacen mewn nawr.'

Af yn ôl i'r gegin, gan geisio dyfalu ble'r aiff y sgwrs nesaf.

'A 'ngwallt i'n felyn…'

Ie, y gwallt melyn. Mynd ar y trên ben bore i Ben-y-bont. Y trên yw'r ddolen gyswllt yn y fan yma. Mynd ar y trên i weithio yn yr arfdy yn ystod y rhyfel.

'Y powdwr 'chwel… Y powdwr yn yr *explosives* yn troi 'ngwallt… '

A fan hyn, yn ôl a gofiaf, bydd hi'n sôn, weithiau, am y ferch a gollodd ei dwylo. Yr un a fu'n gweithio yn adran y tanwyr, a'r tanwyr yn ffrwydro, llond bocs ohonynt, a hithau'n un o lawer, mae'n debyg, trwy flynyddoedd y gyflafan. Y gyflafan gartref. A bydd hi'n trafod hyn â'r un manylder, a'r un awydd i ddramateiddio, i wneud peffformans bach, ag yn y stori mynd-ar-y-trên a stori'r gwallt melyn. Fel darllen stori o lyfr. Ac yn sydyn, teimlaf dro yn y cylla.

Ond mae Mam yn gall. Yn gallach nag yr oeddwn i'n ddisgwyl. Mae'n sôn, nid am y ffrwydron ond, yn hytrach, am sut roedd rhaid iddi liwio'i gwallt bob wythnos cyn mynd i ddawnsio yn Abertawe.

'Mynd i'r dansys yn y Patti Pavilion… A bydde'r GIs… 'na beth o'n ni'n galw'r Americans… '

Rwy wedi torri'r deisen erbyn hyn a didoli ei hanner rhwng pedwar plât. Daw'r sgwrs i ben wrth i mi gludo'r rhain i'r parlwr, ar hambwrdd, dan ganu 'Pen-blwydd hapus'. Ymdrech yw hyn, dwi ddim yn amau, i ysgubo'r delweddau tywyll o'm meddwl – y ffrwydron a'r gwallt melyn – lawn gymaint ag i ddymuno'n dda i Mam. Ond does neb ddim callach: ymuna'r plant yn y canu ac mae Mam yn gwneud ei gorau i ymddangos yn werthfawrogol.

Gan amlaf, o ddilyn y cortyn storïol, bydd Mam yn sôn wedyn am weithio mewn rhyw ffatri arall, ffatri yng Nghwmfelin – lle llawer mwy dymunol na Phen-y-bont, yn ôl yr hanes. Yn gwneud *jerrycans*. Ac am sut y byddai disgwyl iddi fynd â negeseuon at ei thad yn yr Home Guard. (Wrth gwrs 'mod i'n cofio bod ei thad yn yr Home Guard. Nid dyna'r pwynt roeddwn i'n ei wneud.) Ac yn y pen draw, os câi rwydd hynt gan ei chynulleidfa, byddai'n disgrifio sut y cyfarfu â 'nhad, wedi i hwnnw

hwylio i Abertawe ar ôl y rhyfel. 1947. Ebrill 1947. A hyn i
gyd yn dod ag atgofion melys yn ôl, fe dybiech chi – ond,
yn rhyfedd iawn, dewisai Mam ganolbwyntio, yn hytrach,
ar ba mor lwcus oedd fy nhad i gyrraedd Abertawe'n fyw,
ac yntau wedi glanio dim ond dwy awr cyn i'r *Samtampa*
gael ei darnio ar y creigiau. Y gwyntoedd mawr, y storom
ffyrnig, y marwolaethau egr. Dyna fyddai'n cael ei sylw i
gyd. A thewi wedyn, am nad oedd y plant yn ei nabod e. 'I
beth ydw i'n bratu geiriau 'ma, a chithe erio'd wedi cwrdd
â'r dyn.' A throi ata i, o bosibl. 'A dwyt tithau ddim yn ei
gofio fe chwaith.' Tewi, er nad yw fy nhad yr un tamaid yn
fwy dieithr na gweddill y cymeriadau mae hi wedi bod yn
rhaffu storïau amdanynt.

Ond na, dyw hi ddim yn cael rhwydd hynt, ddim y tro
hwn. Daw wilia Mam i ben oherwydd, erbyn hyn, mae Nia yn
twrio mewn cwdyn plastig wrth ei hochr. Dillad. Wrth gwrs, y
dillad cafodd eu benthyg gan ei mam-gu ar gyfer y ddrama yn
Nhŷ Dedwydd. Ac wrth eu tynnu nhw o'r cwdyn a'u gosod
yn ofalus ar y bwrdd a chan feddwl, mae'n amlwg, mai hi sydd
piau'r llwyfan bellach, y mae'n mentro ar ei stori ei hun. Ei stori
ei hun, ond stori sydd wedi'i lapio, i ddechrau, mewn stori
arall, stori *Feather Boy*; a stori hefyd am sut yr oedd hi, Nia, wedi
gwneud i bawb feddwl mai hen fenyw oedd hi, hen fenyw o'r
enw Edith Sorrell. Nid bod hon yn hen fenyw go iawn, wrth
gwrs. Cymeriad mewn llyfr oedd hi, ac mor drist oedd yr Edith
Sorrell yma o fod wedi colli ei mab, ac mor falch wedyn o gael
hyd i fachgen arall a allai wneud ei dolur yn llai, Robert oedd
enw hwnnw, ond bod yna fachgen arall eto, a hwnnw'n un
cas, 'er bod e falle ddim yn gas yn y bôn, Mam-gu', Niker oedd
enw hwnnw, ac un diwrnod buodd cwmpo ma's rhyfedda
rhyngddyn nhw – rhwng y ddau fachgen – ond roedd Robert
wedi dysgu hedfan, ac… ac fe aeth e i ben bwrdd…

Ond er plygu ymlaen yn ei chadair, er moeli clustiau a
hoelio llygaid, gwn fod Mam ar goll yn y llifeiriant geiriol

yma. Dweda i rywbeth wrth Nia am beidio â blino ei mam-gu, ac am ba mor ddiflas yw gwrando ar rywun yn adrodd stori ei hoff ffilm, neu ei hoff lyfr, a hyd yn oed ei hoff ddrama, ie, hyd yn oed drama mae wedi cymryd rhan flaenllaw ynddi, i gyd yn ddigon jocôs, wrth gwrs, does dim eisiau brifo teimladau. Twt-twt, dywed Mam, a gofyn imi beidio â bod mor fên 'da'r groten. A minnau'n teimlo'n reit euog erbyn hyn. Ond un benderfynol yw Nia, beth bynnag, ac wedi bod yn edrych ymlaen ers sbel, greda i, at ddweud wrth ei mam-gu am sut gwnaeth ei thad ffŵl o'i hunan yn y gweithdy drama. (Gellwch chi fentro bod y stori eisoes yn dew trwy'r ysgol.) Mae fy stumog yn dechrau troi eto, a sylweddolaf mai ffiws â ffrwydryn ar ei ben yw'r cortyn storïol wedi'r cyfan.

Does dim amdani, felly, ond gafael yn stori Nia a'i meddiannu. Ei gwneud yn stori amgenach, yn stori at fy iws fy hun. Os nad oes modd diffodd y ffiws, rhaid symud y ffrwydryn i fan mwy diogel, lle na all wneud niwed i neb.

'Y fam... '

A gyda dyfeisgarwch sy'n peri syndod i mi fy hun, fe ddisgrifiaf sut roedd mam y bachgen – sef Robyn, yr un fu'n sefyll ar y bwrdd – wedi dychryn wrth wylio'r sgrin yng nghyntedd Tŷ Dedwydd. 'Roedd hi'n disgwyl amdano fe yr un pryd ag o'n disgwyl am Nia, ti'n dyall, Mam?' gan feddwl bod ei mab ar fin cael codwm cas. Ac o weld y fam yn y fath wewyr meddwl, dyma fi'n ysgwyddo cyfrifoldeb am y ddau. 'Wyt ti'n sylweddoli, Mam, 'mod i'n gwneud peth gwaith iddyn nhw ers sbel, cyfieithu ac yn y blaen? A 'mod i'n ffrind i'r athrawes? Cerys yw ei henw. Wyt ti'n cofio fi'n sôn amdani?' Ie, wel, dyma fi'n mynd ar fy union i'r stafell lle roedd y ddrama'n cael ei rihyrsio, er mwyn cyfleu i Cerys ofidiau'r fam ac yna, o gadarnhau bod popeth dan reolaeth, a'r mab yn ddiogel, i ddychwelyd i'r cyntedd a thawelu'i hofnau.

Mae'n stori gredadwy. A stori hefyd, yn ôl wynebau Nia a Bethan, sy'n cael ei chredu, er na ddwedais yr un gair o'r blaen am fam y bachgen. Ac mor fodlon ydw i ar safon fy mherfformiad, a chymaint yw'r hwyl a gaf o'i gyflwyno, fel na allaf, gwaetha'r modd, ymatal rhag mynd ag ef un cam ymhellach.

'A bydd y merched yn gweld tipyn mwy ohona i yn Nhŷ Dedwydd o hyn ymlaen – os caf i'r swydd rwy wedi trial amdani.'

Edrycha'r plant yn syn arna i. Wrth gwrs eu bod nhw. Rwy'n synnu ataf i fy hun. Mae Mam, am ryw reswm, yn codi ei llygaid tua'r nen ac yn dechrau twt-twtian eto.

'Ond Jim bach, Jim bach... Rwyt ti wedi trial am y job 'na sawl gwaith o'r blaen... Nac wyt ti wedi clywed wrthon nhw 'to?'

14 Sffincs

AR DERFYN DIWETYDD cynnes odiaeth, eisteddwn, â llyfr yn fy llaw, yn ymyl ffenest agored. Trwyddi, ceid golygfa helaeth o lannau'r afon, a'r tu hwnt i'r rheiny, yn y pellter, gwelwn fynydd yr oedd ei wyneb wedi'i ddinoethi o'r rhan fwyaf o'i goed gan yr hyn a elwir yn 'dirlithriad'. Bu fy meddwl yn crwydro ers amser oddi ar y gyfrol yn fy llaw tuag at drallod a digalondid y ddinas gyfagos. O godi fy llygaid, trawodd fy ngolwg ar wyneb moel y mynydd, ac ar wrthrych – ar ryw anghenfil byw, erchyll ei wedd, a symudai'n chwim o'r copa i'r gwaelod gan ddiflannu wedyn i'r goedwig drwchus. O amcangyfrif maint y creadur trwy ei gymharu â lled y coed mawr yr aeth heibio iddynt – yr ychydig gewri a ddihangodd o ffyrnigrwydd y tirlithriad – deuthum i'r casgliad ei fod yn llawer mwy na'r llong ryfel fwyaf sy'n bod. Dywedaf 'llong ryfel' am mai dyna a awgrymir gan ffurf yr anghenfil ei hun – byddai corff un o'n llongau 74–gwn yn cynnig amlinelliad gweddol gywir ohono. Roedd ceg yr anifail i'w gweld ar ben eithaf y sugnydd, a hyd yr organ honno oedd rhyw drigain troedfedd, neu ddeg troedfedd a thrigain, a'i drwch yn debyg i gorff eliffant cyffredin. Wrth wraidd y trwnc hwn tyfai cnwd anferth o flew du – mwy nag a geid gan ugain byfflo; ac o'r blew hyn, gan wyro i lawr ac ar draws, yr ymwthiai dau ysgithr llachar nid annhebyg i ysgithredd baedd gwyllt, ond o faintioli anfeidrol fwy. Ochr-yn-ochr â'r sugnydd, ymestynnai dwy ffon, rhyw ddeg troedfedd ar hugain neu ddeugain o hyd: roedd y rhain ar ffurf prism ac, i bob golwg, fe'u gwnaed o risial pur. Adlewyrchent, mewn dull hynod drawiadol, belydrau olaf yr haul. Yr oedd y trwnc ar ffurf lletem, a'i phig yn gwyro tua'r ddaear. Ymledai ohono ddau bâr o adenydd, a'r rheiny bron yn ganllath o hyd. Gosodwyd un pâr uwchben y llall a chuddiwyd y cyfan gan gennau metel. Yr oedd pob cen oddeutu deg neu ddeuddeg troedfedd o led. Sylwais fod cadwyn gadarn yn cysylltu'r adenydd uchaf a'r rhai isaf. Ond prif hynodrwydd y ffieiddbeth hwn oedd delw'r Benglog a guddiai ran helaethaf ei fron ac a amlinellwyd mewn gwyn llachar ar dduwch y corff, gyda'r un manylder â phe bai wedi'i greu gan arlunydd. Wrth wylio'r anifail dychrynllyd hwn ac, yn fwyaf arbennig, y ddelw ar ei fron, yn fawr fy arswyd a chan synhwyro bod rhyw ddrwg mawr ar droed – ymdeimlad na fedrwn ei dawelu trwy ymdrechion rheswm – fe welais y genau anferth ar ben eithaf y sugnydd yn ymagor, a chlywais trwyddo sŵn uchel a dolefus a drawodd fy nerfau megis cnul. Gyda bod yr anifail yn diflannu wrth odre'r mynydd, cefais haint a syrthio i'r llawr.

Prynais gopi o *Tales of Mystery and Imagination* gan Edgar Allan Poe yn y siop lyfrau ail-law yn ymyl y castell. Ar y clawr, gwelir llun o ferch mewn gŵn-nos gwyn yn darllen cyfrol fawr drwchus wrth olau cannwyll. Mae'i llygaid yn dweud bod ei meddwl, hefyd, ynghrog rhwng y tywyllwch a'r goleuni. Ac am y rhesymau hyn, roedd y boddhad a gefais o gael hyd i'r llyfr yn gymysg â rhyw letchwithdod: teimlad fy mod i'n trafod nwyddau amheus. Fe'i cedwais yn ei gwdyn papur nes i mi gyrraedd adref.

Peth hawdd yw dilyn trywydd y stori: mae Poe yn ei dehongli i ni'n ddigon cynnil. Mae'r prif gymeriad yn edrych ar bryfyn bach yn dringo edefyn gwe corryn ryw fodfedd o'i drwyn ond yn gweld, nid pryfyn, ond anghenfil: anghenfil yr un maint â llong a'i adenydd yn ganllath o hyd. Cred y prif gymeriad yn y ddrychiolaeth hon gyda'r fath arddeliad nes *clywed* ei ubain erchyll – nes llewygu, hyd yn oed, gan gymaint ei arswyd. Stori hynod annhebygol, ddywedwn i.

Dwi ddim eisiau bod yn rhy llawdrwm ar yr awdur. Gwaith y dychymyg yw hwn, wedi'r cyfan. Ac *mae* nifer o'r manylion yn taro deuddeg. Dyna'r creadur ei hun, er enghraifft. *Mae* hwn yn greadur dilys: fe wn i hynny heb edrych ar yr un cyfeirlyfr. *Acherontia Atropos*, un o deulu'r Sffingoidea, sef y Gwyfynnod Sffincs neu'r Gwalch-wyfynnod. Yn fwy penodol, Gwalch-wyfyn y Benglog. Ydy, mae'r fath greadur yn bod, yn fras, ond cafodd ei chwyddo a'i ystumio at ddibenion y stori. O ran hyd, y mae'n ddigon tebyg i ystlum bychan – y *pipistrellus pipistrellus*, er enghraifft – er bod lled ei adenydd, o'u hymestyn, yn dipyn llai. Yn ddigon rhyfedd, y mae siâp y benglog i'w gweld yn glir ar ei thoracs. (Nid yw'r Gwalch-wyfyn y Benglog sydd yn orielau cyhoeddus yr Amgueddfa Genedlaethol yn enghraifft arbennig o drawiadol – mae'r lliwiau wedi gwelwi – ond i lawr yng nghrombil yr adeilad mae dros 70 ohonynt, mewn droriau pwrpasol, a'u lliwiau mor loyw â'r diwrnod y cawsant eu dal.) Yn fwy syfrdanol fyth, y *mae*'r creadur yn gwichian mewn modd a allai, o gael ei chwyddo trwy system sain bwerus, dyweder, ymdebygu i'r 'sŵn uchel' a ddychmygai Poe.

O ran y manylion hyn, rhaid edmygu ymchwil yr awdur. Yn anffodus, ni fu'r ymchwil bob amser mor fanwl gywir ag y dylasai fod. Dyna'r benglog, er enghraifft. Ar war y gwyfyn mae honno, nid ar ei bron. A'r wich, wedyn. Pam fod y wich yn 'ddolefus'? Am fod yr awdur, gan ddilyn mympwyon ei ddychymyg, yn dymuno iddi fod, ddywedaf i. Gwyddom yn iawn fod y gwyfyn yn defnyddio'r wich i suo gwenyn, i'w gwneud nhw'n feddw-gysglyd, fel y caiff lonydd i ddwyn eu mêl. Ystryw dan-din, yn sicr, ond nid codi braw yw ei nod. I'r gwrthwyneb. Ystumio'r ffeithiau at ddibenion y stori, dyna a geir yma. Mewn gair, celwydd.

Ond mae celwydd gwaeth i'w gael. Oes, un llawer, llawer gwaeth. Mae Poe yn gwneud camgymeriad elfennol ynglŷn â chynefin y creadur. Nid America yw cartref y gwyfyn hwn. Nid aeth Gwalch-wyfyn y Benglog erioed ar gyfyl yr Unol Daleithiau, hyd yn oed ar ei wyliau. Ydy, mae'n ddigon posibl bod yr awdur wedi dod ar ei draws yn ystod ei ymweliadau tymhorol â Lloegr a chyfandir Ewrop. Ond dywed Poe ei hun mai Efrog Newydd yw lleoliad y 'drallod a'r digalondid' y cyfeirir atynt yma. Anwiredd, felly, yw holl sail y stori.

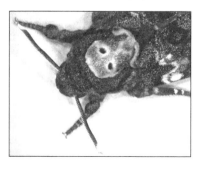

Gwalch-wyfyn

Ac ar ben hynny, doedd Edgar Allen Poe ddim yn ddall, nac oedd? Na'i gymeriad llewyglyd chwaith.

Rwy'n falch dy fod ti'n cael rhyw fudd o'r stori hon, Cerys. Ond, i mi, mae gormod o ffansi ynddi, gormod o bethau sydd ddim yn argyhoeddi. Gwyfyn yw gwyfyn, yn y bôn. Dodwy wyau, sugno mêl, a chael ei fwyta gan adar ac ystlumod. Dyna ei hystyr. Rhaid parchu hynny.

Ni chyfieithais weddill y stori.

15 Celwydd

CELWYDD, WRTH GWRS, oedd dweud wrth Mam a'r plant fy mod i'n ceisio am swydd yn Nhŷ Dedwydd. Celwydd y funud wan. Celwydd i lenwi bwlch, i arbed embaras, i gadw clawr ar y crochan. A chelwydd wrth law. Oherwydd, er nad oeddwn i'n ystyried newid gyrfa, na hyd yn oed yn cadw llygad ar y tudalennau swyddi, fe wyddwn fod y fath swydd ar gael.

Gwyddwn fwy. Gwyddwn fod gan happinesstheexperience.com 47 o swyddi gwag ar hyn o bryd. Gwyddwn fod angen peiriannydd ar ei American Adventure Park yn Derby i gynnal a chadw dau Astrojet Simulator a saith peiriant cyffelyb. Gwyddwn fod parc antur Bush Gardens yn Williamsburg, Virginia, yn dymuno penodi sgriptiwr i helpu grwpiau amatur i lunio pasiantau hanesyddol. Gwyddwn fod angen gweithwyr ar y Funwith-Clay Experience yng Nghernyw a Mahler's Musical Outdoor Adventure yn Awstria a'r Genghis Khan Giant Marmot Hunt ym Mongolia. A gwyddwn fod canolfan newydd Tŷ Dedwydd yng Nghaerdydd yn chwilio am Swyddog Prosiect.

Fe wyddwn hyn i gyd am mai fi gyfieithodd bob gair o bob hysbyseb. Ac er mai celwydd oedd y cyfan – na, *oherwydd* mai celwydd oedd y cyfan – doedd gen i ddim dewis ond ei ddilyn i'r pen, ei droi yn rhywbeth amgenach. Oherwydd dyna'r unig ffordd i dynnu colyn celwydd.

16 Cyfweliad

YOUR LETTER WAS only the start of it, one letter and now you're a part of it… la la… la… Now you've done it, Jim has fixed for it you, and you and you. There must be something… ba ba… Something… ba ba… Something…

Beth sy'n dod nesaf? *Something… ba ba…*

Something… something that you always want to do, the one thing that you always wanted to… Now you've done it, Jim has fixed it for you, and you and you and you … ba ba ba … Jim has fixed it for you, and you and you and you-ou-ou.

Rhyfedd fel mae'r geiriau'n dod yn ôl wrth gofio'r alaw. Fel afon yn cludo cerrig mân o ffynnon bell. Er i mi wylio'r rhaglen gannoedd o weithiau – roedd hi'n dilyn *Doctor Who* bob nos Sadwrn, ac yn dod o flaen hoff raglen Mam, *The Generation Game* – allwn i byth ag adrodd y geiriau ar wahân i'r dôn. Nid bod hynny'n syndod, efallai: dydyn nhw ddim yn eiriau cofiadwy. Ond, rywsut, cafodd y rhigwm ei gloi mewn cilfach ddofn yn y cof, ac yno y bu'n cwato'r holl flynyddoedd hyn, nes i mi gael hyd i'r allwedd. A'r alaw, am ryw reswm, yw'r allwedd honno. Sut y cofiais i'r alaw, dwi ddim yn gwybod. Mae honno'n beth digon gwantan hefyd. Ond o agor y clo, mae'r cyfan yn dechrau llifo eto. Nid y geiriau'n unig, chwaith, ond y ddefod i gyd. Jimmy Savile yn ei *tracksuit*, y gadair ledr, y wên hurt, y sigâr anferth, y modrwyon di-chwaeth, a'r ffordd y byddai'n taro braich y gadair â'i law, a dyna fe, y bathodyn mawr crwn, yn datgan bod y wyrth wedi'i gwireddu. *Jim Fixed It For Me.*

Wedi dweud hynny, dwi ddim yn credu y galla i gofio llawer o'r gwyrthiau penodol. Aeth gormod o'r cerrig mân yn sownd yn y llaid. Plant yn ymweld â ffatrïoedd siocled: dyna'r argraff sy'n aros. Neu'n cael cymryd rhan mewn pennod arbennig o *Doctor Who* a neb yn gwybod beth i'w ddweud, am nad yw realiti a ffantasi yn siarad yr un iaith. Ie, mae'r embaras yn aros hefyd, a'r sicrwydd, yn ddeg, yn ddeuddeg mlwydd oed, na charwn i fyth fod yn eu sgidiau nhw, diolch yn fawr, er cymaint yr ysfa i weld y tu mewn i'r *tardis*. Ie, *Doctor Who*. Ac erbyn hyn, pennod arall: yr un gyda Peter Cushing, arwr yr hen *Hammer Horrors*, pan gafodd rhosyn ei enwi ar ôl ei ddiweddar wraig. Ei gofio'n gwynto'r rhosyn. A gweld hynny'n deffro'r cof amdani hi.

Yr alaw ddaeth â'r atgofion hyn yn ôl imi. Yr alaw a hefyd, wrth gwrs, y cyfweliad yn Nhŷ Dedwydd.

Am chwarter i un ar ddeg daeth dyn ifanc ataf – dyn swil, poenus o denau, â llais main, dolefus – a dweud bod Dr Rhywbeth-Neu'i-Gilydd yn barod i'm gweld. Ddaliais i mo'r enw. 'Fi yw'r cyntaf, mae'n debyg,' awgrymais, gan geisio tynnu rhyw getyn o sgwrs â'r dyn a thawelu ychydig ar ein nerfau ni'n dau. Cochodd. Cefais wên nerfus yn lle ateb.

Roedd Cerys yn aros amdana i wrth ddrws y stafell. Stafell pwy? Doeddwn i ddim yn siŵr: os oedd enw ar y drws allwn i mo'i weld, am fod Cerys yn sefyll yn y ffordd. Dan amgylchiadau eraill, byddai wyneb cyfarwydd wedi codi fy nghalon ond, y tro hwn, ni allwn lai na theimlo'n chwithig. Doeddwn i ddim wedi dweud wrthi am fy mhenderfyniad i geisio am y swydd, nac am y ffaith fy mod i wedi derbyn y gwahoddiad annisgwyl i ddod am gyfweliad.

Fe'm tywysodd i mewn i'r stafell.

'James Robson… Dr Bruno… '

Doedd Dr Bruno ddim yn debyg i Jimmy Savile o ran pryd a gwedd. Lle roedd y DJ yn ymfalchïo yn ei ffitrwydd a'i gampau marathonaidd, roedd Dr Bruno, mae'n amlwg, wedi mynd ati gyda'r un unplygrwydd i fagu bola a thagell. Yr oedd yn fwy ffurfiol ei wisg, hefyd, er nid yn llai lliwgar. Lapiwyd ei gorpws mewn siaced goch a chrys du, ac roedd ruban mawr gwyn o ddici-bô lle dylasai gwddwg fod. Roedd toriad y siaced yn fwy ffasiynol nag eiddo swyddogion Butlin's, ond heb fod mor fawreddog â chot meistr y syrcas, ac eto yr oedd ynglŷn â'i osgo rywbeth a'm hatgoffai o'r ddau.

Cododd Dr Bruno o'i gadair i ysgwyd fy llaw, a dyna pryd y gwelais nad oedd ei hyd mor sylweddol â'i led. Yn wir, fe ddwedwn heb air o ormodiaith mai Dr Bruno oedd y peth tebycaf i ddyn crwn a welais erioed. Ac oherwydd y cyfuniad trawiadol o goch a du a geid yn ei wisg, rwy'n berffaith sicr, petasai gen i sbienddrych wrth law y funud honno, a phetaswn i'n ddigon hy i'w godi ac edrych ar Dr Bruno trwy'r pen anghywir, ie, rwy'n berffaith sicr mai buwch goch gota a welswn.

'Ma'n dda 'da fi gwrdd â ti, Jim.'

Dywedai'r frawddeg agoriadol honno dri pheth wrtha i. Yn gyntaf, mai dyn o'r gorllewin oedd Dr Bruno. Wedi'r cyfan, mae acen a goslef a geirfa yn bradychu gwreiddyn pob un ohonom yn gymaint ag y mae smotiau'r fuwch goch gota yn dynodi ei chynefin hithau. Ni fydd y *Coccinella septempunctata* yn ymgartrefu yn yr un parthau â'r *Adalia bipunctata*, er enghraifft. Ac er na fedrwn dyngu, yn yr achos hwn, p'un ai o weundir Llansawel ynte o diroedd brasach Ciliau Aeron yr oedd y trychfilyn dan sylw wedi hedfan, roeddwn i'n weddol ffyddiog mai rhywle rhwng y ddau blwyf hynny y cawsai ei fagu.

Yn ail, dywedai'r frawddeg rywbeth arall ynglŷn â'i leferydd: sef fod ei lais ychydig yn fwy gyddfol na'r cyffredin, ac yn awgrymu, efallai, bod yna elfen ddieithr yn gymysg â'r teithi gorllewinol disgwyliedig. I'r anwybodus, mor hawdd yw cymysgu rhwng un o'n rhywogaethau cynhenid, megis y Fuwch Goch Lygadog, a rhyw wladychwr estron – yr Harlecwin, er enghraifft. A díletant, ar y gorau, ydw i ymhlith y tafodieithoedd a'r acenion.

Ac yn drydydd, datganai'r frawddeg mai dyn cyfeillgar, diymhongar oedd Dr Bruno, a'i fod yn ceisio gwneud imi deimlo'n gartrefol. Ni waeth fod y 'ti' hwnnw yn cael effaith oedd yn gwbl groes i'r bwriad, oedd yn fy mwrw oddi ar fy echel braidd, am nad oedd e'n cydymffurfio ag *etiquette* y cyfweliad arferol – na, ni waeth am hynny: fe brofai'r 'ti' hwnnw ei fod yn ddyn ystyriol, gostyngedig, dyn a wnâi ymdrech i'w roi ei hun yn sgidiau'r cyfweledig.

'Ac ma'n bleser mowr dy groesawu di i Dŷ Dedwydd.'

Ac wrth yngan y geiriau hyn fe gododd Dr Bruno ei freichiau i'r awyr, fel petai'n ceisio cwmpasu ei deyrnas, a hynny'n ategu fy argraff gyntaf mai meistr syrcas oedd yn fy nghyf-weld. Ond nid y breichiau'n unig oedd yn cyfleu'r neges honno oherwydd, y tu ôl iddo, ar y wal, y peintiwyd llun anferth o theatr, ac wrth iddo sefyll, gallwn dyngu bod Dr Bruno yn traddodi araith ar lwyfan, neu'n arwain côr, neu'n paratoi'r gynulleidfa ar gyfer dyfodiad y llewod neu, yn yr achos hwn, efallai, y rhaff-gerddwr.

Cefais fy nghyflwyno hefyd i ddau ddyn ifanc, Hefin a Wilbert, a eisteddai un bob ochr i'r Doctor: dynion trwsiadus a llawer mwy syber eu gwisg a'u hosgo. Roedd

Hefin, meddai, yn cynrychioli adain Ymchwil a Datblygu'r sefydliad. Cyfrifydd y cwmni oedd Wilbert. Gwisgai ffonau clust am ei ben.

Wedi eistedd i lawr a threfnu te a sôn rhywfaint am y gwynt annhymhorol, cas oedd yn chwythu heddiw dros y morfa – 'hen gadno o ddiwrnod, yntefe, Jim?' meddai'r Doctor – mae'n debyg mai'r ddelwedd hon, delwedd y theatr a'r llwyfan, a'm sbardunodd i achub y blaen arno, trwy ddatgan fy niffyg cymwysterau ym maes y ddrama.

'Mae'r plant yn gwybod mwy na fi am actio, Dr Bruno… Yr un ifanc yn enwedig… Diolch i Cerys am hynny, wrth gwrs…'

Edrychais draw ar Cerys er mwyn tanlinellu'r pwynt. Ac roeddwn i ar fin cyfaddef fy niffyg cymwysterau ym maes cyfieithu hefyd, ac efallai, o gael y cyfle, awgrymu nad gyrfa mewn pryfeta oedd y sail orau ar gyfer gweithio ym myd adloniant – ond torrodd y Doctor ar fy nhraws.

'Paid becso am 'ny, Jim… Fe gelet ti bob hyfforddiant…'

Ac aeth yn ei flaen i egluro sut roedd y cwmni'n ehangu ei faes llafur. Oedd, roedd y ganolfan newydd, ysblennydd yma yng Nghaerdydd yn tystio i hynny. Ond a wyddwn i, gofynnodd, yn llawn afiaith, a'i ddwylo'n atalnodi pob brawddeg, a wyddwn i am y canolfannau a agorwyd yn ddiweddar mewn dinasoedd eraill, dinasoedd dros y byd, ym Mosco a Shanghai a Milan a Chicago, ond hefyd mewn dinasoedd llai cyfarwydd megis Yerevan, Cusco a hyd yn oed Mashhad? Na wyddwn, wrth reswm. A pha mor bwysig oedd hi, meddai, pa mor ganolog i genhadaeth *happinesstheexperience.com* fod pob un o'r canolfannau hyn – er eu bod nhw'n perthyn i gwmni byd-eang, bid siŵr – eu bod nhw i gyd, wrth fynd â'u neges at y bobl, yn adlewyrchu, na, yn *cyfranogi* o briod ddiwylliannau'r bröydd lle cânt eu lleoli. Peth gwrthun, meddai, gan grychu ei dalcen a chodi bys rhybuddiol, peth gwrthun fyddai trafod ffarmwr o Sarawak fel petai e'n fanciwr o Efrog Newydd, neu bysgotwr o Newfoundland. Fel petai e'n…

'… Fel petai e'n rhedeg siop chips ym Mrynaman,' gynigiais i, i brofi 'mod i'n deall byrdwn y neges.

'Iorwg i ddafad,' meddai. 'A bara menyn i fochyn.'

Amneidiais am y gorau. Ni allwn ond amenio.

'Hau barlys yn y dwst,' meddwn i, er mwyn ategu'r pwynt.

'A gwenith yn y llaid,' porthodd yntau, ei lygaid yn pefrio a'i dagell yn siglo oherwydd y pleser annisgwyl o gael cyfnewid hen ddywediadau priddlyd ag enaid cytûn. Ie, yn groes i bob disgwyl, roedden ni'n siarad yr un iaith. Roedden ni'n dato o'r un rhych.

'Ac wrth agor ca' newydd man hyn yng Nghymru,' meddai'r Doctor, 'wy moyn i ni roi ware teg i'r Gwmrâg, ac i mystyn rhywfaint ar y gwaith ardderchog mae Cerys 'ma wedi bod yn neud 'da'r plant. Dyna pam 'yn ni wedi penderfynu whilo am swyddog newydd. Mae'n bryd i ni roi dŵr ar y rhod, Jim… '

Yn sydyn, aeth llais y Doctor yn fwy syber a difrifol. Corlannodd ei ddwylo anystywallt a'u gosod yn dwt ar y bwrdd o'i flaen. Tywyllodd ei lygaid. Sadiodd ei dagell. Wedi'r mân-siarad a'r cymŵedd, roedd yn amlwg bod y cyfweliad wedi dechrau o ddifri.

'Lledaenu hapusrwydd yw'n cenhadaeth ni, Jim. Beth yw dy farn di am hynny?'

Beth oedd fy marn am hynny? Ymbalfalais am ateb, ac yn y diwedd cynnigais geiniogwerth o sylwadau blêr ynglŷn â gorweithio a *stress* yn y byd sydd ohoni a phwysigrwydd hamdden a gweithgarwch creadigol, a rhyw ystrydebau i'r un perwyl. Gwenodd y Doctor arnaf.

Gwên dadol, oddefgar.

'Difyrrwch, felly... Difyrrwch yw hapusrwydd i ti, Jim... Ife...?'

Tynnodd hyn y gwynt o'm hwyliau. Onid dyna *oedd* priod waith y cwmni? Beth arall, heblaw difyrrwch, oedd ei *simulators* a'i basiantau a'i gêmau a'i offer partïon a'i weithdai? Darllenodd y Doctor fy anesmwythyd.

'Ystyria'r co'd,' meddai.

'Y coed?'

Edrychais trwy'r ffenest a gweld rhyw brysgwydd truenus yr olwg draw ar fin y morfa.

'Nage, nage, Jim... Nage'n co'd bach ni. Does gan y tipyn drain a mieri ffor' hyn ddim uchelgais, Jim.'

Ac am y tro cyntaf, fe welais y blinder yn llygaid y Doctor. A'r crychau wrth gorneli'r geg. A gwelwder afiach y croen.

'Na, Jim... Ystyria go'd sy'n haeddu'r enw. Ystyria go'd mawr y trofannau. Cewri'r fforestydd glaw. Ystyria'r rheiny, Jim. Ca' dy lygaid a gwna lun yn dy feddwl... '

Caeais fy llygaid.

'Wyt ti'n gweld yr eginyn bach, Jim...? Yn hwpo'i ffordd ma's trwy'r ddaear...?'

'Ydw,' meddwn innau.

'Nawr te,' meddai. 'Ystyria shwt ma'r eginyn bach hwnnw'n mystyn am y gole. Shwt ma' fe'n wmladd, blwyddyn ar ôl blwyddyn, i fod y goeden uchaf yn y goedwig. Meddylia, Jim... Meddylia am y gwreiddie'n sugno'r pridd. Am y prifio di-dor, diwyro, o gell i gell, o gylch i gylch, ar hyd y blynydde. Ystyria'r celloedd, Jim, y miliynau celloedd yn heidio, yn pentyrru, yn ymweu ac ymgasglu, i greu'r rhisgl, i greu'r canghenne, ac yn bennaf dim, Jim, yn bennaf dim, i greu'r rhuddin, y rhuddin cadarn fydd yn cynnal y fenter fowr sha'r gole am y ganrif nesa a'r ganrif wedi 'ny, ac yn y bla'n, ac yn y bla'n... Ac i beth, Jim? I beth?'

Ysgydwais fy mhen.

'Ac ymhen y canrifoedd, Jim, ymhen y canrifoedd maith, â'r goeden o'r diwedd wedi cyrra'dd ei llawn maint... Wyt ti'n 'i gweld hi, Jim, yn crafu'r awyr las...? Wyt ti'n meddwl, Jim, wyt ti'n meddwl wedyn 'i bod hi'r un tamed ar ei hennill o'i hymdrechion?'

Ysgydwais fy mhen eto.

'Nac yw, glei. A pham? Weda i wrthot ti pam, Jim. Achos ma' pob un goeden arall yn y fforest fowr wedi bod yn mystyn sha'r gole 'da'r un nerth a'r un penderfyniad, flwyddyn ar ôl blwyddyn, ganrif ar ôl canrif, a sdim un o' nhw'n gweld yr un cetyn mwy o'r houl na 'sen nhw wedi aros yn lasbrenne bach ifanc ar lawr y jyngl. I beth ma'n nhw'n neud e, Jim? I beth? Galli di agor dy lyged di nawr, Jim.'

Agorais fy llygaid.

'I beth ma'n nhw'n neud e, Jim? Mm...? I hwpo canopi mowr o ddail gannoedd o droedfeddi lan i'r awyr...? A chodi tomen anferth o gysgod o dano...? Gwastraff, Jim. Gwastraff. 'Na beth yw dy ddifyrrwch di, Jim. Cysgod o beth. Hen gafflwr o gysgod. Nage'r peth ei hunan.'

Gyda hynny, eisteddodd y Doctor yn ôl yn ei gadair a golwg bur ddigalon ar ei wyneb. Dan amgylchiadau eraill byddwn wedi dadlau, efallai, bod y canopi uchel gwastraffus hwnnw, ymhell o fod yn ddiwerth, yn beth tra buddiol, gan ei fod yn darparu lloches i filoedd o rywogaethau o adar a thrychfilod, a bod angen edrych ar y darlun cyfan, ac yn y blaen. Ond trin ei gymhariaeth yn rhy lythrennol fyddai hynny, yn rhy bedantig wyddonol, dybiwn i.

'A ninnau'n ffaelu deall pam bod llond crochan o siom ym mhen draw pob enfys.'

'Jim can't fix it, felly.'

'Jim can't fix it, Jim.'

Trodd y Doctor at un o'i gydweithwyr. 'Wnei di egluro wrth y cyfaill, Hefin?'

Eglurodd Hefin gydag arddeliad. Gyda sêl anghyffedin, a dweud y gwir. Oherwydd, er gwaethaf ei ddillad syber – y siwt dywyll, y tei glas, y crys gwyn – yr roedd yn perthyn iddo ryw egni anifeilaidd, rhyw aflonyddwch, a'm hatgoffai braidd o baffiwr yn eistedd yn ei gornel eiliadau cyn i'r ornest ddechrau. Ategid y ddelwedd hon gan y gwallt byr, yr ysgwyddau cadarn a'r graith gam uwchben y llygad chwith. Ac fe adroddodd Hefin, yn ei ffordd gyhyrog, am sut yr aeth y cwmni ati, gyda chrib fân a gogr blawd, i archwilio hapusrwydd – ei natur, ei ystyr, ei liw a'i bwysau – a hynny ymhlith grwpiau o bob oed a chred a chefndir ethnig, yma yng Nghymru ac mewn rhannau eraill o'r byd. Am sut yr astudiwyd teyrnas Bhutan a'i *Gross National Happiness*. Am sut yr ystyriwyd a allai'r hafaliad H = P+5E+3H fesur gwir lefel bodlondeb rhywun. Am sut y dadansoddwyd yr anghenion niwrolegol ar gyfer teimlo hapusrwydd, gan olrhain hynt y niwro-drosglwyddydd, dopamîn, ar hyd y llwybr mesolimbig yn yr ymennydd, a nodi ei effaith wedyn ar y niwclews acwmbens. Disgrifiodd Hefin sut yr edrychwyd o'r newydd ar *Hedonistic Calculus* Jeremy Bentham. Crynhôdd y gohebu helaeth rhwng y cwmni a golygyddion y *Journal of Happiness Studies.* Eglurodd sut y rhoddwyd sgorau bodlondeb i wledydd y byd (y rhai hynny nad oedd cyfran rhy uchel o'u poblogaeth yn marw o newyn neu yn dioddef erchyllterau rhyfel a ffactorau tebyg a allai ystumio'r canlyniadau) a hynny yn ôl ystod eang o feini prawf gwrthrychol a gwyddonol, gan roi, wedi misoedd o lafur dwys, 5.03 pwynt allan o 10 i Fwlgaria, 6.21 i India, 7.24 i'r Eidal, 7.41 i Fecsico ('Tipyn o syndod oedd hynny,' meddai Hefin), 8.39

i'r Swisdir, ac yn y blaen.

'Rhyfeddol… ' meddwn i.

'Ond i beth, Jim?'

Roedd y Doctor wedi dadebru o'i fudandod.

'I beth o'dd y domen o wybodaeth yma'n dda, Jim? Mm?'

Sut gwyddwn i?

Edrychodd drachefn ar ei gydweithiwr.

Ac yna, eglurodd Hefin, wedi cwblhau'r rhan helaethaf o'r ymchwil, a blasu'r siom, a dychwelyd i fyd y *simulators* a'r angen am wneud elw, digwyddodd rhywbeth hynod. Damwain, mewn gwirionedd, meddai, rhywbeth na fyddai neb wedi ystyried ei gynnwys yn y gwaith ymchwil swyddogol. Ac efallai mai peth priodol oedd hynny, hefyd: bod y cwmni'n darganfod yr ateb i'w gwestiwn heb hyd yn oed chwilio amdano. A dyma'r hyn ddigwyddodd.

Anfonwyd holiadur at staff Tŷ Dedwydd – er mwyn ei brofi, meddai Hefin, cyn ei ddosbarthu i sefydliadau eraill; i weld a oedd e'n werth y drafferth, ar ôl siomedigaethau'r misoedd cynt. Doedd neb yn obeithiol iawn. Roedd deg cwestiwn yn yr holiadur. Y degfed yn unig a hawliai sylw Hefin. *Pa mor fodlon ydych chi ar eich bywyd y funud hon?* Dyna i gyd. Cwestiwn ystrydebol. Cwestiwn gwlanog.

Ond cafwyd canlyniad syfrdanol. Canlyniad cwbl lachar, canlyniad a wnaeth iawn am bob un o'r lleill, y cannoedd di-liw, di-fflach a rhagweladwy. A chanlyniad a newidiodd gwrs yr ymchwil. Roedd Alun, bachgen hynod o ddihyder a swil – sef, mae'n debyg, y bachgen swil a'm croesawodd yn gynharach yng nghyntedd Tŷ Dedwydd – wedi datgan, yn groes i bob disgwyl, ei fod ar ben ei ddigon, diolch yn fawr; roedd yn teimlo'n reit fodlon ar bethau, ar ei waith, ie, a'i fywyd cymdeithasol, ie, a'i fuchedd yn gyffredinol.

Cant allan o gant. Nac oedd e newydd ffindo punt yn y llungopïwr?

Synnodd pawb at hyn, meddai Hefin. Alun, o bawb, oedd wedi cael y sgôr uchaf. Ac aeth rhai i wfftio at hynny, a dweud ei fod e'n ddyn hawdd iawn ei blesio, pŵr dab. Taerodd eraill ei fod yn tynnu coes pawb, y cythrel. Oherwydd, yn ôl ei atebion i'r cwestiynau eraill, Alun oedd y distadlaf, y lleiaf breintiedig, y tlotaf a'r tristaf o holl weision y cwmni.

Doedd dim i'w wneud, meddai Hefin, ond ceisio profi dilysrwydd y canlyniad rhyfedd hwn a'i brofi yn y dull gwyddonol arferol Aeth ati, felly, i anfon yr un holiadur at sampl gynrychioliadol o gwmnïau, sampl a gynhwysai'r nifer briodol o bob carfan, o bob dosbarth, o bob cefndir ethnig, ac yn y blaen, gan drefnu fod ym mhob carfan *un* person (a hwnnw neu honno'n amrywio hefyd, yn ôl lliw croen, oedran, rhyw, ac ati) a fyddai (fel petai trwy ddamwain) yn darganfod punt yn y llungopïwr ychydig funudau cyn llenwi'r holiadur.

A chafwyd yr un canlyniadau rhyfeddol.

'Ond pam, Jim?' gofynnodd Dr Bruno. 'Pam wyt ti'n meddwl bod ffindo punt yn y llungopïwr yn galler neud shwt wahaniaeth i gyflwr bywyd rhywun?'

Pam, yn wir.

'Ddim am eu bod nhw'n gyfoethocach o bunt, siawns?' cynigiais i.

'I hardly think anyone is as poor as that,' meddai'r Cyfrifydd, yn sychlyd.

'Wyt ti'n eitha reit, Jim,' meddai'r Doctor. 'Nage'r bunt ei hun oedd y rheswm. Na. Nid y bunt. Ond y ffaith bod y bunt wedi dod yn ddigymell, Jim. Heb ofyn amdani. Heb whilo amdani.'

'Fel cymwynas,' meddai Hefin.

'Fel bendith,' meddai'r Doctor. 'Fel se'r bydysawd wedi mynd lan ato fe a rhoi llaw dadol ar ei ysgwydd a gweud wrtho fe, "Paid becso, gyfaill, ry'n ni ar dy ochr di. Rwyt ti'n un o'r rhai eneiniedig. Ble bynnag y rhoddi dy dra'd, yno y tŷf y blodau".'

Estynnodd y Doctor ei law i ryw ffigwr rhithiol o'i flaen.

'A dyma sofren aur i ti, yn ernes fach o'r bendithion sydd i ddod i'th ran.'

Ac oedodd am ychydig eiliadau i mi gael teimlo ergyd lawn ei eiriau.

'Bendithion, Jim,' meddai. 'Cymwynasau. Dyna yw ein cenhadaeth newydd.'

Daeth y cyfweliad i ben yn fuan wedi hynny ac roeddwn i'n sicr ei bod hi wedi canu arna i o ran cael y swydd. A pha syndod? Doeddwn i braidd wedi agor fy mhen. Mor ddryslyd, mor ddigalon oeddwn i erbyn hyn fel na ddeallais i'n iawn beth ddigwyddodd wedyn, a dyw diwrnod o fyfyrio a phendroni ddim wedi bwrw llawer o oleuni ar y mater. Roeddwn i eisoes yn llusgo fy ffordd tuag at y drws pan waeddodd Dr Bruno ar fy ôl. 'Cyn iti fynd, gyfaill,' meddai, 'mae 'da fi un cwestiwn arall licen i 'i ofyn i ti.'

Y mae'n bosib, wrth gwrs, bod y Doctor wedi bwriadu gofyn y cwestiwn hwn yn gynharach, cyn iddo syrthio i'w bwll o anobaith. Neu efallai, yn ei hynawsedd a'i garedigrwydd, ei fod am roi un cynnig arall i mi. Ac efallai, pwy a ŵyr, a dyma'r ddamcaniaeth sydd fwyaf atyniadol i mi, efallai fod Cerys wedi gwneud rhyw ystum ar ei bòs (a minnau, erbyn hyn, wedi troi fy nghefn arnynt): codi ael, siglo pen, gwneud siâp rhyw air neu'i gilydd â'i gwefusau – a thrwy hynny, rywsut, erfyn arno i roi'r cynnig olaf hwnnw i mi. Byddai hynny'n braf, petai'n wir.

'Jim,' meddai. 'Set ti'n ca'l y cyfle i wneud cymwynas

â rhywun heddi – unrhyw gymwynas – beth fydde'r gymwynas honno?'

Erbyn hyn, drannoeth y cyfweliad, a minnau newydd dderbyn galwad ffôn gan y Doctor ei hun yn cynnig y swydd i mi (am gyfnod prawf o chwe mis yn y lle cyntaf), synnwn i ddim nad hwn *oedd* y cwestiwn tyngedfennol. Pa gymwynas? Doedd dim angen meddwl cyn ateb.

'Rhoi gwell atgofion i Mam.'

Wrth i mi fynd o'r stafell, sylwais ar yr enw ar y drws.

> **Gerallt Bruno**
> **Ph.D., O.P.**
> *Prif*
> *Gymwynaswr*

17 Ynglŷn â'r Fuwch Goch Gota

Ladybird, ladybird, fly way home,
Your house is on fire, your children all roam.

MAE'R FUWCH GOCH gota'n annwyl gan bawb. Ac mae'r anwyldeb hwnnw'n deillio, yn y pen draw, o'i defnyddioldeb. Gŵyr pob garddwr am ei chymwynasau mawr ymhlith y rhosod, ac mae hi'n gwarchod pob math o blanhigion eraill hefyd. Amser maith yn ôl, yn y Sierra Nevada, byddai'r amaethwr hirben yn prynu llwythi o'r creaduriaid a'u rhyddhau ymhlith ei gnydau – bwcedaid i bob pum erw yn ôl y sôn – er mwyn difa'r pryfed gleision. (Mewn oes fer, gall buwch goch gota fwyta dros bum mil o'r rhain.) Darganfu wedyn, ysywaeth, mai greddf gyntaf y fuwch fach, wrth ddihuno o'i hirgwsg, yw hedfan mor bell ag y gall o'i lloches aeafol, fel na fydd yn rhaid iddi gystadlu â'i chyd-fuchod, a daeth yr arfer i ben. Crwydryn yw'r trychfilyn hwn, fel mae'r hen rigwm yn ei awgrymu, a hynny am resymau esblygiadol digon rhesymegol: ond crwydro er lledaenu ei gymwynasau, gellid dweud, yw ei genhadaeth.

Oherwydd y defnyddioldeb hwn, peth naturiol, dros y canrifoedd, oedd i ddelwedd ddaionus y fuwch goch gota gael ei throsglwyddo ar lin mam, fel mai yn ddifeddwl, bron, y daethpwyd i groesawu'r siaced goch â'r *polka-dots* du pan ddôi yn ei hôl bob mis Mawrth. Ie, ei chroesawu, ond yn fwy na hynny ei gweld yn gyfystyr â haelioni Natur ei hun a gobaith newydd y gwanwyn. Ac yn sicr, yn fy mhrofiad i, mae'r fuwch goch gota yn ennyn ymhlith plant hoffter na fyddant yn ei ddangos tuag at yr un trychfilyn arall. Cofiaf Nia, pan oedd hi'n fach, yn ceisio achub cannoedd ohonynt ar draeth Llanilltud Fawr lle roedden nhw wedi mynd yn sownd yn y tywod gwlyb, a hithau'n llefain y môr o weld cymaint yn cael eu boddi.

Os mai defnyddioldeb y fuwch goch gota a'i gwnaeth yn annwyl gan y werin bobl, fe esgorodd yr anwyldeb hwnnw, yn ei dro, ar chwedloniaeth hynod gyfoethog ar gyfer pryfetyn mor fach. Yn y pen draw, nid pryfyn coch a welai'r lliaws hygoelus ond mantell y Forwyn Fair, a dyna pam mai 'Iâr Fach y Forwyn' yw'r enw a glywir yn Sweden hyd heddiw, a *ladybird* yn Saesneg. Ceid chwedlau arwrol amdani hefyd. Arferai cyfarwyddiaid yn India ddisgrifio sut yr aeth rhyw fuwch goch gota fwy mentrus na'i gilydd yn rhy agos i'r haul, rhuddo'i adenydd a chwympo'n ôl i'r ddaear. Nid cwymp angheuol, wrth gwrs: ar yr eiliad olaf, daeth Indra ei hun, pennaeth yr holl dduwiau, i'w achub. A dyna fesur pwysigrwydd y creadur hwn ac egluro, hefyd, ei enw yn India, sef *Indragopa* neu 'gwarchodedig gan Indra'.

Bozhia korovka, buwch fach Duw, yw hi yn Rwsieg a cheir enwau cyffelyb yn ymron pob iaith yn y byd, hyd y dealla i.

Wedi dweud hynny, rhyddieithol braidd yw'r enw Cymraeg safonol. 'Buwch Goch Duw' a geid ar lafar, gynt, yn Sir Benfro, mae'n debyg ond adlais o'r Wyddeleg oedd hynny, ac mae wedi marw o'r tir erbyn hyn. Ond er gwaethaf ei enw, perthyn i'r trychfilyn ei hun rinweddau daionus a rhywfaint o rin ledrithiol ei chyfnitheroedd cyfandirol. Byddai Mam yn arfer dweud wrtha i am gyfri nifer y smotiau ar gefn y fuwch petawn i'n digwydd gweld un yn y tŷ oherwydd, o'u cyfri'n gywir, a chwilio'n ddyfal, byddwn i wedyn yn dod o hyd i'r un nifer o geiniogau. Gallai'r creadur ddarogan y tywydd, hefyd, mae'n debyg, er mai allan o ryw lyfr hwiangerddi'r plant, yn hytrach nag ar lin Mam, y cefais y rhigwm hwn:

> *Buwch goch gota,*
> *P'un ai glaw neu hindda?*
> *Os daw glaw, cwymp o'm llaw,*
> *Os daw teg, hedfana.*

Mae'r rhigwm yn cyfeirio hefyd, wrth gwrs, at arferiad sy'n gyfarwydd i bob plentyn a fu'n trin a thrafod buwch goch gota, sef y ffordd y bydd yn cogio marw trwy droi'n belen, syrthio oddi ar y planhigyn lle bu'n clwydo, a gorwedd yn llonydd nes bod y sawl sy'n ei bygwth wedi cilio.

Yng ngolwg dyn, felly, gellid dweud mai teulu neilltuedig yw'r *coccinellidae*. Ac ar yr wyneb, o leiaf, mae'n ymddangos bod Natur ei hun yn rhannu peth o'r hoffter hwn. At ei gilydd, bydd anifeiliaid rheibus yn cadw draw oddi wrthynt oherwydd eu blas cas. Ceir eithriadau, bid siŵr. Gwelais wenoliaid gyda'r hwyr yn ymborthi'n ddigon harti arnynt. Gwelais eu holion mewn gweoedd corynnod ac mae'n debyg fod y pryfyn drewi (*Nezara viridula*) a'r chwilen lofruddiog (*Redivius personatus*) i'w cyfri bellach ymhlith eu rheibwyr cynhenid. Rhaid cydnabod, hefyd, pan na fydd cyflenwad o fwydydd amgenach wrth law, bod y diniweityn hwn yn gallu troi yn ganibal digon trachwantus, hyd at lowcio'i brodyr a'i chwiorydd ei hun. Er hynny i gyd, ac o ystyried mai 'trechaf treisied' yw'r drefn yn y caeau a'r ardd megis yn y jyngl, prin yw gelynion y fuwch goch gota o'i chymharu â chreaduriaid eraill o'r un maint. A diddorol yw nodi, wrth fynd heibio, fod yr hylif melyn sy'n diferu o'i chymalau pan fo dan fygythiad, ac sy'n gyfrifol am ei blas cas, yn cael ei ystyried ar un adeg yn foddion tra effeithiol at y ddannoedd. Yr oedd hyd yn oed y 'drwg' ynddi, yn ei hanfod, yn beth llesol i'r ddynol ryw. Am unwaith, felly, awgrymai hanes y fuwch goch gota fod realiti, weithiau, yn barod i ildio i ofynion chwedl.

Mae'r fuwch goch gota yn annwyl gan bawb

Ond, gwaetha'r modd, nid dyna'r stori i gyd. Os yw Natur fel petai wedi tynnu cylch hudol o gwmpas buwch Duw a'i gwarchod rhag llawer o'i rheibwyr disgwyliedig, fe wnaeth hynny, fe ymddengys, am ei bod hi wedi paratoi tynged lawer mwy ysgeler ar ei chyfer. Y gwir amdani yw nad oes gan Natur ddim ffefrynnau ymhlith ei phlant. Am bob Abel heddychlon, diniwed, y mae'n sicrhau bod yna ryw Gain wrth law, i gadw cwmni iddo. Ac yn achos y fuwch goch gota, deddfwyd mai'r biffgynen barasitig, *Dinocampus coccinellae*, fyddai'r brawd hwnnw.

Creadur digon cyffredin yw'r biffgynen hon a does dim yn drawiadol ynglŷn â'i nodweddion corfforol. Yn ei ffordd o fyw, ac yn arbennig yn ei ffordd o genhedlu, y gwelir hynodrwydd *Dinocampus coccinellae,* nid yn ei hallanolion. Lle mae'r rhan fwyaf o barasitiaid yn dodwy eu hwyau ym macai neu larfa trychfilyn arall, mae hon (a menyw yw hi, bron yn ddieithriad) wedi meistroli camp lawer mwy anodd. Gwell gan *Dinocampus coccinellae* osod ei hwyau yn y trychfilyn ei hun. Ac fel y mae ei henw'n awgrymu, y *coccinellida* yw ei hoff nythfa.

Mae'r gamp hon yn ddigon o ryfeddod. Yn wahanol i'r macai, nid prae dof, diymadferth mo'r fuwch goch gota, ond gwrthwynebydd gwinglyd, danheddog, o'r un maint â'r biffgynen ei hun. Ni fûm i erioed yn dyst i'r digwyddiad, ond dywedir bod y cyfan drosodd o fewn eiliad neu ddwy. Dyna'r amser sydd ei angen ar y biffgynen i drywanu corff gwydn y fuwch goch gota a dodwy ei hwyau'n ddwfn yn ei hymysgaroedd. Wrth gwrs, nid camp yw'r weithred hon yng ngwir ystyr y gair, fel petai gan *Dinocampus coccinellae* ryw ddewis yn y mater, fel petai'n mynychu gweithdai arbennig er perffeithio'r grefft. Hen ffwlbri anthropomorffig yw defnyddio'r fath iaith. Na, dyna sydd raid. Dyna a ddeddfwyd. Mae'r biffgynen hon yn bodoli yn unig swydd er mwyn gwladychu perfeddion y fuwch goch gota. Ond nid yw'n llai o ryfeddod oherwydd hynny.

Ac ar ôl y dodwy, cynyddu mae'r rhyfeddodau hynny. Oherwydd, trwy ryw reddf ddirgel, fe ŵyr larfa'r biffgynen yn union ba rannau o'r fuwch goch gota y medr eu bwyta, a pha rannau y mae'n rhaid eu hepgor, ni waeth pa mor flasus ydyn nhw, rhag achosi niwed angheuol iddi. Rhaid cadw'r 'fam' yn fyw, yn anad dim byd arall, oherwydd o ble arall caiff y babi ei faeth a'i swcwr? Mae Natur bob amser yn barod i fynnu cymedroldeb pan fo hynny'n fanteisiol iddi. Ond caiff y biffgynen wobr deilwng am ei hymatal. Dengys ymchwil ddiweddar mai ceilliau'r fuwch fach yw hoff ddanteithyn *Dinocampus coccinellae*, a chaiff lowcio'r rheiny (neu'r ofarïau, os mai menyw a feddiannwyd) heb beri'r un anaf i'r perchennog, yr un anaf o bwys, felly, gan nad yw'r organau rhywiol o fawr werth i'r creadur mwyach.

Aiff y pesgi ymlaen am ryw fis ac yna, wedi pesgi digon, mae larfa'r biffgynen yn barod, mewn ffordd o siarad, i gael ei geni. Ond os mai'r larfa yw'r baban, hi hefyd yw'r llawfeddyg, oherwydd ni ellir dwyn y baban hwn i'r byd ond trwy doriad Cesaraidd. A llawfeddyg deheuig odiaeth ydyw. Yn gyntaf oll, a hithau'n dal yn y groth, megis, aiff ati i dorri'r nerfau sy'n rheoli coesau'r 'fam'. (Ydy, mae hi'n gwybod pa rai i'w torri a dyw hi ddim yn cyffwrdd ag un o'r lleill.) Pam torri'r nerfau? Cawn weld yn y man. Yna, wedi tyrchu ei ffordd allan trwy ystlys y fuwch, gan ddefnyddio'i dannedd miniog pwrpasol, fe wna grud iddi hi ei hun, fel sy'n weddus i'r newyddanedig. (Mae'r crud hwn, mewn gwirionedd, yn debycach i grogwely nag i breseb. Mor hawdd yw llithro i iaith dwyllodrus y chwedlau.) Gwna hynny, yn hynod ddeheuig eto, trwy glymu coesau'r fuwch goch gota at ei gilydd. Pam nad yw'r fuwch yn ymladd yn ôl trwy'r arteithiau hyn i gyd? Am fod ei choesau bellach yn barlysedig ddiymadferth. Ie, dyna pam y torrodd y gyw-biffgynen nerfau'r coesau, fel y gallai sicrhau gwely cyffordus iddi'i hun heno. Does dim byd tebyg i fwcio ymlaen llaw er mwyn sicrhau stafell safonol, gysurus. Ac yn y lloches honno, lle mae arfaeth amddiffynnol y fuwch goch yn ei diogelu rhag peryglon y byd, y tyf y chwiler ac y daw'r biffgynen ei hun, yn llawnder amser, i hawlio'i theyrnas. Does dim y gall Duw na Mair nac Indra ei wneud. Dyna'r drefn. Pryfyn yw pryfyn, waeth beth ddywed y chwedlau.

LLYFR 2

Y
Cymwynaswr

18 Siarad â Duw

'AWN NI I'R capel gynta.'

Arweiniodd Hefin y ffordd, yn llawn ffrwst, gan edrych yn ôl dros ei ysgwydd bob hyn a hyn pan oedd angen siarad â fi. Am y tro cyntaf, sylwais ar ei gloffni. Roedd un goes yn methu plygu'n iawn. Neu efallai ei bod hi'n fyrrach na'r llall. A meddwl, efallai, fod ei awydd ei gadw ar y blaen, i fugeilio'i was newydd, ac efallai ei frwdaniaeth yn gyffredinol, yn ffordd o wneud iawn am yr anabledd hwn. Tynnodd allwedd o'i wregys ac agor y drysau bwaog.

'Dyma fo.'

Roedd y capel, fel y'i gelwid, yn stafell foel, ddiaddurn, ddiffenest. Doedd dim delweddau crefyddol i'w gweld yn unman – dim croes, dim lluniau, dim arysgrifau ar y muriau. Digon prin a di-nod oedd y celfi hefyd: roedd dau ffwrwm ar ganol y llawr, a chadair bren fawr yn y pen pellaf, lle byddai'r allor neu'r sêt fawr yn arfer bod. Doedd dim golwg o Feibl na llyfr emynau.

'Rhaid i ni 'i gadw fo'n anenwadol, 'da chi'n dallt.'

Gofynnodd Hefin i mi eistedd yn y gadair.

'Cewch chi weld y cyfan o fan 'cw.'

A herciodd i stafell arall yng nghefn y capel.

Ymhen ychydig funudau, llenwyd y lle â seiniau organ – rhyw ddarn araf, eglwysig ei naws. Daeth gwaedd o'r pellter.

'Gobeithio fod hwn at eich dant.'

A gyda hynny, gweddnewidiwyd y stafell. Ar y muriau gwyn, ymrithiai ffenestri lliw. Troes y nenfwd plaen yn grwybr o gromennau bach cain. Daeth organ i'r golwg, hyd yn oed, er na welwn organydd. Ac yno, uwchben yr offeryn, y crogai'r Iesu ar ei groes. Ond nid cynt y daeth y *tableau* hynod yma i'w gyflawnder a dechrau fy nghyfareddu â'i ysblander annisgwyl nag y diffoddwyd y cwbl. Eithr ni ddychwelodd y gwynder gwag. Yn hytrach, disodlwyd y ffenestri lliw gan eliffantod a bleiddiaid. Cuddiwyd y cromenni â dail a changhennau ac, yn goron ar y cwbl, lle crogai'r Iesu gynt, fe ymwthiodd o'r cysgodion gerfiad cywrain o ddyn a menyw â'u breichiau a'u coesau wedi'u hymgordeddu am ei gilydd, a hwythau i'w gweld yn anterth eu nwyd. Yn gyfeiliant i hyn, clywid rhyw siantau dieithr, dwyreiniol eu naws.

'Swynol iawn,' meddwn i. 'Er na wela i ddim byd crefyddol yn y lluniau.'

A chefais wybod gan Hefin mai rhyw Valniki oedd awdur y geiriau, a bod hwnnw wedi myfyrio yn yr un man am flynyddoedd lawer, yn ôl y chwedl, nes bod y morgrug wedi codi eu twmpathau trosto. A dyna oedd ystyr ei enw, mae'n debyg sef 'Twmpath morgrug'.

'Meddwl o'n i basa gynnoch chi ddiddordeb yn y stori 'na, Jim... A chithau'n bryfetwr.'

'Cyn-bryfetwr, Hefin. Cyn-bryfetwr.'

Ond gyda diwedd y stori, dyna'r syrcas ecsotig yn diflannu hefyd ac yn ildio, y tro hwn, i bren tywyll, sgleiniog, diogel yr addoldy yr oeddwn yn fwyaf cyfarwydd ag ef, er nad oeddwn wedi tywyllu ei ddrws ers amser maith. Ac ildio hefyd i faldod y geiriau cyfarwydd.

Er mai o ran yr wy'n adnabod
Ei fod uwchlaw gwrthrychau'r byd...

'Dach chi'n barod i roi cychwyn arni rŵan, Jim?'

Rhaid bod Hefin wedi synhwyro fy mhryder. Cynigiodd i mi gysur ei ddihidrwydd.

'Toes 'na ddim angan poeni, Jim… 'Dan ni'n gneud hyn bob dydd, a 'dan ni ddim wedi colli neb eto.'

> *Henffych fore*
> *Henffych fore*
> *Y caf ei weled fel y mae.*

Ac mewn llais mater-o-ffaith, aeth Hefin ymlaen i egluro mai dilyn trefn arbrawf Dr Persinger y bydden ni heddiw, ac os oedd y teclyn yr oedd yn ei roi am fy mhen yn edrych yn debyg i helmed beiciwr, doedd mo'r help: siawns na fyddai rhywun yn dyfeisio rhyw benwisg mwy cyfaddas maes o law, rhywbeth mwy eglwysig ei olwg, yn debyg i feitr esgob, o bosib, neu dwrban, efallai, yn ôl yr angen. Yna, aeth ati i gysylltu nifer o wifrau â rhyw flwch bach ar y llawr a ymdebygai i beiriant CD.

'Mae'r weiars wedi'u plygio i mewn i *solenoids* yn yr helmed, dach chi'n gweld, Jim… Mi fydda i'n ei rhoi hi ar ddeg mil *gauss* i gychwyn… '

A beth bynnag oedd ystyr hynny, y canlyniad, mewn byr o dro, oedd gwneud i mi deimlo'n llai pryderus. Yn llai pryderus, a bron na ddwedwn i yn ddifater am yr hyn oedd yn digwydd, am yr helmed, a'r gwifrau, a'r sioe luniau ar y walydd o'm cwmpas.

'Deg eiliad, Jim… Ydach chi'n clywed?'

A oeddwn i'n clywed? Do'n i ddim yn siŵr.

'Saith eiliad… A bydd y *forty hertz component* wedi'i dawelu… Pump… Nes bod… Pedwar… Nes bod y corff… Dwy… Nes bod yr ymwybod… '

A diau fod yr esboniadau manwl wedi parhau, ond i ddim pwrpas. Oherwydd fe giliodd llais Hefin, o sill i sill, ynghyd ag eilunod gwael y llawr, y lluniau, y canu a'r cwbl, nes i mi gael fy hun unwaith yn rhagor mewn stafell wag. Ond roedd hon yn stafell wahanol i'r un y bûm i'n eistedd ynddi o'r blaen. Doedd dim ffenestri yn yr un o'r ddwy, ond doedd dim drysau yn yr un newydd chwaith, na nenfwd na muriau.

A oedd fy llygaid ynghau? Do'n i ddim yn siŵr.

Ac yn fwy na dim, do'n i ddim yn eistedd bellach, am nad oedd gen i ddim coesau na chefn na breichiau na phen, a doedd dim cadair i'w gweld chwaith. Rywsut, roeddwn i'n un â'r gwacter mawr, ac ni hidiwn yr un ffeuen.

Yna, digwyddodd rhywbeth na allaf gael hyd i eiriau digonol i'w ddisgrifio. Yr oedd, ar y dechrau, yn brofiad go annifyr — rhywbeth tebyg i'r teimlad y bydd dyn yn ei gael weithiau wrth synhwyro fod rhywun yn ei ddilyn, ac yn edrych dros ei ysgwydd bob yn gwpwl o eiliadau a gweld dim ond y dail crin yn chwythu hwnt ac yma yn y gwynt, ac eto'n tyngu, er gwaethaf pob tystiolaeth i'r gwrthwyneb, fod rhywun yno, rywle, a'i fod yn nesáu. Yn debyg i hynny, ond, yn yr achos hwn, doedd dim dail, na gwynt, na llwybr na dim ysgwydd i edrych drosti chwaith. Ac roedd y presenoldeb anweledig yn gwasgu arna i ar bob llaw. Llenwyd y gwacter mawr â'i gerddediad araf a phenderfynol, teimlais wres ei anadl ar fy ngwar a'i fysedd yn chwarae â choler fy nghrys, er nad oedd dim anadl na bysedd na chrys i'w cael. A minnau'n ceisio ffoi a dim un man i fynd, a dim modd i mi symud. Ac yn gweiddi 'Gadewch fi fod!' ond bod y llais, rywsut, o dipyn i beth, yn llithro oddi ar fy nhafod ac yn gwibio i enau'r Llall.

Ac o golli fy llais, ciliodd yr ofn hefyd, fesul cryndod, ac yn lle bod ar goll yn y stafell fawr ddiderfyn, fe ddeuthum, trwy ryw ryfedd wyrth, yn un â'r gwacter mawr hwnnw. Ac fe droes y Llall, y presenoldeb bygythiol a fu'n llusgo'i draed marw trwy ddail crin fy ymennydd, yn gydymaith i mi. Yna'n gymar cariadus. Ac yna'n fwy na hynny, hyd yn oed. Yn fam, a minnau'n fabi ar ei bron. Ac yn y fan honno, methodd y geiriau, am mai creaduriaid y corff yw geiriau.

*　　*　　*

'Rywsut, Jim, mae'n rhaid i ni gael gwared â'r hen helmed 'na.'

Yn ystod fy wythnos gyntaf o hyfforddiant yn Nhŷ Dedwydd, cefais fy nghyflwyno i rai ugeiniau o wasanaethau a gweithgareddau. Roedd y rhan fwyaf ohonynt yn llai aruchel o lawer na helmed Dr Persinger, ac roedd rhai, megis siwtiau rwber yr Adran Delidildoneg, yn gwbl ffiaidd. Ond, yn ôl Hefin, doedd dim gwahaniaeth am natur y gweithgaredd, yr un oedd yr her i happinesstheexperience.com. Rhaid troi pob un o'r difyrion dirmygedig hyn yn gymwynasau dilys a chyflawn. Yn fendithion bach gloyw, yn rhoddion diniwed, yn debyg i'r bunt a gafodd Alun o'i lungopïwr.

'Nid cael ei gwared hi, yn hollol, ond ei chuddio. Ei chadw o'r golwg.'

A soniodd Hefin am Ms Anita Bielecki, ysgrifenyddes o'r Barri, a Mr Tom Prydderch, cyfrifydd o'r Bala, a Mrs Corina Linklater, gwraig tŷ o Fryn-buga, a Mr Cyril Jones, ffarmwr o'r Fro, a'r Athro Maria Jagiello, o Lys-faen, a Ms Rhiannon Melangell, disgybl ysgol o Dref-lys yn y ddinas hon a nifer o rai eraill, yn fonedd a gwreng, yn Gymry ac yn dramorwyr, o bob lliw a llun, a phawb yn dweud yr un peth. 'Pob wan Jac, Jim,' meddai Hefin, yn llawn ymffrost. 'Tasan nhw ddim wedi gorfod gwisgo'r hen helmed 'na… Tasan nhw ddim yn gwybod dim oll am y peiriannau a'r *solenoids* a'r petheuach eraill… Basa'r profiad wedi newid eu bywydau am byth.'

A dyma fi'n sylweddoli, o'r diwedd, yr hyn oedd mewn golwg gan Hefin. Yr hyn sydd mewn golwg gan Dŷ Dedwydd.

''Ych chi am dwyllo pobl, felly?'

Ymsythodd yr hen baffiwr. Ac efallai 'mod i wedi brifo'i deimladau, dwi ddim yn siŵr, ond am y tro cyntaf fe deimlais ddwrn y tu ôl i'w eiriau.

'Twyll, Jim? Pa dwyll? Toes 'na ddim twyll yn agos iddi. Tydwi ddim yn rhoi *marj* i rywun a'i alw fo'n fenyn!'

Oherwydd, yn ôl Hefin, roedd Tom Prydderch a Cyril Jones a Maria Jagiello a'r lleill i gyd wedi cael yr un profiad – 'nid copi ceiniog-a-dimai, Jim, nid ffacsimili di-raen' – ie, yn union yr un profiad â rhyw fynach druan draw yn Tibet oedd wedi treulio oes gyfan ar ei bengliniau.

'Toes 'na ddim gwahaniaeth, Jim,' meddai Hefin. 'Yr un Duw. Yr un tonnau'n llifo drwy'r ymennydd. Yr un peth yn union. Mater o dechnoleg 'di o, Jim. Dyna i gyd.'

Ac wrth i Hefin ystyried godidogrwydd y dechnoleg hon, fe adferwyd peth o'i sirioldeb.

'Ond bod ein technoleg ni gymaint yn fwy effeithiol… Dach chi ddim yn meddwl 'ny, Jim?'

19 Prentisiaeth y Cymwynaswr

GADAWAF Y POT blodau ar y bwrdd – barnais mai peth call oedd prynu *decoy* er mwyn dangos i bawb, ac i staff y siop yn enwedig, fy mod i'n gwsmer dilys – a chamu draw at y fenyw dew. Gwenaf arni mewn ffordd fonheddig, anfygythiol.

'Ga' i'ch helpu chi?'

Edrycha'r fenyw yn ôl arna i'n ddi-ddeall.

'Eich helpu chi… i fynd â'ch bagiau i'r lifft?'

Parha i edrych.

'Rwy'n mynd ffor 'na beth bynnag.'

Ydy, mae hi'n dew, yn eithriadol o dew, a hynny, o

bosib, yn gwneud iddi ymddangos yn llawer hŷn nag yw hi mewn gwirionedd. Hynny a'r blinder a'r dillad di-raen. Gallai fod yn ei hugeiniau. Gallai fod yn ddeugain. Mae'n cario dau gwdyn mawr ac yn llusgo merch fach tua chwe blwydd oed. Bu hon yn grwgnach ers amser ei bod hi eisiau gweld Siôn Corn ac yn pallu credu nad yw e wedi cyrraedd Howells eto, oherwydd bod y siop yn llawn fflwcs Nadoligaidd a bod *jingles* tymhorol eisoes yn merwino'r glust. A dyma'r rheswm, wrth gwrs, paham y dewisiais y fenyw arbennig hon.

'Diolch.'

Ond dywed y wên fach wan mai cael a chael oedd hi rhwng ei hangen a'i hamheuon. Ar y ffordd i'r lifft, cerddwn heibio i hen ddyn. Mae hwn wedi'i hoelio i'w sedd wrth fynedfa'r caffi ers cyn i mi gyrraedd. Yn lladd amser, mae'n debyg. Mae'n wincio ar y plentyn ac yna, am ryw reswm, arna i. I gydnabod fy nghymwynas, efallai? Ond mae rhywbeth cellweirus yn y winc hefyd.

Mae'r tro da yn troi allan i fod yn dro go hir, am fod y fenyw yn disgwyl i mi fynd â'i bagiau i lawr yn y lifft, ac yna ma's i'r stryd a draw i ochr arall Yr Aes, lle mae'r tacsis yn sefyll. Mae'r ferch yn gofyn i'w mam a ydw i'n mynd adref gyda nhw, ond rwy'n arbed embaras i ni i gyd drwy ddweud bod yn rhaid i minnau wneud fy siopa Nadolig hefyd. Wedi ffarwelio â'm teulu bach mabwysiedig, af yn ôl i'm sedd yng nghaffi'r siop i gofnodi a disgrifio'r gymwynas mewn llyfr pwrpasol o eiddo Tŷ Dedwydd. Wrth lwc, mae'r pot blodau ar y bwrdd o hyd. Ac rwy'n eithaf bodlon ar bethau, at ei gilydd. Wedi dechrau simsan, fe lwyddais i ennill ymddiriedaeth y fenyw. Ac mae hynny, dybiwn i, yn gryn gamp i newydd-ddyfodiad i'r busnes cymwynasa. Ac er na alla i fod yn siŵr, wrth gwrs, siawns na fydd rhyw atgof o'r achlysur, amser a ddaw, yn fodd i gynhesu'i chalon.

Cydia realiti ynof yn ddigon buan. Os bûm yn yr uchelfannau ddoe, dan helmed Dr Persinger, rwyf heddiw yn dechrau fy mhrentisiaeth fel cymwynaswr-dan-hyfforddiant ar y ris isaf oll. Yn ôl Hefin, sy'n gyfrifol am oruchwylio fy nghynnydd, mae Tŷ Dedwydd yn cydnabod pum math o ffafr. I Ddosbarth Un y mae'r ffafr rwyf newydd ei chyflawni yn perthyn, sef dosbarth y cymwynasau bach bob dydd y mae rhywun yn eu cymryd yn ganiataol mewn cymdeithas wâr ond sydd, er hynny, yn bwysig iawn ar gyfer iro olwynion ein mynd a'n dod ac yn gwneud treialon bywyd yn haws dygymod â nhw. Cario siopa mam lwythog, helpu hen fenyw i groesi'r hewl, prynu peint a chychwyn sgwrs â rhyw ddieithryn unig mewn tafarn. Hanner canpunt y tro, ynghyd â chostau, a galw mawr amdanynt amser Nadolig, mae'n debyg, gan berthnasau pellennig, neu rai sy'n dioddef pwl o euogrwydd. Syniad rhyfedd braidd, i'm meddwl i, gan na fydd y sawl sy'n derbyn yr anrheg byth yn gwybod pwy a'i rhoddodd.

Af i mofyn ail gwpanaid o goffi. Mae'r caffi'n farwaidd o dawel erbyn hyn. Does ond gobeithio y bydd yn bywiogi rywfaint erbyn canol y bore, a'r siopwyr plygeiniol yn dechrau diffygio. Clywaf yr hen ddyn yn y gornel bellaf yn sipian ei de. 'Dewiswch eich gwrthrych yn ofalus,' meddai Hefin. 'Darllenwch ei wyneb o. Darllenwch y ffordd mae o'n siarad â'r weinyddes, y ffordd mae o'n cyfri ei newid, y ffordd mae o'n gwthio'i hances yn ôl i'w boced. Achos mae pob un symudiad, pob un ystum, yn deud rhywbeth pwysig amdano fo. Yn deud rhywbeth am y petha 'dach chi'n *methu* 'u gweld, Jim. Y petha 'dach chi'n *methu* 'u gweld!'

Ac fe wyddwn fod Hefin yn llygad ei le. On'd oedd Wallace ei hunan wedi meistroli'r un grefft? Crefft arsylwi ond hefyd, ac yn bwysicach, crefft gweld yr anweladwy. Y grefft a alluogai Wallace i wybod, o ddarganfod yn

nyfnderoedd yr Amazon y diwben fêl hwyaf a welwyd
erioed mewn blodyn, fod yno wyfyn hefyd wrth law, â
sugnydd o'r un hyd yn union â'r diwben honno, hyd cwbl
annhebygol ar gyfer hyd yn oed y mwyaf o'r *lepidoptera.*
Oherwydd ym mha ffordd arall y câi'r blodyn ei beillio?
Gwybod, heb weld. Oherwydd hysbys y dengys y dyn
a'r pryfyn, fel ei gilydd. Ac am y rheswm hwnnw, ni'm
digalonwyd yn ormodol gan fy nghymwynas gyntaf.
Siawns na ddôi pethau'n haws gyda mwy o brofiad ac
amser. Gydag arsylwi craffach. Gyda mwy o ymdrech i
ddeall hanfodion y gwrthrych, ei anghenion, ei gyfrinachau
ac, yn bennaf oll, yr hyn a fydd yn ei blesio.

Lle amhersonol yw caffi Howells, a da hynny. Mae
angen lle felly, a lle digon o faint hefyd, fel na fyddaf
yn tynnu gormod o sylw ataf i fy hun. Fyddai caffis
bach Pontcanna ddim wedi gwneud y tro, a minnau'n
nabod y staff i gyd, a hanner y cwsmeriaid hefyd, a'r
rheiny'n gwybod yn iawn nad wyf y teip i segura am
oriau bwygilydd yn y fath lefydd. Ac eto, mae'r ffaith fy
mod i yma yn unswydd er mwyn cafflo pobl – galwch e
beth liciwch chi, Hefin – yn gwneud i mi deimlo'n bur
anghyfforddus. Ofnaf y grym sydd gen i. Ofnaf fynd ag
un o'r cymwynasau'n rhy bell, trwy fod yn rhy hynaws,
yn rhy hael, yn rhy *od.* All gwneud tro da â rhywun fod
yn anghyfreithlon, tybed? 'James Robson: fe'ch cyhuddir,
yn unol ag Ystad y Twyllau, o gyflawni dichellwaith
troseddol, yn gymaint ag y buoch yn cario bagiau'r
achwynydd' – mae'r bagiau'n sefyll ar ben bwrdd o flaen
y barnwr, yn dystion mud – 'a hynny er eich mantais
bersonol eich hun.' Ai trais yw cymwynas, o'i gorfodi ar
rywun?

Craffu ar y gwrthrych.

Nid yw'n ddoeth chwarae meddyliau fel hyn. Rwy'n
siŵr bod y gweinyddesau sy'n dod heibio bob hyn a hyn i
glirio'r byrddau yn gallu darllen fy wyneb. Y duedd sydd
gen i i gnoi fy ngwefusau, i grychu fy nhalcen. Penderfynaf
guddio'r wyneb bradwrus hwn trwy ei gladdu mewn llyfr.
Caf ymdoddi wedyn i'r cefndir, yn greadur trist, efallai, ond
nid yn greadur bygythiol. Tynnaf *Two in a Boat* allan o'm
cwdyn siopa a gwthio'r pot blodau i'r naill ochr. Mae hwn
yn un o'r llyfrau y byddwn ni'n eu trafod nos fory. Pum
pennod yn unig rwy wedi'u darllen hyd yn hyn, er mai yn
fy nhŷ i y bydd y grŵp yn cwrdd. (Teimlaf fod dyletswydd
arbennig ar y sawl sy'n estyn croeso i wneud ei waith
cartref.) Mae e'n llyfr digon gafaelgar, hefyd – am gwpwl o
Gaerdydd yn mynd i hwylio'r moroedd a'r profiad hwnnw,
rhwng y stormydd a'r problemau di-ben-draw gyda'r cwch
a'r salwch, yn dipyn o dreth ar eu perthynas. Braidd ar y
mwyaf o glymau ac offer morwrol i'm chwaeth i. Mae'n
faes arbenigol, wedi'r cyfan, a chanddo ei iaith a'i arferion
ei hun, a'r rheiny'n bur ddieithr i drwch y boblogaeth. Er,
wedi dweud hynny, y mae rhyw swyn yn perthyn i dermau
fel *topgallant futtock.* Ac mae'r rheolau caeth, a'r diagramau
twt a manwl ynglŷn â llenwi'r *Royal Navy Kit Bag* yn ddrych
cyfareddol o fywyd caeth a disgybledig y llongwr. Byddai'n
siŵr o apelio at Ahmed, ac yntau'n dod o gefndir morwrol.

Craffu ar y gwrthrych.

Ymadael â phorthladd Belém mae morwyr *Two in
a Boat* pan welaf yr hen ddyn yn paratoi i godi'i angor
yntau. Er gwaethaf fy amheuon cynharach, mae arsylwi
cyson yn awgrymu y gallai hwn fod yn wrthrych teilwng.
Mae e'n amlwg yn unig. Yn ŵr gweddw, o bosib. (Mae
ganddo fodrwy am ei bedwerydd bys.) Mae'n brin o arian
hefyd: dim ond dau gwpanaid o de mae wedi'u hyfed
ers ben bore. Mae'n gwisgo siaced o doriad da, ond mae

honno'n llawer rhy fawr iddo. Wedi'i phrynu mewn siop elusen, siŵr o fod. Mae'r trywser a'r sgidiau'n cyfleu'r un ddelwedd – delwedd rhywun sy'n gwneud ei orau i gynnal y safonau a fu, safonau bywyd brasach, mwy bonheddig, ond yn llwyddo, yn y pen draw, i greu dim ond parodi o'r cyflwr diflanedig hwnnw. Yn bwysicach na dim, y mae'n amlwg yn agored i ryw faint o gyfathrach dynol – dyna a gasglwn o'r winc yn gynharach: y winc gyntaf, beth bynnag – ac efallai y byddai'n croesawu mwy.

Wedi eistedd yn ei unfan ers awr a hanner, mae'r henwr yn cael anhawster i godi. Cydia yn ymyl y bwrdd ag un llaw a chefn ei sedd â'r llall, a cheisio'i dynnu ei hun i fyny, dan duchan a pheswch. Dyw e ddim yn llwyddo ar y cynnig cyntaf, na'r ail. Ond mae'r trydydd cynnig yn ei blannu ar ei draed, ac yno y saif am rai eiliadau, dan bwyso yn erbyn y bwrdd a'i sadio ei hun ar gyfer y cam nesaf. Wedi cael ei wynt ato, mae'n troi'n araf a chodi'r got law a'r bag siopa a adawodd ar y sedd. Gwelaf fy nghyfle.

'Esgusodwch fi.'

'You what?'

Mae'r henwr yn troi'n sydyn, â dychryn yn ei lygaid.

'I think you dropped this… '

Codaf bapur decpunt oddi ar y llawr a'i gynnig iddo. Edrycha ar yr arian. Edrycha arno fel petai'n ddryll neu gyllell. Efallai ei fod yn drwm ei glyw. Dywedaf yr un peth eto, yn fwy araf, ac mewn llais uwch. Mae'n taflu fy ngeiriau'n ôl ataf.

'Dropped it?'

Dywedaf imi weld y papur yn cwympo o'i got law wrth iddo ei chodi oddi ar y sedd.

'From my coat?'

'Yes… It fell out of your coat…'

Sylla ar yr arian eto. Ac yna i fyw fy llygaid.

'What's your game then?'

Egluraf, ychydig yn drwsgwl erbyn hyn – doeddwn i ddim yn barod ar gyfer ymateb mor ddiddiolch – sut y bûm i'n eistedd yng nghornel bellaf y caffi. (Trof a phwyntio i gyfeiriad y pot blodau.) Egluraf sut y digwyddais ei weld yn codi a chydio yn ei got a…

'You're with *them*, are you?'

Heb symud ei ben, mae'r henwr yn troi ei olygon i gyfeiriad teulu Indiaidd sydd newydd eistedd i lawr ar ochr arall y caffi. Dywedaf 'Indiaidd' oherwydd y *sari* y mae'r fenyw yn ei gwisgo – un goch ag ymylon du ac aur – ond dwi i ddim yn wybodus iawn am bethau felly. Wedi dal sylw'r fenyw hon, ar fy ngwaethaf, gwenaf yn swil arni a throi'n ôl at yr henwr.

'Take it… It's yours.'

Ond dyw e ddim yn gwrando.

'You're not taking none of my money… None of you…'

Cwyd ei fag a'i got a llusgo'i draed tua'r drws.

'Dach chi'n dallt rŵan, Jim. Nid ar chwarae bach mae gneud cymwynas â rhywun.'

'Ydw, Hefin.'

'A dim ond Dosbarth 1 oedd hwnna.'

Rhwng yr arsylwi dwys a'r troeon trwstan gyda dieithriaid, roedd fy more cyntaf o waith cymwynasa wedi fy mlino'n lân. Ond doedd dim segura i fod. 'Dan ni ddim yn eich talu chi i sipian te drwy'r dydd, Jim,' meddai Hefin. 'Mae gwaith yn galw!'

Yn y prynhawn, felly, aeth Hefin â mi i weld Mr Francis Bates, gŵr bonheddig sy'n byw mewn pentref bach tlws nid nepell o'r Bont-faen, yn y Fro. Dymuniad Mr Bates oedd trefnu ymweliad annisgwyl â'i wraig.

Mae ymweliadau annisgwyl, at ei gilydd, yn ôl Hefin, yn perthyn i Ddosbarth 2 y cymwynasau y gellir eu comisiynu. Maen nhw'n gofyn am fwy o waith ymgynghori na Dosbarth 1, yn bennaf er mwyn penderfynu ar natur yr ymwelydd a chyfeiriad y sgwrs y byddai'n rhaid ei chael â'r gwrthrych. Maen nhw'n fwy costus, hefyd. Nid am geiniogau mae cael Robbie Williams neu Cliff Richard i gnocio ar ddrws Mrs Barrett, 11 Balaclava Terrrace, Aberafan, a gofyn am weld hen stafell wely ei dad-cu.

'Mae'r wraig yn marw o ganser,' meddai Mr Bates, dyn trwsiadus yn ei saithdegau, ac yn amlwg dan deimlad mawr ynglŷn â'r mater. 'Mae ganddi dri mis i fyw, yn ôl y doctoriaid.'

Yr hyn a gododd y gymwynas hon i Dosbarth Tri, yn ôl Hefin, oedd natur anghyffredin yr ymwelydd oedd ganddo mewn golwg.

''Wy moyn i chi drefnu ymweliad gan y mab.'

Roedd cartref Mr a Mrs Bates yn gyfforddus – yn foethus, hyd yn oed, yn ei ffordd flodeuog, henffasiwn. Perthynai iddo rhyw soletrwydd meddal, cysurlon, gyda'i garpedi gwlanog, ei lenni melfed, ei gadeiriau esmwyth, clustogog, a'r lluniau o olygfeydd gwledig, digyffro. Ac roedd Mr Bates yn cydweddu â'i gynefin, yn llond ei groen, â sglein bywyd bodlon arno: un gwahanol iawn ei doriad i'r henwr blin y bûm i'n ymrafael ag ef ychydig oriau ynghynt. Heddiw, wrth gwrs, roedd y bodlondeb hwnnw dan dipyn o gysgod. Ac oherwydd hynny, roedd Mr Bates wedi gwneud ymdrech arbennig i ymffurfioli. Er ei fod yn ei dŷ ei hun, gwisgai siaced a thei, a sgidiau du.

'A dyma eich mab, Mr Bates, ife?'

Roedd llun ar y bwrdd coffi yn dangos y Mr Bates ifanc, mewn gwisg filwrol. Roedd e'n llai blonegog bryd hynny a'i wallt yn dduach ond, fel arall, bu treigl y blynyddoedd yn ddigon caredig wrtho. Eisteddai ei wraig wrth ei ochr ac yn ei breichiau cariai faban mewn siôl laes, wen. Ac o'i blaen hithau safai bachgen tua phedair blwydd oed mewn siwt morwr. Ar yr un bwrdd, hefyd, roedd lluniau mwy diweddar, gan gynnwys sawl un o'r plant ar wahanol adegau yn eu gyrfa addysgol. Roedd llun hefyd o'r ferch yn dathlu ei chymun cyntaf, yn ôl ei phenwisg.

'Ie, ein mab *ni* yw hwnna.' Rhoes bwyslais ar y 'ni'. 'Ond nid dyna'r mab rwy'n sôn amdano.'

Ac er bod Mr Bates wedi gofyn am ein cymorth, roedd i'w weld, ar yr un pryd, yn gyndyn i ryddhau manylion. Baglai dros ei eiriau hefyd, fel petai heb siarad â neb ers misoedd, fel rhyw Robinson Crusoe ar ynys bell. Ond trwy holi pellach, cafwyd gwybod bod y mab dan sylw – y mab y dymunai Mr Bates iddo ymweld â'i fam – wedi cael ei eni sawl blwyddyn cyn i Mr a Mrs Bates briodi. 'Cyn i ni gwrdd â'n gilydd… i chi gael deall.' Doedd dim sôn am y tad. Yn ôl arfer yr oes, bu'n rhaid i'r fam fynd i gartref pwrpasol a ganwyd y babi yno. Aethpwyd â'r bychan oddi arni ymhen wythnos.

'Roedd ei brawd hi yn yr eglwys, 'chi'n gweld… Oedd… A dwedodd ei mam na fyddai neb yn edrych arni byth eto, petai hi'n cadw'r babi.'

Ac erbyn hyn roedd y fam yn teimlo'n euog, nid am gael y babi, ond am ei golli, am ei wrthod. Gofynnais i Mr Bates ble gallen ni gael hyd i'r mab.

'Ond… D'ych chi ddim… D'ych chi ddim yn deall… '

Plygodd Mr Bates ymlaen yn ei gadair.

'Dyw'r mab ddim eisiau gweld ei fam… 'Tai e'n fodlon ei gweld hi… '

Edrychodd yn ymbilgar ar Hefin.

'Tai e'n fodlon ei gweld hi… fyddwn i ddim wedi dod atoch chi.'

Wrth ddychwelyd adref, bu Hefin a minnau'n trafod amgylchiadau dirdynnol Mr a Mrs Bates: amgylchiadau nad oedd gobaith eu lliniaru, hyd y gwelwn i, ond trwy geisio dwyn perswâd ar y mab anfoddog.

'Pechod mawr, Hefin,' dwedais i, 'fod mab yn gwrthod gweld ei fam, a hithau ar ei gwely angau.'

Ameniodd Hefin. 'Biti mawr,' meddai. Ond er syndod, doedd cysylltu â'r mab ddim yn rhan o'i strategaeth. 'Chwara 'fo tân fasa hynny, Jim,' meddai. 'Beth tasa fo'n troi'n gas? Tasa fo'n edliw i'w fam am droi'i chefn arno pan oedd o 'mond yn fabi bach yn ei glytia? Beth fedren ni neud wedyn?'

A bu'n rhaid i mi gytuno. Sut gallen ni newid hanes? Yr hyn a fu, a fu.

'A sut fasen ni'n wynebu'r hen Mr Bates,' ychwanegodd Hefin, 'a fynta wedi talu mor ddrud am ein gwasanaeth?'

Ac o dderbyn hynny, doedd dim amdani, meddai Hefin, ond i ddewis actor a'i hyfforddi i ddynwared y plentyn gwrthodedig. Gan nad oedd y fam wedi gweld ei mab er pan oedd e'n fabi bach, ni fyddai hynny'n ormod o gamp. Rhywun a edrychai'n lled debyg i Mrs Bates, wrth gwrs, gan na wyddem pwy oedd y tad: o ran lliw gwallt, efallai, neu siâp gên neu drwyn – byddai Mrs Bates yn fwy na bodlon i arddel y dieithryn ar sail un nodwedd allweddol o'r fath. Byddai'n rhaid dyfeisio buchedd iddo – rhyw fraslun o fywyd bob dydd, addysg a gwaith a chwpl bach o luniau o'i wraig a'i blant ('Dyma dy wyrion, Mam… Wyt ti'n gweld y tebygrwydd?') ac wrth gwrs hanes y diwrnod tyngedfennol hwnnw pan gafodd wybod pwy oedd ei fam naturiol. Ac yna crynodeb, uchafbwyntiau o'r hir ddyheu a'r hir chwilio. Y teithio ofer. (Efallai ei fod wedi mudo i Awstralia neu America.) Y gohebu di-fudd â'r gwahanol asiantaethau. Y troeon trwstan. (Rhaid cynnwys elfen o hiwmor er mwyn lefeinio'r toes ychydig: codi calon Mrs Bates oedd y bwriad, wedi'r cyfan, meddai Hefin, nid ei hysigo'n fwy.) Nes cael hyd iddi, ar yr unfed awr ar ddeg, a hithau ar ei gwely angau.

'Mam fach… Wrth gwrs 'mod i'n maddau i ti.'

20 Llyfrau a Lindys

PETAWN I OND wedi craffu'n fwy manwl, wedi gwrando'n fwy astud, siawns na fyddwn i wedi sylweddoli bod rhywbeth ar droed. Petawn i wedi sylwi bod Cerys, yn ei *beret* melyn a'i chot borffor, wedi gwisgo'n fwy beiddgar nag arfer. Bod Ahmed yn rhoi sylw anghyffredin i amlen frown a gafodd ganddi, amlen frown ddigon di-nod yr olwg. Ond roedd croesawu'r grŵp darllen i'm fflat – er mai gorchwyl digon bychan oedd hwnnw, mewn gwirionedd – rywsut yn pylu fy synhwyrau. Welwn i ddim ond yr allanolion. Chlywn i ddim ond y geiriau. Efallai, yn ddiarwybod i mi, bod gen i gywilydd o'm fflat. Gwâl ddigon llwm yw hi o'i chymharu â chartrefi'r lleill. Yn llawn pethau gwneud-y-tro, pethau y bu'n rhaid i mi eu cywain at ei gilydd ar frys pan symudais i mewn gyntaf. Broc môr yw pethau felly, nid eiddo go iawn. Nid bod hynny'n fy mhoeni fel y cyfryw. Dim ond pan fydda i'n gweld Sonia yn bwrw cip gwraig-tŷ-a-mam ar fy myd bach treuliedig, gwrywaidd, y do i'n ymwybodol o'r ffaith bod cochni'r llenni'n gwrthdaro â lliw oren y soffa. Dim ond pan fydd Haf, a hithau yn ei siwt drywser felen, forwynol, yn yfed ohonynt, y bydda i'n gweld y staeniau ar y mygiau ac yn poeni am ansawdd eilradd y gwydrau. Ond dyna bris ysgaru'n ddeugain oed.

Beth bynnag oedd achos fy anesmwythyd, cadw pawb yn ddiddig oedd fy unig ddyhead neithiwr. Profi bod fy nghroeso bach i, er ei lymed, lawn cystal â'r croeso a gawn innau gan y lleill. Ac roeddwn i'n falch, felly, bod Cerys ac Ahmed yn ymddiddan yn hwyliog â'i gilydd cyn i'r drafodaeth ddechrau, am fod hynny'n rhoi naws gartrefol a chyfeillgar i'r achlysur. Ac wrth i bawb ymuno yn y sgwrs – sgwrs am y datblygiadau newydd yn y Bae, digwydd bod – roedd lle i obeithio bod eu sylw'n cael ei dynnu oddi ar lymder yr *ambience*. Roeddwn i hefyd yn barotach nag arfer i daflu fy ngheiniogwerth fy hun i'r crochan cymunedol – oherwydd, wrth lwc, fe wyddwn gryn dipyn am y testun hwn – a bûm yn traethu wedyn, yn hanner cellweirus, am y gwybed sy'n heidio bellach uwchben y dyfroedd llonydd rhwng y morglawdd a'r ddinas, ac yn arbennig am y cynnydd aruthrol yn y Mwydod Llaid sy'n ffynnu yn y carthion yno. Roedd yn braf, hefyd, gweld bod Ahmed yn llai digalon na'r tro diwethaf.

Parhaodd ein *esprit de corps* am awr a mwy. Cytunwyd bod *Hi yw fy Ffrind* Bethan Gwanas yn ddifyr, ac eto'n gallu taro nodyn mwy lleddf yn effeithiol iawn hefyd, a bod angen mwy o lyfrau tebyg iddo, ond 'na drueni, meddai Ozi, na fyddai rhywun yn sgrifennu rhywbeth fel 'na yn iaith y de, a phob parch i Haf, wrth gwrs. A dwedodd Haf sut roedd blynyddoedd ei hieuenctid yn Nolgellau yn gwibio o flaen ei llygaid wrth ddarllen y llyfr, a phawb arall yn gobeithio am ryw ddatgeliadau mawr wedyn ac yn tynnu'i choes braidd pan gochodd a gwrthod dweud mwy. Ie, parhaodd yr undod nes dod at *Two in a Boat*. Ac araf iawn oedd yr ymddatod. Bron na sylwech chi, yn enwedig os nad oeddech chi'n ein nabod ni. Os nad oeddech chi'n gwybod bod Ozi'n siarad mewn ffordd dipyn mwy difrifol nag arfer. Yn dweud ei fod e moyn clywed ochr y gŵr. Bod y gŵr yn cael cam, yn ei farn ef. Os nad oeddech chi'n gwybod bod Ahmed, fel arfer, yn amharod iawn i dynnu'n groes, ond, y tro hwn, yn gweld bai arnon ni (arna i, mewn gwirionedd) am ddewis llyfr a oedd mor benderfynol o ddinoethi eneidiau ei gymeriadau. ('A phobl o gig a gwaed hefyd, nage rhyw gymeriadau mewn nofel.') Os na wyddech chi mai Sonia oedd y mwyaf goddefgar ohonom, ac mai peth croes i'w natur hithau oedd colli amynedd gyda Phil pan gwynodd am y ffordd amrwd, yn ei farn ef, roedd yr awdur yn troi'r fordaith yn ddelwedd o'i phriodas. 'Fel meccano,' meddai. Chwarddodd Sonia. Chwerthiniad chwerw, swta. 'Smo ti'n gwybod ei hanner hi, Phil bach, nac wyt ti?' meddai. 'Mae 'na stormydd i gael ma's ar y môr dyw pobl ar y lan yn gwybod dim amdanyn nhw.' Ac yn ofni dweud mwy, siŵr o fod. Yn difaru dweud cymaint, efallai. A neb am fentro gofyn, a phawb yn priodoli ei ystyr ei hun, mae'n debyg, i'w geiriau cryptig. A minnau'n ymatal, er y gallwn i fod wedi dweud rhywbeth am fy nhad, a fu farw ar y môr. Ymatal, a gwenu, er mwyn cadw'r ddysgl yn wastad, er mwyn peidio â siglo'r cwch.

Does dim dau dylwyth yr un peth, wrth gwrs. All pawb ddim cyd-dynnu cystal â'r morgrug a'r gwenyn. All pawb ddim cyflwyno cystal sioe â'r Brenhinoedd, a'u mantell liwgar yn dew ar y coed a'r llwyni. All pawb ddim bod mor unplyg, ddiwyro â'r locustiaid diarhebol. Ac os yw pryfyn yn dyheu, weithiau, am y math hwnnw o agosatrwydd, syrthio'n fyr o'r nod yw ei hanes, yn amlach na pheidio.

Ystyrier y Lindys Babell. Chewch chi ddim teulu mwy hoffus, mwy cytûn, na nythaid o'r rhain. Ac ar y cychwyn, o leiaf, maen nhw'n gwneud job go lew ohoni. Wedi deor, bydd cannoedd ohonynt yn mynd am sgowt, yn un haid winglyd, i gael hyd i gartref addas. Dewisant yn unfrydol bob tro. Fforch mewn coeden yw'r man delfrydol, y siâp 'V' rhwng colfen a bôn, lle cânt ddigon o le i besgi a digon o wres. (Mae gan y lindys gwmpawd mewnol sy'n sicrhau eu bod nhw bob amser yn dewis y fforch fwyaf heulog.)

Yn anffodus, gwresogydd oriog yw'r haul, a rhaid mynd ati i wneud iawn am ei ddiffygion. Gwneir hynny, fel mae enw'r lindysen yn ei awgrymu, trwy weu pabell – pabell o sidan pur. Ac fe'i gwneir, unwaith yn rhagor, trwy gydweithio dirwgnach, diffwdan. Nyddir y babell yng nghrombil y creadur ei hun ac mae hi'n hynod effeithiol at reoli tymheredd y gymuned. Pan fo'n rhewi y tu allan, mae canol y nyth mor glyd ag aelwyd Mam-gu. Dyma gartref o'r iawn ryw.

A dyma hefyd, gwaetha'r modd, pryd mae dedwyddwch melys y teulu'n dechrau suro. Wrth dyfu, rhaid i'r lindysen fentro ymhellach ac ymhellach o'i lloches er mwyn diwallu ei chwant am ddail. Ac wrth wneud hynny, ni all osgoi ei gelynion niferus. (Mae'r Lindysen Babell yn brae i dros 170 o bryfed, llawer ohonynt yn barasitiaid arbennig o ffyrnig.) Gŵyr y Lindysen Babell hynny, wrth gwrs: ni fu'n gwbl glustfyddar i filenia o wersi esblygiad. Gŵyr hefyd mai ar y pen (ie, ar y pen) y bydd parasit yn dodwy ei wyau, o gael ei ffordd. Ac o wybod y pethau hyn, mae'r Lindysen Babell wedi dyfeisio dull hynod o'i hamddiffyn ei hun.

Dwi ddim yn amau na fyddai'n llawer gwell gan y lindysen fach hon petai'n gallu poeri gwenwyn, neu ddinoethi colyn, neu ysgyrnygu dannedd. Ond dyw hi ddim gwell o goleddu syniadau ffuantus o'r fath. Oherwydd un peth, ac un peth yn unig, y gall y Lindysen Babell ei wneud. Gall siglo'i phen-ôl. A'i siglo eto. Ac eto. Ac fe wna hynny â holl nerth ac angerdd ei bod. Nid ar ei phen ei hun, wrth gwrs: oherwydd cyd-dynnu yw hanfod y rhywogaeth hon. Cyn gynted ag y clyw'r lindysen siffrwd adenydd chwilen neu ddadwrdd traed morgrugyn, fe eilw ar ei chwiorydd i wneud yr un peth, i siglo tin y llwyth. Cystal â dweud, *Chewch chi ddim dodwy ar fy nghorun i, na chewch, yr hen barasit budr, ond cewch wneud beth a fynnoch â'm pen-ôl!*

Edmygaf y trueiniaid hyn. Cadwant y ffydd. Ac yn bendant, maen nhw'n *teimlo'n* fwy diogel wrth heidio at ei gilydd a siglo'u penolau. Ac eto, er y galla i gydymdeimlo â'r Lindys Pabell, alla i ddim ymuniaethu â nhw. Na, yn bersonol, mae'n well gen i greaduriaid o anian mwy annibynnol. Megis y corynnod anghyffredin hynny, y *Malos gregaris*, er enghraifft. Dyma greaduriaid sy'n cael y gorau o ddau fyd. Maen nhw'n gymuned gadarn. Mae'u cartref – arch-we anferth allai ymestyn yn rhwydd o ffenest fy stafell wely i fondo tŷ Mrs Kropowski yr ochr arall i'r stryd – yn arf diguro at ddal prae ac amddiffyn yr hil. Ond mae ganddyn nhw barch at yr unigolyn hefyd. Oherwydd y tu mewn i arch-we'r *Malos gregaris* mae pob corryn yn cael cadw ei we fach ei hun, ei *bedsit* bersonol, lle gall fynd a dod fel y myn, yn rhydd o bob ymyrraeth. Oherwydd nid un we fawr sydd yma, mewn gwirionedd,   ond, yn hytrach, gannoedd o weoedd bychain. Dyma dai teras yr arachnidau, gyda'i gilydd ac eto ar wahân. Does dim disgwyl i neb aberthu dim o'i annibyniaeth. Does dim angen ymrestru mewn byddin er mwyn ymladd y gelyn, waeth mae dryll ym mhob ffenest. *Snipers* cywir a chraff yw'r trigolion, bob un. Ac os nad yw'n deulu agos, pwy all ddweud nad yw hynny'n rhan o'i lwyddiant? Gweu i bwrpas, felly, nid gweu er tawelwch meddwl, nid gweu er ei fwyn ei hun.

A phetawn i'n bryfyn, a phetai gen i ddewis, siawns nad y teulu hwn a ddewiswn er mwyn ennill rhyw fesur o ymgeledd a chysur.

'Diolch, Jim… Os wyt ti'n siŵr… 'Weda i ddim na.'

Ar ddiwedd y drafodaeth, a'r glonc a'i dilynodd, a'r closio wedi'r cecru, a phawb arall wedi mynd eu ffyrdd eu hunain, magais ddigon o hyder i wahodd Cerys i aros a'm helpu i orffen yr hanner potelaid o win oedd ar ôl.

'Well gen i goffi, Jim… Os nad oes ots 'da ti… Rwy wedi blino'n lân.'

'Aeth y trafod braidd yn bigog tua'r diwedd… '

'Do fe? Sylwais i ddim.'

Ac efallai fod hynny'n wir. Erbyn meddwl, doedd Cerys ddim wedi cyfrannu llawer at y drafodaeth ar yr un o'r llyfrau. Cymaint oedd fy mhryder ynglŷn â chyflwr y fflat a chadw pawb yn ddiddig, ac wn i ddim beth arall, fel nad oedd tawedogrwydd un aelod i'w weld yn bwysig.

'Cawn ni ddisgled bach, te. '

A thros gwpanaid, cawsom hanner awr ddifyr yn trafod fy mhrentisiaeth yn Nhŷ Dedwydd a chymeriad anghyffredin y Prif Gymwynaswr ac yna hanes Cerys ei hun: y diffyg cyfleoedd i actorion dall, y profiad o fod yr unig blentyn dall yn ei hysgol yn y Cymoedd, y gobaith y byddai adennill ei golwg yn agor drysau iddi, ac wrth gwrs y wyrth o gael gweld ei theulu, ei mam a'i thad, ei brawd a'i blant, plant oedd bron mor agos iddi â phetaen nhw'n blant iddi hi ei hun, a'r rheiny'n gwenu, yn chwarae, yn agor anrhegion. Yn llefain, yn gwaedu, hyd yn oed. Roedd y cyfan yn wyrthiol.

'Ond ambell waith rwy'n teimlo 'mod i ddim yn eu

nabod nhw cystal… Ddim cystal ag o'n i… Rwy'n nabod eu hwynebau'n well – mae hyn yn swnio'n ofnadw, Jim – rwy'n 'u nabod nhw'n well o'u clywed nhw a'u teimlo nhw nag o'u gweld nhw.'

A dwedodd Cerys sut byddai ei brawd a'i thad yn cynddeiriogi pan fyddai'n rhoi ei dwylo am wynebau'i neiaint bach, ac yn edliw iddi am wastraffu arian ar y driniaeth a chodi gobeithion pawb dim ond i'w chwalu, ac yn meirioli wedyn a dweud am sut y deuai pethau'n haws gydag amser, dim ond iddi wneud mwy o ymdrech.

'Ond dyw pethau ddim yn haws, Jim.'

Gwelais, yn fy nychymyg, ddelwedd o'r tad diddiolch, diddeall, dideimlad, yn ceryddu ei ferch o flaen y plant, a'r rheiny'n llefain a gofyn beth oedd yn bod, gan nad oedd gwahaniaeth ganddyn nhw – dyna'r Cerys roedden nhw'n ei nabod. Ac fe gododd y ddelwedd hon awydd ynof – awydd plentynnaidd, rwy'n cyfaddef – i achub ei cham. Ond yn fwy na hynny, fe blannodd ynof chwilfrydedd ynglŷn â'r adnabyddiaeth dawel honno, yr adnabyddiaeth trwy'r bysedd.

'Well i fi fynd gartre nawr, Jim, os nad oes ots 'da ti. '

Cynigiais lifft iddi. Ac, wrth gwrs, mae cysur i'w gael, nid dim ond o dderbyn cymwynas ond o'i chynnig hefyd, hyd yn oed rhyw gymwynas fach ddibwys fel rhoi lifft i rywun. Ac yn y diolch, yn y closio sy'n dilyn.

'Ti'n garedig, Jim… Mae shwt flinder arna i… Alla i ddim wynebu mynd mewn tacsi… Mae'n rhy hwyr i weld… '

'Rhy hwyr?'

'Rwy *yn* dod i ben yn ystod y dydd… Ti'n deall 'ny, Jim, on'd wyt ti? 'Mod i'n dod i ben yn iawn?'

Dwedais fy mod i'n deall hynny i'r dim, a bod gen i feddwl y byd o'i gwaith, ac yn edmygu'n fawr y cwbl roedd hi wedi'i gyflawni, a'i bod hi'n ddewr, ac yn dalentog, ac y dylai ei theulu fod yn fwy ystyriol, ac yn y blaen. Ac roeddwn i'n meddwl hynny. Ond, o dan y geiriau, roeddwn i'n meddwl mwy na hynny hefyd.

'Erbyn deg y nos mae'r lliwiau'n torri'n rhydd... Does dim llawr, na walydd... Mae popeth yn ymdoddi... Fel tawn i'n hongian... yn hongian yn yr awyr... '

Pwysodd ei phen yn ôl yn erbyn cefn y gadair a chau ei llygaid.

'Dyna welliant... '

Ac anadlu'n ddwfn.

'Dim ond fel hyn y bydda i'n teimlo'n gwbl solet.'

Ac eistedd yn dawel. Cerys a minnau. A'r ceir yn y pellter yn hisian trwy'r glaw. Am ddwy funud neu dair. A'r distawrwydd yn fy nhywys i ryw fan llonydd, di-boen, nad oeddwn i wedi ymweld ag ef ers amser maith. Y distawrwydd – ond hefyd, o gofio'n ôl, y ffaith nad oedd hi'n gallu fy ngweld. A'r cysur sydd i'w gael o fod yn anweladwy.

'Maddau i fi, wnei di, Jim?'

Dwedais nad oedd dim i'w faddau. Ond roedd y cwestiwn megis cusan imi. Dwedais wrthi am gadw'i llygaid ynghau ac fe aethom allan i'r nos, fraich-ym-mraich.

Ie, petawn i ond wedi craffu'n fwy manwl.

21 Cwrso Cerys ac Ahmed

MAE'N BUMP O'R gloch brynhawn dydd Iau ac yn tywyllu'n
barod. Rwy wedi trefnu cwrdd â Bethan a Nia ar Ynys yr
Aes er mwyn gwneud ychydig o siopa Nadolig. Nid siopa
Nadolig cyffredin, chwaith. Dilyn hen arfer y byddwn
ni, sef mynd gyda'n gilydd i'n hoff siopau – Virgin,
Accessorize, Howells, Waterstones, Monsoon, ac yn y
blaen – a dweud yn uchel, wrth fynd heibio, 'O! 'Na sgarff
bert!' Neu 'Mae chwant 'da fi ddarllen un o'i nofelau fe!'
Neu 'Gwranda ar hwn, Dad!' A phob un yn cadw cownt
o ddymuniadau'r lleill ac yn ceisio eu dodi yn nhrefn
blaenoriaeth trwy fesur brwdfrydedd pob ebychiad. Ac yn
esgus nad yw'r un ohonom yn gwybod beth mae'r lleill
yn ei wneud. Mae'n llai peiriannol, yn llai amhersonol, na
chyfnewid rhestrau a gorfod ymladd trwy'r torfeydd ar dy
ben dy hun er mwyn cyflenwi'r archeb. Y mae hefyd yn
sicrhau bod yr anrheg wrth fodd y derbynnydd. Ac mae'n
gêm fach ddifyr. Er mai chwaraewraig anfoddog yw Bethan
erbyn hyn, a hithau'n wfftio at bopeth 'plentynnaidd'.

Lapiaf fy nwylo am y mygaid o de. Mae'r plant yn
hwyr, a dyw caffi awyr agored Yr Aes ddim y lle delfrydol
i eistedd yn hwyr y prynhawn, ag awel fain Tachwedd
yn chwythu'r dail a'r llwch a'r papurach a fflwcs arall y
diwetydd dinesig i bob twll a chornel. Ond rwy'n hoffi
naws y lle, naws groesawus, ddirodres. Lle y gall pawb, o
bob lliw a llun, deimlo'n gartrefol. Lle da i wylio'r byd yn
cerdded heibio. A lle da i chwarae meddyliau.

Doedd Cerys ddim yn y gwaith heddiw, a doedd
hi ddim yn ateb ei ffôn bach. Yn ôl y dyddiadur mae
pob swyddog yn Nhŷ Dedwydd yn gorfod ei osod yn
wythnosol yn y system wybodaeth fewnol, roedd hi'n
gwneud gwaith maes yng Nghaerdydd. Roedd ystyr y

term hwn yn ddirgelwch i mi, ond tybiwn mai paratoi
neu gyfarwyddo rhyw ddrama yn yr awyr agored roedd
hi, ac oherwydd hynny, ac oherwydd ei chyflwr neithiwr,
bûm yn pryderu amdani trwy'r dydd. Yn fwy na hynny,
teimlwn bellach fod gen i gyfrifoldeb penodol amdani.
Pam? Bûm yn gofyn y cwestiwn hwnnw i mi fy hun droeon
ers i ni ffarwelio â'n gilydd y tu allan i'w thŷ yn Riverside.
Mae'n beth rhyfygus i'w ddweud. A fyddwn i ddim yn ei
gydnabod wrth Cerys. Ond roedd yr ateb yn glir. Roeddwn
i'n gyfrifol amdani am fod arni fy angen. Roedd hi wedi
ymddiried ei hun i'm gofal. Nid dim ond yn ei gwendid a'i
blinder neithiwr, ond yn gyffredinol. A sylweddolaf nawr
mai dyna roedd hi'n 'i feddwl pan ofynnodd i mi fod yn
dywysydd iddi.

Rwyf bron â gwagio'r mỳg pan welaf Nia'n dod o
gyfeiriad yr hen lyfrgell. Ac yna Bethan, ddecllath y tu ôl
iddi, yn siarad i mewn i'w ffôn bach. Er gwaethaf yr oerfel,
mae hi'n gwisgo top â llewys byrion er mwyn dangos
tatŵ'r rhosyn ar ei braich. Mae Nia'n ymddiheuro am fod
yn hwyr, gan daflu cip cyhuddgar ar ei chwaer, sy'n rhoi
pryd o dafod i ryw ffrind. Am beth, dwi ddim yn gwybod:
dim ond hanner y gynnen a glywaf, a'r hanner hwnnw'n
cynnwys fawr ddim ond bytheirio.

Daw ein cylchdaith i ben ar lawr cyntaf siop Pier, ymhlith
y clustogau a'r matiau a'r gwydrau. Er mwyn bodloni
Bethan, rydym wedi treulio'r rhan fwyaf o'n hamser
yn Zara a Top Shop a Warehouse ac mae Nia'n teimlo'n
rhwystredig o'r herwydd. A dyna, mae'n debyg, pam mae
hi'n codi caeadau'r *cocktail shakers,* rheseidiau ohonynt,
un ar ôl y llall. 'Nia, oes rhaid i ti?' A dyna pryd y gwela
i nhw. Ahmed, i ddechrau, ar fin dringo'r grisiau agored
oddi tanaf. Ac rwy'n paratoi i alw 'Ahmed!' arno – mae'r
gwefusau eisoes wedi agor a'r tafod wedi lledu er mwyn

seinio'r 'A… ' – pan wela i fe'n troi ei wyneb ac estyn ei law. Ac yna, llaw arall yn cydio yn y llaw honno. Llaw Cerys.

Beth yw dy gêm di, Cerys?

Brysiaf draw at Bethan a Nia a dweud bod yn rhaid i ni ei throi hi ar frys. 'Pam wyt ti'n sibrwd, Dad?' medd Nia, gan brotestio nad yw hi wedi sgrifennu hanner digon o bethau yn ei llyfr anrhegion. 'Awn ni ma's eto'r wythnos nesa,' meddaf i, a rhoi hwb iddi. Clywaf leisiau Cerys a Ahmed yn dod i fyny'r grisiau. Alla i ddim oedi mwy. Trwy lwc, mae modd cerdded yn syth i lefel uchaf Arcêd y Frenhines heb fynd yn ôl i lawr isaf y siop. Anelaf am y drws agored, troi i'r chwith ac esgus ymgolli yn ffenest *Potters for Children* drws nesaf. Mae fy nwylo, fy ngwar, fy nhalcen, i gyd yn got o chwŷs.

Funud yn ddiweddarach, daw'r merched allan a gofyn beth yw'r brys. 'Mae golwg ofnadw arno ti, Dad.' Oes, Nia fach. A diolch i ti am sylwi. Rwyt ti'n werth y byd. Oherwydd ffordd arall allwn i fod wedi cwtogi'r sesiwn siopa heno? Brysiaf i gytuno. 'Teimlo'n wan… Bach o wres, rwy'n credu… ' Ac er bod y ddwy am aros gyda mi, chwarae teg iddyn nhw, llwyddaf i'w hargyhoeddi y bydda i'n iawn o gael eistedd i lawr am bum munud yn y caffi gerllaw. 'Bach o lonydd, Nia fach… i gael 'y ngwynt yn ôl…' Mae hyn fel petai'n eu bodloni. Sy'n syndod, braidd, ond dyna fe: pwy sy'n gallu ddarllen meddyliau merched yn eu harddegau? Gwasgaf bapur decpunt i law Bethan a dweud wrth y ddwy am gael tacsi adref. Sws fach glou. Ffarwél gwta. Ac mae'r merched yn diflannu trwy ddrysau mawr gwydr y ganolfan siopa.

Feiddia i ddim mynd yn ôl i'r siop. Feiddia i ddim aros fan hyn chwaith, heb unman i guddio, fel cwningen mewn cawell. Na, alla i ddim bod yn gwbl sicr mai dyma'r ffordd y daw Ahmed a Cerys o fewn y munudau nesaf, mae cymaint o bosibiliadau eraill, ond dyna mae greddf yn ei ddweud. Dod ffordd hyn ac yna allan i'r Aes, yn hwyr neu'n hwyrach, ar ôl taro i mewn i Gap, efallai, neu Mirage, i chwilio am anrheg i Cerys, o bosib. Na, nid greddf. Ofn. Ofn yr ân nhw wedyn i chwilio am dacsi. Gyda'i gilydd. Neu gerdded, hyd yn oed. Cerdded i dŷ Cerys. Ofn bod Ahmed yn mynd i achub y blaen arna i. Bod Cerys yn mynd i agor y drws iddo, ac estyn croeso, a chynnig diod. *Llaeth, dim siwgyr, ife? Rhywbeth bach i'w fwyta? Eistedda f'yna, Ahmed. 'Na fe, ar y soffa.* A dwi ddim yn gwybod beth arall. Oherwydd ei gadael hi wrth y drws wnes i neithiwr.

Af yr un ffordd â'r plant, gan ddisgyn y grisiau a dod allan gyferbyn â'r hen fynwent. Troi i'r chwith wedyn, heb edrych yn ôl, a brasgamu i gyfeiriad Neuadd Dewi Sant. Rhaid peidio ag edrych yn ôl. Rhag ofn. Codaf goler fy nghot a syllu'n hurt, wrth ruthro heibio, ar walydd, ar ffenestri, ar hysbysebion, ar unrhyw beth sy'n golygu 'mod i ddim yn dangos fy wyneb i'r byd. Ceisiaf fod yn anweladwy.

Mae'n tynnu am hanner awr wedi saith ac mae cyntedd y Neuadd yn ferw o bobl yn cyrraedd ar gyfer cyngerdd. Mae hyn yn fendith, am nad ydw i'n tynnu cymaint o sylw ataf i fy hun. Yn anffodus, mae hefyd yn ei gwneud yn fwy anodd i weld trwy'r ffenestri, a hawdd fyddai colli hyd yn oed wyneb cyfarwydd ynghanol y torfeydd y tu mewn a'r tu allan. Ond trwy graffu'n fanwl, fe welaf sawl wyneb cyfarwydd. Dyna John o'r Amgueddfa. Ac yna, ryw funud yn ddiweddarach, dyna Mrs Kropowski, fy nghymydog, gyda'i merch. Ac eraill. Ond feiddia i ddim cyfarch neb oherwydd mae fy llygaid ar ddyletswydd a gallai segura, hyd yn oed am eiliad, olygu colli Cerys ac Ahmed am byth. Ac mae hynny'n golygu na feiddia i gael fy ngweld chwaith, alla i ddim rhoi esgus i rywun dynnu sgwrs. A rhaid codi fy ngholer eto, yn uwch y tro hwn, yn uwch nag a fyddai'n arferol, yn uwch nag sy'n weddus mewn lle fel hyn.

Mae hyn yn iawn am bum munud, gan gymaint y bwrlwm a'r cyffro a'r mynd a dod. Ond am bum munud yn unig. Oherwydd ar ganiad y gloch, fe gilia'r dorf i gyd a fi, bellach, yw'r unig enaid byw yn y cyntedd. Daw aelod o staff ataf a'm rhybuddio y bydda i'n colli rhan gyntaf y cyngerdd os nad af i mewn ar unwaith. Edrycha arnaf braidd yn amheus a rhaid i mi raffu esgusion wedyn am gwrdd â ffrindiau, a dechrau'u diawlio nhw, *y fath ffrindiau*! er mwyn i'r stori fod yn gredadwy. Ac rwy bron â rhoi'r ffidil yn y to pan wela i *beret* melyn. Ie, yr un *beret* melyn ag roedd Cerys yn ei wisgo neithiwr. Ac Ahmed wrth ei hochr. Fraich-ym-mraich. Fel roeddwn i'n disgwyl, maen nhw'n cerdded i gyfeiriad y tacsis. Yn sydyn, mae Cerys yn troi ei hwyneb tuag ataf a gallwn i dyngu, am eiliad, ei bod hi'n syllu i fyw fy llygaid. Syllaf yn ôl arni, ond does dim adnabyddiaeth. Dim. Ac fe aiff yn ei blaen, fraich-ym-mraich ag Ahmed, fel petai hi heb weld dim na neb. A dyna'r gwir, mae'n debyg. Bod y goleuadau a'r cysgodion yn drech na'i llygaid ac mai dim ond patshyn o lwyd a gwyn ydw i ar ei retina.

Oedaf nes bod y *beret* melyn bron â mynd o'r golwg ac yna neidio i lif y dorf. Mae'n amlwg, eisoes, nad mynd am dacsi maen nhw. Wedi croesi'r hewl, cerddant heibio siop David Morgan a bwrw ymlaen wedyn, heibio'r Duke of Wellington, heibio Wyndham Arcade, ac i mewn i Mill Street. Mill Street a'i gaffis, a sŵn y *samba* a'r *mariachi* a'r dynion a'r merched ifanc yn eistedd y tu allan gyda'u *lagers* a'u *tequilas* a'u *alcopops*, gan anwybyddu'r gwynt main. Ac yno, rhwng Las Iguanas a Juboraj, maen nhw'n oedi. Oedaf innau hefyd. Craffaf ar fwydlen yn ffenest y Ranch Grill, gan fwrw cip bob hyn a hyn dros fy ysgwydd. Ond does ganddyn nhw ddim diddordeb yn yr un o'r caffis, oherwydd sefyll maen nhw o hyd ac mae Ahmed yn pwyntio draw i gyfeiriad gwesty'r Marriott. Na, nid y gwesty chwaith. Yn ôl y ffordd y mae'n pwyntio ei fys, fan hyn a fan draw, a dechrau cynhyrfu rywfaint, o'r hyn y galla i weld, daliwn i fod Ahmed yn sôn am rywbeth arall. Safaf yn fy unfan, yn syllu ar y ddau, a hwythau'n syllu ar y peth hwnnw, beth bynnag yw e. Chwiliaf am gliwiau. Yn y ffordd mae ei llygaid hi yn dilyn ei lygaid e. (Ond faint weli di o hyn i gyd, Cerys?) Yn y ffordd y mae ei fysedd yn cyffwrdd â'i braich. A deall dim.

Ânt yn eu blaenau, gan groesi gwaelod Heol Eglwys Fair a throi am yr orsaf, a'r siopwyr llwythog yn heidio o bob cyfeiriad. Ymlaen, wedyn, heibio Stadiwm y Mileniwm a thros y bont. Rhaid bod yn wyliadwrus yma. Mae'r dorf wedi teneuo. Mae'r hewl yn syth. A dyw'r bont yn cynnig dim dihangfa heblaw'r afon oddi tani. Petai Ahmed yn troi yr eiliad hon, er mwyn croesi'r hewl, er enghraifft, neu am ei fod e wedi cwympo rhywbeth ar y pafin, neu am ei fod yn synhwyro bod rhywun yn ei ddilyn, byddai'n fy ngweld a'm nabod ar unwaith. Pwysaf ar ganllaw'r bont ac edrych i lawr ar yr afon. Ar ddwy wylan, yn glanio ar wyneb y dŵr. Ar droli Tesco, yn bell oddi cartref. Pan godaf fy llygaid eto, mae Cerys ac Ahmed yng nghanol China Town ac yn nesáu at y groesffordd. Ond does dim perygl o'u colli nawr. Rwy'n gwybod yn iawn i ble maen nhw'n mynd. Rwy'n gwybod, ymhen ychydig lathenni, y byddan nhw'n cymryd y tro cyntaf i'r dde a dyw hi'n fawr o ffordd, wedyn, i De Burgh Street a chartref Cerys. Rwy mor sicr am hyn, ac mor ddigalon, fel yr wyf bron â throi ar fy sawdl a mynd am adref ar hyd llwybr yr afon. Ac rwyf wrthi'n barod yn paratoi'r sylwadau crafog y carwn i eu hyrddio at y fradwres pan wela i hi nesaf. *Rwy'n gweld bod ti ac Ahmed yn eitem, te! O't ti'n meddwl gweud wrtha i rywbryd?* A challio wedyn a llunio sgript fach fwy cymhedrol, ond hefyd un fwy fforensig, mwy teilwng o'm safonau gwyddonol. *Fuost*

ti yn y dre neithwr, Cerys? Nac oedd hi'n ddiawledig o fisi?
A shwt dest ti i ben? Es i i siopa 'da'r plant. Mae'n well gen i
gwmni, yn enwedig amser Nadolig. A gadael bwlch. Fel bocs
gonestrwydd. I dderbyn ceiniogau ei chardod.

Ie, mor sicr ydw i ynglŷn â hyn, mor sicr mai cerdded
i dŷ Cerys maen nhw, fel nad wy'n credu fy llygaid,
i ddechrau, o'u gweld nhw'n troi, nid i'r dde, ond i'r
chwith. Bron i mi weiddi arnynt, *Stopiwch! Chi'n mynd*
y ffordd rong! gan feddwl, o bosib, bod Cerys wedi
colli'i ffordd, a hithau'n methu gweld yn iawn. Rhedaf
at y groesffordd. A dacw nhw, yr ochr draw i'r bont
reilffordd, fraich-ym-mraich o hyd. A does dim awgrym o
ansicrwydd yn eu hosgo. Does dim oedi na phendronni.
A bron na ddywedwn i mai Cerys sy'n arwain erbyn hyn,
ac Ahmed yn dilyn. Croesaf yr hewl ac anelu am y siop
fach ar gornel Court Road, rhag ofn bod angen cuddio eto.
Mae dwy ferch mewn *hajibs* a *denims* yn edrych arna i o'r
ochr draw ac yn chwerthin tu ôl i'w dwylo. Rwy'n esgus
astudio'r hysbysebion yn y ffenest. A thrwy gil fy llygad
fe welaf Cerys ac Ahmed yn sefyll o flaen tŷ ar waelod
Monmouth Street, a'r drws yn agor.

22 Mynd am Dro yn y Parc

AWN NI I mewn i'r parc trwy'r bwlch yn y ffens a dilyn
llwybr y lôn goed. Mae Mam yn cydio'n dynn yn fy mraich
ac yn mynnu 'mod i'n dweud wrthi am bob twll a brigyn
a deilen lithrig yn y ffordd. Cripiwn ymlaen, bob yn gam
bach. Mae'r parc dan drwch o froc y stormydd diweddar ac
mae Mam yn pallu symud nes ei bod hi'n pwyso a mesur
pob rhwystr.

'Ody ddi'n ormod i ddisgwyl bo' nhw'n cliro bach o'r rybish 'ma?'

Ond heddiw, mae'r haul yn tywynnu, mae'r gwynt wedi gostegu ac efallai na chawn ni gyfle arall i fentro allan tan y gwanwyn. Ta beth, mae'n rhaid i mi gadw'n brysur.

Yr un olygfa sy'n chwarae o flaen fy llygaid. Cerys (nid Ahmed) yn curo ar ddrws y tŷ teras. Cerys yn rhoi llaw ar ei fraich. Llaw gefnogol, neu law dyner? Dwi ddim yn siŵr. Mae'r drws yn agor, ac am eiliad mae'r tŷ yn bwrw llygedyn o'i oleuni melyn, cynnes ar y stryd. Bachgen ifanc sy'n ei agor ac yn gweiddi ar ei dad. Mae hwnnw'n dod, yn wên i gyd, ac yn wresog ei groeso. Dyn tal, main, yn gwisgo crys glas â choler agored. Byddwn i'n dyfalu mai dyn o'r un dras ag Ahmed yw e, ond does gen i ddim tystiolaeth i brofi hynny. Ac rwy'n rhy bell i glywed y dipyn sgwrs, i adnabod yr acen, i farnu natur y cyfarchion sy'n cael eu cyfnewid. Ai croeso gwresog o ran cwrteisi yw hwn? Neu groeso hen gyfaill? Neu berthynas? Alla i ddim dweud.

Dyma'r olygfa sy'n chwarae, drosodd a thro, a minnau'n gwasgu'r *replay* a'r *pause*, yn arafu'r ffilm, yn edrych trwy'r lens *zoom*, yn ceisio symud y camera er mwyn edrych i mewn i'r tŷ. Yn ofer, wrth gwrs. A doedd Cerys ddim yn y gwaith ddoe, i mi gael gofyn iddi. Rhagor o waith maes, yn ôl ei hamserlen. 'A beth yw'r gwaith maes mae Cerys yn 'i wneud, Hefin?' A Hefin yn cymryd arno nad yw'n gwybod. 'Dyw hi ddim yn bell, sa i'n credu. Triwch ei *mobile...* ' Ond beth yw ystyr 'pell' ac 'agos' pan na chei di ateb? Gallai hi fod ym mhen draw'r byd, gallai hi fod ym mhen ucha'r parc, a fyddwn i ddim callach.

Beth yw ystyr 'pell'? Dwedodd Cerys nad oedd pellter yn golygu dim iddi pan oedd hi'n ddall. Ddim yn y ffordd byddwn i'n deall y gair. 'Ydy hi'n bell, lle rwyt ti'n byw?' gofynnais iddi pa noswaith, wrth fynd at y car. Roedd hi'n gwybod ei chyfeiriad, wrth reswm. Ond, er iddi gael ei golwg yn ôl, dyw'r syniad o ofod ddim wedi cydio'n iawn eto. 'Byddwn i'n gorfod cymryd lot o gamau sen i'n cerdded,' meddai. 'Cymerwn i ddeg munud sen i'n eistedd mewn car.' Ond beth oedd ystyr hynny yn nhermau pellter, doedd ganddi fawr o glem. Pan fyddai hi mewn lifft, meddai, yn mynd o'r adran ddillad i'r adran deganau mewn siop fawr fel Howells, gallai ddefnyddio'r geiriau 'lan' a 'lawr' yn gwbl gywir, fel pawb arall, ond fyddai hi ddim yn eu deall. Dyna i gyd roedd mynd mewn lifft yn ei olygu iddi oedd sefyll mewn bocs, clywed sŵn grwnan a theimlo rhyw dro bach yn y stumog. Hyd y grwnan a dwyster yr anesmwythyd yn y stumog oedd yn dweud wrthi i ba adran roedd hi'n mynd. Fe glywai esboniadau'r byd llygadog, a'u derbyn, ond ni allai eu *teimlo*. Doedd gofod ddim yn bod iddi.

Ond rhaid i ti fod yn rhywle, Cerys. Heddiw. Y funud hon.

'Sa i'n moyn mynd yn bell, Jim. Mae'r gwynt yn fain.'

I Mam, gofod yw popeth. I Mam, sy'n methu gwahaniaethu rhwng doe a heddiw, gofod yn unig sy'n newid, ac nid oes ystyr heb newid. Ac os yw ei byd wedi crebachu'n enbyd, yn ei henaint, fe aeth popeth yn y byd bach hwnnw, rywsut, yn fwy. Ac yma, yn y parc, lle mae gofod yn frenin, mae pob gwelltyn, pob priddyn, pob tywarchen gam, pob carreg strae, pob modfedd o darmac, pob pant a brwyn yn hawlio'i wrogaeth ei hun. Credaf fod hyn yn fwy o fwrn i Mam nag i mi. Oherwydd fy ngalwedigaeth gynt, daeth y byw araf hwn yn ail natur i mi – y cerdded pwyllog, yr oedi mynych i graffu ar y byd o dan fy nhraed, y syllu hirfaith, amyneddgar, er gweld dim byd am oriau bwygilydd. Dyna yw cyflwr y pryfetwr. Erbyn hyn, daeth yn rhan o natur Mam hefyd, a hynny o raid. Po arafaf y symud, mwyaf i gyd y gofod y bydd rhaid symud trwyddo. Heddiw, mae'r parc megis peithiau anferth yr hen Orllewin Gwyllt. Y mae'n jyngl ac yn anialwch yn un. Yn fôr ac yn fynydd iâ. A chael a chael fydd hi a gyrhaeddwn yr ochr draw.

Oedwn am dipyn. Mae Mam yn dweud, unwaith eto, ei bod hi'n llawer rhy bell i fynd i ben y lôn heddiw, er mai dim ond hanner canllath sydd ar ôl. Ac mae hi'n dweud am gadw o ffordd y cryts gwyllt ar eu beics. Bu bron iddi gael codwm ddoe. Am beidio mynd yn agos i'r cŵn. Daeth un lan ati ddoe a chyfarth arni. Am beidio mynd i'r fan hyn a'r fan arall. Ond, wrth gwrs, fuodd Mam ddim yn y parc ddoe, nac echdoe, nac ers wythnosau.

'Rwy'n siŵr byddan nhw'n cadw draw, Mam. 'Sdim eisie becso.'

Beth sy'n rhyfedd yw ei bod hi wedi dechrau dynwared yr union gryts sy'n codi shwt ofn arni. Oherwydd yr haul, mae Mam yn mynnu gwisgo het. Nid het â chantel iddi. 'Nac wy moyn un o'r hats priodas gwirion 'na,' meddai, pan gynigiais chwilio am rywbeth addas. Na het lipa. 'Nac wy moyn dishgwl fel Bil 'n' Ben, nac wy?' Na, het â phig iddi oedd ei hangen. A minnau, wedyn, yn methu cael hyd i ddim byd ond *baseball cap* yn JJB Sports: un glas â rhyw logo gwirion arno, ond, serch hynny, yr un mwyaf syber yn y siop. Golwg clown sydd arni, a dweud y gwir, gyda'r sbrigau bach o wallt yn stico ma's i bob cyfeiriad. Ond dyw hi ddim callach.

Mae'r lôn goed – lôn o gastanwydd tal, godidog – wedi cadw cyfran o'u dail o hyd ac mae haul isel Tachwedd yn goleuo eu melyn a brown a choch.

'Ti'n cofio dod â Nia 'ma sbel yn ôl i gasglu concyrs, Mam?'

A chawn ni sgwrs ddigon call am sut mae Nia'n dod ymlaen â'i hactio, a chwerthin a thwt-twtian bob yn ail am helyntion siopa gyda Bethan, am brysurdeb y dre, a chymaint mae pobl yn ei wario ar anrhegion y dyddiau hyn. A Mam yn dechrau hel atgofion pell yn ôl wedyn, am ei nadoligau hi, ac mor fain oedd hi ar bawb 'r adeg 'ny, hyd yn oed teulu tebyg i'w theulu hi, a'i thad yn gweithio ar y rêlwe trwy'r cwbl, am fod brodyr a chwiorydd a ffrindiau a chymdogion yn dibynnu arnyn nhw, ac roedd pobl yn helpu'i gilydd, o'n, ac un presant gelech chi, ac o'ch chi'n ddiolchgar amdano 'fyd.

Cap Mam

Daw hen gwpwl heibio, o gyfeiriad y maes chwarae. Maent hwythau, hefyd, yn cerdded fraich-ym-mraich. Gwenwn ar ein gilydd.

'A fine day… '

'… to be out… '

'… make the most of it… '

Ac rwy'n dychmygu Mam a Dad yn cerdded gyda'i gilydd. Rhyw silwét o ddelwedd sydd gen i o Dad, wrth reswm. Mae wedi meirioli yn ei henaint. Ac mae'n cydio ym mraich Mam ac yn hel atgofion am y dyddiau y gallen nhw fod wedi'u treulio gyda'i gilydd. Ac rwy'n meddwl, tybed sut ddyddiau fuasai'r rheiny? Ac a fyddai hi'n hapusach erbyn hyn?

'Wyt ti wedi ystyried gofyn i rai o'r lleill a licen nhw fynd ma's am wâc weithiau?'

Mae hi'n edrych yn anghrediniol arna i.

'Be ti'n feddwl, y "lleill"?'

'Yn y tŷ... Y rhai ti'n dod ymlaen 'da nhw... '

'I beth fydden i moyn neud 'ny?'

'I ti gael mynd ma's, Mam... Tra 'bo fi'n 'gwaith... '

Mae'n pendroni dros hyn, heb edrych arna i.

'Do'dd dim rhaid i ti ddod ma's 'da fi heddi, Jim.'

Nac oedd, Mam, rwy'n gwybod. A byddai'n llawer gwell gen i fod yn gwneud rhywbeth arall. Nid *rhywbeth* arall chwaith. Un peth. Un peth yn unig. Yn hytrach na gogordroi fan hyn, yng nghanol y dail a'r cŵn a'r plant, a'r geiriau gwag.

'Ond dyma beth rwy moyn neud, Mam.'

A cherddwn ymlaen am ychydig. Dim ond masglau'r cnau castan sydd ar ôl erbyn hyn, yn unlliw â'r pridd ac yn gymysg â'r dail crin. Codaf un o'r dail. Yn ôl ei lliw a'i chyflwr, bu ar y llawr ers amser, a nifer fawr o'r lleill hefyd, o'r hyn y galla i weld. Edrychaf yn fwy manwl arni, a'i dal i fyny yn erbyn y golau er mwyn gweld ei strwythur fewnol, y gwythiennau a'r mân gapilarïau. Mae peth llwydni arni. *Guignardia aesculi*, fwy na thebyg: mae hwnnw'n arbennig o hoff o'r gastanwydden. Ai dyna i gyd? Mae'n anodd gwybod. Erbyn yr hydref, mae olion y llwydni (y rhydu, y tyllu, y brychni, y crino cynnar) yn gallu edrych yn eithaf tebyg i effeithiau pla o lindys. Mae'r *dermis* a'r *epidermis* wedi'u gwahanu mewn mannau, a'r mannau hynny wedi tywyllu: tystiolaeth bosib bod gwyfyn wedi dodwy yno. Ond does dim ôl macai na chwiler. Mae'n rhy hwyr i ddweud yn bendant erbyn hyn, un ffordd neu'r llall. Carwn wybod.

'Rwy jyst yn mynd i ffono rhywun, Mam.'

Deialaf rif Cerys. Ei llais hi, wedi'i recordio, sy'n ateb. Ei llais cyhoeddus, yn fy nghadw hyd braich. Dwi ddim yn gadael neges. Pa neges allwn i 'i gadael?

Carwn wybod am y castanwydd, yn fwy na dim, am fod hwn yn un o'r gorchwylion olaf y bu gofyn i mi ymgymryd â nhw cyn ymadael â'r Amgueddfa. Ym mis Awst, cawsom rybudd gan naturiaethwyr yng Nghasnewydd fod y castanwydd yno'n crino a rhydu a chwympo ymhell o flaen eu tymor. Soniwyd am Lindys y Dail, *Camerariae ohridellae,* enw a ddaeth yn destun rhyfeddod ac arswyd i ni yn ystod y blynyddoedd diwethaf oherwydd cyflymder eu mudo trwy Ewrop. Deuddeg milltir sydd rhwng Casnewydd a Chaerdydd: cam bach i deithiwr mor chwim. Ond alla i ddim dweud, â sicrwydd, a yw'r pla wedi ein cyrraedd ai peidio.

Deialaf rif Cerys eto. A chael yr un neges.

'Ffono Sue wyt ti, Jim?'

Dwedaf wrthi nad yw Sue a minnau'n gweld ein gilydd rhagor ac mae Mam yn dweud ei bod hi'n gwybod hynny, wrth gwrs ei bod hi, dyw hi ddim yn *senile* eto, ond ei fod yn bechod o beth, ac yn neud lo's mawr iddi, 'bod ni wedi torri lan, a hithau'n shwt fenyw neis, yn real lêdi, a finnau wrth 'yn hunan 'to, a'i bod hi'n gweld pobol yn ofnadw o ddihidans ambwyti priodi a derbyn cyfrifoldeb a bod yn driw idd'i gilydd, a'i bod hi'n flin iawn am gorffod gweud hyn unweth 'to, wedi gweud e ddo, ond o'dd hi fel sen i ddim yn grondo arni, ac mae'n dda 'da hi weld 'mod i'n trial siarad â ddi eto ar y ffôn.

A dyma fi'n gollwng ei braich ac yn troi ati ac yn edrych i fyw ei llygaid pŵl ac yn dweud, yn uchel, yn araf, gan bwyso ar bob sill, 'Mam, dwi ddim yn gweld

Sue nawr. Wyt ti'n deall 'ny, Mam? Dwi ddim yn ei gweld hi a dwi ddim *eisiau* ei gweld hi byth eto. Dwi ddim yn 'i lico hi, Mam. Ac rwy'n amau a 'nes i 'i lico hi erioed, a dwi ddim eisiau dweud rhagor amdani, na chlywed rhagor amdani, wyt ti'n deall, Mam?'

Ac rwy'n parhau i sefyll yno, dan y goeden, heb symud. Yn edrych arni. Yn ceisio tanlinellu'r geiriau gyda'm llygaid. Gyda'm gwefusau tyn. Gyda'm pen, sy'n plygu i lawr i'w lefel hi, fel rhiant yn dwrdio plentyn. Ac rwy'n disgwyl. Disgwyl am ryw arwydd ei bod hi'n deall. A'i bod hi'n debyg o gymryd sylw, yn debyg o gofio. Mae hi'n edrych yn ôl arna i, fel petai hi'n ceisio cael gafael ar rywbeth, fel petai hi'n synhwyro bod pethau mawr ar droed ac yn gwybod bod disgwyl iddi wneud rhywbeth, ac yn ffaelu'n deg â dirnad beth gallai'r peth hwnnw fod, a'i llygaid hi'n ceisio cloddio am ateb yn fy llygaid i, ond rwy wedi rhoi yr unig ateb sydd gen i i'w gynnig iddi ac mae hwnnw y tu hwnt i'w gafael, ac rwy'n gwybod mai fi sydd ar fai.

'Flin 'da fi, Mam.'

Ac rwy'n gafael yn ei braich eto.

'Awn ni 'nôl nawr, Mam, ife?'

Ac rwy'n sôn wrthi am y dail a'r gwyfynnod a'r coed, ac yn egluro bod y coed eu hunain, yr hen gastanwydd godidog, wedi dod o bant hefyd, ganrifoedd yn ôl, a doedd hi ddim yn gwybod hynny, ac roedd hi wedi cymryd yn ganiataol bod concyrs wedi bod yma erioed, mai peth chwithig oedd meddwl am amser pan nad oedd plant yn mynd i'w casglu nhw a chwarae 'da nhw, a rhwng y dail a'r pryfed a'r coed ry'n ni'n cyrraedd y tir gwastad unwaith eto, y tir digynnwrf, y tir di-fraw.

Dwi ddim, wrth reswm, yn dweud wrthi am y profion y bu'n rhaid i mi eu gwneud ar y *Camerariae ohridellae*

– y macai a'r gwyfyn, fel ei gilydd – er mwyn cadarnhau eu rhywogaeth. Nac ychwaith am y fferomonau ffug yr oeddem yn bwriadu eu defnyddio er mwyn denu'r gwrywod i'w tranc. Neu, yn ôl rhai arbrofion a wnaed ar y cyfandir, eu hela nhw i gnychu ei gilydd, gyda'r un canlyniad. Go wan fu cylla Mam erioed mewn perthynas â phethau o'r fath.

23 Dŵr a Thân

DYW'R STORI DDIM wedi cyrraedd yr un dudalen flaen. Ddim yn yr *Argus*, hyd yn oed. Dim ond hanner colofn ar yr ail dudalen. Ond fe wnaiff y tro. Torraf yr adroddiad byr o'r papur, ynghyd â'r llun o'r fam hapus a'i gwaredwr balch, a'u trosglwyddo i'r ffeil. Cymeraf hansh o'm brechdan, cael cip bach ar y pilipala mewn ffrâm a gefais yn anrheg ffarwél gan fy nghyd-weithwyr yn yr Amgueddda, a phwyso'n ôl yn fy nghadair.

Rwy'n ddiolchgar am brysurdeb y pythefnos diwethaf. Masnach y Nadolig sy'n gyfrifol, yn bennaf, am y cynnydd hwn yn fy ngwaith: ymweliadau gan Siôn Corn i'r plant, *surprise parties* i'r oedolion, a phethau tebyg. Erbyn hyn, rwy'n cael cynghori cwsmeriaid a derbyn archebion ar gyfer cymwynasau Gradd 1 a Gradd 2 yn gyfan gwbl ar fy mhen fy hun. Dod ataf i, yn Nhŷ Dedwydd, y bydd y cwsmeriaid, gan fwyaf: mae'n hawdd, wedyn, troi at gydweithiwr mwy profiadol am gymorth pan fo angen.

Brenin mewn ffrâm: yr anrheg ffarwél a gefais gan fy nghyd-weithwyr yn yr Amgueddfa

Dwi ddim, eto, wedi gwneud cyfraniad creadigol i waith Tŷ Dedwydd. A bendith fu hynny, rwy'n siŵr, ar gychwyn fy ngyrfa newydd, a nifer o amheuon yn dal i gyniwair yn fy meddwl. Amheuon ynglŷn ag anweledigrwydd y Gwasanaeth Cymwynasau, er enghraifft. Anweledigrwydd hanfodol, dwi ddim yn dadlau: allwch chi ddim hysbysebu rhywbeth fel hyn yn y papurau newydd. Ond sut mae marchnata gwasanaeth anweledig? Ac o lwyddo, wedyn, sut mae diogelu'r cyfrinachedd hwnnw? 'Mae gan bawb sy'n comisiynu cymwynas,' meddai Hefin, 'reswm da dros warchod ei chyfrinachedd.' A minnau'n amau o hyd, gan feddwl am ryw amser pell i ddod pan fyddai'r Gwasanaeth wedi treiddio i drwch y boblogaeth, a phawb yn cafflo'i gilydd rownd y rîl. A neb, wedyn, yn siŵr p'un ai cymwynas go iawn ynte ffafr-trwy-archeb oedd yr ymweliad diwethaf gan berthynas goll, neu'r cynnig annisgwyl i chwarae rhan mewn drama deledu. 'Ond mae'r rhai sy'n derbyn cymwynas mor barod i gredu, Jim,' meddai. 'Tydi pawb yn meddwl 'u bod nhw'n haeddu bendith?' A minnau'n amau hynny hefyd, wrth gofio fy mhrofiadau anghynnes yn Howells. 'Gei di weld, Jim, gei di weld,' fyddai ateb y stwcyn bach, bob tro. Chwarae teg iddo, fydd e byth yn digalonni.

Ac yn groes i bob disgwyl, fe gefais weld. Do. Ac rwy'n ymddiheuro i ti, Hefin, am amau dy ddoethineb. Oherwydd, yn ogystal â chyflawni dyletswyddau gweinyddol peiriannol ar gyfer cymwynasau Gradd 1 a 2, rwyf bellach wedi cael cyfle i arsylwi un o'r cymwynasau mwy dyrchafedig. Ie, dim ond un hyd yma, ond bu'n agoriad llygad. Cymwynas Gradd 4 oedd hon: un gymhleth o ran ei threfniadaeth ac un a ddibynnai am ei llwyddiant ar lunio proffil manwl o'r gwrthrych. Yn wahanol i'r ffafrau bach pitw roeddwn i wedi ymhel â nhw hyd yn hyn, ffafrau y gall unrhyw un eu prynu fel losin mewn siop, cafodd y gymwynas dan sylw ei theilwra'n benodol ar gyfer ei derbynnydd.

Unwaith eto, stori drist oedd cefndir y gymwynas. Roedd y gwrthrych, Mr R., wedi disgyn i bwll o anobaith ar ôl colli'i wraig mewn damwain car ryw ddwy flynedd ynghynt. Ar ben hynny, teimlai'n euog oherwydd iddo ddod o'r ddamwain yn ddi-anaf. Achubodd ei hun. Methodd ag achub ei wraig. A methu fu ei hanes byth oddi ar hynny. Collodd ei swydd. Esgeulusai ei iechyd. Cefnodd ar ei deulu a'i gyfeillion. Ac ar ben hynny, methiant fu pob ymdrech – pob cyffur a phob therapi – i'w godi o'i barlys. Ac felly, ar sail proffil manwl a ddarparwyd gan y comisiynydd (pwy bynnag oedd ef neu hi), barnwyd bod angen trin y claf mewn ffordd wahanol neu, a defnyddio gair Hefin, mewn ffordd fwy 'powld'.

A dyna pam y cefais fy hun ar lan afon Gwy brynhawn dydd Gwener diwethaf, mewn man nid nepell o'r castell yng Nghas-gwent, lle mae Mr R. yn byw. Fan hyn, yn ôl y proffil, y bydd yn mynd â'i gi am dro bob prynhawn am bedwar, gan ddilyn y tyle bach i lawr i Welsh Street a throi wedyn am yr afon. Roedd hi'n briwlan a dim ond pobl debyg i Mr R. ei hun – pobl oedd â chŵn i'w carco – oedd wedi mentro allan. (Roedd gennym ninnau – Hefin a fi

– ein ci pwrpasol ein hunain hefyd, ci defaid hoffus o'r enw
Spike, i fod yn *decoy*.) Aeth tri neu bedwar heibio cyn i Hefin
gael neges ar ei ffôn bach i ddweud bod Mr R. ar ei ffordd.
A gyda hynny, dyma ni'n gweld menyw ifanc, mewn
tracksuit melyn, llachar yn loncian ar hyd y glannau o'r
cyfeiriad arall. Ms T. oedd hon, fel y cefais wybod wedyn.
A dyma Ms T. yn baglu, yn llithro, yn cael codwm, ac yn
syrthio i'r dŵr. (Mae ceulan serth yn y fan honno, a'r dŵr
yn ddwfn.) Sgrechodd. Trodd pennau. Cyfarthodd cŵn.
(A'n Spike ni yn eu plith.) Ond un yn unig a symudodd.
Tynnodd Mr R. ei sgidiau a'i siaced a'i siwmper a neidio
i'r afon, lle roedd Ms T. yn dyrnu'r dŵr a chicio a gweiddi
yn y modd mwyaf dychrynllyd. Waeth beth am ei loncian,
roedd yn amlwg bod Ms T. yn llwyr anghynefin yn y dŵr.
Nofiai Mr R. fel morlo. Mewn byr o dro roedd wedi gafael
ynddi a'i thynnu i'r lan. Yn gyfleus iawn, âi'r glannau'n
llai serth ychydig lathenni o'r man lle syrthiodd Ms T. i'r
dŵr. Yn gyfleus, hefyd, cyrhaeddodd ambiwlans ychydig
funudau'n ddiweddarach, a hynny'n arbed y ddau rhag
brath yr oerfel.

Rhwng poeri a pheswch a chrynu, dywedodd Ms T.
mor ddiolchgar oedd hi i Mr R., a hithau'n fam sengl i
ddau o blant bach. O'i ran ef, roedd Mr R., er bod golwg
eithriadol o flêr arno, i'w weld yn hynod falch hefyd,
ac yn ailadrodd, drosodd a throsodd: 'Sen i ddim wedi
digwydd dod heibio'r funud honno... Sech chi wedi cael
y codwm funud yng nghynt... ' Ac wrth gwrs, petawn i
ddim yn gwybod yn well – petawn i'n dyst annibynnol i'r
digwyddiad, er enghraifft, fel un o'r cŵn-dywyswyr eraill
– byddwn i'n taeru mai Ms T., nid Mr R., a dderbyniodd
y gymwynas yn yr achos hwn. Ond yn ôl athroniaeth
Tŷ Dedwydd, does dim amheuaeth nad Mr R. gafodd
y fendith fwyaf. Oherwydd fe freiniwyd y gŵr hwn
â'r cyfle i'w aberthu ei hun dros rywun arall. I wneud

gwahaniaeth. I fod o werth. Does dim gwell cymwynas i'w chael.

Roedd prysurdeb y gwaith i'w groesawu, felly. Ei brysurdeb, ond hefyd ei natur: fe gododd fy nghalon ar adeg anodd. Fore dydd Sul, drannoeth y wâc yn y parc, ffoniodd Mam. 'Paid rhoi'r ffôn lawr,' meddai hi, yn siarp, cyn i mi fedru dweud helô. 'Rwyt ti'n trial lladd fi, Jim, rwy'n gwbod 'ny.' A hynny mewn llais mwy crynedig a phetrus, fel petai'n ei chael hi'n anodd credu'i geiriau ei hun. Ac oherwydd y diffyg ymateb, mae'n debyg, dyma hi'n dechrau eto: 'Paid ti rhoi'r ffôn lawr, Jim, paid ti rhoi'r ffôn lawr.' 'Wna i ddim, Mam, wna i ddim,' meddwn i, drosodd a throsodd, dan grafu am rywbeth call i'w ddweud, a gofyn wedyn o ble cafodd hi'r fath syniad gwirion, ac awgrymu mai breuddwyd cas oedd y cwbl, siŵr o fod, ie, rhyw freuddwyd cas wedi drysu'i meddyliau yn ystod y nos, a hithau heb ddod ati ei hun eto, ac i beth fyddwn i eisiau ei lladd hi, ta beth? Ac yn ceisio taro nodyn ysgafnach wedyn. Ie, i beth fyddwn i eisiau ei lladd hi? Do'n i ddim yn debyg o etifeddu rhyw gyfoeth mawr ganddi – heblaw'r *Gaudy Welsh*, a gallwn i ddwgyd hwnnw unrhyw bryd, sen i moyn. *Ha! Sen i moyn!* Dweud hynny'n gellweirus wnes i, ac ofni ar unwaith fy mod i wedi mynd yn rhy bell ac yn swnio'n ddifater ynghylch ei phryderon. Ond na, fe gymerodd y jôc yn yr ysbryd iawn, rwy'n credu. Hiwmor fu'r moddion gorau erioed, rhwng Mam a fi, at leddfu briw. 'Dyw e ddim yn debyg i ti, Jim, 'wy'n cydnabod 'ny… ' Cerddais draw erbyn amser cinio i wneud tamaid o fwyd iddi.

A dyna reswm arall pam y bu'r pythefnos diwethaf yn brysurach nag arfer. Yn lle ymweld â Mam ddwywaith yr wythnos, fel yr arferwn ei wneud, bydda i bellach yn mynd draw bob nos, bron, ac yn gwneud ymdrech arbennig i ymatal pan fydd hi'n troi'n grintachlyd, fel y bydd, yn reddfol bron, cyn diwedd pob ymweliad. A byddai'n rhesymol gofyn, o ystyried ei hymddygiad yn oeraidd wrthrychol, a yw hi mewn gwirionedd yn chwennych fy nghwmni. Ond sut arall fedra i fod yn gefn iddi? Byddai Sue yn gwybod beth i'w wneud.

Wrth lyncu darn olaf fy mrechdan a throi at y dasg nesaf – gosod yn y gronfa ddata wybodaeth am yr archebion diweddaraf, y rhai Nadoligaidd yn bennaf – mae'r larwm tân yn seinio. Defod wythnosol yw hyn, a chymera i ddim sylw. Ymhen munud neu ddwy o geisio canolbwyntio ar ddidoli'r archebion ac anwybyddu'r twrw byddarol, dof yn ymwybodol o gyffro yn y coridor y tu allan. Sŵn drysau'n agor a chau. Rhywun yn bloeddio 'Don't use the lift!' Rhyw sbladdar wedyn am adael allweddi mewn bag. Rhywun arall – Hefin, rwy'n credu – yn dweud bod pethau pwysicach i ofidio amdanynt. Ie, Hefin, oherwydd yr eiliad nesaf, y fe sy'n hwpo'i ben heibio'r drws a gweiddi arna i y dylwn i ei heglu hi o'ma. Ac yna sŵn traed yn diflannu i gyfeiriad y staer.

Nid defod mohoni, felly, er na alla i wynto mwg na gweld tân. Ac efallai, wedyn, mai ymarfer yw e wedi'r cyfan, er mwyn profi nid yn unig bod y larwm yn gweithio ond hefyd ein bod ni'n ddigon atebol i ymadael â'n swyddfeydd ac ymgynnull yn deidi yn y maes parcio nes bod yr injans tân yn cyrraedd i'n hachub. Codaf a mynd am y drws. Un peth sy'n fy nal yn ôl. Meddwl am Cerys. Cerys, i fyny ar y trydydd llawr. Meddwl, efallai, mai dyna lle cynheuodd y tân. A dyna pam nad oes unrhyw arwydd ohono i'w weld ar y llawr cyntaf. Cerys, yn wynebu'r fflamau, a'r disgleirdeb yn ei drysu, yn ei chaethiwo, fel na ŵyr pa ffordd i droi. Gwn i am y pethau hyn. Am ei gwendidau. Am ei hanawsterau. Ond faint ŵyr y lleill? Rhuthraf yn ôl at y ddesg a ffonio rhif ei stafell. Does dim ateb. Gall hynny olygu dau beth. Ei bod hi'n ddiogel. Neu, fel arall, ei bod hi'n methu cyrraedd y ffôn.

Dim ond y larwm sydd i'w glywed erbyn hyn. Rhedaf i ben y coridor ac i fyny'r staer. O gyrraedd y trydydd llawr, edrychaf trwy'r ffenest a gweld fy nghyd-weithwyr yn ymgasglu yn y maes parcio. Dwi ddim yn gweld Cerys. Ymlaen eto, gan neidio i fyny'r staer ddwy ris ar y tro, nes cyrraedd y pedwerydd llawr. Bustachu wedyn trwy'r drysau tân trwm. Baglu fy ffordd i ben draw'r coridor. (Mae'r goleuadau i gyd wedi'u diffodd.) A'm taflu fy hun, dwmbwr-dambar, trwy ddrws stafell Cerys. Dyw hi ddim yma. Does dim yma ond olion ei hymadael disymwth. Ei ffwndro, efallai. Cas sbectol ar y llawr. Bag llaw ar agor ar y ddesg.

Af yn ôl i'r coridor a gweiddi, 'Cerys! Cerys!' Dim ond y larwm sy'n ateb. Agoraf bob drws yn ei dro. 'Oes rhywun 'ma?' Drws yr Adran Gyfrifon. Drws y Cyfarwyddwr Personél. Drws y Prif Gymwynaswr. Ac yno, rywle yn y pellter, yn gymysg â dadwrdd y larwm, clywaf lais.

Ym mhen pellaf y stafell hon, stafell Dr Bruno, y stafell lle cefais fy nghyf-weld, y mae drws. Doeddwn i ddim wedi sylwi ar hwn o'r blaen, gan mor llwyr ac mor gelfydd y cafodd ei ymgorffori yn y llun ar y wal. Ond o gael ei adael ar agor, ryw ychydig fodfeddi yn unig, gallaf weld nad drws ffug mohono o gwbl. Gallaf weld, trwy'r ychydig fodfeddi hyn, fod yno stafell arall yr ochr draw. Ac o fynd yn nes, gwelaf fod hon yn fwy hyd yn oed na stafell y Prif Gymwynaswr. A gallaf glywed yn glir, bellach, y llais sy'n dod o'r stafell honno.

'That's us... in Barry.'

Llais cyfarwydd.

'Ahmed? Ai ti sy 'na?'

Cerddaf trwy'r drws.

'A... '

A gweld y peiriant fideo yn chware o flaen y seddau gwag.

Craffaf ar y sgrin. A dyna Ahmed. Mae e'n dal llyfr yn ei ddwylo: llyfr mawr, caled. 'That's the back garden in Paget Street.' Mae'n troi'r tudalennau. Gwelaf luniau. 'There's Mam… ' Lluniau sy'n dod â gwên i'w wyneb. Cerdda menyw i mewn i'r ffrâm. Ai Cerys…? Dod, a mynd. Mae'n amhosib dweud. Dyw'r camera ddim yn troi, mae'n amlwg: sefyll yn ei unfan mae e, yn debyg i'r camera yn stiwdio Tŷ Dedwydd. Ond nid mewn stiwdio y mae'r bobl hyn. Parlwr mewn tŷ cyffredin welaf fi, yn ôl y llenni a'r cadeiriau a'r papur wal blodeuog. A sŵn tincial llestri. Daw wyneb dyn arall i'r golwg. Wyneb main, tywyll. Gwallt byr. Crys glas, â choler agored. Ac rwy'n cofio'r wyneb hwn.

Eisteddaf o flaen y teledu a phlygu ymlaen i gael gwell golwg ar y ddau ddyn, a sylweddoli, wrth gwrs, mai mynd yn llai eglur wna'r sgrin wrth i mi ddod yn nes. A dyma weld, ar y bwrdd o'm blaen, trwy gil fy llygaid, lyfr. Llyfr mawr coch â chloriau caled. Llyfr hynod debyg i'r gyfrol y bu Ahmed yn pori ynddo yn y fideo. Ac rwyf ar fin ei agor pan sylwaf fod sŵn y larwm wedi peidio. Ac yn rhyfedd ddigon, y mae'r tawelwch sydyn yn codi mwy o ofn arna i na'r twrw aflafar gynt. Ac rwy'n teimlo'n noeth. Clywaf lais yn y pellter. 'Jim!' Clywaf draed ar y grisiau. 'Wyt ti 'na, Jim?' Llais Cerys. Af allan i'r coridor a phoeri fy esgusion. Fy mod i wedi clywed llais. Ac yn poeni bod rhywun mewn trafferthion. Ac wedi mynd i… Ac wedi mynd i…

'Ro'n i'n becso amdanat ti, Jim.'

24 Dr Bruno'n Mynd Sha Thre

'HWRE… DEWISA DDOU o'r rhain… '

'Dim ond dau?'

'Agor y grwn wy'n neud heddi, Jim, dim ond agor y grwn. Ti sy'n cymeryd yr awenau wedi 'ny.'

Dwi ddim yn siŵr pam roeddwn i'n poeni gymaint am y cyfarfod gyda'r Prif Gymwynaswr. Wedi cyrraedd hanner ffordd trwy'r cyfnod prawf, roeddwn i'n ffyddiog 'mod i wedi gwneud popeth y gofynnwyd i mi ei wneud, a thipyn mwy, a hynny i safon dra boddhaol. Serch hynny, wrth imi gyrraedd pen y staer unwaith eto a throi am stafell Dr Bruno, roedd fy ngheg yn sych a chledrau fy nwylo'n chwys diferu. Ac er mai pethau gwrthgyferbyniol yw chwys a sychder, fe ddeilλient, yn yr achos hwn, o'r un gwraidd. Roedd gan y Prif Gymwynaswr wybodaeth amdanaf. Fel sy'n briodol i gyflogwr, wrth gwrs, dwi ddim yn dweud llai. Roedd wedi cael adroddiadau gan Hefin, yn ddi-os. Gan Cerys yn ogystal, o bosib. Ond mae'n gwybod am bethau eraill hefyd. Pethau a fu, hyd yn hyn, yn rhan o'm bywyd arall, fy mywyd y tu allan i Dŷ Dedwydd, fy mywyd preifat. Mae'n gwybod am Ahmed: yn gwybod mwy na mi fy hun, debyg iawn. Ac mae'n gwybod hefyd, efallai, 'mod i wedi bod yn chwilmentan yn ei swyddfa.

'Bachan, bachan… Mae golwg giâr glwc arno ti.'

Ac fe'm temtiwyd i gyfaddef y cwbl yn y fan a'r lle, i syrthio ar fy mai a gofyn am faddeuant. Ond yr hyn a ddwedais wrth Dr Bruno oedd 'mod i'n siŵr o fod yn magu annwyd, a chynnig pesychiad bach i brofi hynny. Aeth y

Doctor i mofyn gwydraid o ddŵr a dyna le buon ni, am awr gron, yn trafod fy ngwaith. Gofynion gweinyddu'r cymwynasau. Y llwyddiannau a'r troeon trwstan. A oedd y tasgau presennol yn cynnig digon o her i mi? A licen i 'mystyn 'y mhig? Ac ni soniwyd unwaith am brawf tân na fideo na ffotograffau mewn albwm na dim byd annymunol o'r fath. Ac o dipyn i beth, yn ystod yr awr hon, o sylweddoli nad oedd fy swydd mewn perygl na'm hymddygiad dan amheuaeth, ac o weld bod Dr Bruno mor hynaws ag erioed, fe giliodd y pryder. Sychodd y dwylo a'r talcen. Sadiodd y llais. A chyhoeddais, yn llawn sêl, fy mod i am fachu pob cyfle posib i ddatblygu fy ngyrfa newydd, diolch yn fawr, 'mod i eisoes wedi cael cyflwyniad go gyffrous i waith Gradd 4 a holi wedyn, tybed a oedd yna ryw hyfforddiant arbennig ar gael at gyflawni Cymwynasau Gradd 5? A holi, nid am fod gen i gymaint â hynny o ddiddordeb yn yr ateb, ond oherwydd fy mod i bellach yn hedfan ar adenydd fy hyder newydd. Ac nid am y tro cyntaf, fe hedfanais ymhellach nag yr oeddwn i wedi bwriadu, ac ymhellach, efallai, nag oedd yn ddoeth.

'Coleg cyrn yr arad sydd ore, Jim,' meddai'r Doctor. 'Coleg cyrn yr arad bob amser.'

'Mae'n dda gen i glywed hynny,' meddwn i, er mwyn cynnal y bwrlwm, ond heb wybod, mewn gwirionedd, ai anogaeth oedd hyn ynte ffordd y Doctor o osgoi'r cwestiwn. Daliais ati.

'Byddet ti'n fodlon, felly, sen i… mae'n llawer i'w ofyn, rwy'n gwybod… sen i'n rhoi cynnig… mewn ffordd fach, gynorthwyol i ddechrau, wrth gwrs… sen i'n cael rhoi cynnig ar un o'r cymwynasau Gradd Pump?'

A disgwyl y 'Na' cwrtais.

Ond amneidio wnaeth y Prif Gymwynaswr. Amneidio ac yna rhoi ei ben ar un ochr, a gwenu'n dadol arnaf.

'Ody'r fuwch yn gistwn?' gofynnodd.

Doeddwn i ddim yn gyfarwydd â'r idiom hon.

'Ody ddi ar ben ei hâl?'

Na honno, chwaith. Ond fe amneidiais a gwenu'n ôl ar yr henwr cymwynasgar a dweud 'mod i'n barod i wneud unrhyw beth a fedrwn i hybu fy ngyrfa newydd a buddiannau Tŷ Dedwydd fel ei gilydd, a gofyn hefyd iddo fod yn drugarog wrth newydd-ddyfotyn gor-selog. Ai hyn, tybed – y cais taer am drugaredd a'r ymroddiad amlwg i weledigaeth y sefydliad – a ddarbwyllodd y Doctor? Ynte a gyffyrddais, ar ddamwain, â rhywbeth dyfnach, rhywbeth cudd yn ei galon – rhywbeth a daniodd deimladau tadol ynddo, efallai? Dwi ddim yn gwybod. Ond ar hynny, fe gododd Doctor Bruno o'i gadair a chodi bys arna i, nid bys cyhuddgar, ond bys a ddwedodd 'Sa f'yna, 'machgen i, bydda i 'nôl whap!'

Aeth at y drws, y drws roeddwn i wedi mynd trwyddo'r diwrnod cynt, a chydio, hyd y gwelwn i, yn y wal wrth ei ochr. Ond nid cydio ynddo, chwaith, ond yn hytrach godi darn ohono, darn bach sgwâr, oherwydd o dan y darn hwnnw, wedi'i guddio'n gelfydd yn y wal, yr oedd pad bysedd. Ac o godi clawr y pad hwn, fe wasgodd y Doctor bedwar botwm, agor y drws a mynd i'r stafell arall. Ac ar yr eiliad honno, teimlais blwc yn fy nghylla o feddwl tybed a oeddwn i wedi gadael rhywbeth yno ddoe, yn y stafell ddirgel? Oeddwn i wedi cwympo macyn â'm henw arno? Oeddwn i wedi symud rhai o'r lluniau, efallai, eu sgubo nhw oddi ar y ford, hyd yn oed, gan gymaint fy mrys i fynd oddi yno, ar ôl clywed llais Cerys? A wyddai'r Prif Gymwynaswr am y pethau hyn?

Ymhen dwy funud, dychwelodd Dr Bruno gan gario, ar hambwrdd, nifer o wrthrychau. Dododd y cyfan ar y bwrdd o'i flaen.

'Dim ond dou, Jim… Dewisa unrhyw ddou…'

Edrychais ar bob gwrthrych yn ei dro. Potel foddion. Un wag, heb label. Fawr o werth yn honno. Map glas, a'r enw Gors Fawr arno. A hynny'n golygu dim byd i mi chwaith. Llun, atgynhyrchiad o hen baentiad, yn ôl ei olwg. Ffôn bach. A llyfr cownt. Gwrthrychau cymysg. Gwrthrychau nad oedd yr un ohonynt i'w weld yn berthnasol iawn i waith Tŷ Dedwydd. Edrychais eilwaith. A dewis. Dewis y llun. Dwi ddim yn siŵr pam. Am ei fod yn ddiniwed o henffasiwn, efallai. A'r map. Am ei fod yn codi chwilfrydedd.

'Dewis da, Jim. Llun o Danae… A map…'

Symudodd yr hambwrdd i un ochr ac agor y map ar y bwrdd.

'Map 'whech modfedd, fel y gweli di, Jim…'

Map mor fanwl fel na allwn i ddirnad dim o'r nodweddion hynny sydd, fel arfer, yn ei gwneud hi'n bosibl i adnabod y byd y tu ôl i'r llinellau: ruban glas afon fan hyn, cryman bae fan draw, staen melyngoch y mynyddoedd yn y canol, y cyfuniad o arwyddion penodol, unigryw sy'n dynodi 'Sir Benfro' neu 'Eifionydd' neu 'Bro Gŵyr'. Dim byd. Dim un cliw.

'Fy milltir sgwâr.'

Ac roedd y map yn amhosib i'w ddarllen, hefyd, am ei fod â'i ben i waered. Ni welwn ond rhwyd unffurf y grid, y cloddiau a'r nentydd, a rhyngddynt – wedi'u gwasgaru hwnt ac yma – y tai a'r capeli a'r bryngaerau. Ni allwn i ddarllen yr enwau.

'Gadwn ni hwnna i fod am funud. Beth am y llun?'

Ac fe ddododd y llun ar ben y map.

'Faint wyt ti'n wbod am Simonides, Jim? Simonides o Geos?'

Bu'n rhaid i mi gyfaddef nad oeddwn i'n gwybod dim oll am Simonides. Nad oeddwn i hyd yn oed wedi clywed amdano. Nad dyn llenyddol mohono i, fel y gwyddai'n iawn, heb sôn am ddyn clasurol. A bwrw mai ffigwr clasurol *oedd* y Simon...

'Simonides, Jim.'

...a bwrw mai ffigwr clasurol *oedd* y Simonides hwn. Cadarnhaodd y Prif Gymwynaswr mai hen Roegwr, dyn o Thesali, oedd y creadur dan sylw. Ei fod yn fardd o fri, hefyd, serch mai 'Galarnad Danae' yw'r unig waith o bwys a oroesodd i'n dyddiau ni. ''Co hi yn y llun,' meddai Dr Bruno. 'Danae, a Perseus, ei mab. Yn cael eu hachub.' Oni wyddwn i am y stori? Na wyddwn.

Galarnad Danae

Ond nid dyna'r gerdd yr oedd Dr Bruno am ei thrafod gyda mi heddiw. Ffordd o gyflwyno Simonides i mi oedd y llun, meddai. Ac fe'm siomwyd braidd, am fod y stori'n apelio ataf. Fe'm digiwyd, hefyd, am mai peth anghwrtais, i'm meddwl i, yw dechrau stori ac yna'i gadael ar ei hanner. Ond na, cerdd Gradd 3 neu 4 oedd 'Galarnad Danae', mewn ffordd o siarad, meddai. 'Cerdd am y berthynas goll, os lici di. Ac rwyt ti eisiws yn ddigon cyfarwydd â helyntion o'r fath, nac wyt ti, Jim bach?' Na, nid honno, ond yn hytrach rhyw orchest farddol arall o eiddo'r un bardd fyddai dan sylw ganddo heddiw. Gorchest. Gorchest neilltuol, anghyffredin.

'A dyma be' ddigwyddodd,' meddai'r Prif Weithredwr. 'Fe ga'th Simonides ei siarsio i ganu cân o fawl i Scopas, y tywysog lleol, mewn gwledd fawreddog. Yn gwmws fel bydde un o'n beirdd ni wedi'i neud fan hyn slawer dydd, yn mawrygu'r uchelwyr a gweud pwy mor hael a dewr a chryf o'n nhw. Nawr te,' meddai'r Doctor, 'ro'dd 'da Scopas dipyn o feddwl o'i hunan. A galle fe fod yn hen gadno, hefyd. Ro'dd gofyn bo ti'n cyrradd yr iet o'i fla'n e, os wyt ti'n dyall beth sy 'da fi. Ta waeth, cytunodd Simonides i weitho rhyw benillion at yr achlysur, ac ymhen cwpwl o ddyddiau ro'dd e wedi cwpla'r dasg. Ugain pennill, yr un nifer yn gwmws â'r gwesteion oedd i fod yn y wledd. Wyt ti gyda fi mor belled?' gofynnodd y Doctor.

'Ydw,' meddwn innau.

'Da iawn,' meddai yntau, 'achos mae'n rhaid i ti wrando'n ofalus iawn ar y pishyn nesa.'

A dwedodd y Doctor ei bod yn hen arfer, yn yr oes honno, pan gelai bardd siars i weitho cerdd, i 'hwpo cwpwl bach o benillion ecstra miwn i weud diolch i'r duwiau. A dyna'n gwmws wna'th Simonides,' meddai. 'Ro'dd 'da fe ddeg pennill yn canu clodydd i'r tywysog, a deg arall, pump ar y dechrau a phump ar y diwedd, yn gofyn bendith y nefo'dd. A fallai,' meddai'r Doctor, a gwên fach ddireidus yn chwarae ar ei wefusau, 'fallai fod Simonides yn barnu y bydde eisie bach o help y duwiau arno fe erbyn diwedd y dydd, pwy a ŵyr?'

'Ta waeth am 'ny,' ychwanegodd y Doctor, 'da'th pawb i'r wledd a dechre b'yta. A synnen i daten, os taw dim ond rhyw dameidiau bach fytodd y bardd ei hunan y dwyrnod hwnnw, am fod ei feddwl gwmint ar ei waith. Ac am ei fod e bach yn nerfus 'fyd, o styried natur ei noddwr. Ac wrth gwrs am fod gofyn iddo fe adrodd ei benillion i gyd ar ei gof. Ie, ar ei gof, Jim. Yn gowir fel Dic Jones yr hen fyd. Nawr te, i neud yn siŵr 'i fod e'n cofio pob pennill, a'u cofio nhw yn y drefen gowir, dyma'r bardd yn drychyd rownd y ford ar y gwesteion i gyd, ac wrth bipo ar bob wyneb yn ei dro, yn gweud un o'r penillion yn ei ben, yr un pennill, drosodd a throsodd, nes bod yr wyneb a'r pennill yn mynd yn un, fel ma' alaw a geirie cân yn mynd yn un, o'u canu nhw drosodd a throsodd, fel bod y naill, o'i glywed ar wahân, flynydde wedi 'ny, yn tynnu atgof o'r llall.

'Ac ar ganol y wledd,' meddai'r Prif Gymwynaswr, 'dyma Simonides yn codi ar ei dra'd ac adrodd ei benillion, yn raenus ddigon, a phob sill yn ei le, a fynte'n dishgwl yn eitha bonheddwr yn ei glogyn glas, hir, a phawb yn cymeradwyo'n harti ar y diwedd. Pawb ond yr hen surbwch o dywysog. A phan aeth y bardd lan at ei fishtir, awr yn ddiweddarach, a gofyn am ei dâl, dyma Scopas yn ateb yn ôl, yn llawn dirmyg: *Dyma ei hanner,* mynte fe, *gan taw hanner cerdd ges i. Cei di mofyn y gweddill 'da Castor a Pollux.* A chwarddodd y gwesteion i gyd am ben y bardd truan, serch nad oedd e wedi neud dim o'i le, heblaw pechu'r unben.

'Ond cyn i Simonides gael cyfle i ddychwelyd at ei ford,' meddai'r Doctor, 'dyma negesydd yn rhedeg miwn i'r neuadd, â'i wynt yn ei ddwrn, a gweud wrtho fe fod dou ddyn ifanc newydd gyrra'dd ar eu ceffylau gwyn ac yn da'r eise siarad ag e. Gan ofan bod rhywbeth ofnadw wedi digwydd – roedd ei dylwyth yn byw yn bell o'r fan honno ar y pryd – a'th y bardd ma's ar ei union. Ond doedd neb i'w weld, Jim. Neb. Buodd e'n whilo am hanner awr a mwy. Buodd e'n holi hwn a'r llall, "A weloch chi ddou farchog yn mynd hibo ar eu ceffylau gwyn?" Ond yn ofer. Doedd neb wedi gweld dim.

'Nawr te,' meddai Doctor Bruno, 'tra bod Simonides ma's yn whilo'r dieithriaid, roedd rhai o'r gweision fu'n carco ceffylau'r gwesteion, a nhwthau'n dal i sglyfio bwyd ym moethusrwydd y palas, roedd rhai o'r gweision hyn wedi sylwi bod yr awyr yn tywyllu, serch taw canol y prynhawn oedd hi, a bod gwynt mawr yn codi. "Mae'n bygwth glaw," meddai Eratosthanes, gwas Eurypylus. "Mae'r brain yn twmlo," meddai Laertius, yr eunuch. "Mae'r wennol ar ei bola," meddai Philostratus, caethwas Apollonius. Ymystwyriodd y ceffylau yn eu corau. Tewodd pob aderyn ar ei gangen. A daeth y storom. Storom sgeler. Y math o storom, Jim, sy'n siglo'r cread idd'i wreiddiau.

'A beth na'th Simonides,' gofynnodd y Doctor, 'pan welodd e'r llucheden gyntaf a gwybod bod tywydd mawr ar ddod? Wel,' meddai, gan ateb ei gwestiwn ei hun, 'yn ddigon naturiol, roedd y bardd wedi meddwl dychwelyd i'r neuadd a chael lloches yno. Ie, dyna'i fwriad. Ond cyn iddo fe symud o'r fan, dyma fe'n clywed y sŵn mwya dychrynllyd, sŵn mor fawr fel nag o'dd e'n gwbod am sbel o le ro'dd e'n dod, ac yn meddwl walle taw tyrfe o'dd e. Ond does dim tyrfe heb luched nac oes, Jim? A ta beth, roedd Simonides yn gwbod beth oedd y sŵn yma. O'dd. O'dd e'n gwbod yn iawn. Dim ond bod e'n ffaelu credu'i glustiau. Sŵn pren yn gwichial, i ddechre. Yna'n hollti. Yna'n datgymalu. Ac yna sŵn arall. Sŵn cerrig yn whalu. Yn clatsho. A sŵn arall eto. Sŵn llawer, llawer gwa'th, Jim. Sŵn sgrechen. Sŵn gweiddi. Ac yna'r synau i gyd, un ar ben y llall, yn un rhaeadr ffyrnig. Ac yna... Dim. Dim ond tawelwch. A'r llwch. Siffrwd y llwch yn disgyn i'r ddaear.'

Ac yn y fan yma, cymerodd y Doctor egwyl fach, fel petai'n rhoi amser i'r llwch setlo.

'Ro'dd to'r neuadd wedi cwmpo, Jim. Ro'dd ei walydd wedi malu'n yfflon. Ac ro'dd pawb – Scopas a'i westeion i gyd, eu gweision a'u caethweision – ro'dd pawb wedi'u lladd.'

Cymerodd y Doctor saib arall, a phlethu'i ddwylo, o ran parch i'r ymadawedig. A phan ailgydiodd yn llinyn ei stori, siaradai dan deimlad mawr. 'A'th y newyddion fel tân gwyllt trwy'r deyrnas,' meddai. 'Da'th y gwragedd a'r plant i weld, â'u llyged eu hunain, yr alanas o'dd wedi cipio'u hanwyliaid. Mowr oedd y galar. Byddarol y crochlefen. Wyt ti'n 'u gweld nhw, Jim? Y lodes ifanc fan draw? Ar ei phenlinie? Yn tynnu'r gwallt o'i phen? A honco? Drycha, Jim! Yr hen fenyw, ei hwyneb crychlyd wedi'i droi sha'r nefo'dd? Ei dyrne'n curo'i brest? Wyt ti'n 'u gweld nhw, Jim? Ond aros funed, aros un funed fach, Jim. Wyt ti'n gweld fel mae'r llwch wedi setlo erbyn hyn? Ac wrth setlo, fel mae adfeilion y neuadd wedi dod i'r golwg? Y wal gefen draw fanco, a rhyw sgrapyn bach o'r to yn hongian o'i grib, yn siglo ffor' hyn a ffor' arall. Y porth mawr wedi 'ny, a'r ddou biler bob ochor iddo fe'n gyfan o hyd, fel se dim wedi digwydd. A'r galarwyr yn mynd ryngtyn nhw, bob yn un a dou, yn garcus reit, rhag ofan tynnu rhagor o'r llechi a'r trawstiau am eu pennau. Ac o fynd i ganol y llanast, yn sefyll. Yn syllu. Yn dychryn.

'Wyt ti'n gweld beth welon nhw, Jim?' gofynnodd y Doctor. 'Ac wyt ti'n dychryn hefyd? Fe ddylet ti, Jim. Ro'dd pawb wedi'u lladd, o'dd. Ond yn wa'th na 'ny, Jim – o's, mae rhywbeth gwa'th na 'ny i 'ga'l, Jim – yn wa'th na 'ny, do'dd neb yn galler gweud pwy o'dd pwy. Mor enbyd y cwymp, mor llwyr y chwalfa, ro'n nhw i gyd, bob un, wedi'u llarpo a'u rhacso a'u gwasgu fel nad oedd neb yn nabod na thad na gŵr na mab na brawd. Eu nabod, a cha'l gillwng dagrau drostyn nhw. Eu nabod a'u hawlio wedyn ar gyfer eu claddu. C'wilydd o beth yn y dyddiau hynny, twel,' meddai Doctor Bruno, 'oedd ffaelu ca'l gweddillion i'w claddu. Wa'th crwydro am byth, yn ddiymgeledd, digartref, 'nelai'r enaid truan a ysgarwyd oddi wrth ei gorff. Wyt ti'n gweld beth welon nhw, Jim? Achos y cyfan welon nhw oedd hyn: cnawd a phren a gwa'd a cherrig a dillad a bwyd ac esgyrn, yn sypynnau ffiaidd ym mhob man.

'Ond paid digalonni, Jim!' meddai Dr Bruno, o weld fy nhrwyn yn crychu. 'Paid digalonni! Nac wyt ti'n gweld pwy sy'n dod fan draw? Draw ar bwys y drws? Nac wyt ti'n 'i nabod e, yn ei glogyn glas, hir? Ie, Jim, Simonides. Simonides y bardd. Ac mae'n camu'n nes. Mae e'n pigo'i ffordd trwy'r llanast i gyd, trwy'r cerrig a'r pren a'r llwch. Ac mae'n edrych ar yr erchyllterau ar bob llaw. Ac mae e'n dweud: *Myfi yw'r bardd, Simonides. Rwyf wedi dod i gynnig cymorth a swcwr i chwi.* Cymorth, Jim? Swcwr? Ond shwt yn y byd alle fe roi cymorth a swcwr i'r trueiniaid hyn? Wel, 'yn ni'n dou'n gwbod yr ateb i'r cwestiwn hwnnw, nac 'yn ni, Jim?' meddai Dr Bruno. 'Wa'th taw fe, Simonides, a fe yn unig, o'dd yn cofio ble o'dd pawb yn eistedd. Dyna shwt o'dd e'n dysgu'i benillion, yntefe, Jim? Trwy gofio taw'r clorwth mawr hwnnw, Ajax, mab Telamon, o'dd yn eistedd wrth ochr Scopas. A taw Hector, wedyn, gŵr Leaina, o'dd nesa ato fe. Ac yna Kapria, brawd Aischos. Kapria, y dramodydd addawol, ond collwyd y cyfan o'i waith, a nesa ato fe… '

Ac fe aeth Dr Bruno ymlaen i enwi a disgrifio ac olrhain achau pawb a fu'n gwledda'r diwrnod hwnnw, sef un ar hugain i gyd, gan gynnwys y tywysog, yn ogystal â'r rhai fu'n cyrchu eu cyrff. Ac oherwydd cof manwl y bardd, medda'r Prif Gymwynaswr, roedd y teuluoedd i gyd, drannoeth a thrennydd, yn gallu cynnal defodau'r meirw yn unol â braint ac urddas teyrnas Thesali. Cafodd Simonides y wobr fwyaf posib – gwaredu'i fywyd ei hun – a chafodd yr hen Scopas dwll dinad mwya'i oes. A dyna ddwyn o'r chwalfa ryw lun o drefn.

'Mae dy gof dithau'n ddigon o ryfeddod, hefyd,' meddwn i wrth y Prif Gymwynaswr ar ddiwedd ei stori, heb wybod yn iawn sut i ymateb, ac yn gweld moeswers y stori, os oedd moeswers i'w chael, yn un ddryslyd braidd.

'Sy'n dod â ni'n ôl at y map,' meddai yntau.

A dyma Dr Bruno yn rhoi bys blaen ei law dde ar waelod y map a chau ei lygaid.

'Wy'n mynd sha thre,' meddai. 'Mynd sha thre hyd Lôn Cwm Bach.'

A symudodd y Doctor ei fys yn araf, araf, ar draws y map gyda sicrwydd dyn nad oes angen llygaid arno, gan mor gadarn ei adnabyddiaeth o'i gynefin.

'Dechre ar bwys y bont,' meddai. 'F'yna ma'r b`ys yn dodi fi lawr, twel, Jim, y b`ys ysgol, 'rochor draw i'r bont, le ma'r bocs graean. Cer'ed heibo Ca' Dafi James a throi i'r whith wedyn ar bwys Blaenhirbant, y bwthyn gwyngalchog â'r ieti harn, lle buodd Wncwl Jacob yn byw slawer dydd, wrth ei hunan, yn cadw'r tân ynghynn ddydd a nos. Galla i weld y lowset fach rhyngt y gegin a'r boidy, a'r côr a'r eirw a'r cratsh hefyd, serch bod dim un llo wedi ca'l ei fagu 'no ers ache. Mynd ar y goriwaered am sbel wedyn, ganllath, dou ganllath, nes cyrra'dd Capel Waun Fach, a'r ffenest gron yn ei dalcen. A sen ni moyn, Jim, gallen ni gael hoe fan hyn a pipo ar y bedde, y rhai hena'n enwedig, y rhai sy â'r pediment arnyn nhw, am fod hynny'n nodwedd o'r bedde ffor' hyn. 'O't ti'n gwbod 'ny, Jim?' gofynnodd y Doctor, gan agor ei lygaid am eiliad. 'Na? Wel, bydd digon o amser i ddod 'nôl wedyn, glei, wa'th mae tipyn o ffordd i fynd 'to.'

'Ymla'n â ni, Jim,' meddai'r Prif Weithredwr. 'Ma'r hewl yn wastod erbyn hyn. Awn ni hibo sgubor Danrhelyg ar y dde a'r mynegbost wrth ei ochor yn gweud bod llwybr tro'd yn mynd o fan hyn yn gro's i'r caeau draw i Benlangarreg, cwta hanner milltir, a chynt o lawer na dilyn yr hewl. Dros y gwndwn wedyn, croesi'r bariwns a miwn i Gae Canol. Dyw hi ddim yn bell nawr, Jim. Weli di'r ddwy

gelynnen ym mhen draw'r ca'? Y ddwy gelynnen bob
ochor i'r iet? Mae rheiny'n dangos y ffordd i ni. Tamed bach
'to, dim ond tamed bach, awn ni ddim ar goll nawr. Trwy'r
iet i Gae Banc... 'Co fe, Jim! 'Co fe. Alli di weld simdde'r tŷ?
A'i dalcen? A'r glywer go'd odano, a'r clos, a'r hen stable, a'r
boidy? Ie, a'r dowlod bach lle o'n i'n arfer cwato 'mhethach
pan o'n i'n fach, y pethach fydde Mam yn hadel i fi ddod
miwn i'r tŷ – penglog yr hwrdd, plu brith y boncath, yr
wye bach glas ffindes i tu ôl i'r cafan dŵr. A 'co hi, Jim. 'Co
Mam. Yn sefyll ar stepen y drws, yn ein galw ni i de, am
fod sêrs ar wmed y cawl. A dyma fi'n dodi'n fŵts mwdlyd
dan y ffwrwm wrth ochr y drws a 'nghot ar y bachyn pren,
a siaced 'mrawd yno'n barod o mla'n i, a'r pedwerydd
bachyn, y pedwerydd, yn wag am y tro, yn disgwyl i 'nhad
ddod 'nôl o'r dre.'

Agorodd Dr Bruno ei lygaid a tharo'r map â phen ei fys
blaen.

''Na drueni,' meddai.''Na drueni taw dim ond sgwaryn
bach llwyd yw Penlangarreg. 'Na drueni bod ein map yn
rhy fach i ddangos ei stafelloedd, ac o fewn ei stafelloedd,
wedyn, bob cilfach a chwpwrdd a chwtsh, pob cist a
choffor, pob bord a chader a stôl. Yn rhy fach i ddangos y
cwpanau a'r soseri a'r platiau ar y dreser. A'r patrwm ar bob
plât, y dail a'r ffrwythe a'r blode. Yn rhy fach i ddangos, yn
y gist fach yn y rŵm ffrynt, offer cwiro Mam – yr ede gwyn
a choch a melyn a glas a du, y nodwydde mowr a bach, y
siswrn, y gwniadur, y top gwinio.

'Ond mae gen i fap,' meddai Dr Bruno. 'Nage'r map
hwn. Nage map papur. Mae gen i fap gwell na hwnnw, Jim,
map sy'n nodi lle i bopeth. Ac mae popeth yn ei le.'

Tewodd y Doctor.

Diolchais iddo, a gwneud osgo i godi, gan feddwl bod y
daith ar ben. Gan feddwl ei fod e wedi cyrraedd diwedd ei

chwedl. Ie, a diwedd digon hapus, hefyd, dybiwn i. Roedd
ganddo fap. Roedd popeth yn ei le, ys dwedodd yntau.
Beth arall oedd i'w ddweud? Ac fe swniai fel diwedd hefyd.
Yn grwn, yn gyflawn. A'r llais yn disgyn i orffwysfa fach
dawel. Yn suo pob chwant, yn llonyddu pob anesmwythyd.
Ac os nad oeddwn i lawer callach ynglŷn â natur
cymwynasau Gradd 5, rywsut, erbyn hyn, doeddwn i ddim
yn malio, roedd y chwilfrydedd wedi cilio, a'r uchelgais
hefyd, a hyd yn oed yr awydd i wybod mwy am Ahmed a
dirgelion y stafell gefn, y stafell tu hwnt i'r wal gerrig, a'r
albwm lluniau.

'Diolch yn fawr, Doctor.'

Ond na. Fi oedd wedi camddeall, mae'n rhaid. Waeth
cododd Doctor Bruno ei law a gwneud arwydd i mi eistedd
i lawr eto.

'Beth yw'r hast?' gofynnodd. 'Wyt ti wedi anghofio am y
fynwent?'

Oeddwn. Roeddwn i wedi anghofio amdani.

'Nac wyt ti eisie mynd 'nôl i'r fynwent, Jim?'

'O'n i'n meddwl bod y daith wedi dod i ben... '

'Ond does dim diben i'r daith, Jim bach,' meddai, 'heb
fynd 'nôl i'r fynwent.'

'I weld pwy sy wedi'i gladdu yno?' gofynnais.

'Wyt ti moyn gwbod pwy sy wedi'i gladdu yno, Jim?'

Nac oeddwn. I beth fyddwn i moyn gwybod, a'r enwau i
gyd yn ddieithr i mi?

'Ydw... wrth gwrs 'mod i. Diolch.'

'Wel, gadewch i ni weld... '

Ac fe gaeodd y Doctor ei lygaid drachefn.

'Ie, Hannah Rebecca Thomas, Bryn Bedw. Hi o'dd dan
y garreg gyntaf, yr un gam, a'r llythrenne plwm yn dechre

pilo. Hi a'i gŵr John wrth ei hochor, a'u dou blentyn, Mary a David, fuodd farw yn eu babandod. A William Evans, wedyn, 'yn Wncwl Wil – Wil Beili Glas i'r gymdogaeth – a'i briod hoff, Gwendoline, merch Dole Gwyrddon yng ngwaelod y sir. Ac yn nesaf atyn nhw, eu meibion, Huw a Robert Evans. A gwraig Robert hefyd, Ann. Ymla'n wedyn at Eben y Crydd, a Lewis Jenkins, 'nhad-cu ar ochor 'yn fam. Buodd hwnnw'n golier am flynydde lawr sha Tŷ Cro's. A Catherine ('Kate') Boswell, gynt o'r plwy hwn, ar bwys hwnnw. Boddodd hi tra oedd ar fordaith i'r East Indies yn 1868, ac mae enw'r llong ar y garreg. Ydy hwnnw o ddiddordeb i ti, Jim? Na? Ta waeth, 'wy'n amau'n fawr a yw ei chorff hi 'ma. Dwyt ti ddim yn dechre blino nawr, Jim, gyda'r holl hel ache 'ma, wyt ti? Wa'th mae hanner cant a saith o gerrig eraill 'wy ddim wedi sôn amdanyn nhw 'to. Yn rhesi cymen i gyd, yn 'mystyn o ochor y capel draw at y wal, y wal isel sy'n ffinio â Dôl y Dderi. Nac wyt ti moyn i fi ddisgrifio rheina hefyd, Jim? Na? Wel, alla i byth â dy feio di, Jim bach, na alla wir. Pobol ddo' o'dd rheina i gyd.'

Ac roedd hynny'n ddigon amlwg, i'm meddwl i. On'd oedd pawb wedi'u daearu ers hanner canrif a mwy?

'Ie, pobol ddo'. Ond ma' heddi'n wahanol, Jim, yn gwbwl wahanol.'

Darllenodd y Doctor y dryswch ar fy wyneb.

'Yr enwe, Jim. Ma' heddi'n wahanol am fod yr enwe wedi newid. Lle ro'dd Hannah a John Thomas yn gorwedd gynt, heddi fe gladdais i Ajax a Telamon. Lle ro'dd 'yn Wncwl Wil ac Anti Gwen yn meddwl hala'u tragwyddoldeb maith gyda'i giddyl, heddi 'wy wedi priddo Hector a Leaina. Ffordd arall o't ti'n disgwyl i fi gofio'r achau i gyd, Jim?'

'Ond os yw heddi'n wahanol… '

'Bydd fory'n wahanol eto. Eitha reit, Jim. Achos dyn a

wŷr pwy fydd pia'r cetyn bach 'ma o ddaear yn y dyfodol.
O's 'da ti ryw syniad? Mm? O's 'da ti syniad pwy fyddet
ti'n dodi yn y ddaear 'ma se ti'n ca'l y cyfle?'

Na, doedd gen i ddim syniad.

'Ne' pwy fydde ti'n 'i gladdu 'ma se *rhaid* i ti? Mm?'

Dim un syniad.

'Achos dyna Radd 5 i ti, Jim. A rhaid i ti ddysgu shwt
ma' claddu os wyt ti am gyrra'dd Gradd 5. Wyt ti'n barod i
ddysgu, Jim?'

Nac ydw, Dr Bruno. Ddim erbyn hyn. Diolch yn fawr.

'Wrth gwrs 'mod i.'

'Burion. Mae'n bryd i mi roi gwaith cartre i ti. Dy roi di
ar ben ffordd. Beth wedwn ni, gwêd... Mm?'

Sut allwn i wybod?

'Wy'n gwbod, Jim. Dechre 'da rhywbeth cyfarwydd.
'Na beth wnawn ni. I ti ga'l dod miwn i bethe'n slo bach...
Dy bryfed di, Jim. Dechre 'da rheiny. Bwra bo ti'n gorffod
siarad am dy bryfed di.'

Ond mae shwt gymint o bryfed.

'Gwêd bo ti'n gorffod rhoi darlith – ie, rhoi darlith yn y
capel, o fla'n y staff i gyd... Fe gelet ti dy dalu amdani ddi,
wrth reswm. Ac am 'i bod hi'n ddarlith hir, bydde'n rhaid
trefnu tamed i fyta 'fyd... '

Roedd y Doctor yn cynhyrfu.

'Ond galla i weld wrth dy wyneb di, Jim, galla i weld
bod hynny'n dipyn o bennyd ar gyfer un prynhawn... Ody
e, Jim? Ody hynny'n hala bach o ofan arna ti?'

Ydy, Dr Bruno, wrth gwrs ei fod e.

'A faint o bryfed sydd, Jim? Faint o bryfed sydd yng
Nghymru? Sawl rhywogaeth? Mm? Oes cannoedd, Jim?
Mwy na hynny? Miloedd?'

Oes. Mae miloedd.

'A'u holl nodweddion, hefyd, Jim. Cofia hynny. Eu maint a'u lliw, siâp eu pennau a'u coesau, eu harferion magu a thyfu a bwyta a lladd a marw, a dwi ddim yn gwybod beth arall. A'r gwrywod a'r benywod yn dra gwahanol iddi giddyl, fentra i. Shwt fydde ti'n dod i ben, Jim?'

Allwn i byth.

'Heb sôn am larfa pob un, a'r chwiler. Dyna'r gair cowir, Jim, ife? Ie, bydde angen i ti ailboblogi'r fro i gyd i gofio'r rheina. Pob bwthyn a ffarm, pob beudy a chwt, pob cwpwrdd a phob cist a phob dreser. A bydde'n rhaid benthyg pob cwpan a soser a thebot a chyllell a nodwydd a phelen o wlân ym mhob un o'r bythynnod a'r ffermydd hynny, na fydde fe, Jim?'

Byddai, glei.

'Ac a fyddai digon wedi 'ny?'

Sut gallwn i wybod?

'Nac wyt ti'n meddwl, Jim, y bydde'n well i ni gymeryd dim ond cwpwl bach i ddechre? Be ti'n feddwl, Jim? Faint wedwn ni? Rhyw gant? Llai? Hanner cant? Burion. Cei di gyflwyno hanes hanner cant o chwilod. Dyna dy waith cartre di. Y chwilod mwya cyffredin. Y rhai welen ni yn yr ardd bob dydd, se 'da ni ddigon o amynedd i whilo amdanyn nhw, yntefe, Jim? Jyst digon i'w claddu mewn mynwent fach.'

Y Chwilen Ddu. Y Chwilen Bwm. Y Chwilen Gwrydr. Chwilen y Tywyllwch. Y Chwilen Bwgan. Y Chwilen Ddail. Y Chwilen Gladdu ei hunan. A'r holl chwilod 'na does neb wedi dodi enwau Cymraeg arnyn nhw eto. A llai na phedair munud i bob un.

'Oherwydd cyfleuster yw mynwent, Jim. A thŷ. A map.'

25 Gwahoddiad Annisgwyl

'Wela i di nos fory te.'

Heddiw, cytunais i fynd ma's gyda Cerys a'i ffrindiau. Pam? Oherwydd pan gerddodd Cerys i mewn i'r stafell staff a thaflu gwahoddiad ata i'n gwbl ddirybudd, allwn i ddim meddwl yn ddigon chwim i ddyfeisio esgus. Meddwl trylwyr fu gen i erioed, nid un chwim. Ond roedd rhywbeth arall hefyd. Rhaid cyfaddef 'mod i wedi ymateb, ar fy ngwaethaf braidd, i ryw oslef yn ei llais. Pan ddwedodd 'Pam na ddei di ma's 'da ni?' rhoes bwyslais ar y 'pam' na fedrwn ei anwybyddu. Nid 'pam' heriol oedd e chwaith – doedd hi ddim yn gofyn am esboniad – ond 'pam' ymbilgar, a wnâi i mi deimlo fel pe bawn i'n gwneud cymwynas â hi trwy dderbyn ei gwahoddiad. Yr oedd hefyd yn 'pam' heb un arlliw o fursendod ar ei gyfyl. Ni roes ei phen ar un ochr, fel ci bach, na chodi'i haeliau a gwneud llygaid llo bach arna i. Wrth reswm, roedd ystumiau o'r fath yn iaith estron i Cerys. Na, roedd y cyfan yn hyfryd o ddiniwed. Ac yn y rhan o'r ymennydd sy'n rheoli'r pethau hyn, fe gefais y diniweidrwydd hwn, y tiriondeb, yn hynod ddeniadol – yn synhwyrus hyd yn oed. A hynny er bod rhan arall o'r un ymennydd yn taeru ei bod hi'n gnawes fach dwyllodrus. Dwi ddim yn amddiffyn y teimladau hyn yn foesol nac fel arall, dim ond eu disgrifio nhw fel yr oedden nhw ar y pryd. Beth bynnag, bydd dyn yn dweud pethau yn ei gyfer weithiau, ac o'u dweud nhw, mae'n amhosib eu tynnu nhw'n ôl. Pa ffrindiau? Dwi ddim yn gwybod.

'Ie, nos 'fory. Diolch, Cerys.'

26 Noson Hir yn Nhŷ Dedwydd

MAE'N HANNER AWR wedi chwech ac rwy'n nesáu at waelod y crugyn o archebion a ddaeth i law heddiw. Mae pawb arall ar y coridor eisoes wedi troi am adref. Galwant arnaf, wrth gerdded heibio'r drws, am beidio â gweithio'n rhy galed, am ddod draw i'r tafarn 'da nhw, am gofio gadael peth gwaith i Siôn Corn, a rhyw sylwadau ysgafala eraill. Mae ysbryd y Nadolig wedi heintio pawb erbyn hyn, mae'n amlwg – pawb heblaw fi – a braidd na fedra i glywed rhyw dwtsh bach o wawd yn y sylwadau hynny. Eithr nid er mwyn clirio'r llwyth o waith yn unig yr wy'n aros ymlaen. Nos Lun yw hi, a does dim gweithdai yn Nhŷ Dedwydd, na dim gweithgareddau eraill, ac erbyn i'r glanhawyr ymadael fydd neb ond y fi yn yr adeilad. Edrychaf trwy'r ffenest a gweld Volvo coch Wilbert yn tynnu allan o'r maes parcio. Dim ond y glanhawyr sydd ar ôl.

Daw Fatemeh i'm stafell i wacáu'r bin a hwfro'r llawr. Rhof fy nhraed ar gornel y ddesg, er mwyn eu cadw o'r ffordd, a chawn glonc am y tywydd, a phrysurdeb gwaith, a phlant, a phethau tebyg. Cyn iddi fynd o'r swyddfa, gwnaf osgo at gael pethau'n barod i fynd adref – tacluso'r papurau, diffodd y cyfrifiadur, gwisgo fy nghot. 'You want me open front door?' Nac oes, Fatemeh, diolch, galla i agor y drws fy hunan a dodi'r allwedd yn ôl trwy'r blwch llythyrau wedyn. (Pan fydd y menywod glanhau wrth eu gwaith, mae'r allwedd yn cael ei gadael ar y cownter yn y dderbynfa.) Os yw hynny'n iawn 'da chi, Fatemeh? Purion.

Gwn mai glanhau'r tai bach fydd ei gorchwyl nesaf ac yna mynd i'r trydydd llawr. Ymhen ychydig eiliadau, clywaf glincian y bwced a *slwsh slwsh* y mop o ben arall y coridor. Drysau'n cau ac agor. Rhagor o glincian. Clatsh y bwced yn erbyn y llawr. Ac yna, wedi saib fer, grwnan y lifft yn disgyn. Y drws yn agor. Rhagor o glincian. A grwnan y lifft yn codi eto. Cydiaf yn fy sach ysgwydd a diffodd y golau. Bydd Fatemeh a'r ddwy fenyw arall sy'n gweithio gyda hi yn gweld trwy'r ffenest ar ben y staer fod fy stafell yn dywyll, ac yn cymryd 'mod i wedi'i throi am adref. Byddan nhw'n clywed y lifft hefyd. Dyna'r un olaf wedi mynd, byddan nhw'n dweud. Cawn ni fwgyn a chwpaned nawr.

Codaf yr allwedd oddi ar y cownter a mynd â hi draw at y drws ffrynt. Yn gyntaf, fe'i dodaf yn ofalus ar y llawr o dan y blwch llythyrau. Ond, o edrych arni, penderfynaf efallai na fyddai allwedd, o'i chwympo o uchder, yn glanio mor gyfleus o dwt ar ganol y mat. Fe'i codaf eto a'i gollwng o'r union fan lle byddai'n dod trwy'r blwch petai rhywun yn ei phostio. Mae hi'n taro'r llawr ac yn neidio rhyw bedair modfedd i'r naill ochr. Dyna welliant. Yna, torraf fy enw ac amser fy ymadael yn y llyfr lòg. Safaf am funud gan feddwl tybed a anghofiais i rywbeth. Feiddia i ddim dod yn ôl i'r cyntedd heno, rhag cael fy nal gan y system larwm. Wrth lwc, ar y llawr gwaelod a'r llawr cyntaf yn unig y mae'r camerâu a'r sganwyr diogelwch, gan nad oes modd hyd yn oed i'r lleidr mwyaf mentrus a dyfeisgar gael mynediad i'r lloriau uchaf.

Ond feiddia i ddim mynd yn ôl i'm stafell fy hun, chwaith. Mae'n bosib y bydd y glanhawyr yn dychwelyd y ffordd honno wrth fynd adref a gallen nhw'n hawdd weld trwy'r ffenest yn y drws, gyda chymorth y goleuadau yn y coridor. Yr unig le diogel, gwaetha'r modd (ac rwy wedi ystyried yr holl bosibiliadau), yw tŷ bach y dynion. Does dim ffenest yn nrws y tŷ bach, wrth reswm, a dyw'r menywod glanhau ddim yn debygol o ailymweld â'r stafell honno heno. Dyma fi'n mynd ar fy union, felly, i fanteisio ar ei loches. Agoraf ddrws un o'r tri chiwbicl, tynnu'r sach oddi ar fy nghefn, a sefyll ar sêt y toiled. Pam sefyll ar y sêt? Does dim modd egluro na chyfiawnhau pob ofn, pob pryder. Rwy am fod mor anweladwy â phosib. Clywaf ddiferion dŵr mewn tanc neu biben uwch fy mhen. Mae'n dechrau oeri. Mae twll bach yn y ffenest yn ymyl fy nghlust dde, a thrwyddo mae awel Rhagfyr yn gwthio'i ewinedd.

A thrwy'r un twll, ymhen hanner awr, o sefyll ar flaenau fy nhraed, fe welaf y glanhawyr yn cilio i'r nos. Does neb ar ôl, ar benrhyn pellaf y ddinas, ond y fi a'r gwynt. A dwi ddim yn siŵr p'un ai oherwydd nad wy'n ofni cael fy nal mwyach, ynte oherwydd y distawrwydd anghyffredin, ond yn gwbl annisgwyl – ac er gwaethaf yr oerfel – fe deimlaf ryw lonyddwch mawr yn rhaeadru drosof, yn llif cynnes, clyd. Sylweddolaf mai dyma'r peth agosaf at ddedwyddwch a brofais hyd yn hyn dan gronglwyd <u>happinesstheexperience.com</u>.

Disgynnaf i'r llawr a thynnu fflachlamp fach o'm poced. O gyrraedd y coridor, fe gyfeiriaf ei belydryn egwan at y llawr carpedog, fel na fydd neb o'r tu allan yn gallu ei weld. (Gwn, o ddod â Nia i'w gweithdai, fod staff diogelwch yn patrolio'r stad liw nos.) Camaf tuag at y staer. Rhaid cerdded yn fy nghwrcwd am ychydig, rhag ofn dangos fy silwét trwy'r ffenest neu daflu fy nghysgod ar y wal. Peth lletchwith a phoenus eithriadol yw hyn, oherwydd y pwysau trwm ar fy nghefn. Alla i ond cenfigennu wrth y morgrugyn bach am ei gampau rhyfeddol yn y cyswllt hwn.

Wedi tragwyddoldeb o bwlffachan, a mynych seibiannau, cyrhaeddaf stafell y Prif Gymwynaswr. Dodaf y sach ar y llawr a mynd i eistedd yn nghadair Dr Bruno: nid am fy mod i'n coleddu awydd i ddisodli'r gŵr bonheddig ryw ddydd, ond am mai dyna'r gadair agosaf, a rhaid bwrw fy mlinder cyn cychwyn ar fy ngorchwyl nesaf. Ac eto, gyda golwg ar y gorchwyl hwnnw, y mae'n fy nharo nad drwg o beth, efallai, fydd gwneud yn union fel y gwnaeth y Doctor y diwrnod o'r blaen, gan ddechrau o'i gadair ei hun. Ei ddynwared, ar ryw ystyr. Siawns na fydd fy nhasg ychydig yn haws wedyn.

Codaf eto a throi am y drws y tu ôl i'r gadair, y drws a guddiwyd mor gelfydd yn y murlun. Rhedaf fy mysedd ar hyd y wal wrth ei ochr nes teimlo rhicyn bach. O bwyntio golau'r fflachlamp arno, gwelaf fod y rhicyn hwn yn cymryd arno fod yn hollt rhwng dwy garreg. Tynnaf, ac fe gwyd y clawr, yn union fel drws bach, gan ddatgelu'r pad oddi tano. Fy mysedd sy'n cofio'r camau nesaf, er na all fy ymennydd fod lawn mor sicr. Nid cofio'r rhifau maen nhw, fel y cyfryw, ond cofio'r patrwm, a'i gofio'n glir i'w ryfeddu. Sut digwyddodd hynny? Beth drodd y gweld yn gof? Wel, y ffôn, mae'n debyg. Dau ffôn, a dweud y gwir. Y ffôn bach ar yr hambwrdd oedd un, am mai hwnnw roes yr ysgogiad. Ond hefyd, ac yn bennaf, y ffôn yn y bysedd. Y reddf – oherwydd dyna beth yw hi erbyn hyn – sy'n gorfodi'r bysedd i wasgu 1571 bob hwyr ar ôl cyrraedd adref o'r gwaith er mwyn gweld pa negeseuon a adawyd i mi yn ystod y dydd. A dyna'r reddf, dyna'r cod, a ddeffrowyd yn fy mysedd innau, wrth gofio bysedd y Doctor y diwrnod hwnnw.

Yn fanwl ofalus – efallai mai un cynnig yn unig a gaf – gwasgaf 1571. Un... Pump... Saith... Un... Trof y bwlyn. Mae'r drws yn agor. Ac ni allaf beidio â gwenu, fel petawn i eisoes wedi cwblhau fy nhasg. Mae'n wirion, rwy'n gwybod, ond mae llwyddo i agor y drws rywsut yn tawelu fy nghydwybod. Mae'r drws wedi rhoi cennad i mi. Cerddaf yn ôl at y ddesg i 'mofyn fy mhethau ac yna mentro i'r stafell ddirgel – fel y deuthum, bellach, i nabod y lle. Caeaf y drws y tu ôl i mi a mynd ati i wacáu'r sach. Mae ffenestri bach cul fry ar ochr allanol y stafell. Oherwydd hynny, ac o wybod na fyddai'r fflachlamp fach yn gwneud y tro ar gyfer y gwaith sydd gen i mewn golwg, rwyf wedi

dod â lamp arbennig, lamp â tho bach ar ei phen, fel mai
ar i lawr yn unig y bydd y golau'n disgleirio. Lamp i'w
defnyddio y tu allan yw'r Monk's Wood Light Trap, yn
bennaf, ac fe'i dyfeisiwyd yn benodol i ddal pryfed. Fel
arfer, bydd modur bach o dan y golau, a hwnnw'n tynnu'r
pryfed byw i lawr i'r cwdyn ar y gwaelod. Wrth reswm,
does dim angen troi'r modur ymlaen heno, na chysylltu'r
bag. Heno, prif fantais y lamp yw ei bod yn taenu digonedd
o oleuni heb dynnu sylw ati'i hun.

Dodaf y lamp ar y llawr mewn man pwrpasol yn
ymyl y cypyrddau metel sy'n llenwi un ochr y stafell,
a thynnu'r eitemau eraill o'r sach: pyjamas, dillad glân
ar gyfer fory, sach gysgu, bag ymolchi, raser drydan,
batris sbâr ar gyfer y lamp a'r tortsh, pad papur ac offer
sgrifennu, a digon o fwyd a diod i swper a brecwast.
Wedi rhoi trefn ar y pethau hyn i gyd, eisteddaf i lawr
eilwaith wrth y bwrdd fideo. Ac wrth gofio fod gen i
hyd y wawr, rhyw ddeg awr i gyd, ar gyfer cwblhau
fy ymchwiliadau, dechreuaf ymlacio. Agoraf fy mocs
brechdanau. Arllwysaf gwpanaid o de o'r fflasg.
Edrychaf o gwmpas y stafell. Ac wrth gnoi a llymeitian,
gan ofalu nad wy'n sarnu briwsion ar y llawr, sylwaf ar
y pethau na welais mohonynt ar achlysur fy ymweliad
cyntaf. Y rhewgist fawr yn ymyl y drws. Y lluniau ar y
wal o dan y ffenest: mae'r rhain yn aneglur braidd yn yr
hanner gwyll, ond gallaf weld y paentiad o'r fenyw yn
y gist yn eu plith. Y fainc wedyn, a honno'n ymestyn ar
hyd y wal bellaf ac arni resaid o gyfrifiaduron unffurf. A'r
cypyrddau.

Gadawaf fy mrechdan ar ei hanner a mynd at y
cwpwrdd cyntaf. Mae'n llawn ffeils, yn crogi mewn
amlenni pwrpasol. Tynnaf un allan ar hap a throi'r
fflachlamp ymlaen. Toriadau o'r wasg sydd ynddi. Toriadau
o'r *Western Mail*, y *Daily Post*, *Die Welt*, yr *Observer*, y *Vale*

of Glamorgan Gem, y *Sydney Morning Post*, y *Washington Post* ac eraill. A'r storïau yr un mor amrywiol, hefyd, hyd y galla i weld o'r penawdau. Rhai bach cartrefol, am gathod a bydjis a chŵn bach annwyl yn cael eu hachub wedi anturiaethau annhebygol. Rhai eraill mwy arwrol. Dyma un am filwr Almaenig, un o warchodwyr gwersyll yn Biberach, mae'n dweud fan hyn, yn trefnu cwrdd â rhai o'i gyn-garcharorion er gofyn maddeuant. A rhai llai dyrchafol hefyd. Mae un am blentyn a welodd ysbryd mewn hen blasty a chael codwm go gas o'r herwydd. Ai cymwynasau Tŷ Dedwydd yw'r rhain? Does dim modd gwybod.

Mae'r ffeils yn nhrefn yr wyddor. Tynnaf lythyren *R* o'i chrogfan. A dyna fe, Mr R. o Gas-gwent, y stori a dorrais allan o'r *Argus* fy hunan. A thoriad diweddarach wedyn, un na welais o'r blaen, yn dweud bod Mr R. a Ms T. wedi dyweddïo. Wel, doedd ei hactio ddim mor echrydus ag ro'n i'n 'i feddwl, wedi'r cyfan. Symudaf ymlaen at *S*. Ond does fawr ddim byd yn y ffeil honno. Ac yna'n ôl at *A*. Mae digon yma, gan gynnwys stori ffiaidd am ryw Armin Meiwes. Ond dim byd perthnasol. Dyw Ahmed ddim wedi cyrraedd y papurau eto, dan yr un o'i ddau enw, Ahmed na Senini. Ac mae hynny'n fendith.

Caeaf gronfa'r toriadau a symud at y cwpwrdd nesaf, y lleiaf ohonynt. Silffoedd byrion sydd yn hwn, ac arnyn nhw rhyw bacedi a stribedi a photeli a blychau plastig digon plaen eu golwg, a'r rheiny'n dwyn enwau megis Ampalex a Gilatide ac H3-blocker a Sodium thiopental, yr enwau'n unig, a'r cyfan yn golygu dim i mi. Ac mae fy llygaid eisoes wedi crwydro draw i gyfeiriad y trydydd cwpwrdd, am fod cynnwys hwnnw i'w weld yn llawer, llawer mwy diddorol. Yn fwy lliwgar, yn un peth, a hefyd yn fwy amrywiol. Bocsys sydd yn y cwpwrdd hwn, rhai hirsgwar, plastig, tebyg i'r bocsys sy'n cael eu defnyddio i gludo teganau plant neu lyfrau. Mae rhai yn las, eraill yn goch ac ambell un yn felyn, ac maen nhw'n llenwi'r pum silff hir o un pen i'r llall. Yn sownd wrth bob bocs, yn wynebu tuag allan, y mae darn o bapur, wedi'i theipio'n lân a'i chau mewn amlen dryloyw, a diben y darn papur, dybiwn i, yw rhestru'r cynnwys. Yn debyg i'r toriadau, mae'r bocsys hefyd yn nhrefn yr wyddor, ond maen nhw'n dipyn mwy swmpus. Codaf i ben yr ysgol fach bren a ddarparwyd at y pwrpas a chael cip ar y bocs cyntaf. Set o ddyddiaduron sydd ynddo, rhyw ugain ohonynt, a'r enw 'Anselm' ar bob un. Maen nhw'n dyddio'n ôl i'r chwedegau, yn ôl y nodyn. Ac mae'r sgrifen yn anniben iawn tua'r diwedd. Un eitem sydd yn y nesaf. Het. Het wellt. A label yn sownd wrthi, a'r enw 'Anthropos' arno. I ba ddiben, does gen i'r un syniad, a wiw i mi wastraffu mwy o amser yn ceisio dyfalu.

Symudaf i lawr i'r rhes isaf ac yno, er mawr ryddhad, gwelaf enw cyfarwydd. Bates. Ffeil denau sydd ganddo fe. Llythyrau'n bennaf. Llythyrau, yn ôl y cyfeiriad yn Awstralia a'r ddyddiad ar ben pob un, a sgrifennwyd dros nifer o flynyddoedd gan y mab coll – sef y mab coll a grewyd gan Dŷ Dedwydd, nid y gwir fab coll – ond llythyrau, mae'n rhaid, na chafodd eu postio byth, am na wyddai'r mab gyfeiriad ei fam. Am na wyddai pwy *oedd* ei fam. Y mae'n gyffyrddiad bach teimladwy hefyd: yn dangos fod gan y creadur ryw lun o berthynas â'i fam – â'r syniad o fam, beth bynnag – trwy ddegawdau'u gwahaniad. Siawns nad oedd hynny wedi creu argraff ddofn arni pan ddaeth i'w gweld yn yr ysbyty. A rhoi rhywbeth i'w gadw a'i drysori hefyd, tra gallai. Ac eto, os felly, dwi ddim yn deall pam maen nhw wedi cael eu trosglwyddo i'r ffeils, i'r archifau.

Ydw, rwy'n deall. Wrth gwrs 'mod i'n deall. Mrs Bates druan.

Symudaf at y pedwerydd cwpwrdd. Yr olaf. Mae hwn yn cwmpasu'r enwau rhwng Quail a Zenia. Mae dau focs yn y canol, a'r ddau yn dwyn y llythyren S. Tynnaf y cyntaf i lawr o'r silff. *Salway, Ferdinand. Selkirk, Alexis. Senini, Ahmed.*

Ahmed Senini.

Tair eitem sydd yn ffeil Ahmed. Yr albwm lluniau, yn ôl y disgwyl. Hefyd, amlen A4 a'i enw arni, yn cynnwys nifer o luniau: ar yr olwg gyntaf, yr un lluniau â'r rhai a welais ar y bwrdd yr wythnos diwethaf. Ac yn olaf, cryno ddisg, mewn waled blastig dryloyw ac arni ddau enw. *Senini, Ahmed.* A *Senini, Yassuf.* A'r dyddiadau 1965–1978. Af â'r cwbl draw at y golau er mwyn eu hastudio'n fanylach. Oherwydd hynodion y lamp, rhaid eistedd ar y llawr i wneud hynny, ac am funud rwy'n teimlo fel plentyn ers llawer dydd yn cwtsho o flaen tân agored, yn agor ei anrhegion Nadolig.

Ynghlwm wrth dudalen gyntaf yr albwm lluniau mae label ac arni fanylion gweinyddol.

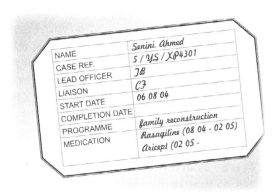

Ond enw gwahanol a welir ar y dudalen ei hun, enw rhyw Thomas Greenslade, a hwnnw wedi'i sgrifennu'n gain ac

yn gymen mewn copor-plêt perffaith. Ac o dan yr enw,
y dyddiadau 1965–90. Trof at dudalen olaf yr albwm, i'r
cyfnod diweddaraf, dybiwn i, i weld a ydw i'n adnabod
rhywun, a chael fy siomi. Snaps gwyliau rhyw deulu dieithr
sydd yma. Naxos 1989. Lluniau priodas wedyn, a neb
cyfarwydd ymhlith y rheiny chwaith. Lluniau o ddiwrnod
graddio, a'r gŵr graddedig yn y canol, gyda'i fam a'i dad,
mae'n debyg. Dwi ddim yn nabod y lle. Gorffennaf 1987.
Astudiaf yr wynebau i gyd. Wynebau unffurf, braidd, am
mai dyna sut y mae ieuenctid yn ymddangos i'r canol
oed. A'r dillad smart: mae hynny hefyd yn gwneud i
bawb ymdebygu i'w gilydd, yn eu corlannu o fewn yr un
rhywogaeth. Nid eu bod nhw i gyd yn edrych yn hollol
yr un fath chwaith. Dyna'r ffigwr ar ben y rhes flaen, er
enghraifft. Mae hwnnw'n sefyll allan oherwydd lliw ei
groen. Gŵr tal, main. Ai'r *un* gŵr tal, main? Efallai. Efallai
ddim. Alla i ddim bod yn siŵr. A gwn fod yn rhaid arfer
pwyll. Gwn mor hawdd fyddai twyllo fy hun, gan gymaint
fy awydd i gael hyd i wybodaeth. Mor hawdd fyddai
darganfod, mewn rhyw edrychiad hanner cyfarwydd,
mewn gwên fach ddiniwed, mewn steil gwallt hyd yn oed,
y dystiolaeth a chwenychaf. Mor hawdd fyddai gweiddi
allan wedyn, yn fuddugoliaethus braf, 'Aha! Jyst fel ro'n i'n
amau. Rwy wedi'ch dala chi nawr!' A chyfeiliorni'n enbyd.
A gwneud ffŵl o'n hunan. Ie, rhaid bod yn garcus. Rhaid
arfer pwyll. Rhaid arsylwi'n fanwl amyneddgar. Ond o
arsylwi felly am bum munud cyfan, o bwyso a mesur pob
un nodwedd o bob wyneb o bob rhes, gwn nad wyf yn
twyllo fy hun. Oherwydd yno, draw ar ben arall y rhes
gefn, mae wyneb cyfarwydd. Yr unig wyneb cyfarwydd.
Wyneb Cerys, a'i llygaid di-weld yn syllu ar y düwch o'i
blaen. Ydy, mae ei gwallt yn hirach nag yw e nawr, a'i
hwyneb yn deneuach, efallai, ond does dim amheuaeth.
Cerys yw hon.

Trof y tudalennau. Llithraf yn ôl trwy'r blynyddoedd. Yr un wynebau sy'n gwenu arnaf: y gŵr coleg, ei rieni, y gŵr main, a rhywrai eraill hefyd, yn fodrabedd ac ewythrod, o bosib, yn gefnderoedd a chyfnitherod, yn glystyrau o ffrindiau. Ond eu bod nhw'n tyfu'n iau, wrth gwrs, yn adennill gwallt, yn colli bloneg, yn diniweidio. Ac mae Cerys yn diflannu. Ac maen nhw'n ôl yng Nghaerdydd.

Dyw Ahmed ddim yn ymddangos tan 1976. Dwi ddim yn ei nabod ar unwaith. Mae'n fach am ei oedran, a braidd yn eiddil yr olwg: yn wahanol iawn i'r Ahmed rwy'n ei nabod nawr. Ond mae capsiwn o dan y llun yn cadarnhau'r enwau: *Ahmed, Amat, Helen, Brian and me Barry Summer 1976.* Thomas Greenslade ei hun yw 'me', mae'n rhaid, os taw fe piau'r albwm. Mae sawl llun o'r un grŵp, ynghyd â phlant eraill weithiau, gan gynnwys un o bicnic yn yr ardd yn 1973. Dwedwn i mai brawd a chwaer yw Thomas a Helen, ar sail eu tebygrwydd. A brawd a chwaer yw Ahmed ac Amat, hefyd, o bosib, am fod y ddau yn diflannu wedyn, yn union yr un pryd. Am flwyddyn. Am ddwy flynedd. Tair. Ac rwy'n dechrau meddwl efallai mai dyna'r adeg, tua 1973, y symudodd y teulu Senini i'r ardal, ac mai dyna ddiwedd ar eu hanes lle mae'r albwm hwn yn y cwestiwn. Ond na, dy'n ni ddim wedi ffarwelio â nhw eto oherwydd, wedi troi rhagor o dudalennau, dyma nhw'n dychwelyd. Mae'n haf 1970. Mae Ahmed yn grwtyn bach erbyn hyn, mewn llodrau byrion. A dyma ni ar draeth y Barri eto – galla i weld y cabanau gwyliau yn y cefndir – ond mae plentyn arall yn y grŵp erbyn hyn. *Helen, me, Ahmed, Mam, Dad, Yassuf, Amat.* Dyna mae'r capsiwn yn ei ddweud. Mae Thomas a Yassuf, y plentyn dwi ddim wedi'i weld o'r blaen, yn palu twll yn y tywod ac mae'u hwynebau o'r golwg. Mae llun o'r un grŵp ar y dudalen nesaf, hefyd: yr un grŵp, heblaw bod oedolyn arall yn bresennol y tro hwn, mam Ahmed. Rwy'n nabod mam Ahmed, ac er gwaethaf treigl y blynyddoedd, dyna hi, dyna'i gwên, does dim dwywaith. Mae'r lleill yn lluo hufen iâ ac yn tynnu ystumiau ar y camera. Galla i weld yr wynebau i gyd y tro hwn. A dyna Yassuf, mae'n rhaid, yn ôl trefn yr enwau yn y capsiwn. Ond na, nid Yassuf yw hwnnw, does bosib. Na, Ahmed sydd yma. Ac Ahmed sydd fan draw hefyd. Mae Ahmed yma ddwywaith. Mae e ar y pen chwith. Ond mae e hefyd yn y canol rhwng Thomas a'i chwaer. Trof y dudalen. A dyma nhw eto, o flaen tŷ teras, y ddau Ahmed a'u ffrindiau. Ac eto, ychydig yn iau, eistedda'r ddau yng nghôl eu mam. A'r fam arall, mam Thomas, yn cael mwgyn a chwpaned wrth ei hochr. A'i gwallt mawr a'i sgert fer a'i cholur trwchus yn dweud nad celwydd mo hyn, ond hanes, a phwy ydw i i amau tystiolaeth fy llygaid fy hun?

Na, does bosib.

Af â'r lluniau'n nes at y golau. O graffu am ychydig, daw rhyw fân wahaniaethau i'r golwg. Fan hyn, mae un Ahmed yn rhannu'i wallt ar y chwith, y llall ar y dde. Fan arall, mae un Ahmed yn gwisgo sgidiau, y llall sandalau. A dyw'r crysau ddim yr un peth. Ond o ran pryd a gwedd, wela i ddim gwahaniaeth.

Does bosib.

Ar dudalen gyntaf yr albwm mae bwlch. Mae capsiwn yno, ond mae'r llun wedi diflannu.

Senini twins birthday 1971 (?)

Ble aeth y llun?

Dodaf yr albwm naill ochr ac edrych trwy gynnwys yr amlen A4. Ond yr un lluniau sydd yno. A'r un bwlch. Y ddisg amdani, felly. Codaf ar fy nhraed a mynd â hi draw at y cyfrifiadur agosaf. Trof y peiriant ymlaen ac aros iddo ddeffro. Teipiaf fy nghyfrinair. Fe'i gwrthodir. Ceisiaf eto. Fe'i gwrthodir eto. Rhof gynnig ar 'password' a 'Tŷ

Dedwydd' a 'cymwynas' a 'favour' a nifer o gyfysteiriau eraill, ond mae'r rheiny'n cael eu gwrthod hefyd. Wrth gwrs eu bod nhw. Rhegaf.

Beth wna i?

Rhoi cynnig ar fy nghyfrifiadur fy hun, wrth gwrs. Dyna beth wna i.

Gydag ochenaid, gafaelaf yn y fflachlamp a chychwyn fy ffordd yn ôl i'm stafell. Ond wedi cerdded llathen neu ddwy, rhaid ei diffodd eto. Mae'n ofid calon gen i y bydd gwarchodwr, neu aelod o'r cyhoedd hyd yn oed, yn cerdded heibio a gweld rhyw arlliw bach o'r golau, dim ond y llygedyn lleiaf, ar ffrâm drws, ar ffenest, ar nenfwd, dim ond rhyw smicyn bach, a galw'r heddlu, jyst rhag ofn. Beth ddwedwn i wedyn? Mae esgus sy'n dal dŵr am saith o'r gloch yn mynd yn bur dyllog erbyn un ar ddeg.

Cerdded yn y tywyllwch sydd raid, felly. Teimlo fy ffordd ar hyd y coridor, gan gyfri'r drysau, a'u henwi nhw'n uchel er mwyn codi'r galon. 'Drws Hefin.' 'Drws Wilbert.' 'Drws Cerys.' Mynd ar fy mhedwar wedyn rhag cwympo lawr staer. Cael mymryn o gysur o'r gwawl tenau sy'n cylchu'r ffenest, ond sydd wedyn yn gwneud y tywyllwch yn dduach fyth. A sefyll eto, ac wrth sefyll, teimlo bod popeth wedi colli ei siâp a'i faintioli a'i bellter arferol, bod wal yn arw lle roedd yn llyfn o'r blaen, sy'n beth hurt i'w ddweud, wrth gwrs: ond nid yr un peth yw teimlo a gweld.

Cyrhaeddaf fy stafell. Mae wedi oeri'n ddychrynllyd yno. Chwythaf ar fy nwylo a llwytho'r ddisg i'r cyfrifiadur. Mae hi'n agor yn ddidramgwydd. A gwelaf yr un lluniau ag o'r blaen. Gwelaf, mewn un oriel fawr, yn rhes ar ben rhes, yr holl wynebau a welais gynnau yn yr albwm coch. A gwelaf, yn ogystal, y llun a gollwyd.

Senini twins birthday 1971 (?)

Cliciaf, ac mae'r llun yn llenwi'r sgrin. A dyma fe. Dyma'r te-parti. A dyma'r ddau efell, fel mae'r capsiwn yn mynnu eu galw, yn tynnu jibs. A rhyw fachgen dwi ddim wedi'i weld o'r blaen yn plygu ymlaen dros y bwrdd ac yn hwpo'i dafod ma's o flaen y camera.

Ond hyn sydd ryfeddaf. Wrth sgrolio i lawr, sylwaf fod amryw o luniau eraill hefyd. Lluniau digon tebyg i'r lleill, y lluniau yn yr albwm, mor debyg fel na welaf y gwahaniaeth ar unwaith ond, o'i weld, fe'i gwelaf ym mhob un. Oherwydd dim ond Ahmed sydd yn y lluniau hyn. Neu Yassuf. Alla i ddim dweud pa un. Ahmed yn unig, neu Yassuf, sy'n chwarae gyda Thomas ar y traeth. Ahmed yn unig sy'n sefyll y tu allan i'r tŷ teras: yr un tŷ, hefyd, galla i weld y rhif ar y drws, rhif 11. A dyma lun arall o'r te-parti. Y parti pen-blwydd. Dyma'r plentyn drygionus, fel o'r blaen, yn dangos ei dafod. A dyma Ahmed yn tynnu jib, yr un jib. Ahmed yn unig. Neu Yassuf. Dim ond un bachgen sy'n dathlu'i ben-blwydd fan hyn. Dyw'r gefeilliaid ddim yn bod fan hyn. Ac yn y lluniau eraill hefyd, ugeiniau ohonynt. Dim ond un crwtyn bach, pwy bynnag yw e, Ahmed neu Yassuf, sy'n palu tywod, sy'n rhedeg ar ôl sguthanod, sy'n eistedd ar lin ei fam a gwgu ar y camera, sy'n agor anrhegion Nadolig, sy'n chwarae reslo-braich gyda dyn – ei dad o bosib. A does dim golwg o'i frawd.

Af yn ôl at y llun o'r te-parti, te-parti'r gefeilliaid, nid te-parti'r crwtyn unig. Dyw e ddim mor glir â rhai o'r lleill. Ond y mae rhywbeth arall ynglŷn â'r llun hwn sy'n fy nrysu, rhywbeth nad yw'n perthyn yn iawn, rywsut. Y mae stribed gwyn yn gwahanu'r ddau efell. Alla i ddim dirnad beth yw e. Rhan o'r gadair, efallai? Ond na, mae i'w weld ar un ochr yn unig, ac mae'n rhy uchel. Effaith y fflach, o bosib, yn bwrw cysgodion fan hyn, yn taflu golau llachar fan draw? Dwi ddim yn credu: mae hwn, beth bynnag yw e, yn fwy diriaethol, yn fwy solet na hynny. Yr unig beth

sicr galla i 'i ddweud amdano yw ei fod yn ymdebygu
i fraich, ond all hynny ddim bod, am nad oes llaw nac
ysgwydd ynghlwm wrthi.

Mae'n eironig taw Ahmed ei hun ddysgodd i mi sut i
ddefnyddio *Photoshop*. Fel Swyddog Cyhoeddiadau yn yr
Amgueddfa, bu'n rhan o'i waith bob dydd i ddyfeisio dulliau
newydd, deniadol o gyflwyno'r casgliadau, yn enwedig i
blant. Yn anffodus, deunydd pur farwaidd, digyffro sydd
gennym acw: cerrig, esgyrn, cyrff adar, pryfed ac yn y blaen.
Nid sw mo amgueddfa. Na pharc antur. Gwnâi Ahmed
ei orau glas i ddod â'r pethau hyn yn fyw yn y deunydd
cyhoeddusrwydd a'r pecynnau addysg. Lle safai hen faen
neu ddysgl neu waywffon ym moelni diheintiedig yr orielau
arddangos, byddai Ahmed, trwy ei ddefnydd dyfeisgar o
feddalwedd *Photoshop*, yn eu gosod yn ôl yn eu cynefin gynt.
Gwnâi'r un peth gyda'r trychfilod a'r corynnod. Tynnai
lun o ryw sbesimen yn y blychau casglu, y Brenin ei hun,
efallai, neu un o'r chwilod mwy ysgeler yr olwg, y Goliath,
o bosib. Yna, wedi'i sganio i mewn i'r cyfrifiadur, câi wared
ag unrhyw elfennau anghydnaws a ddigwyddai fod yn y
llun – pinnau, er enghraifft, neu labeli – ac yna ei osod ar ben
llun arall: llun o jyngl yn Ne America, neu goedlan yn Sir
Gaerfyrddin, neu ddiffeithdir yn Affrica, gan ddibynnu ar
natur y sbesimen dan sylw. Atgyfodai'r meirw yn fyw. Dyna
gamp *Photoshop*. Gall ddod â dau fyd cwbl ddigyswllt at ei
gilydd a'u gwneud nhw'n un.

Wrth gwrs, dyw gwybodaeth Ahmed am gynefinoedd
trychfilod a'u hamrywiadau dirifedi ddim yn helaeth
nac yn fanwl ac yn aml iawn, ar y dechrau, byddai'n
cyfeiliorni'n arw. Cofiaf iddo dynnu llun campus o'r Cawr-
Ffasnid un tro. Dyma'r trychfilyn mwyaf yn y byd, ac un
hynod hefyd: mae'n medru ei glonio ei hun heb gyffwrdd
â'r un creadur arall. Wel, yn ei ddiniweidrwydd, gosododd
Ahmed y Ffasnid ar lannau'r Amazon gan feddwl, siŵr o

fod, y gwnâi unrhyw jyngl y tro, ac anwybyddu'r ffaith
mai brodor o Faleisia, a Maleisia yn unig, yw'r anghenfil
hwn. 'Fydd neb yn gweld y gwahaniaeth,' meddai Ahmed.
'Bydd, Ahmed,' atebais i. 'Bydda *i*'n gweld y gwahaniaeth.'
A'i newid fu raid. Wedi hynny, mynnwn gydweithio'n
agos ag Ahmed wrth lunio pob taflen a llyfryn oedd yn
berthnasol i'm disgyblaeth i. Ni ddigiodd, ac yn fuan iawn
daethom ein dau i barchu arbenigedd ein gilydd, a dysgodd
y naill ryw gyfran o ddoniau'r llall.

Creadigaeth *Photoshop* yw'r llun o'r te-parti. Ac wrth
glicio'r labedi ar ochr y sgrin, gallaf ei ddadelfennu. Gallaf
ddychwelyd at y lluniau gwreiddiol a dynnwyd ynghyd, a
gyd-blethwyd i wneud y clytwaith ffug. Y bachgen â'r tafod
sy'n cael ei ryddhau gyntaf. Ac o graffu ar ei wyneb, o'i
chwyddo, o'i gymharu â'r lluniau eraill, mae'n amlwg nawr
mai Thomas Greenslade ei hun yw'r crwtyn hwn. Chafodd
hwnnw ddim gwahoddiad i'r parti, felly. Ma's â chi, yr
hen dwyllwr! Ahmed sy'n ymadael wedyn. Ie, Ahmed, er
mai ei ben-blwydd ef sy'n cael ei ddathlu yn y parti hwn.
Ond dim ond un Ahmed, cofiwch. Erys yr Ahmed arall.
(Dwi ddim yn credu yn Yassuf ddim mwy.) Ac wrth gael ei
ryddhau o afael ei ffrindiau, fe ddychwel yr Ahmed strae
hwn i gôl ei fam, oherwydd dyna'r llun a ganibaleiddiwyd
er mwyn cael dau Ahmed yn yr un parti, galla i weld
hynny nawr. Ahmed ar lin ei fam. Ahmed yn tynnu jib.
Trwy esgeulustod neu ddiffyg dawn, efallai, ni lwyddwyd i
ddileu braich y fam, nid yn gyfan gwbl, beth bynnag, wrth
drosglwyddo'r mab o'r naill lun i'r llall. Gadawyd y gwaith
ar ei hanner, yn dangos ôl blerwch rhyw wnïydd na feddai
ar gywreinrwydd ei gyd-weithwyr. A dyna'r rheswm pam,
hyderaf ddweud, na chafodd ei waith mo'i gynnwys yn
yr albwm, yn nhapestri ysblennydd y teulu Greenslade,
yn hanes dirgel Ahmed Senini. Dyna pam nad oedd ond
gwagle lle roedd y te-parti i fod.

Gefeilliaid Photoshop

A beth amdanat ti, Cerys? Wyt ti'n rhan ddilys o'r hanes hwn? Neu a wyt tithau hefyd yn un o epil *Photoshop?* Sut galla i fod yn siŵr? Mae'r lluniau eraill, bob un, yn fydoedd crwn, diwnïad. Ac os ydyn nhw'n dweud celwydd, mae'n gelwydd gorffenedig a fedra i ddim o'i ddadelfennu.

27 Yn yr Ogof

DIHUNAF AM BUMP o'r gloch. Mae'n dywyll o hyd, ac wedi oeri'n arw. Ond nid yr oerfel sydd wedi fy nihuno: mae'r sach gysgu yn dda at bob tymor. Fy llais i fy hun a'm dihunodd: p'un ai llais yn fy mhen ynte llais go iawn, dwi ddim yn siŵr, ond rwy'n gwybod beth roedd y llais yn ei ddweud. Yn ei weiddi. Enw fy mrawd, John.

Ro'n i'n un ar ddeg ar y pryd, a'm brawd, felly, yn tynnu at ei un ar bymtheg. Adeg claddu Wncwl Wil oedd hi, a Mam wedi mynd i'r angladd ym Mhontardawe. Roedd

John eisoes wedi trefnu i wersylla gyda ffrind mewn ogof ar bwys Ystradfellte, a bu'n rhaid i mi fynd gydag e am fod Mam o'r farn mai achlysuron i hen bobl oedd angladdau, nid i gryts ifanc. Dwedais wrthi ei bod hi'n bell iawn o fod yn hen, a chafodd ei phlesio gan hynny. Ond newidiodd hi mo'i meddwl.

Ar y llaw arall, er y byddwn wedi dewis amgenach cwmni, neu fentro ar fy mhen fy hun, o bosib, petawn i'n cael, roedd y daith hon yn gyfle – fy nghyfle cyntaf – i ymweld â rhai o gyrchfannau mwy diarffordd Alfred Wallace yn ne Cymru. Yno, ym Mlaenau Cwm Nedd, roedd e wedi darganfod y chwilen-wenynen, *Trichius fasciatus*. Yno hefyd, ym Mhorth-yr-Ogof, roedd e wedi cysgu dros nos, er na ddeuthum i wybod hynny nes imi ddarllen *My Life*, flynyddoedd yn ddiweddarach. Petawn i wedi'i ddarllen ynghynt a chael deall pa mor anghyfforddus ac annymunol oedd eu harhosiad yno (aeth yntau gyda'i frawd hefyd), siawns na fyddwn wedi stwbwrno'n fwy a mynnu mynd gyda Mam. Welodd Wallace fawr ddim pryfed yno chwaith.

Doedd dim rhaid i mi dalu gormod o sylw i'm brawd, nac yntau i minnau: câi ddigon o ddifyrrwch yng nghwmni ei ffrind, Jeff, a bu'r ddau wrthi am y gorau, gydol y daith, yn trwco jôcs brwnt a chlapan am athrawon a ffrindiau a pherthnasau, am chwaer hon a brawd y llall, yn rhyw gybolfa o grechwenu a sibrwd – a minnau, wrth gwrs, yn ffaelu deall ei hanner. Aeth y cyfan yn angof. Y cyfan heblaw am un rhigwm smala o eiddo Jeff. *My uncle had a three foot willy, He showed it to the girl next door; She thought it was a snake and hit it with a rake, Now it's only two foot four.* Ac rwy'n cofio hwnnw, mae'n debyg, am fod fy mrawd, am unwaith, yn methu ymateb – yn methu porthi â'i bennill ei hun.

'Your Uncle Billy got a big willy, then?'

Dwedais i wrth Jeff nad oedd gen i ddim Wncwl Billy. A bod Wncwl Wil wedi marw. A taw dim wncwl iawn oedd e, ta beth.

'You 'it 'im with a rake then, did you?'

Aeth fy mrawd ati wedyn i raffu mwy o jôcs. Er na ddwedodd e ddim byd, a fyddai fe byth yn cyfaddef hynny, roeddwn i'n gwybod ei fod e'n ceisio achub fy ngham. Ac fe deimlais i'n well wedyn.

Wedi mynd gyda'r bws i Bont Nedd Fechan, bu'n rhaid i ni ddilyn llwybr y rhaeadrau hyd at Ystradfellte. (Roedd Mam wedi ein siarsio i ffonio cyn saith o'r gloch, ac yn y pentref hwnnw roedd yr unig ffôn am filltiroedd, hyd y gwyddem ni.) A throi yn ein holau wedyn a dringo'r llethr serth a slic sy'n arwain at yr ogof. Digon cyfatal fu'r tywydd trwy'r dydd, a gyda'n bod ni'n dadbacio'n sachau fe ddaeth yn storom. Taenwyd llen o law ar draws ceg yr ogof, yn gywir fel petai sgwd arall wedi ymrithio o flaen ein llygaid. Aethom i eistedd ar silff lydan ar ochr chwith yr ogof, i gadw'n sych, ond doedd dim dianc rhag y lleithder, na rhuo'r nant gerllaw, a honno wedi'i chwyddo'n enbyd gan y glaw. Dim dianc rhag y cerrig, chwaith, yn fawr ac yn fân, a wasgarwyd ar hyd y lle. Doedd neb yn disgwyl cysgu llawer y noson honno.

Ond cysgu a wnes, mae'n rhaid, oherwydd cofiaf imi ddihuno'n sydyn, wedi fy nychryn yn sobor, a gweiddi enw fy mrawd, a dychryn yn fwy pan na chefais ateb. Dychryn, yn bennaf, rwy'n credu, oherwydd y tywyllwch: nid yn gymaint 'mod i'n ffaelu gweld dim byd, ond am nad oedd dim byd wrth law a allai wneud iawn am y diffyg gweld. Rhywbeth y gallwn ei deimlo, fel y ford fach wrth erchwyn y gwely gartre, neu rywbeth y gallwn ei glywed, fel tician y cloc larwm. Rhywbeth i'm sadio yng ngwacter

mawr y bore bach. Oherwydd, er estyn llaw i'r dde
a'r chwith, er cropian ar fy mhedwar wedyn i chwilio
am ddilledyn, neu esgid, neu rywbeth cyfarwydd,
a'r tywyllwch yn fy mygu fel sen i ynghanol tomen
o bridd, ffaelais i ffindo dim. A bues i'n meddwl
wedyn efallai taw breuddwyd oedd y cyfan, yr ogof,
a'm brawd, a'i ffrind, a'r daith trwy Gwm Mellte;
ac os felly, beth ar y ddaear oedd y tywyllwch hwn,
y tywyllwch tew, milain, â'i ddwylo brwnt, blewog
yn rwto'i hunan hyd fy ngwefusau a'm bochau a'm
gwegil? A chlywed sŵn wedyn, sŵn traed ar gerrig,
sŵn llithro a baglu, a minnau'n gweiddi, nerth fy
mhen.

'Don't fall! Don't fall!'

A dyna'r llais a'm dihunodd y bore 'ma, yn Nhŷ
Dedwydd, fy llais i fy hun yn gweiddi ar fy mrawd,
John.

28 Ahmed yn Cofio

TREFNAIS GWRDD Â Cerys ym mwyty Twrcaidd Salamis yn
Heol y Bont-faen. Lle digon plaen, ond cyfleus, meddai
Cerys. 'O fewn pellter cerdded i ni i gyd.' Pwy bynnag oedd
y 'ni' dienw hwn. Na, doedd Cerys ddim wedi manylu ar
y 'ffrindiau eraill' roedd hi wedi'u gwahodd, a doeddwn
innau ddim wedi holi. Roeddwn i wedi ildio sawl modfedd
yn barod, a fynnwn i ddim, dros fy nghrogi, ildio'r llathen
gyfan. Mwya'r syndod, felly, pan gerddodd Ahmed i mewn
gyda'i wraig, Helen, ac yna, yn dynn ar eu sodlau, y gŵr
main, tal. Yr un gŵr main, tal a fynnai ddangos ei wyneb

yn boenus o fynych yn ystod y diwrnodau diwethaf. Yn y fideo. Yn y lluniau. Yn y tŷ yn Grangetown. A heno, unwaith yn rhagor, ym mwyty Salamis yn Nhreganna. Gyda'i wraig.

'Jim... Nizar... a Nadia.'

'Pleased to meet you... '

Roedd un arall wedi cael gwahoddiad, meddai Cerys, ond yn methu dod oherwydd rhyw salwch yn y teulu. Oeddwn i'n ei nabod e, tybed? Na, doedd Cerys ddim yn credu 'mod i. Ac eglurodd Nizar wedyn mai hen ffrind coleg oedd e, ei fod yn byw ymhell i ffwrdd, rywle yng nghanolbarth Lloegr, ac mai yn anaml iawn y deuai i Gaerdydd. Trueni, hefyd, na allai fe ddod, meddai. Cydsyniodd Ahmed. Ond roedd yn edrych ymlaen at gwrdd â Tom rhyw ddydd.

'Tom?' meddwn i.

'Ie, Tom Greenslade,' meddai Ahmed. 'Paid gweud bod *ti*'n 'i nabod e hefyd, Jim. Byddai hynny'n ormod o gyd-ddigwyddiad.'

Byddai, Ahmed. Mae'r byd yn fach, ond ddim mor fach â hynny. Ac eto, fy hen gyfaill, rwyf eisoes yn nabod Thomas Greenslade yn llawer gwell na ti.

Ond er bod Tom yn methu bod yn bresennol, meddai Nizar, roedd wedi anfon rhywbeth a allai fod o ddiddordeb i ni. A dyma Nizar yn tynnu amlen o boced ei siaced. Roedd wedi cyrraedd trwy'r post y bore hwnnw, meddai. Ac o'r amlen, tynnodd lun. Llun, yn ôl Tom, oedd wedi cwympo ma's o'r albwm, a mynd ar goll, nes cael hyd iddo fe eto pan ddychwelodd adre. Do. A dyma Nizar yn dangos y llun i Ahmed. (Erbyn hyn, roedd Nizar wedi dodi'r amlen wag ar y bwrdd wrth fy ochr. A phe na wyddwn yn well, bron na ddywedwn i iddo wneud hynny'n fwriadol, i sicrhau 'mod i'n gallu gweld marc post Nottingham wrth ymyl y stamp.)

'Dyna fe,' meddai Nizar. 'Dyna Tom. Y crwt 'na sy'n plygu dros y ford a gwneud niwsans o'i hunan. Wyt ti'n ei gofio fe, Ahmed?'

A gyda hynny, cododd y garden a'i dangos i weddill y cwmni.

'Parti pen-blwydd Ahmed a Yassuf,' meddai. 'Mae siŵr o fod yn agos at ddeng mlynedd ar hugain ers 'ny.'

Gwenodd Helen a syllu'n gariadus ar y crwtyn bach a ddaeth yn ŵr iddi.

'A pha un wyt ti, Ahmed?' gofynnodd. Ond doedd Ahmed ddim yn gwybod. Sut gallai fe wybod?

'O, mae hyn mor drist,' meddai Naida.

Ond roedd Nizar yn gwybod.

'Wyt ti'n gweld y dyn bach 'na ar y ford?' gofynnodd. 'Y tegan bach. Mae e newydd gael ei dynnu o'i focs. Beth o'n nhw'n galw nhw 'to…?

Edrychodd Nizar yn ymbilgar ar Ahmed. Crafodd Ahmed ei ben.

'Rwy'n cofio… ' meddai Nizar. 'Rwy'n cofio Yassuf yn achwyn 'i fod e heb gael cymaint o anrhegion â ti… A dy fam yn gweud bo chi wedi cael anrhegion gwahanol i'ch gilydd a bod dim disgwl i chi gael yr un nifer… Rhywbeth fel 'na… A tithau, Ahmed… Wyt ti'n cofio? A tithau'n rhoi dy… Beth oedd e 'to?'

'*Action Man..*?' cynigiais i.

''Na ti, Jim!' meddai Nizar, yn llawn cyffro plentynnaidd. ''Na beth oedd e. *Action Man.* Ac fe roiodd Ahmed ei *Action Man* i Yassuf, i gael aros yn ffrindiau. Rwy'n cofio 'ny'n net. Ahmed yw'r un yn y canol, Helen. Funud ar ôl 'ny mae e'n rhoi ei anrheg i'w frawd… Yntefe, Ahmed?'

'Gallai fod... Gallai fod,' meddai Ahmed. 'Mae gen i ryw frith gof... '

'Ac ro'n i'n meddwl mor braf fyddai cael brawd fel 'na 'n hunan.'

A dangosodd Ahmed y llun i mi.

'Wyt ti'n gweld y bachgen hwn, Jim? Wrth 'n ochor i?'

Amneidiais. Sut gallwn i beidio?

'Ro'n i'n meddwl 'i fod e wedi marw'n fabi bach... '

'Dy frawd, felly... Ie, rwy'n dy gofio di'n sôn... '

'Gefell, Jim... Yr un sbit, fel ti'n gweld fan hyn... Drycha... Betia i di bo' ti'n ffaelu gweld y gwahaniaeth... '

Ac wrth reswm, allwn i ddim. Waeth faint rythwn i ar y llun, welwn i byth yr un blewyn o wahaniaeth rhyngddynt.

'Nac wyt ti'n ei gofio fe, Ahmed?'

A chafwyd mwy o grafu pen a myfyrio.

A'r hyn sy'n drawiadol, o edrych yn ôl ar y cyfarfod hwn yn y bwyty Twrcaidd yn Heol y Bont-faen, yw pa mor rhwydd y gallwn i chwarae'r gêm. Yn wir, bu bron i mi anghofio, ar brydiau, mai gêm *oedd* y cyfan. A'r rheswm am hynny, i ryw raddau, os nad wy'n cyfeiliorni, yw bod rhywbeth arall yn digwydd yr un pryd, rhywbeth na fynnwn ei ddibrisio trwy ei alw'n gêm, er bod elfennau chwareus yn perthyn iddo, yn sicr. Ac os yw'n codi peth cywilydd arna i nawr i gydnabod hynny, dwi ddim yn credu mai fi yn unig oedd ar fai. Oherwydd roedd hi'n amlwg o'r ffordd roedd Cerys yn siarad â fi – ac yn bwysicach na hynny, o'r ffordd roedd hi'n siarad amdana i wrth y lleill – fy mod i'n cael fy ystyried yn fwy na chyd-weithiwr. Yn fwy na chyfaill hyd yn oed, er yn llai na chymar. Os nad oedden ni'n gwpwl yn yr un ystyr ag Ahmed a Helen, neu Nizar a Nadia – sut gallen ni fod? – roedden ni'n cael cyfranogi rhywfaint o'r statws hwnnw at ddibenion yr achlysur. A theimlad braf oedd hynny, teimlad roeddwn i'n barod iawn i'w gofleidio. Lle disgwyliwn fod yn ffigwr ar yr ymylon, fe'm cefais fy hun, yn hytrach, yn rhan o ryw 'ni' cynnes, clyd. A nid dim ond y 'ni' o gwmpas y bwrdd oedd hyn, ond 'ni' mwy arwyddocaol hefyd. Soniai Cerys am ein cydweithio â'n gilydd. Am sut roedden ni'n mynd i'r un grŵp darllen. Am sut y deuai ymlaen mor dda gyda Nia, fy merch, yn y gweithdy drama. Ac am gymaint o gefn oeddwn i, wrth iddi geisio dod i delerau â'i byd newydd ers y llawdriniaeth. Ac yn y blaen. Ac wrth fod Cerys yn canu fy nghlodydd, rwy'n siŵr bod Ahmed wedi edrych arna i gyda hanner gwên ar ei wyneb. Ac erbyn i ni ddechrau ar yr Yaprak Sarma, doedd gen i mo'r awydd na'r gallu i daflu dŵr oer ar y 'ni' cynnes braf hwnnw, na dim byd arall a ddôi o fewn cyrraedd ei wres.

'Mae'n dechrau dod 'nôl, Jim... ' meddai Ahmed. 'Mam wedodd bod e wedi marw'n fabi... I arbed lo's i fi, siŵr o fod... Ro'dd yn gymaint o sgytwad... '

A beth yn union oedd yn dod yn ôl?

'Galla i gofio'r parti... Dim popeth, ti'n deall... Sa i' n credu 'mod i'n cofio Tom yn dda iawn... '

Ond, fel y brysiodd Nizar i'w ddweud, roedd Tom a'i deulu wedi symud bant, i ganolbarth Lloegr, pan oedd e'n ddim o beth.

'Ydw... Rwy'n cofio bod yno gyda Yassuf... Ac rwy'n cofio bod eisiau rhannu anrhegion gydag e... Rhyw deimlo 'i fod e wedi cael cam... '

29 Cau'r Llygaid

'ROEDD TOM YN digwydd bod yng Nghaerdydd… ' meddai Cerys, y tu allan i fwyta Salamis, wedi i ni ffarwelio â'r lleill. 'Ynglŷn â'i waith… Mae'n bensaer, ti'n gweld… Mae'n gweithio ar ryw ddatblygiad newydd yn y Bae.'

'Wela i… '

'Cododd e'r ffôn a gofyn i fi gwrdd ag e i hel atgofion… Roedd e mor annisgwyl… '

Oedd, Cerys, rwy'n dy goelio di.

'A tithau heb ei weld e,' meddwn i, heb feddwl. 'Heb ei…'

'Na, do'n i ddim wedi bod yn ei gwmni ers dyddiau coleg… '

Ie, cwrdd i hel atgofion, ond hefyd i ddangos iddi luniau o'r dyddiau hynny. Lluniau nad oedd Cerys, wrth reswm, wedi'u gweld o'r blaen.

'Fe ges i weld fy hen ffrindiau coleg am y tro cynta.'

'Rwyt ti'n swnio'n siomedig.'

Chwarddodd.

'A ches i weld rhywun… Rhywun go arbennig ar y pryd… '

'Arbennig…?'

'Y tro cynta, ti'n deall?'

'A.'

Chwarddais innau. A theimlo'n freintiedig, hefyd, o gael derbyn y manylyn personol hwn.

'Pam wyt ti'n chwerthin, Cerys? Oedd e'n ofnadw o salw?'

Ond doedd Cerys ddim yn malio am sut roedd e'n

edrych. Doedd ei weld e'n golygu dim iddi. Fyddai hi ddim wedi gwybod taw fe oedd e, heblaw bod ei enw wedi'i sgrifennu ar gefn y llun, gyda'r lleill.

'Ro'n i'n cofio'r rhan fwyaf yn dda iawn... Does dim byd yn bod ar 'y nghof i, Jim... Ac roedd rhai yn agos iawn ata i... Ond ar ôl gweld eu lluniau, maen nhw wedi troi'n ddieithriaid. Ydy hynny'n beth dwl i'w ddweud?'

Sut gallwn i wybod? Ond nid gofyn am ateb oedd hi, mewn gwirionedd, ond chwilio am ffordd i leisio'i phenbleth. Ac mor daer ac mor dyner oedd y chwilio hwnnw fel mai anodd iawn, bellach, oedd magu teimladau drwgdybus tuag ati. Roedd Cerys a Thomas Greenslade yn hen ffrindiau. Wrth gwrs eu bod nhw. Roedd ei daioni cynhenid yn datgan hynny'n glir ac yn groyw. Ac os aeth llwybr y berthynas honno, wedyn, yn drybeilig o drofaus a thwyllodrus, doedd dim byd i brofi mai bai Cerys oedd hynny. Doedd dim i brofi, hyd yn oed, ei bod hi'n gwybod am y gwaith torri-a-phastio ar y lluniau. A pha hawl oedd gen i i'w herio, a hithau'n gwbl ddiffuant yn ei gwewyr meddwl, ac yn dibynnu arna i (yn dibynnu arna *i*, o bawb) i fod yn gefn iddi? Petawn i wedi gofyn i Nizar, wrth gwrs... Ond doeddwn i prin yn nabod y dyn, ac roedd y cyfle hwnnw wedi mynd heibio. Ta beth, roedd yntau i'w weld yn berson hynaws a didwyll hefyd, a'i wraig, a phob un arall o ran hynny. Ac yn bwysicaf oll, doedd dim byd yn mynd ymlaen rhwng Cerys ac Ahmed, dim oll, dim ond cymwynas, ie, cymwynas a wnâi i bawb deimlo'n fodlon eu byd, yn fwy bodlon nag oedden nhw cynt. Ac i beth byddai dyn yn dymuno tanseilio'r dedwyddwch hwnnw? I beth byddai dyn yn suro blas y Karisik Izgara a'r Imam Bayildi a danteithion eraill bwyty Salamis? Bwytawyd y wledd a chafwyd mai da oedd. A dyna fe.

Cynigiais hebrwng Cerys adref ac fe dderbyniodd. O gyrraedd y groesfan, cydiais yn ei braich, ond dwedodd nad oedd angen help arni, diolch yn fawr. Erbyn hyn, meddai, roedd wedi meistroli croesi'r ddwy heol fawr a redai rhwng ei chartref a phrif heol Treganna. O'r fan honno y daliai'r bws i'r gwaith bob dydd. Oni wyddwn i mo hynny? Roedd y dyn gwyrdd o gymorth, meddai, ond roedd yn well ganddi gau ei llygaid a disgwyl am y bîp-bîp-bîp a grwnan y ceir wrth iddyn nhw arafu. Doedd hi chlustiau hi byth yn ei bradychu. Ac roedd gweld yn fwy anodd liw nos, meddai, oherwydd y goleuadau: wyddai hi ddim beth oedd yn bell a beth oedd yn agos. Roedd goleuadau'r ceir a'r tafarnau a'r tai bwyta a'r lampau stryd i gyd yn un gybolfa fawr, yn glystyrau o heuliau bach llachar yn hongian yn yr awyr. Ac roedd yn hawdd drysu, yn hawdd mynd i banig. Caeodd ei llygaid a gwrando. A chaeais innau fy llygaid hefyd, er mwyn ymdeimlo â'r dieithrwch a brofai Cerys yn ein byd ni, y rhai llygadog. 'Cei di fod yn dywysydd i mi y tro hwn, Cerys,' meddwn i. Ac roeddwn mor falch o gael ymddiried ynddi, unwaith eto, nes penderfynu nad oedd gwahaniaeth gen i am y lluniau na dim byd arall oedd wedi bod yn dân ar fy nghroen ychydig oriau ynghynt. Rhywsut, roedd ei thristwch, ei siom, ei hiraeth wedi golchi ei beiau tybiedig i gyd.

Doeddwn i ddim wedi bod yn nhŷ Cerys o'r blaen.

'Bydd rhaid i ti esgusodi cyflwr y lle, Jim… Rwy'n meddwl paento a phapuro'r cyfan pan gaf i gyfle.'

Doedd dim dwywaith nad oedd dirfawr angen hynny. Roedd pob wal a nenfwd yn wyn, neu'n lled-wyn, yn unol â chwaeth lom wythdegau'r ganrif ddiwethaf. Ond, mewn gwirionedd, oherwydd prinder a phylni'r goleuadau, llwyd unffurf oedd y lliw a welid. Ac roedd y corneli'n pilo, a brychni lleithder i'w weld o dan y ffenestri.

'Wela i ddim o'i le, Cerys.'

Doedd dim lluniau chwaith. Dim blodau. Dim o'r fflwcs sy'n arfer creu annibendod mewn cartrefi. Bron na ddwedwn i fod rhyw ysbryd asetig, mynachaidd yn cyniwair trwy'r lle. Bod y sawl oedd yn byw yma wedi ymwrthod â'r byd a'i oferedd. Bron, oherwydd, er gwaethaf y moelni ymddangosiadol, o graffu'n fanylach, gallwn weld nad oedd, mewn gwirionedd, dim prinder pethau fel y cyfryw: dim ond bod y pethau hynny'n cydymffurfio â rhyw drefn, rhyw ofynion, na fedrwn eu hamgyffred yn iawn. Gosodwyd pen y soffa'n dynn wrth ddrws y gegin. Yng nghornel y lolfa roedd y bwrdd, nid yn ei chanol. A'r trugareddau, wedyn. Yn hytrach na chael eu harddangos ar y mamplis, neu'u lledaenu yma a thraw yn y ffordd arferol, i roi'r argraff eu bod nhw wedi glanio ar hap, roedden nhw i gyd wedi cael eu corlannu, yn ôl eu natur, ar silffoedd pwrpasol. Eu dosbarthu, yn union fel petaen nhw'n sbesimenau mewn casgliad. Y cerrig bach fan hyn. Y darnau grisial ryw lathen nes draw. Cregyn y môr wedyn. Ac yna'r powlenni bach porslen. Yr holl eitemau'n glystyrau ar wahân.

'Wy'n ofan lliwiau, Jim… Sa i'n gwybod beth i neud â nhw.'

'Galla i dy helpu di, os wyt ti moyn… '

Aeth i'r gegin.

'Sa i wedi neud dim i'r lle ers y driniaeth.'

Agorodd Cerys ddrysau'r cypyrddau. A dyna le roedd y nwyddau i gyd wedi eu gosod allan, yn rhesi bach cymen.

'Yn nhrefn yr wyddor… Ti'n gweld…?'

Ie, gallwn weld hynny. Y blawd, y ceirch, y coffi, y cnau, y creision, y cyrens… Heb edrych, fe dynnodd y coffi i lawr o'r silff.

'I neud yn siŵr 'mod i ddim yn agor tun o ffa pan 'wy moyn tun o samwn.'

Ac roedd y ffrij yr un peth. A'r rhesel lysiau, hefyd. A'r nwyddau glanhau o dan y sinc.

'Maen nhw i gyd gen i ar 'y nghof, Jim... Yn saff... Lle i bopeth, a phopeth yn ei le.'

Ysgydwodd ei phen. 'Pam dylen i golli hwnna, Jim?'

Ac fe apeliai'r trefnusrwydd hwn ataf. Y didoli dyfal a'r carfannu sicr. A'r ffaith bod y cyfan yn digwydd yn ddistaw bach. Y tu ôl i ddrysau caeëdig, ar silffoedd disylw, di-nod, yr oedd byd cyfan yn ufuddhau i ofynion y cof. Ac wrth i Cerys wneud cwpanaid i mi, dwedais nad oedd angen iddi golli dim er mwyn plesio eraill. Dwedais wrthi am anghofio'i llygaid am ychydig ac fe wnawn innau'r un peth. Ceisiwn innau fod yn ddall am sbel. Iddi gael gwybod nad oedd dim pwysau arni, gen i na neb arall. A gallai fod yn dywysydd i mi, unwaith yn rhagor.

'A bydd gen ti fantais wedyn... Ti fydd â'r llaw uchaf, yntefe, Cerys?'

'Mae gweld yn felltith weithiau,' meddai.

Aethom yn ôl i'r lolfa ac eistedd i lawr. Roedd byrddau bach sgwâr wrth ddeupen y soffa, â *coasters* arnynt yn barod, i dderbyn y mygiau poeth. Am fod y soffa wedi'i lleoli yn ymyl drws y gegin, wynebem, nid tân na theledu (doedd dim tân na theledu yn y stafell) ond cwpwrdd Victoraidd, un o'r cypyrddau hynny sydd wedi'u gosod yn ddwfn yn y wal, a'u drysau gwydr yn dda at gadw'r llestri'n lân rhag y parddu, pan fyddai tân glo'n llosgi yn y grât slawer dydd. Ond rhesi o flychau a welwn yn y cwpwrdd hwn, nid llestri, a ches wybod gan Cerys mai llyfrau llafar oedden nhw. Ac yna, wedi trafod rheiny am sbel, a dysgu rhywbeth am hanes y tŷ, a etifeddodd gan ei mam, a chael ei hanes hi, a sôn ychydig wedyn am fy mam innau, fe gaeodd Cerys ei llygaid. Ac fe wnes innau'r un peth. A dwedais wrthi 'mod i'n gwybod mai hen ystrydeb oedd y syniad bod pobl ddall yn nabod ei gilydd trwy deimlo'u hwynebau ond, serch hynny, dyna hoffwn i ei wneud, a dwedodd hi 'mod i yn llygad fy lle, os byddwn mor garedig â maddau'r jôc sâl, mai hen ystrydeb wirion, anwybodus a nawddoglyd oedd hi, wrth gwrs, a bod pobl ddall yn gallu dweud 'Pwy ŷch chi, te?' cystal â neb, a chwerthin, ond, serch hynny, y byddai'n hoffi'n fawr petawn i'n gwneud hynny, ar yr amod 'mod i'n cadw fy llygaid ynghau, ac ar yr amod hefyd – ie, Cerys? – ar yr amod ei bod hi'n cael gwneud yr un peth hefyd. A bu'n rhaid i ni ddynesu at ein gilydd er mwyn dod o fewn pellter cyrraedd hwylus.

A dyna beth rhyfedd. Fe wyddwn eisoes fod cau'r llygaid yn meinio'r glust, am mai dyna a wnawn yn ddiffael mewn cyngherddau. Ond wyddwn i ddim bod cau'r llygaid yn rhoi min hefyd ar y synhwyrau eraill. Ac wrth brin gyffwrdd â thalcen Cerys â blaenau fy mysedd, a'i bochau a'i gên wedyn, a'i gwefusau, a'i thrwyn, a'i haeliau, a'i hamrannau, fe'u teimlwn yn hyfryd o feddal, wrth gwrs, ond fe'u teimlwn hefyd yn fwy o faint nag yr oedden nhw'n ymddangos i'r llygaid. A buon ni'n chwerthin eto pan ddwedais i hynny, a minnau'n ymddiheuro am fod mor ansensitif, ond yn gellweirus, a heb deimlo'r un embaras, efallai am nad oedd y naill yn gallu gweld y llall, a dyma fi'n dweud, os oedd y bysedd yn llawer gwell na'r llygaid am nabod pethau, am olrhain pob camedd a phob pant, cymaint gwell na'r bysedd, hyd yn oed y bysedd, oedd y tafod, dim ond â'r tafod y gallen ni deimlo pethau'n iawn, ond rhaid i ti, Cerys, meddwn i, rhaid i ti gadw dy lygaid ynghau. O'r gorau, meddai Cerys, ond rhaid i tithau wneud yr un peth hefyd. Iawn, meddwn i, does neb yn cael gweld dim, dim ond teimlo, dim ond byseddu a thafodi, a bydd pob dim yn iawn, bydd, Cerys, bydd pob dim yn iawn.

Ac os cefais ryw gip bychan wedyn, y cip lleiaf posib, cip oedd hwnnw i gael cyfranogi o'i llonyddwch mawr, dim mwy, ei llonyddwch di-weld, di-fefl.

30 Cais am faddeuant

RWY'N FLIN IAWN, Mam. Ddim fel hyn roedd pethau i fod. Ond yn fy myw, wela i ddim ffordd arall o'th helpu di. Feiddia i ddim gadael i bethau fynd ymlaen fel maen nhw. Mae'n wir ddrwg gen i na alla i ddweud dim o'r pethau hyn wrtho ti, yn dy wyneb, dros wydraid o sieri, i ti gael deall 'mod i'n gwneud y cyfan er dy fwyn di. Dyw e ddim yn golygu 'mod i'n llai diffuant, ddim yn y galon. A'r galon sy'n cyfri, yntefe, Mam? Fe ddwedwn i'r cwbl petai modd. Ond fyddai hi ddim yn gweithio wedyn, ti'n gweld; fyddai'r gymwynas ddim yn tycio ac rwy'n gwybod taw drysu fyddet ti a chael hunllefau a dychmygu pob math o bethau cas. Byddet ti'n dweud 'mod i wedi cynllunio hyn i gyd. A dyw hynny ddim yn wir, Mam. Digwydd trwy ddamwain wnaeth e. Do'n i ddim hyd yn oed yn gwybod beth ro'n i'n chwilio amdano y noson honno yn Nhŷ Dedwydd. Chwilio o ran chwilfrydedd oeddwn i, a rhyw faint o bryder ynglŷn ag Ahmed, o bosib, serch 'mod i'n teimlo'n eitha crac 'da fe erbyn hynny. Ac yn fwy crac 'da Cerys, wrth gwrs.

Ond dwyt ti ddim yn nabod neb o'r bobl hyn, nac wyt, Mam? A faint callach fyddet ti 'sen i'n dechrau rhoi eu hanes i ti nawr? 'Sen i'n dechrau brygowthan am Ahmed a Cerys, am Helen a Nizar a Nadia, am *Photoshop* a chywasgu a didoli lluniau? 'Sen i'n rhannu fy amheuon gyda ti am Thomas Greenslade?

A beth bynnag, Mam, yn y diwedd roedd pawb yn hapus. O'n. Roedd pawb ar ben eu digon, Ahmed a Cerys, a'r lleill i gyd. Ac oherwydd hynny, fe giliodd yr amheuon. Do, a'r dicter hefyd. Ciliodd y cwbl. A gwynt teg ar eu hôl nhw, ddweda i. Oherwydd teimladau dinistriol ydyn nhw, Mam, bob un. A dechreuais i feddwl, wedyn, os gallan *nhw* gael gwared â'u hofnau a'u pryderon, os galla *i* gael gwared â'm dicter, pam na elli di wneud yr un peth? Pam na elli di hefyd fod yn rhydd o bob gofid, o bob atgof chwerw, o bob euogrwydd?

Dwi ddim yn malu awyr, Mam. Dwi ddim yn un am freuddwydio, fel y gwyddost ti'n iawn. Na, yn syml iawn, rwy wedi ffindio ffordd o'th wella di. Rwy'n gwybod erbyn hyn sut mae golchi dy gof yn lân o bob staen. Ac mae'n rhyfedd nad oedd y peth wedi fy nharo ynghynt, ond dyna fe, roedd fy meddwl ar bethau eraill. Aeth yr *Aricept* a'r *Rasagiline* yn llwyr dros gof: geiriau ar nodyn mewn ffeil oedden nhw. Anghofiais am y cwpwrdd hefyd, a'i lond o bacedi a stribedi a photeli a blychau bach plastig. Roedd y lluniau i'w gweld gymaint yn fwy diddorol. Mae rhywbeth mor swyddogol, mor *mundane*, ynglŷn â phacedi moddion, nag wyt ti'n credu, Mam?

Dyma'r anrheg orau galla i 'i roi i ti, Mam. Mae'n llawer gwell anrheg na dim byd gest ti 'da Sue. Fyddi di byth yn gwybod hynny, ond mae'n wir. Roddodd Sue ddim byd i ti, dim ond dy hala di i gofio pethau dibwys, a phethau doeddet ti ddim eisiau'u cofio. Wnaeth hi ddim cymwynas â ti, ddim mewn gwirionedd. Gall dy fab wneud yn llawer gwell. Rwy'n flin, Mam, ond mae'n rhaid i ti ymddiried ynof i.

31 Arbrofion

CYNLLUN DEUBLYG OEDD gen i. Yn gyntaf, roedd rhaid cael gafael ar y feddyginiaeth briodol. Gan na allwn i gofio'n fanwl yr un o'r enwau a welswn ar y pacedi a'r poteli yn stafell ddirgel Dr Bruno, bu'n rhaid treulio noson arall yno er mwyn eu cofnodi. (Doedd dim diben i mi ystyried cyffuriau nad oedden nhw ar gael yn Nhŷ Dedwydd: prin y gallwn i fynd at y meddyg a gofyn am bresgripsiwn.) Roedd dros hanner cant o eitemau. Wrth lwc, doedd dim prinder gwybodaeth bwrpasol ar y We, ac o fewn diwrnod neu ddau o dorchi llewys roeddwn wedi cyfyngu'r nifer o opsiynau i un ar ddeg, gan gofnodi a chymharu prif nodweddion pob un: eu cynnwys cemegol, eu heffeithiolrwydd, eu sgil-effeithiau, y modd o'u cyflwyno i'r claf, ac yn y blaen.

O'r cyffuriau y bûm i'n eu hystyried, *Aricept* apeliodd fwyaf, am ei fod yn amlwg wedi dwyn ffrwyth yn achos Ahmed. Yn anffodus, roedd gan y cyffur hwn ddwy anfantais benodol. Cymerai fis neu fwy i weithio. Doedd gen i mo'r amser na'r amynedd i aros. Hefyd, yn ôl y wefan, gallai *cholinesterase inhibitors* gael *vagotonic effects* ar y *sinoatrial and atriventricular nodes*, a rhestrwyd nifer o beryglon eraill. Ni ddeallwn ystyr y geiriau hyn, ond roeddent yn swnio'n bur frawychus a barnais mai callach fyddai peidio ag ymhél â'r cemegyn hwn.

Ar yr olwg gyntaf, roedd *scopolamine* hefyd i'w weld yn addas. Cawsai ei ddefnyddio gan y CIA ym mhumdegau'r ganrif ddiwethaf fel cyffur-dweud-y-gwir. Yn fuan iawn, sylweddolwyd ei fod yn gwneud i bobl orliwio ac ystumio eu hatgofion – yn wir, gallai arwain at weld rhithiau a drychiolaethau go egr – a doedd hynny, yn y pen draw, yn dda i ddim o ran cael hyd i'r gwirionedd. At fy nibenion i, wrth gwrs, byddai'r elfen rithiol yma wedi bod yn ddigon pwrpasol a bûm yn pendroni'n hir cyn rhoi hwn, hefyd, o'r neilltu. Y peryglon meddygol, eto, oedd y maen tramgwydd. Y mae'r cyffur yn dra gwenwynig a gallai rhoi'r mymryn lleiaf yn ormod i'r claf achosi *delirium, delusion, paralysis, stupor and death.*

Yn y diwedd, ac wedi pwyso a mesur amryw o opsiynau eraill, dewisais *Sodium thiopental*: yr hen ffefryn yn y meysydd hyn, mae'n debyg. Mae'n wir nad oedd hwn chwaith heb ei sgil-effeithiau: gallai beri blinder, penysgafnder, cyfog, a nifer o symptomau annymunol eraill. Y mae hefyd, yn ôl un wefan afiach o fanwl, yn cael ei ddefnyddio yn America i dawelu llofruddion cyn eu dienyddio, a chysylltiad digon annifyr yw hwnnw, does dim amheuaeth. Ond at ei gilydd, ac o ystyried y manteision a'r anfanteision i gyd mewn ffordd mor wrthrychol ag y gallwn, deuthum i'r casgliad bod y budd a ddôi yn y pen draw o ddefnyddio'r cyffur hwn yn troi'r fantol o'i blaid. Gellid ei gymryd mewn dŵr, dechreuai weithio o fewn ychydig funudau, a pharhâi ei effaith am ryw ugain munud i hanner awr – cyfnod delfrydol ar gyfer yr hyn oedd gen i mewn golwg – ac amser, o'i golli, na fyddai'n tarfu'n ormodol ar lif bywyd y claf. Rhyw gyntun bach, dyna i gyd. *Thiopental* amdani, felly.

Tasg anoddach o lawer oedd cael gafael ar y cyffur ei hun. Yn ystod y tair wythnos nesaf, tair wythnos gyntaf mis Rhagfyr, treuliais bum noson arall yn Nhŷ Dedwydd. Poendod digymysg oedd hyn. Amharai ar fy mherthynas â Cerys, perthynas a oedd wedi dechrau blodeuo yn y modd mwyaf annisgwyl, a bu'n rhaid hel esgusodion ynglŷn â gofynion teuluol. Amharai hefyd ar y gofynion teuluol hynny, a gorfu i mi esgeuluso Mam a'r plant fwy nag unwaith, ar gorn gofynion gwaith. Ond mân us oedd yr ystyriaethau hyn o'u cymharu â'r profiad ei hun, sef treulio deuddeg awr ar y tro yn unigedd rhewllyd Tŷ Dedwydd, gan ddilyn yr un drefn ddiflas ag o'r blaen: cuddio yn y tŷ bach, halio'r lamp i'r stafell ddirgel, troi a throsi ar y llawr caled, a dygymod â chellwair y glanhawyr. 'Anyone think you camp here, Mr Robson!' 'Ha! What a thought, Fatemeh! As if!' Ond doedd dim amdani ond rhygnu ymlaen. Feiddiwn i ddim dwyn mwy nag ychydig gramau ar y tro o'r *thiopental*, rhag ofn bod rhywun yn archwilio'r stoc, yn ei bwyso bob wythnos, efallai, yn ddyddiol hyd yn oed. Difyrrwn fy hun trwy ddarllen tameidiau o'r archifau.

Gadewais i wythnos fynd heibio rhwng yr ymweliad cyntaf a'r ail. Barnais fod hynny'n gall, er mwyn profi'r dyfroedd. Parhaent yn llonydd. Efallai nad yw perchnogion Tŷ Dedwydd mor ystyriol o'u diogelwch ag y tybiwn: ffaith a fyddai'n peri gofid i mi dan amgylchiadau eraill. Ond o ran profi'r cyffur ei hun, doedd dim oedi i fod: roedd y Nadolig bron â bod ar ein gwarthaf. Wrth lwc, cefais wybod gan un o'r gwefannau mwy awdurdodol eu golwg fod modd toddi'r powdwr melyn mewn alcohol yn ogystal â dŵr. Daeth hyn yn syndod i mi, rhaid cyfaddef, ond roedd yn ffactor pwysig – nid yn unig am nad yw Mam fel arfer yn yfed dŵr, ond hefyd am na fyddai wedyn, siawns, o dderbyn y cyffur mewn gwydraid o sieri, yn gallu gweld ei liw na chlywed ei aroglau. Waeth mae *Sodium thiopental* yn drewi o arlleg. Ac os oedd hyn yn gysur i mi, am ei fod yn fy atgoffa o bethau iachusol, naturiol, gwahanol iawn fuasai ymateb Mam, a hithau'n ffieiddio blasau cryfion, petai'n amau bod sylwedd estron o'r fath wedi cael ei ychwanegu at ei thonic boreol.

Pwyll oedd piau hi. Y tro cyntaf, felly, wedi i mi baratoi toddiant o'r dwysedd priodol, dim ond pum diferyn a roddais yn ei diod. Eisteddais yno, gyferbyn â hi, yn ei fflat, am awr gron. Eistedd, a chadw llygad manwl ar bob ystum. Eistedd, a chlustfeinio'n ofalus ar bob sill a lefarai. Eistedd, heb ddirnad yr un arwydd anarferol. (Parhâi'r dryswch a'r *paramnesia* yn union fel o'r blaen, wrth reswm.) Ar fy ymweliad nesaf, treblais y ddôs. Rhois dipyn llai o sieri iddi hefyd, oherwydd ei bod hi'n dueddol o yfed yn araf. 'Galla i arllwys un arall wedyn, Mam, os benni di hwnnw,' meddwn i, a chogio bod angen agor potel newydd. Ond rhaid 'mod i wedi mentro ychydig yn rhy bell y tro hwn. Cwympodd i drwmgwsg. Aeth ei phen yn llipa a dechreuodd lyfedu a chwyrnu yn y modd mwyaf aflednais. A dyna fel y bu, am ddwy awr a mwy, cyn dihuno ac achwyn bod syched aruthrol arni.

Y tro nesaf, credaf i mi daro ar ddôs fwy boddhaol. Arhosais i Mam fynd i'r tŷ bach, fel y gwna'n ddeddfol bob rhyw awr a hanner, ac yna ychwanegu maint cymedrol o'r hylif at yr hanner modfedd o sieri oedd yn weddill. Daeth yn ei hôl a gwacáu'r gwydryn ar un llwnc. Caeodd ei llygaid a llithrodd, yn raddol, i ryw gyflwr oedd yn ffinio rhwng cwsg ac effro, heb golli ymwybyddiaeth yn llwyr ond heb fedru cynnal llawer o sgwrs chwaith. Wrth 'mod i'n siarad – am ba anrhegion Nadolig yr hoffai eu cael, fel mae'n digwydd – byddai hi'n porthi rywfaint, gan fwmial ambell 'ie' bach tawel fan hyn, a thaflu rhyw 'na' mwy pendant fan draw, neu'n gwneud sŵn 'mm' dan ei hanadl, yn ddistaw bach, pan glywai rywbeth a chwythai ychydig ar gols ei chof neu'i ffansi.

A dyna ran gyntaf y cynllun.

Roedd y rhan arall yn dra gwahanol. Proses gorfforol oedd cael hyd i'r feddyginiaeth; proses gorfforol, hefyd, ei gweini i'r claf ac archwilio'i heffeithiau. Roeddwn i'n hen law ar waith felly. Gwaith mwy llithrig, mwy heriol, oedd llunio bywyd newydd i rywun. Ac efallai ei bod hi'n fwy anodd na hynny, hyd yn oed. Waeth nid llunio bywyd cwbl newydd oedd fy mwriad mewn gwirionedd ond, yn hytrach, diwygio'r cof am fywyd a fodolai'n barod, y bywyd anfoddhaol, annigonol hwnnw y buasai'n well ganddi ei anghofio, pe gallai. Nid chwalu ogofeydd tywyll y gorffennol oedd y nod, ond eu goleuo; nid lladd ei frain mawr mileinig, ond eu troi'n golomennod dof. Gwaith anodd. Gwaith anodd, dybiwn i, hyd yn oed i rywun fel Sue, a hithau'n hyddysg mewn materion felly, ac wedi hen arfer â rhoi meddyliau drylliedig yn ôl at ei gilydd. Gwaith anos o lawer, felly, i un nad oedd ganddo ddim profiad o drin meddyliau na llunio cofiannau.

A'r anhawster mwyaf oll oedd prinder y deunydd craidd. Cofiant oedd hyn i fod, nid nofel, nid ffantasi y gallai rhywun ei thynnu o'i dychymyg ei hun, megis cwningen o het. Ond ar ba fachau y gallwn i hongian y cofiant hwn? Ym mha gilfachau cudd yng nghof tyllog Mam y gallwn i ddodi'r celfi a'r llestri a'r trugareddau a fyddai'n harddu'r hyn oedd yn weddill o'i bywyd? Cyfleuster, meddai'r Prif Gymwynaswr, yw pob mynwent, pob tŷ, pob map, a gellid ailboblogi pob un. Purion. Ond *pa dŷ? Pa fap?* A'u hailboblogi â *phwy?* Ble mae dy luniau i gyd, Mam? Ble mae dy ffrindiau coll, dy Thomas Greenslade, dy Nizar? A beth yn y byd alla i 'i wneud â jwg *Gaudy Welsh?*

Cam gwag oedd dewis ein te Noswyl Nadolig teuluol ar gyfer yr arbrawf cyntaf. Rhyw feddwl oeddwn i y byddai'r plant, wrth agor eu hanrhegion, yn ysgogi teimladau hiraethus yn eu mam-gu, ac o wneud hynny, fraenaru'r tir ar gyfer yr hadau y dymunwn eu plannu yno. Aeth pethau o chwith o'r funud gyntaf. Wedi camu i mewn i'r fflat, mynnodd Mam ei bod hi'n gwynto persawr menyw. (Roedd Cerys wedi bod draw y noson cynt cyn mynd at ei brawd ar gyfer y Nadolig.)

'Ody Susan 'nôl te?'

'Rhywun o'r gwaith, Mam… Galwodd heibio ddoe… '

'Ma' Susan yn iwso sent gwahanol odi ddi, Jim? Ti

brynodd e, ife …? Presant bach?'

A dyna pryd cyrhaeddodd y plant.

Bu'n rhaid aros tan ar ôl te cyn mentro ar y *thiopental* a cheisio tynnu sgwrs â Mam ynglŷn â'i Nadoligau slawer dydd. Wrth gwrs, pan gaeodd Mam ei llygaid, doedd y merched ddim yn gweld bod llawer o ddiben i ni siarad am ddim byd. 'Aros nes 'bod hi'n dihuno, Dad,' meddai Bethan, yn ddigon synhwyrol. Tawelwch a fu, felly. Tawelwch, heblaw am anadlu Mam, a sŵn y plant yn troi tudalennau eu cylchgronau, a thician y cloc, yn fy atgoffa bod amser yn prinhau.

'Nage cysgu'n iawn mae hi, 'chmod,' meddwn i. Rhois law ar ei braich. 'Dim ond gorffwys wyt ti, Mam, yntefe?'

A dwedais wrth Nia a Bethan gymaint roedd Mam-gu yn edrych ymlaen at hel atgofion gyda'i dwy hoff wyres.

'O't ti'n edrych ymlaen, Mam, nag o't ti?'

Daeth y mwmial aneglur arferol. Dyfal donc.

'Gwed wrthon ni shwt Nadolig o't ti'n arfer 'i gael slawer dydd, Mam.'

Ac yn sicr, roedd yr ymateb y tro hwn yn llawnach ac yn fwy sionc nag o'r blaen. Mae'n wir nad oeddwn i'n gallu dirnad llawer o'r geiriau, na chael hyd i ystyr bendant. Ond o gael pum munud arall, dywedais wrthyf fy hun, siawns na ddôi ei lleferydd yn gliriach; yn y gobaith hwnnw fe ddaliais ati, gan ynganu'n araf a phwyso ar bob sill.

'O't ti'n arfer codi'n fore iawn, Mam? Ar ddydd Nadolig? Pan o't ti'n groten fach … Yn Llanelli?'

'Mm… Yn fore… '

Ac o gael y brathiad bach hwnnw, euthum ati gydag arddeliad newydd.

'Gwed wrthon ni, Mam… Gwed wrthon ni ambwyti'r anrhegion… Pwy anrhegion o't ti'n lico orau… Pan ddihunaist ti fore Nadolig... A'u gweld nhw i gyd wrth droed y gwely? Wyt ti'n cofio, Mam? Mm?'

Gyda hyn, dechreuodd Mam ystwyrian. Cododd law a throi ei phen ychydig, fel petai wedi clywed rhywun yn galw o bell. A daeth mwy o eiriau. *Gwely... Dat... Ams... Amser codi nawr... Ond Dat...* Nid yn rhaeadr, ond yn nant fach ddigon sionc a fagai nerth wrth dorri cwrs trwy'r mawn a'r clai. *Dim heddi, Dat... Sa i'n moyn...*

'Mm? Beth wedest ti, Mam?'

Ta beth, wrth weld eu mam-gu yn cynhyrfu fel hyn – yn cynhyrfu ac eto, rywsut, fel y tybien nhw, yn dal i gysgu – anesmwythodd y plant. Ac o edrych yn ôl, mae'n rhaid cyfaddef i mi siarad â gormod o daerineb y prynhawn hwnnw, gan gymaint fy awydd i glymu'r ruban am anrheg Nadolig na chawn i gyfle arall, efallai, i'w chyflwyno iddi. Doedd y plant, yn eu diniweidrwydd, yn gwybod dim am hyn, wrth gwrs, a fedra i ddim gweld bai arnyn nhw am yr hyn ddigwyddodd wedyn. Ta waeth, dwedodd Bethan yn blwmp ac yn blaen – a hithau'n arfer bod mor ddywedwst a di-hid am bethau – dwedodd hi am roi'r gorau iddi. 'Gad 'ddi fod, Dad,' meddai. 'Mae hi'n drysu.' Ameniodd ei chwaer a dweud wrtha i am beidio â 'haslo Mam-gu druan'. Edrychodd arna i'n ddigon blin, hefyd, yn felodramatig o flin, a dweud y gwir, a phan aeth i benlinio wrth ochr ei Mam-gu a rhwto cefn ei llaw yn dyner ofalus, ni allwn lai na gwenu. Halen ar y briw oedd hyn, wrth gwrs, ac fe dalais am fy myrbwylltra. Roeddwn i'n dibynnu ar Nia i ddefnyddio'i doniau actio, ei gallu i dynnu sgwrs, i danio dadl, er mwyn cael Mam i siarad. Yn lle hynny, dewisodd droi'r doniau hynny at refru yn erbyn ei thad, ei thad penstiff, dwl; at felltithio'i greulondeb, ei ddiffyg ystyriaeth o deimladau hen bobl. A phan oedd yn anterth ei pherfformiad, bu ond y dim i mi ildio i bwl o chwerthin. A byddai'n anodd gwadu nad oedd elfennau digon doniol

yn yr olygfa honno, gyda'r plant yn dwrdio'u tad, y tad
yn ceisio ymresymu â'i fam ffwndrus, a hithau'n mwmial
yn angerddol ddisynnwyr trwy'r cyfan. Byddai, byddai'n
anodd peidio â chwerthin o gael eich tynnu i mewn i'r fath
tableau. Ond fe galliais. Ac wedi i mi ymddiheuro ac esbonio
mai ymgais i dynnu Mam-gu allan o'i hunan, i'w chysuro,
nid ei brifo, oedd fy mwriad, ni fuom yn hir cyn cymodi.
Mor barod yw plant i faddau.

Aeth deg awr heibio cyn i mi sylweddoli'n llawn
gymaint o gam gwag roeddwn wedi'i gymryd. Wedi'r parti,
es i â phawb adref mewn hwyliau da: y plant i baratoi ar
gyfer eu dydd Nadolig go iawn gyda'u mam a'i chymar
newydd; a Mam i gael ei nerth yn ôl, chwedl hithau, ar ôl
y cynnwrf mawr. Roedd hi'n bump o'r gloch fore dydd
Nadolig pan ganodd y ffôn. Ie, pump o'r gloch y bore, a'r
lle mor dawel â'r bedd. Mam oedd ar y pen arall, yn fawr ei
ffrwst, yn siarad fel pwll y môr, yn ymddiheuro un funud
am fod yn hwyr i de, ac yn edliw i mi y funud nesaf am
anghofio dod draw mewn da bryd, iddi gael gwisgo a rhoi
ei phethau at ei gilydd, do'dd hi ddim yn deall pam ro'dd
hi'n gwisgo'i gŵn nos, a hithau dim ond wedi mynd am
nap bach ar ôl cinio, ond ro'dd hi'n falch ofnadw 'mod
i wedi dod 'nôl erbyn hyn, o'dd, gallen i ddod draw i'w
hôl hi nawr os licen i, ac ro'dd hi'n gwbod bod 'da fi bethe
pwysig i neud, o'dd, ac ro'dd hi'n deall yn iawn pam o'n
i'n ddiweddar, ac i fi beido meddwl am funed 'i bod hi'n
conan.

'Pwy bethau pwysig?' gofynnais i.

'Wel, hôl y plant, wrth gwrs,' meddai. Oherwydd roedd
y plant, mae'n debyg, wedi bod draw yn Ebenezer Street
ers prynhawn ddoe, a Dat wedi bod yn eitha cas – ddim
'da'r un fach – ond 'da'r llall.

'Beth yw 'i henw hi, Jim?'

'Nia?'

'Na, Jim, ddim 'da Nia. 'Da'r llall, yr un dawel, t'mod…
'Da Mari. Ie, 'da Mari. Yn gweud bod 'da fe bresant sbesial
i Mari… Secret, twel… Dim ond i ti ga'l gwbod bod Mari'n
barod i ddod 'nôl nawr… Ody… Ond pam bod pobman
mor dawel, Jim? Pawb gartre'n cael eu te Nadolig, siŵr o
fod, ife, Jim? Der' draw pryd lici di, Jim… Bydda i'n barod
whap.'

32 Llunio Hunangofiant i Mam

I MAM, PARASIT yw pob atgof. Maen nhw'n llechu tu mewn
iddi, yn disgwyl eu cyfle i besgi ar floneg ei gorffennol. Ac
os felly, does dim amdani ond cael hyd i barasitiaid eraill,
rhai amgenach, cryfach, mwy penderfynol, rhai all ddifa'r
parasitiaid dinistriol hyn am byth. Onid dyna'r drefn ym
myd natur? Ond rhaid bod yn garcus. Oherwydd nid
Natur fydd yn planeu'r parasitiaid achubol yma yng nghof
Mam, ond ei mab, a does gan hwnnw fawr ddim dawn at
wastrodi'r pryfetach cyfrwys, diafael hyn, er gwaethaf ei
brofiad helaeth o sbesimenau marw. Sut galla i fod yn siŵr
mai difa'r rheibwyr yn unig wna'r parasitiaid cymwynasgar
hyn? Bod eu cnoi a'u twrio yn gwaredu'r drwg ond yn
gadael Mam yn ddianaf? Na, nid ar chwarae bach mae
llunio hunangofiant dros rywun arall, hyd yn oed dy fam
dy hunan. Hyd yn hyn, bûm yn ddiletant. Daeth yn bryd i
mi ymddisgyblu. I arfer amynedd, i ganolbwyntio, i bwyso
a mesur.

Daeth yn bryd, hefyd, i feithrin techneg. Oherwydd
nid oes celfyddyd heb dechneg. A chelfyddyd, o fath, yw

creu bywyd i rywun. Nawr te, fe ddeallwn dechneg y bardd, Simonides: y grefft y bu'n ei hogi ar hyd ei oes ar gyfer cofio enwau a wynebau a rhestrau ac achau ac yn y blaen. Deallwn hefyd, yn fras, y dulliau roedd Tŷ Dedwydd wedi'u defnyddio er mwyn ail-greu gorffennol Ahmed. Nid Ahmed yw Mam, bid siŵr, ac nid wyf innau'n fardd clasurol, ond yr un yw'r nod. Dysgodd profiad y ddau fod rhaid arfer meddwl gwyddonol, trylwyr er mwyn cyrchu at y nod hwnnw.

Ond dysgais rywbeth arall hefyd, a'i ddysgu heb gymorth Dr Bruno na Hefin na Thŷ Dedwydd nac Ahmed na neb arall. Dysgais dechneg ystumio cofiant, a'i dysgu o ffynhonnell hollol wahanol. Pan ddywedaf 'cofiant', dwi ddim yn golygu cofiannau'n gyffredinol. Ni fu llyfrau o'r fath erioed at fy nant. Na, un cofiant penodol sydd gen i mewn golwg: cofiant a ddaeth i'm sylw, yn ddigon naturiol, yn sgil fy ngwaith ar Alfred Wallace. Cofiant yw hwn o'r arloeswr arall ym maes esblygiad, Charles Darwin, er mai gair rhy barchus, rhy freiniol yw 'cofiant' ar gyfer y fath reffyn o gelwyddau. Elizabeth Reid Hope oedd ei awdur, neu Lady Hope, fel yr hoffai'i galw ei hun. Ffieiddiaf yr hen gelwyddgast hunangyfiawn. Ond rwy'n ddiolchgar iddi hefyd, oherwydd ganddi hi y dysgais y technegau cofiannu a fu mor dyngedfennol wrth drin Mam.

Mynnai'r Fonesig mai cofnodi dyddiau olaf y gŵr mawr oedd ei bwriad. Ei gwir amcan, fodd bynnag, a hithau'n Gristion pybyr, oedd darbwyllo'r byd fod 'Capten y Diafol', fel y disgrifiai Darwin ei hun, ac yntau ar fin wynebu'i greawdwr, wedi cefnu ar lafur ei oes a throi'n ôl at grefydd uniongred. Ac fe lwyddodd yn rhyfeddol. Cwta wythnos ar ôl cyhoeddi'i rhith, roedd y cablwr mawr wedi troi'n ffigwr digon gweddus i gael ei gladdu yn Abaty Westminster. Croeso'n ôl atom, 'Darwin the Believer!' bloeddiai colofnau'r duwolion, gan fenthyca geiriau'r Fonesig ei hun

i ddisgrifio, yn null yr oes, olygfeydd melys-ddagreuol,
dyrchafol y gwely angau.

Sut llwyddodd y Fonesig? Sut llwyddodd i'r fath raddau
nes bod rhai yn dewis ei choelio o hyd? Fe lwyddodd, yn
rhannol, ddywedwn i, am fod ei fersiwn hi o ymadawiad
Darwin yn fwy derbyniol gan y lliaws, yn nes at yr hyn y
carent ei gredu am urddas a mawredd Dyn. Pur anfoddog
yw pobl i dderbyn y gwir amdanynt eu hunain. Yn yr
achos hwn, roedden nhw'n barod iawn i gael eu twyllo.
Ond man cychwyn yn unig oedd hynny. Ar ei ben ei hun,
fuasai'r *parodrwydd* i gredu ddim yn ddigon. Na, roedd
angen, yn ogystal, i'r celwydd fod yn gredadwy: yn wir,
roedd angen iddo fod yn *fwy* credadwy, yn fwy tebygol,
na'r gwirionedd atgas ei hun. Oherwydd, trwy ddarparu
stori na fyddai neb rhesymol byth yn ei gwadu, rhoddid i'r
gwrandawr parchus, rhinweddol fodd i'w esgusodi'i hun
o fod ag unrhyw ran yn y twyll. 'Wel, dyna syndod,' galla i
glywed e'n ei ddweud. 'Dyna'r peth diwethaf roeddwn i'n
'i ddisgwyl. Ond dyna fe, mae'r dystiolaeth ger ein bron.
A rhaid diolch i'r Arglwydd am achub enaid y truan ar yr
unfed awr ar ddeg.'

A beth oedd tystiolaeth Lady Hope? Yn rhyfedd ddigon,
nid y pytiau o sgwrs yr honnai iddi eu cael gyda Darwin.
Nid y crefu am faddeuant. Nid yr edifarhau am ddilyn
gau dduwiau esblygiad a materoldeb. Na. Y pethau bach
dibwys oedd y dystiolaeth. Y pethau na fyddai'r darllenydd
prin yn sylwi arnynt. Y 'large gate' o flaen y tŷ ym mhentref
Downe. Y 'carriage drive' a arweiniai at y drws. Amser
yr ymweliad: tri o'r gloch ar ei ben. Y stafell fawr â'r
nenfwd uchel lle gorweddai'r cableddwr edifar. Y 'fine bay
window' a'r 'far-reaching scene of woods and cornfields'
a welai trwyddi. Ac yn bennaf oll, y 'long bright-coloured
dressing gown with a reddish brown or purple hint' a
wisgai'r claf i groesawu ei ymwelydd. Pwy feiddiai amau

geirwiredd menyw mor sylwgar, mor fanwl gyfarwydd
ag amgylchiadau personol y gwrthrych? Roedd y Fonesig
Hope, waeth beth arall oedd hi, yn storïwraig benigamp.

Ni feddaf dalent storïwr. Gwyddonydd ydw i, o fath, nid
llenor. Cafodd fy meddwl ei hyfforddi i drafod ffeithiau,
a ffeithiau am bryfed yn fwyaf arbennig: eu nodweddion
corfforol, patrymau eu hymddygiad, eu harferion caru a
nythu ac ymfudo, sut maen nhw'n gweithio er ein lles ac
er ein drwg, sut y gallwn harneisio'u grym, lle bo modd,
sut y gallwn eu difa, fel arall, a phethau o'r fath – pethau y
gallaf eu hamgyffred trwy graffu a chofnodi a dadansoddi.
Dwi ddim yn teimlo'n gartrefol ymhlith breuddwydwyr
a dyfalwyr. Ac eto, o ystyried y mater yn wrthrychol, ac o
gadw at fy adduned i arfer amynedd, fe lwyddais, gydag
amser, i liniaru ryw dipyn ar y rhagfarnau hyn. Oherwydd,
beth yw dawn y storïwr yn ei hanfod, beth yw cyfrinach
y Fonesig Hope, ond math arbennig o arsylwi ? Ac onid
dawn bennaf y storïwr a'r arsylwr fel ei gilydd yw peidio
â thynnu sylw atynt eu hunain? Y trosiad y dymunwn
ei weld, nid y trosiwr. Y pryfed, nid y pryfetwr. Ac onid
bwriad y cymwynaswr yntau yw cuddio y tu ôl i wyrth ei
gymwynas?

Awn i ddim mor bell â honni i mi dyfu'n storïwr
o'r iawn ryw yn ystod wythnosau cyntaf y flwyddyn
newydd. Cywirach dweud i mi ddysgu dynwared dulliau'r
cyfarwydd. Bûm yn gwrando ar storïau byrion yn cael eu
darllen ar Wasanaeth Byd y BBC. (Pymtheg munud oedd
hyd pob un, yn ei chrynswth, ac yn fwy addas felly at fy
nibenion i na'r llyfrau cyfan a ddarlledwyd, fesul pennod,
ar Radio 4.) Bûm hefyd yn mynychu rhai o'r sesiynau
chwedleua a gynhelid bob hyn a hyn yng nghanolfan
Chapter, nid nepell o'm cartref. Dôi Cerys gyda mi ar dro,
a byddai'n egluro, ar sail ei phrofiad o'r llwyfan, rai o
gyfrinachau'r cyfrwng. (Er tegwch, rhaid pwysleisio bod

Cerys yn credu mai er budd Nia roeddwn i'n ymddiddori gymaint yn y pethau hyn. Beth arall allwn i 'ddweud?) A dyna sut y dysgais dechnegau elfennol llunio a chyflwyno chwedl: sut i gael y gynulleidfa i uniaethu â'r cymeriadau, sut i amrywio'r cywair a goslef y llais fel na fyddai'r gwrandawr yn diffygio cyn y diwedd ac, yn anad dim, sut i ymatal, sut i beidio ag egluro popeth, sut i ganiatáu i bethau gyflwyno eu hystyr eu hunain yn eu hamser eu hunain.

Gan ddilyn syniadau awgrymog Dr Bruno, euthum ati i ailgodi ac ailddodrefnu ac ailboblogi cartrefi Mam. Ac i wneud hynny, fe luniais storïau amdanynt. Storïau gwir oedd y rhain, bob un, am fod rhaid gwreiddio atgofion newydd Mam mewn daear gyfarwydd. Ond storïau a dyfai adenydd, wedyn, a chodi uwchlaw'r gwir annigonol hwnnw. Yr hawsaf o'r tai hyn i'w drin a'i drafod, yn bendifaddau, oedd hen gartref ei phlentyndod yn Ebenezer Street, Llanelli. Roedd gen i gof da o dŷ fy mam-gu – ei stafelloedd cyfyng, ei gelfi di-raen, y papur blodeuog ar y welydd, yr hen ffwrn lwyd yn y gegin, ond hefyd, ac yn fwyaf byw, ei aroglau, gwynt y sebon carbolig yn y stafell molchi, gwynt rhyw lendid digyfaddawd, difaldod o'r oes o'r blaen. Ac yn ogystal, wrth gwrs, roedd gen i stôr fechan o atgofion Mam-gu ei hunan. Mae'n resyn o beth na chymerais fwy o sylw ohonynt ar y pryd, ond anodd rhag-weld beth fydd gwerth atgofion ddydd a ddaw.

Stori am brynu ffrog oedd stori Ebenezer Street, y ffrog gafodd Mam i fynd i'w dawns gyntaf. Nid y ffrog na'r ddawns oedd y man cychwyn, wrth gwrs. Na, sieri fach ddaeth gyntaf, at dawelu'r nerfau, ynghyd â dracht cymedrol o *thiopental.* Ac yna, ymhen pedair munud, y *Gaudy Welsh.*

'Ar *sideboard* Mam-gu roedd hwnna'n arfer bod, Mam, yntefe?'

Ac o'r fan honno, symud at y pethau eraill ar y *sideboard*: y cloc, y canwyllbrennau pres, a'r llun.

'Nag oedd llun ohonot ti f'yna hefyd, Mam? Llun ohonot ti'n fenyw ifanc, yn gwisgo dy ffrog newydd… Yr un â'r gwregys… Un dywyll… Beth oedd ei lliw, Mam? O't ti'n ffaelu gweud achos taw llun du a gwyn o'dd e… '

Ac efallai fod y fath lun *wedi* cael ei dynnu a'i arddangos yno, alla i ddim cofio. Ond roedd yn fanylyn bach credadwy. Dyfynnais Mam-gu, wedyn, a hithau, meddwn i, yn cofio edmygu Mam yn ei ffrog newydd y tro cyntaf hwnnw, tra oedd yn eistedd yn ei chadair ledr. *O, 'na lodes bert wyt ti, Mari fach!*

'Ac roedd *antimacassar* gwyn ar y gadair, Mam, on'd oedd? A gwaith crosio arno? Ti na'th e, Mam? Neu Mam-gu?'

A Mari'n disgwyl, yn gyffro i gyd, am y gnoc ar y drws. A Mam-gu hefyd, am fod ei merch wedi bachu crwt, a nage unrhyw grwt chwaith, ond 1st *Engineer* ar un o'r llongau mawr, oedd, bachan golygus hefyd. Ond fe oedd yr un lwcus, meddai Mam-gu, achos roeddet ti wedi troi pennau'r bois i gyd, nac o't ti, Mam. Ie, un fach siapus, llawn bywyd oedd ein Mari fach ni. A Mam-gu'n codi a mynd at yr hen stof lwyd yn y gegin i roi'r tegil ymlaen, a thynnu'r llestri gorau o'r *sideboard*, y rhai glas â lluniau'r dynion *Chinese* arnyn nhw, maen nhw 'da ti o hyd, nac y'n nhw, Mam, a mynd ati i daenu'r ford yn y parlwr, a'r ddou gi mawr porslen yn pipo lawr arni o'r mamplis. A dyna le fuost ti'n sefyll wedyn, ar bwys y ffenest yn y rŵm ffrynt, yn disgwyl amdano, yn tynnu'r cyrtens coch i'r ochr i gael gweld yn well, a 'co fe'n dod, Mam, 'co fe'n dod, yn cario blodau pinc a melyn yn ei law chwith – *carnations* ife, Mam? – a'r llaw arall ar gliced y gât. Ac mae e'n dal dy lygad.

Ac yn y blaen.

Na, doedd hi ddim yn llawer o stori. Ugain munud

oedd gen i. Ac nid stori antur afaelgar roedd hi i fod, beth bynnag. Ond rwy'n credu iddi daro deuddeg. Pan soniais am y ffrog, gwenodd yn ei hanner cwsg, a mwmial rhywbeth am siop David Evans. A beth wyddwn i nad oedd y ffrog yn y stori, ffrog y dychymyg, yn canu cloch go iawn? Wedi'r cyfan, onid yw gwisgo ffrog newydd a disgwyl sboner yn rhan o brofiad pob merch, ar ryw adeg neu'i gilydd?

Bûm yn adrodd y stori hon wrth Mam bob wythnos, bron, am o leiaf dri mis, iddi gael bwrw gwreiddiau yn ei meddwl. Ceisiais frodio rywfaint arni o bryd i'w gilydd, trwy sôn amdani hi a'i chariad yn mynd i ddawnsio neu i weld ffilm, a gwnes dalp go lew o ymchwil i sinema'r cyfnod ac i hanes y neuaddau dawnsio – y Patti Pavilion yn enwedig – er mwyn rhoi proc i'r cof. Ond roedd yn well ganddi aros gartref, yn disgwyl ei sboner. Erbyn y diwedd, roedd ganddo enw. Mwy nag un enw, a dweud y gwir.

Roedd y tŷ yn Tynemouth yn fwy o her. Gallwn ddwyn i gof fy stafell wely, lle roedd rhaid i mi sefyll ar stôl er mwyn gweld, trwy'r ffenest uchel, yr ardd gefn islaw a choed y fynwent yn y pellter. Am y gweddill, rhyw fratiau bach o atgofion oedd gen i.

'Sa i'n cofio ble yn gwmws o't ti'n cadw'r *Gaudy Welsh* pan fuon ni'n byw yn Tynemouth,' dwedais i. 'Wyt ti'n cofio, Mam? O'dd *sideboard* i gael f'yna hefyd, glei… Ife ar ben y *sideboard* dodaist ti ddi? Anrheg briodas o'dd hi, yntefe, Mam?'

A throi wedyn at yr ardd, lle roeddwn ar dir sicrach. At y blodau coch a melyn a glas.

'O't ti'n cadw gardd bert, nac o't ti, Mam? Y geraniums… a'r fflocs… a'r marigolds… Melyn Mair yw marigolds yn Gymraeg, yntefe, Mam… Ie,'na fe, rhwng y tŷ a'r berth, y berth uchel o'dd rhyngon ni a theulu Robert drws nesa. Wyt ti'n cofio, Mam?'

'… Sib… '

'Beth wedest ti, Mam?'

'… Sibw… '

'A! Y sibwns! Ie, wth gwrs, y sibwns. Yn y patshyn bach 'na, lan yn y pen pella. Ie, y sibwns… Mae cof da 'da ti, Mam.'

A bûm yn addurno rhywfaint ar y darlun hwn, gan ddisgrifio sut y byddwn i'n arfer chwarae yno, ar bwys y sibwns, yn chwilio am bryfed, efallai, neu'n siarad â Robert trwy'r berth, a Mam yn cadw llygad arna i trwy ffenest y gegin.

'Gadawa i hwn fan hyn, Mam, ar dy bwys di, i ti gael edrych arno fe wedyn… '

Tynnais o'm poced un o'r hen luniau y bûm yn eu casglu pan o'n i'n blentyn, llun o long, a'i adael ar y bwrdd yn ymyl y gwydryn gwag. Doedd ganddo mo'r un arwyddocâd â'r lluniau o'r ddau Ahmed, wrth gwrs, ond efallai y byddai'n rhoi tipyn o gig ar yr esgyrn pan ddelai Mam ati'i hun.

'Diwrnod fy mhen-blwydd, yntefe, Mam? A Dad wedi dod gartre o'r môr. A phawb yn yr ardd, ti a Dad, a John, a'n ffrindie i. Pwy o'n nhw, gwed? Robert drws nesa, o'dd e 'na? A Pauline? Ie. A phwy arall? Ac fe gelon ni barti, do. Ac roedd hi'n heulog braf y diwrnod hwnnw, nac oedd hi, Mam? Ro't ti'n gwisgo ffrog haf, yr un â'r dotiau glas arni a'r coler llydan. A gwnest ti gacen arbennig, on'd do fe, Mam, a'r siocled yn drwch arni, a dod â hi ma's i'r ardd, a dyna le roedden ni, wrth y ford, y ford â'r lliain coch drosti, a phawb yn chwifio dwylo i gadw'r piffgwns draw, rwy'n cofio 'ny'n net… Ie, ac aeth John i gynhyrfu am ryw reswm, o'nd do fe, a hala'i bisyn o gacen yn shils hyd y llawr. Ond doedd dim ots 'da ti, nac oedd e, achos bod pawb yn cael shwt sbort, ac o'dd digonedd o gacen i gael ta beth, o'dd, a dwedaist ti wrtho fe am beido becso. A doedd dim na neb yn mynd i ddifetha'r diwrnod hwnnw. A wedaist ti wrth Dad bod cwpwl o jobs bach i neud pan gelai fe amser, clirio hen nyth o'r simnai, neu rywbeth tebyg… Ro'dd e'n dda am bethe fel 'na, nac o'dd e, Mam? O't ti'n galler dibynnu arno fe… A Dad yn gweud iawn, Mari, y gnele fe'r cwbl yn y man, ond bod eisie i ni i gyd gael joio gynta, achos delai jobsys fel 'na yn eu hamser eu hunain heb 'yn bod ni'n mynd i'w cwrso nhw. Digon i'r diwrnod, yntefe, Mam? A dyma fe'n dod i whare gyda ni a dechrau ar ei driciau wedyn, tynnu ceiniogau o glustiau'r plant a'n cafflo ni gyda'r gneuen a'r tri chwpan. Ac fe ganon ni "Pen-blwydd Hapus" a dwedest ti taw hwnnw oedd y diwrnod gore gest ti ers amser, ei fod e cystal – na, roedd e'n well – na dathlu dy ben-blwydd dy hunan.'

A dibennu yn y fan honno, o raid, am nad oedd unman arall i fynd. Alla i ddim honni i mi gael cystal hwyl ar y stori hon, a chyndyn iawn i ymateb oedd Mam ar y dechrau. Rhois gynnig arall arni ymhen pythefnos, gan amrywio rhywfaint ar y manylion ac ychwanegu golygfa arall lle roedd hi a Dad yn trin yr ardd gyda'i gilydd. A'i hailadrodd eto, wythnos yn ddiweddarach, ond gan gogio, y tro hwn, mai Dad oedd wedi rhoi'r llun o'r llong i mi: syniad ysbrydoledig, er mai fi sy'n dweud, am ei fod yn clymu darnau'r stori at ei gilydd mewn ffordd fwy cadarn a chrwn. Wedi hynny, dangosodd Mam lawer mwy o ddiddordeb yn y llun.

Yn rhyfedd ddigon, y tŷ anoddaf i'w drafod oedd hwnnw yn Darren Street, Pentre-poeth. Yn rhyfedd am mai yno oedd cartref Mam am 38 mlynedd. Dyna'r tŷ lle tyfais yn ddyn, tŷ a fu'n fan cychwyn ar gyfer fy anturiaethau pryfeta cyntaf, a thŷ y gallaf deimlo, â bysedd fy nghof, bob modfedd o'i groen, fel petai'n rhan o'm corff fy hun. Ond am ryw reswm, fe'i cefais yn dŷ anodd i weu stori amdano.

Roedd yn hawdd dechrau.

'Ar y ddreser ro'dd y *Gaudy Welsh*, yntefe, Mam..?'

A hawdd symud wedyn at y gist yn y stafell wely,
at y piano yn y rŵm ffrynt, at y ford fan hyn, a'r gadair
fan draw. A gwneud fy ngorau glas i roi llais i bob un o'r
tystion mud hynny. 'Rwy'n cofio Anti Beti yn chwarae hen
ganeuon… Dy ffefrynnau i gyd, *Smoke Gets in Your Eyes*… la
– la la la la la – … Pwy sgrifennodd honno, Mam?' Neu, 'Na
beth oedd yn dda ambwyti byw yn Darren Street, o't ti'n
gallu eistedd yn y ffenest a gwylio… '

Ond ffaelu'n deg â symud ymlaen wedyn. Ar beth
fyddai hi'n edrych trwy'r ffenest honno ar ôl dod adref o'r
gwaith a bwrw'i blinder a dechrau meddwl, 'Wel, beth 'naf
i heno te?' Allwn i ddim ateb y cwestiwn hwnnw, mwya'r
cywilydd i mi. Pwy ddôi at y drws ar nos Sadwrn? Dim un
cariad, yn bendant. Na dim plant chwaith, yn y diwedd. A
doedd gen i ddim o'r dychymyg i ddad-wneud y ffeithiau
hynny, *thiopental* neu beidio. Ac yn niffyg stori, fe wnes i'r
unig beth y gallwn i 'i wneud: craffu ar y manylion.

'Anrheg 'da Mam-gu oedd y *swing*, ife, Mam..? Ma's y
bac… '

Ac am unwaith, yn lle'r mwmial arferol, yn lle'r
ebychiadau bach digyswllt, fe ddaeth y geiriau'n glir ac yn
groyw.

'Na, bach… Presant 'da Wncwl Wil… '

'Presant 'da Wncwl Wil? Wncwl Wil roes y siglen inni?
Wyt ti'n siŵr, Mam?'

A minnau'n amau'n fawr. Ond pwy oeddwn i i herio'i
chof? Y cof hwnnw oedd awdur y storïau hyn, i fod, nid
fy nychymyg i. Ac wrth wrando ar Mam yn siarad, bron
na allwn i gofio Wncwl Wil fy hunan, yn dod â'r siglen
i'r tŷ ryw ben-blwydd neu'i gilydd, neu ryw ddydd

Nadolig, efallai. 'Yn ei Land Rover, ife, Mam?' Ie, 'na ti, Mam. Rwy'n cofio'n net.

Ac mewn byr o dro daeth Wncwl Wil yn rhoddwr nifer o bethau yn y tŷ, yn dipyn o gymwynaswr, gallech chi ddweud. Manion bethau, wrth gwrs, ond yn y pen draw, y manion sy'n cyfri, yntefe? Y ddysgl lwch farmor. Y lamp â'r stampiau arni. Pethau o'r fath. Ac o weld bod Wil-y-cymwynaswr yn dderbyniol gan Mam, gadewais iddo ymestyn dipyn ar ei *repertoire.* Fe'i dodwn yn y cwt yn yr ardd, lle câi helpu Mam i baratoi ei bylbiau; fe'i dodwn ar ben ysgol, i glirio'r cafan dŵr; fe'i halais i bapuro'r parlwr a'r pasej, ac unwaith fe drefnais iddo fynd â Mam ma's am bryd o fwyd. Roedd hi'n haeddu hynny. Na, doedd dim pall ar y bendithion a ddôi i Number 14 Darren Street trwy law Wncwl Wil. Yn y diwedd, dwi ddim yn amau nad y fe oedd testun disgleiriaf fy holl storïau. A thestun y boddhad mwyaf i Mam. Rhyfedd o fyd.

33 Ble nesa?

MEHEFIN 2006

AR Y 12FED o Orffennaf fe esgynnais i fwrdd yr Helen, llong 235 tunnell, gan feddwl mynd i Lundain. Roeddwn yn dioddef yn enbyd o'r cryd a'r dwymyn, sef yr anhwylderau y bu bron iddynt fy lladd ddeng mis ynghynt ar y Rio Negro uchaf, ac a'm poenydiai byth wedyn.

Rwber, coco, arnatto, balsam copaiba a Piassaba oedd y prif gargo ar y llong. Rhoddwyd bron pob un o'm cistiau yn

yr howld. Ar y 6ed o Awst, am 9 o'r gloch y bore, a ninnau
ar ledred 30° 30' Gog., hydred 52° Gorll., gwelwyd mwg yn
codi o'r hatshys. Wedi agor y rhain a cheisio canfod tarddle'r
tân, bu bron inni fygu, gan mor dew a llethol y mwg ym mhob
man, a gwaith anodd eithriadol oedd achub dim o'r eiddo a
gedwid yno. Trwy ymdrechion glew, llwyddwyd i dynnu'r
badau allan, a rhoi ynddynt y bara, y dŵr a'r pethau eraill
y byddai eu hangen arnom. Erbyn canol dydd, gwelwyd y
fflamau'n ffrwydro'n wyllt trwy'r caban ac ar hyd fwrdd y
llong, a gorfu inni fynnu lloches yn y badau. Roedd y rhain, o
fod yng ngolau'r haul cyhyd, wedi dirywio'n enbyd, ac roedd
rhaid ymlafnio'n ddygn i'w cadw rhag llenwi â dŵr. Ymledodd
y fflamau ar gyflymder aruthrol, ac erbyn iddi nosi yr oedd yr
hwylbrennau wedi syrthio ac roedd y cargo a bwrdd y llong yn
un hyrddiad anferth o dân. Arosasom yn ymyl y llong trwy
gydol y nos; fore trannoeth, a hithau'n dal i losgi wrth fin y
dŵr, aethom ar ein ffordd gan hwylio tua Bermuda, y man
agosaf, ar bellter o 700 milltir oddi wrthym.

Yr unig bethau a achubais oedd fy oriawr, fy narluniadau
o bysgod, a chyfran o'm nodiadau a'm dyddlyfrau. Collwyd
y rhan fwyaf o'm nodiadau ar arferion anifeiliaid a'm
darluniadau o drawsffurfiadau trychfilod. Casgliadau o
blaendiroedd afonydd Rio Negro a'r Orinooko oedd y rhain,
sef un o ranbarthau mwyaf gwyllt a lleiaf cyfarwydd De
America i gyd, ac o'r herwydd y mae eu colli yn destun
siom arbennig. Roedd gennyf gasgliad godidog o grwbanod
yr afon (Chelydidæ), *yn cynnwys deg rhywogaeth; llawer*
ohonynt, mi gredaf, yn rhai newydd. Collwyd, hefyd, fwy na
chan rhywogaeth o bysgod anghyfarwydd o'r Rio Negro, er
imi lwyddo i arbed fy narluniadau o'r rhain. Yr oedd ymhlith
fy nghasgliadau personol o Lepidoptera *luniau o'r holl*
rywogaethau ac amrywogaethau a gasglais yn Santarem,
Montalegré, Barra, blaendiroedd afonydd Amazon, a Rio
Negro: rhyw gant i gyd, a'r rheiny'n newydd ac unigryw.

Yr oedd gennyf yn ogystal nifer o Coleoptera *hynod, yn*
cynnwys sawl rhywogaeth o forgrug, a'r rheiny ar wahanol
adegau eu prifiant, ynghyd ag ysgerbydau cyflawn a chrwyn
morgrugysor a buwch-fôr (Manatus). *Collwyd am byth y cyfan*
o'r rhain, ynghyd â chasgliad bychan o fwncïod byw, parotiaid,
macawiaid ac adar eraill.

Dim ond 29 mlwydd oed oedd Wallace pan losgwyd ei
gasgliad yn ulw. Roedd ganddo drigain mlynedd ar ôl
i ddad-wneud y ddifrod. Mor wahanol yw gorwelion
bywyd wedi croesi ei gyhydedd. Serch hynny, caf gysur
ac ysbrydoliaeth o wytnwch ac unplygrwydd y gŵr ifanc.
Nid anobeithiodd. Ni phwdodd. Aeth ar ei union i Faleia
a chyflawnodd yno ei waith pwysicaf i gyd. Yn union fel
petai'n rhaid iddo wneud iawn am drychineb yr *Helen.*

Rwyf wedi ailgydio ym mhrosiect Wallace. Cefais wybod
ddiwedd Ebrill fod gan gyhoeddwr ddiddordeb yn y
gwaith, ar yr amod 'mod i'n tocio yma ac acw. Mae'r amod
yn fwy llym na hynny, a bod yn onest: bydd rhaid hepgor
y rhan fwyaf o'r darnau technegol neu wyddonol eu naws
– darnau y treuliais fisoedd lawer yn eu cyfieithu – gan
gadw dim ond y deunydd sy'n ymwneud â Chymru (a
hynny'n ddeunydd tenau iawn, gwaetha'r modd) ynghyd
ag 'uchafbwyntiau' o'r teithiau tramor. Mae hyd yn oed y
disgrifiad o'r tân, mae'n ymddangos, yn rhy 'bedantig' ei
naws, medden nhw, fel petai manylder a thrylwyredd yn
bethau i fod â chywilydd ohonynt. Gresyn o beth. Ond mae
gwireddu hanner breuddwyd yn well na dim.

Deuthum yn ôl o Northumberland ddoe. Treuliais ran
o wyliau'r Sulgwyn yno gyda Cerys. Aethom heb y plant:
roedd Bethan wedi cael cyfle i fynd ar drip ysgol i'r Almaen ac
roedd Nia'n rhy brysur gyda'i gwaith actio. (Cafodd gynnig
rhan plentyn ysgol yn *Pobol y Cwm* am ychydig wythnosau.)

Roedd yn haws, felly, aros mewn gwestai bychain na llogi bwthyn, ac fe wnaethom dipyn o drafaelu ar hyd yr arfordir a'r gororau. Ac yn y modd hwn, llwyddwyd hefyd i osgoi'r rhan fwyaf o'r llwybrau y bu Sue a minnau'n eu troedio y llynedd. Byddai hynny wedi corddi gormod o atgofion chwerw. Ond fe aethom i ynys Lindisfarne, un o gyrchfannau fy mhlentyndod cynnar, ac i amgueddfa Grace Darling hefyd, a gweld y bad achub enwog yno. Ac roedd y daith yn ffordd hwylus o gyflwyno peth o'm cefndir iddi. Erbyn hyn, teimlaf fod gennym rywfaint o hanes i'w rannu. Caf gyfle, yn y man, i ymweld â rhai o'i llefydd cofiedig hithau pan awn i gynefin ei rhieni yn ymyl Llanymddyfri.

Petawn i'n sgrifennu hunangofiant, siawns na fyddwn i'n tynnu at y terfyn trwy fyfyrio'n ddoeth ar yr hyn a ddysgais ar hyd y ffordd, er mwyn darparu diweddglo teilwng, er mwyn rhoi'r argraff bod llwybrau cudd y gorffennol i gyd yn arwain at y funud hon, munud tynnu'r gorchudd. Fel y gwnaeth Wallace ei hun tua diwedd *My Life*, pan ymgollodd ym myd ysbrydegaeth a mesmeriaeth. (Ac fel mae disgwyl i minnau ei wneud, yn y detholiad o'i waith, am fod galw am bethau felly heddiw, medd y cyhoeddwr, a deunydd o'r fath yn brin yn Gymraeg.) Ond na, does gen i ddim gwirioneddau mawr i'w cyhoeddi ynglŷn â Cerys a minnau. Mae'r berthynas i'w gweld yn sefydlog, os nad yn angerddol. A da hynny. Gallaf ymlacio mewn ffordd na fedrwn ei wneud yng nghwmni Sue. Does dim disgwyl i mi weiddi na siarad yn frwnt.

Bu amryw o newidiadau yn ystod y chwe mis diwethaf. Mae Sonia a'i gŵr wedi gwahanu. Dros dro, medden nhw, am ei fod wedi cael cynnig swydd bwysig yng ngogledd Lloegr. Dyna'r fersiwn swyddogol. Meddwl am deimladau'r plant maen nhw, siŵr o fod. Rhedodd e bant gyda menyw arall, yn ôl pob sôn. Dyw Sonia ddim wedi bod yn y grŵp darllen ers y Nadolig. Serch hynny, mae'r niferoedd wedi cynyddu o ddau neu dri, yn bennaf am fod Cerys wedi gwahodd rhieni rhai o'r plant sy'n mynychu ei gweithdy. Siân a'i gŵr, Ben: dyna'r rhai sy'n dod fynychaf. Hen Jeans Brwnt A Phâr O Sanau Gwyn, o addasu'r hen gofair. Lle da yw Tŷ Dedwydd ar gyfer cwrdd ag eneidiau cytûn.

Ac mae Sue yn canlyn rhywun arall erbyn hyn, hefyd. Brian. Rwy'n dweud 'erbyn hyn', ond dwi ddim yn siŵr pryd dechreuodd y berthynas. Mae'n bosib bod y fflam ynghynn ers rhai misoedd. Ers cyn y Nadolig, hyd yn oed. Fe'u gwelais yn y dre ryw amser cinio ym mis Ebrill. Roeddwn i'n sefyll mewn ciw yn Boots pan ddaethon nhw o'r tu ôl i mi, law yn llaw, dan barablu'n afieithus am drefniadau gwyliau. A minnau'n adnabod y llais, wrth reswm. Ac fe drois. Ie, ar fy ngwaethaf, fe drois. A methu dianc.

Mae Brian i'w weld yn foi dymunol. Yn dalach na fi, ond yn hŷn, dybiwn i. Wedi ein cyflwyno, aeth Sue i dwrio yn ei phwrs. Chwarae teg i Brian: gwnaeth ei orau i leddfu'r anesmwythyd trwy siarad am y tywydd a rhyw fargeinion roedd e wedi'u llygadu yn adran yr offer trydanol. 'We'd invite you for a coffee,' meddai, 'but we've got to get back to work.' A minnau'n casglu wrth hynny, yn gam neu'n gymwys, eu bod nhw'n gweithio gyda'i gilydd. Na, doedd gen i mo'r wyneb i ofyn. Oherwydd byddai'r cwestiwn hwnnw wedi arwain at gwestiynau eraill, cwestiynau mwy fforensig. Ers *faint* 'ych chi'n gweithio 'da'ch gilydd, te? Ers *faint* 'ych chi'n cnychu'ch gilydd? Rwy'n gweld bo' ti wedi magu pwysau, Sue. Ac mae gwelwder anghyffredin yn dy fochau. Wyt ti'n disgwyl, Sue? Wyt ti'n cario'i fabi? Mm? A chwestiynau annymunol, annheilwng o'r fath. Daethom i flaen y gwt, a ffarwelio'n galonnog. Yn fwy calonnog nag oedd yn weddus, a dweud y gwir, gan gymaint y rhyddhad.

Pob lwc, Sue. Sa i'n gwarafun dim i ti. Ond gwylia di, Brian. Cnychu fry'n yr awyr las mae brenhines y gwenyn. Dyna'i braint a'i phleser. Ie, efallai fod 'na wefr fach i tithau'r drôn, hefyd, am eiliad neu ddwy. Nes bo' ti'n gweld dy briod yn ei heglu hi 'nôl i'r cwch â'th gala a'th geilliau a'th goluddion yn hongian rhwng ei choesau. Fydd dim o dy angen arni wedyn, na fydd? Cefais ddihangfa, mae'n debyg. Do. Ac oherwydd hynny, dwi ddim yn chwerw. I'r gwrthwyneb, rwy'n ddiolchgar i ti, Sue. Fe'm tynnaist allan o'm rhigol ar adeg anodd. A diolch am ddangos i mi sut roedd tynnu Mam allan o'i rhigol hithau. Ond dyna'i diwedd hi: does dim mwy i'w ddweud. Does arnat ti mo fy angen i mwyach, ac yn sicr does arna i mo dy angen di.

Ond nid Sue yw Cerys. Mae Cerys yn wahanol. Oherwydd *mae* ar Cerys fy angen i, ac nid oherwydd ei golwg amherffaith yn unig. (Er 'mod i'n tynnu fy mhwysau yn y cyfeiriad hwnnw, hefyd: gymaint, felly, nes ennyn llid ei brawd a'i thad am fod yn or-amddiffynnol ohoni. Am roi lifft iddi i'r gwaith, yn lle 'i bod hi'n gorfod croesi'r hewlydd prysur. Am fynd i baratoi bwyd iddi. Am wneud y siopa. Am ei helpu hi i ail-lenwi'i wardrob â dillad mwy ffasiynol, dillad sy'n cydweddu'n well – oherwydd sut, yn enw pob rheswm, mae disgwyl i Cerys wybod dim am y pethau hyn? Ond dyna'r ymateb a ddisgwyliwn ganddyn nhw.) Na, nid oherwydd ei golwg gwael yn unig. Ac rwy'n llawn disgwyl, un o'r diwrnodau nesaf, y bydd hi'n gofyn i mi symud i mewn gyda hi: roedd yn gas ganddi ddychwelyd i unigedd ei thŷ ei hunan, meddai, wedi i ni dreulio wythnos gyfan gyda'n gilydd. Rwy'n synnu braidd nad yw hi wedi gofyn yn barod. Mae'r syniad yn apelio ataf mewn sawl ffordd. Rwy wedi carthu Sue o'm system. Rwy wedi cynefino â'm gyrfa newydd. Ac rwy'n hoff ohoni – mwy na hynny, efallai, o roi cyfle i'r berthynas dyfu adenydd. Ond rhaid pwyllo. Oherwydd alla i ddim bod yn siŵr nad paratoi nyth yw ei dymuniad hithau hefyd. A gwneud cam â hi fyddai deffro'i cyneddfau mamol. Efallai y gofynnith hi heno.

Dwi ddim wedi cyflwyno Cerys i Mam. Nid am fod Mam yn debygol o sôn am briodi, nac am or-wyrion a gor-wyresau, na phethau eraill o'r fath ond, yn syml ddigon, am ei bod hi'n argyhoeddedig bod Sue wedi dod yn ei hôl, bod Sue wedi galw draw fwy nag unwaith i'w gweld hi, i gael disgled fach gyda hi, i roi negeseuon iddi oddi wrtha i. Oddi wrtha i, Mam? Efallai mai'r persawr blannodd y syniad hwn yn ei phen adeg y Nadolig. Neu efallai 'mod i wedi dweud rhywbeth yn fy nghyfer, dim ond i'w phlesio hi, dim ond i dynnu sgwrs pan oeddwn i'n cyflwyno rhyw stori lai gafaelgar na'i gilydd, a'i dychymyg wedi cydio ynddo. Ac ar y llaw arall, efallai mai breuddwyd oedd y cyfan, breuddwyd a lifodd dros ymyl ei chwsg a rhuddo'i bywyd monocrôm.

Dyw'r plant ddim wedi cael y cyfle i glosio at Cerys chwaith, nac yn dangos awydd i wneud. Difaterwch yw hynny, rwy'n siŵr, nid gelyniaeth: maen nhw'n troi'n fwyfwy ymhlith eu ffrindiau a'u pethau'u hunain erbyn hyn, a phrin yw eu diddordeb ym mywyd carwriaethol eu tad. Wedi dweud hynny, bu Nia'n gymorth mawr wrth wrando ar Mam yn adrodd ei hanesion, a dwi ddim yn credu y byddwn i wedi dod i ben â phrosiect mor uchelgeisiol heb y cymorth hwnnw. Mae Nia, wrth gwrs, yn cael blas mawr ar storïau ac mae'n caru ei mam-gu. Oherwydd y ddeubeth hyn, dyna i gyd roedd gofyn iddi'i wneud oedd dilyn ei greddfau naturiol. Y gwir amdani yw bod yr holi a'r procio a'r twrio, yn y pen draw, wedi dod â Nia'n llawer nes at ei mam-gu. Bu'r ddwy ar eu hennill, ddwedwn i.

Cyflwynais ddeunaw stori i Mam, rhai yn fwy o *tableaux* nag o hanesion, rhai yn gafael yn well na'i gilydd, rhai yn gofyn am gael eu hailadrodd hyd at ddeg o weithiau er mwyn cydio, eraill yn boddi wrth ymyl y lan ac yn cael eu tynnu o'r *repertoire* ar unwaith. Gyda'r goreuon, doedd

ond angen sôn, wrth fynd heibio, am y *Gaudy Welsh* ar y
sideboard yn Llanelli, neu holi 'be ddigwyddodd i'r hen gist
'na', a byddai hi'n ei morio hi ar ymchwydd yr atgofion
newydd a luniais iddi. Eu blasu, eu deintio, a'u harddel fel
petaen nhw'n atgofion o'i heiddo ei hun. A hyn, bellach,
heb lyncu'r un diferyn o *thiopental*. Wedi gwreiddio stori'n
ddigon dwfn a'i gwrteithio â digon o fanylion lliwgar,
fe dyfai ohoni ei hunan wedyn, yn goeden braff, wych-
ganghennog.

Ie, deunaw stori i gyd. Doeddwn i ddim wedi bwriadu
llunio cynifer, ond doedd gen i mo'r help. Roedd Nia'n
mynnu gofyn cwestiynau, ac allwn i ddim gwarafun hynny
iddi a hithau'n arf mor ganolog yn fy strategaeth. O glywed
am y gist yn stafell wely Mam-gu, pan oedd hi'n fach,
nid digon gwybod bod tedi-bêr ynddi, tedi a gafodd gan
ei mam-gu hithau, a hel atgofion am honno wedyn. Na,
roedd rhaid iddi wybod beth arall oedd yn y gist, ac o gael
ar ddeall mai mwy o anifeiliaid oedd yno, mynnu gofyn
cwestiynau pellach, cwestiynau na allai neb ond plentyn eu
holi. Oedd yr anifeiliaid yn dod ymlaen 'da'i gilydd? Beth
o'n nhw'n neud pan nag o'n nhw yn y gist? Oedd Mam-
gu'n chwarae 'da nhw? A roiodd hi enwau arnyn nhw? Ble
maen nhw nawr? Ac yn y blaen. A bu'n rhaid i mi fynd ati,
yn ystod y dyddiau nesaf, i lunio rhagor o storïau pwrpasol.
Storïau i lenwi'r bylchau. Storïau melys, storïau a gadwai
Mam rhag mynd ar gyfeiliorn, i diroedd y ffatri arfau a'r
bomio a'r unigedd a mannau eraill, o bosib, na wyddwn i
ddim oll amdanyn nhw.

Dwi ddim wedi llunio rhagor o storïau am Wncwl Wil.
Rhwng paratoi ar gyfer y ddarlith (y ddarlith am bryfed
mae Dr Bruno wedi gofyn i mi 'i thraddodi) a phrysurdeb
gwaith a chyfieithu Wallace, aeth y chwedlau braidd yn
ddi-fflach yn ddiweddar. Rhywbryd, efallai, y gwna i
fentro arni eto, os mai dim ond er mwyn amrywio'r arlwy.

Rwyf wedi blino braidd ar yr un hen dai. Ie, ac o sôn am
y ddarlith, mae'n werth nodi, efallai, na ddefnyddiais i
yr un tŷ gogyfer â storio'r sbesimenau rwy'n bwriadu eu
trafod. Na'r un fynwent chwaith, er gwaethaf disgleirdeb
Dr Bruno yn y cyfeiriad hwnnw. Dim ond cyfleuster oedd
y fynwent, wedi'r cyfan, ac fe gefais hyd i gyfleuster a
weddai'n well i'm dibenion i. Penderfynais leoli'r chwilod i
gyd – sef yr hanner cant o rywogaethau cyffredin roeddwn
i wedi cytuno i'w trafod – yn orielau celf yr Amgueddfa
Genedlaethol. Mae hwnnw'n lle mwy dymunol o lawer na
mynwent ac yn lle y deuthum yn dra chyfarwydd ag ef,
wrth gwrs, wedi ugain mlynedd o weithio yn yr un adeilad.
Na, doedd gen i ddim arbenigedd yn y maes, ond peth
pleserus, ar awr ginio wlyb a diflas, ar ôl treulio'r bore yn
dosbarthu a dadansoddi, oedd sefyll o flaen *Tirlun Provençal*
Cézanne neu *Drannoeth y Storm* Turner neu *Te Parti Plant*
Hogarth, ac ymgolli yn eu storïau lliwgar. Ac er bod lluniau
a phryfed yn bethau pur wahanol i'w gilydd, rwy'n credu
bod fy hyfforddiant gwyddonol – yn enwedig mewn
arsylwi a nodi mân newidiadau – wedi bod o gymorth wrth
geisio gwerthfawrogi gweithiau'r meistri. Beth bynnag,
daeth atgofion o'r pleser dihangol hwnnw yn ôl i mi wrth
harneisio'r lluniau at fy nibenion newydd.

Yn ogystal â'r pleser, daeth yn amlwg, gydag amser, fod
i'r dewis hwn ei fanteision ymarferol hefyd. O ddefnyddio
tair yn unig o'r 16 oriel, sef orielau 4, 5 a 6, gallwn neilltuo
llun gwahanol ar gyfer pob rhywogaeth, gan gadw'r
lluniau mwyaf ar gyfer y teuluoedd hynny sydd â nifer
o is-rywogaethau yn perthyn iddynt. Er enghraifft, rwyf
wedi rhoi sbesimen o bob un o'r tair chwilen gorniog sy'n
trigo yng Nghymru – *Lucanus cervus, Dorcus parallelipipedus,*
a *Sinodendron cylindricum* – i dorheulo ar furiau'r adeilad
yn Napoli a welir ym mhaentiad enwog Thomas Jones. Y
gwrywod yn unig a roddais yno: yn y llun nesaf (llun cyffelyb

gan yr un arlunydd) y mae'r benywod yn lletya. Ac yn y
modd hwnnw, mae'r cof yn cael llithro'n naturiol o'r naill i'r
llall. Mae muriau mawr gwyn yn bwrpasol iawn at y gwaith
hwn, am eu bod nhw mor debyg i fyrddau arddangos neu
dudalennau gwag mewn llyfr. Ac mae pryfed, at ei gilydd,
yn dda am afael yn y muriau hyn. Does arnyn nhw ddim ofn
uchder, a fyddan nhw bron byth yn cwympo.

Chwilod ar lun gan Thomas Jones

Dyna sy'n mynd â'm bryd y dyddiau hyn: ymarfer y cof
gyda chymorth pryfed a lluniau, a pharatoi ar gyfer fy
nyrchafiad. Ond byddaf yn dychwelyd at y storïau os bydd
angen. Os bydd eu hangen ar Mam.

34 Darn o Hunangofiant

O'N, O'N I'N gorffod cadw list o' nhw, t'wel. Mewn llyfyr.
O'dd dim compiwtyrs i gael bryd 'ny. Nac o'dd. Cadw

list. Yr enw fan hyn, ar y whith. Yr address wedi 'ny.
A'r dêt a'r amser, wrth gwrs. Dou enw. Bydde dou enw
wastod. Yr un o'dd yn gwerthu'r tŷ a'r un o'dd yn ei
byrnu fe. Yr un... Nage. Nage. Ddim yr un o'dd yn 'i
byrnu fe. Nage.

Ble o'n i?

Yr un o'dd yn mynd...

Yr un o'dd yn mynd i weld y tŷ. 'Na fe. O'dd llyfr
arall i'r rhai o'dd yn mynd i byrnu. Ac ar ochor y page,
wedi 'ny, bydden i'n dodi initials fi. Neu initials Geoff.
'N dependo pwy o'dd yn mynd i ddangos nhw rownd,
yntefe? Fi o'dd y fenyw gynta i ddreifo yn stryd ni, o't
ti'n gwbod 'ny, Sue? Gorffod neud, twel. I fynd â pobl
ambwyti'r lle. O'dd dim ceir 'da pobl 'radeg 'ny. Dim fel
heddi. Nac o'dd. S. Allchurch. P. Clements. Fifty-six Dinas
Terrace. Sixth of February. Three-thirty. Fel 'na bydden
i'n neud e. Ac M.R. ar yr ochor wedyn i weud ta' fi o'dd i
gwrdd â nhw f'yna. Ie. L. Jones. B. Cohen. Beech House.
Park Road. Twenty-third of April. Ten forty-five. B am
Bryn. Dyna'i enw fe. Yn gwerthu ei dŷ yn Bon-y-maen.
O'dd. Cofio fe'n dda. Tŷ mowr hefyd. Beech House. Ar
bwys y fynwent. Ei wraig wedi'i adel e ers sbel. Gadel e i
garco'i ddwy groten fach. Symud bant i Gwmafan nelon
nhw wedyn. Do. Teulu 'da nhw f'yna, glei. Ond o'dd e'n
gwd 'da'i blant. O'dd. 'Da John a Jim 'fyd.

O'dd Jim...

O'dd 'da Jim ddim lot o feddwl o 'ngwaith i. Nac o'dd.
Ddim yn gweld lot o werth yndo fe. Mynd i whilmentan
yn nhai pobol dierth. O'dd e i gyd yn rhy gomon iddo
fe. 'Nenwedig pan o'n i'n gorffod mynd i dai plant erill
yn 'rysgol. O'dd 'ny'n dân ar ei gro'n e. Sa i'n gwbod
pam. Nac o'dd e'n cael popeth o'dd eisie arno fe? Wy'n
gwbod bod pethach bach yn deit arnon ni, o'n, ond fuon

ni erio'd yn dlawd, ti'n gwbod, Sue, nage crafu byw, ys gwedan nhw. Naddo. O'n i'n ennill wage fach net yn yr estate agents. O'n. A pan a'th John bant i witho wedi 'ny, da'th pethe'n fwy cyfforddus 'to. 'Nenwedig ar ôl i fi ga'l 'yn neud yn manager. O't ti'n gwbod bod 'da fe ei fusnes ei hunan nawr? Draw yn Canada? O's, o's. 'Co ei lun e ar bwys y jwg, fe a Helen a'r plant. 'Na ti... Tyn e lawr i ti gael 'i weld e'n well. 'Na ti. Er taw hen un yw e. Y plant wedi tyfu lan erbyn hyn. Gymeri di sieri bach, Sue..?

Ti'n siŵr?

Gwitho, ife?

Gaudy Welsh ma' Jim yn galw hwnnw. *Gaudy Welsh*. Sa i'n lico'r enw, wyt ti, Sue? Swansea China o'dd Mam yn galw fe. Ma' hwnna'n bertach enw, nag yw e? O'dd 'da Jim gynnig i'r peth. Na dim o'r pethach erill ges i 'da Mam. Rhy hen. Rhy gomon. Ble ga'th e'r ideas 'na, sa i'n gwbod. Ca'l 'i ddifetha'n grwtyn bach, walle? O'dd e wastod yn ca'l maldod 'da'i fam-gu. O'dd. 'Na gw-boi bach, yn byta'i bwdin i gyd. Der at Mam-gu i ga'l cwtsh bach nawr te. Achos o'dd hi wrth ei hunan erbyn 'ny t'wel, a neb arall i'w garco, sbo. Ond o'dd Jim yn rhy fowr, Sue, o'dd, yn rhy fowr. Mae amser yn dod pan ma' crwt yn gorffod sefyll ar ei dra'd ei hunan, nac yw e? Allen i byth â neud e anyway. Dim fel o'r bla'n.

Yn danso tendans arno fe.

O't ti'n gwbod bo fi'n gwerthu properties lan yn Llansamlet a Birchgrove? Nage dim ond Treforys, ti'n dyall. A draw sha'r Glais a Mynydd-bach weithe 'fyd. O'dd, o'dd hi'n eitha responsibility. Nac wy'n achwyn, cofia. O'n i'n gweld nhw'n dod miwn, bob yn deulu bach, i whilo'u cartrefi newydd, ac o'dd e'n codi 'nghalon i pan o'n i'n galler ffindo rhywbeth deche i' nhw. O'dd y gwaith yn rhoid lot fowr o bleser fel 'ny. O'dd. Smo Jim yn dyall 'ny sa i'n credu. O'dd e'n rhy fisi 'da'i bryfed i notiso beth o'n i'n neud. Ond sdim gw'anieth ambwyti 'ny heddi, o's e, Sue? Wy'n falch bo chi'ch dou 'nôl 'da'ch gilydd, odw, yn falch sobor.

Do, Jim wedodd.

Wy'n credu 'ny ta p'un.

Do.

Ond pwy siort o hobi o'dd hwnna i grwt ifanc? A pallu gadel fi miwn idd'i fedrwm e 'fyd. Alli di gredu 'ny, Sue? O'dd e'n hala colled arno i. Ffaelu mynd i le o'n i moyn yn 'y nhŷ'n hunan.

Cadw nhw mewn bocsys o'dd e.

Ei sbesimens.

Hen shoeboxes cardbord o'dd e'n ca'l lawr yn dre. Treforys, wy'n feddwl, Sue. Nage Abertawe. Mynd i sgwlco nhw lawr yn dre a carto nhw 'nôl i'r tŷ a stico pisys o bapur arno nhw wedyn i weud beth o'dd ynd'yn nhw. Gorffes i fynd miwn, os gwrs, ta beth o'dd e'n gweud, i ddwsto a cha'l dillad i olchi – smo cryts yn meddwl am bethach fel 'na nac ŷn nhw, Sue? Ond o'dd yn gas 'da fi wynto'r stwff. Rhyw stwff i gadw'i bryfed yn ffres, o'dd e'n gweud. Pam ti'n mela pethe afiach fel 'na, James? bydden i'n gweud wrtho fe. Pam na ei di ma's i whare 'da dy ffrindie? James o'n i'n galw fe bryd 'ny. Ddim bod lot o ffrindie i ga'l 'da fe, cofia.

Gymeri di sieri fach, Sue? Neu ddisgled?

Wedyn, ife?

Ac ambell waith bydde fe'n mynd â fi ma's i'r ardd ac yn gweud shgwla ar hwn, Mam, a bydde fe wedi ca'l gafel ar lygoden fach. Rhyw lygoden fach o'dd y gath wedi'i dala a ddim wedi'i bwyta. Ie, llygoden o'dd hi fynycha. Triodd e 'da deryn unweth ond o'dd e'n rhy fowr, glei. A

gweud shgwla ar hwn, Mam. Shgwla ar hwn. A gorffes i
eistedd f'yna. Do. A fe dynnai fe stolion ma's i'r ardd i ni
ga'l eistedd 'no. Am hanner awr. Am awr weithe. A finne'n
gweud bo' fi'n sythu, a phethach 'da fi i neud yn y tŷ, ond
na, wedodd e, ma'n nhw wedi gwynto 'ddi, Mam, ma'n
nhw'n galler gwynto o bell, ma'n nhw'n galler gwynto
'ddi o Drebo'th, w. Ac fe ddelon nhw bob tro, Sue. Do,
garantîd i ti. Un neu ddou i ddechre, a wedyn lot fowr,
whech, saith, wyth. Beth o'n nhw? Sa i'n gwbod, Sue,
nagw! Heblaw ta beetles o'n nhw, 'na i gyd galla i weud.
Ond pwy siort o beetles sda fi ddim idea. O'dd 'da fe ryw
enw mawr amdano nhw, sdim dowt. Ac o'dd y llygoden
wedi mynd, whap, wedi diflannu, o'dd. Nage 'i b'yta
'ddi ti'n dyall. Nage. Ei chladdu ddi. 'Na be nelon nhw. I
ga'l dodwy wyau arni ddi'n nes mla'n. 'Na beth wedodd
James. Do. Alli di gredu shwt beth?

O'dd e'n troi arno i.

O'dd dim ots 'da Mam. Nelai fe'r un peth draw yn
Ebenezer Street ac o'dd hi'n ddigon jocôs ambwyti fe.
Achos ta James o'dd yn neud e, t'wel. O'dd Mam yn
drychyd yn debyg i fi'r amser 'ny. O'dd. Ond yn cario mwy
o bwyse. Menyw fach gadwrus, bydden nhw'n gweud
amdani, 'na'u ffordd nhw o'i gweud hi'r amser 'ny. A'r un
gwallt, hefyd, yn waves coch i gyd. Reit lan hyd y diwedd.
A golwg croten fach arni yn ei henaint, o'dd. Yn fwlen
fach o groten 'to. A wyneb bach crwn 'da hi. Fel... fel afal
wedi gwsno. 'Na beth maen nhw'n gweud, ife, Sue? A pan
o'dd hi'n rhoi cwtsh i James bydde hi'n gofyn, 'Beth sy'n
bod, Blackie? Wy ddim yn neud dim drwg i'r crwt, odw i?'
Blackie oedd y ci. Siarad â'r ci fydde hi pan o'dd hi ddim
moyn gweud rhywbeth yn strêt. Ha! Ie, siarad â rhyw olwg
bach cilffetog ar ei hwyneb 'fyd. O'dd whant 'da fi weud
'nôl wrthi, Na, smo fe'n neud dim lles iddo fe chwaith. Beth
wyt ti'n feddwl, Sue?

Ddim bo' fi'n hala'n amser i gyd 'da Mam. Wy ddim moyn i ti feddwl 'ny. O'dd 'da fi ddigon o ffrindie, o'dd. 'Na beth arall ambwyti gwitho mewn estate agents. Ti'n cwrdd â phobol. Wyt. Cwple ifanc. Teuluo'dd.

Bob hyn a hyn…

Bob hyn a hyn gelet ti ddyn bach yn dod miwn 'fyd. Wrth ei hunan. Dyn wedi ca'l divorce walle. Fel Bryn. Neu wedi colli'i wraig ac eisie symud i le bach llai o size. Ond bod rheina'n fwy swil. A ti'n galler sefyll 'nôl a meddwl, ody hwn yn werth y trwbwl? Ti'n gwbod be sy 'da fi, Sue? O'n nhw'n well ar y dechre, wrth gwrs, pan o'n nhw'n twmlo'n unig. Ac eisie bach o faldod eu hunen. Nes bod ti'n ffindo ma's pam bod eu gwragedd wedi gadel nhw'n y lle cynta.

Ha!

Bydde Jim yn mynd lawr i sefyll 'da'i fam-gu lot yr amser 'ny. Bob nos Sadwrn yn yr haf. Yn yr holidays 'fyd. I ga'l bod yn agos i Ben-bre a llefydd erill ffor 'na, i whilo'i bryfed. Neu walle delai Beti'n whâr draw o Bentre-chwyth i garco fe. O'dd 'i gŵr hi'n blisman, yn gwitho shiffts, t'wel, ac o'dd hi'n falch o'r cwmni. O'dd hi'n dod mla'n yn gwd 'da James. O'dd. Yn dangos iddo fe shwt i whare'r piano. Ges i hwnnw 'da Mam 'fyd. Y piano. A'r stôl. Mae'r ddou wedi mynd erbyn hyn. Rhy fowr, t'wel. Ond wy'n cofio ddi'n eiste ar y stôl. A pawb yn sefyll ambwyti a chanu a cha'l sbort. O'dd 'da fi gywilydd o'r stôl 'na. O'dd hi wedi mynd mor ddyra'n, y pren wedi pilo i gyd a'r defnydd wedi troilo'n ofnadw. A finne'n becso bod y stôl yn mynd i golapso dan ei phwysau. O'n, wir i ti. Yr hen sachabwndi oedd Dat yn ei galw ddi. O'dd Dat wastod yn gweud pethe cas fel 'na amdani ddi, o'ar pan o'dd hi'n fach. Fi o'dd ei ffefryn, 'nôl Mam. Dat brynodd y music box 'na i fi. Alli di weld e, Sue..?

Na, ma fe yn y bedrwm, siŵr o fod.

Sa i'n gwbod pam wy'n meddwl am hwnna nawr.

'Na pryd o'n i'n ca'l mynd ma's, t'wel. Pan o'dd 'da fi
rywun i garco Jim. Beth? Mynd i le? Odw... Wy'n cofio'n
net. Odw. Ha! Cofio'n iawn... Ond sa i'n gweud, Sue.
Wrtho ti, na neb arall. Nagw i. Gofyn faint lici di, Sue, on'd
sa i'n gweud.

'Na beth od, bo' fi'n cofio'r hen stôl 'na. Ei cha'l hi 'da
Mam 'nes i. Ac o'dd dim lot o siâp ar bethe fan'co chwaith.
O'dd yn gas 'da fi weld y lle yn y diwedd. Yr hen gader
leder 'na, a'r twlle'n y breichie, galla i 'u twmlo nhw nawr.
Dat 'na'th nhw. Fe a'i ffags. O'n i'n arfer saco'n fysedd
ynd'yn nhw. O'n i'n gwbod bo' fi'n neud nhw'n wa'th, ond
allen i byth â help. Dat na'th nhw, t'wel, ar ôl bod ma's yn
hifed, a phawb arall yn y gwely. Yn cadw ma's o'r ffordd.
Ie. A'i glywed e'n clambwran ambwyti'r lle wedyn. A rhegi
achos bo' fe'n ffaelu ffindo'i bapur. Neu wedi cwmpo'i
sbecs. O'dd e beth?

O'dd e'n gas?

I fi?

Wrtho fe ges i'r bocs 'na. Y music box... Lan ar bwys
y... Na, mae e wedi mynd o... Ble a'th e, gwed? Yr un â'r
pearl inlay. Ti'n gwbod y teip, Sue... A'r lêdi fach yn danso
ynd'o fe. O'dd 'da fi whant bod yn ballet dancer pan o'n i'n
fach, t'wel... A weles i'r bocs 'ma yn ffenest Sam Pope yn
y dre. Yn Llanelli, ti'n dyall, nage Treforys. Yn Llanelli o'n
i'n byw bryd 'ny. Sixteen Ebenezer Street. A 'na le gweles
i fe. Do. A meddwl gwmint licen i fod yn debyg iddi, yn
ei tutu bach gwyn, yn galler troi ar un go's, a phawb yn
wotsho ddi, pawb yn clapo dwylo. A gwbod na allen i byth
â bod fel'na, wrth gwrs, ond dyma fi'n dod gatre ar ôl ysgol
ryw brynhawn a Mam yn gweud bod hi wedi ca'l presant
sbesial i fi... Beth wedest ti, Sue? Nage, nage... *Dat* brynodd

e i fi. Do. Nage Mam. 'Na beth wedes i. Achos bob tro wy'n meddwl am y bocs bach 'na, lan ar y sideboard ar bwys y Swansea China, wy'n meddwl am Dat. Wedes i 'ny ddo'...

Ie, ddo'.

Pan ddest ti draw ddo'. Do.

Ond ma fe wedi mynd ta beth. Ar bwys y Swansea China o'dd e, t'wel. Ond wy'n ffaelu gweld e nawr.

Ie, John yw hwnna. Yn Canada ma fe nawr. Ma 'da fe'i fusnes ei hunan nawr. O's. A'r plant. Wyt ti moyn i fi gofio eu henwau nhw hefyd? Rebecca yw'r groten ar y chwith. A Sam yw'r crwt. Smo fe'n grwt rhagor. Gwitho 'da'i dad ma fe. Sam. Am Samuel. Enwau o'r Beibl wedi dod 'nôl i ffasiwn, t'wel. Ac wy'n ca'l ffoto newydd 'da nhw bob yn gwpwl o fiso'dd... Odw... Ac wy'n cadw'r lleill yn y bedrwm, yn y gist fach, i fi ga'l gweld shwt ma'n nhw wedi prifio... Odyn, ma' plant yn altro'n ffast. Hwnna wy'n lico fwya.

Yn debyg idd'i dad? Pwy, John? Ody, glei. Yr un enw 'da fe, 'fyd. Welodd e eisie'i dad yn ofnadw. Do. O'dd e jyst â mynd miwn i'r ysgol fowr. O'dd. Oedran anodd, t'wel. Eisie tad ar grwt yn yr oedran 'na. O'dd hi'n rhwyddach ar Jim, wy'n credu. Ma' plant bach yn galler dod i ben yn well. Achos bo nhw ddim yn dyall yn iawn, glei. A ddim yn cofio wedyn.

Wedi gweud 'ny, fe dorrodd ei galon pan farwodd y gath.

Do.

Ha!

Ond am ei dad...

O'dd e wedi bod bant yn hir. Ac o'dd y llong draw sha... sha... Draw sha'r east, ffor 'na... O'dd e'n rhy bell, t'wel. A'th e mla'n fel se dim byd wedi digwydd. Do. A wy ddim

wedi sôn lot am y peth o'ar 'ny. Accident o'dd e. Tân. Ie.
I beth fydden i moyn ypseto'r crwt? 'Nes i gam â fe, ti'n
meddwl, Sue? Ma' hawl 'da fe wbod am ei dad, Mari, bydde
Wil wastod yn gweud. Ma hawl 'da fe wbod am ei dad.

Whare teg iddo fe.

Aden. 'Na fe. Aden.

A bydde fe'n gweud storis wrtho fe ambwyti'r môr. Wil,
wy'n feddwl nawr, nage'i dad. O'dd Jim ddim yn nabod
ei dad. Ie. A cha'l ffotos bach iddo fe 'fyd. Ffotos bach o
longau. Ca'l nhw 'da'i ffags o'dd e, glei. O'dd e'n gwbod
dim am y môr ei hunan. Nac o'dd. A bydde fe'n gweud
wrtho fe, Jim, bydde fe'n gweud, o'dd dy dad ar y llong
hyn a'r llong arall. Yn dreifo nhw rownd y byd, i America,
i Brazil, i Australia, i Affrica a'r llefydd 'ma i gyd. Achos
taw fe o'dd y First Engineer, t'wel. O'dd. Y dyn pwysica
ar y llong. O'dd e 'rio'd wedi cwrdd â Jac, w'th gwrs. Jac
o'n i'n galw'r gŵr. Ond o'dd e moyn i'r crwt dwmlo'n reit
ambwyti'i dad. O'dd. Druan. O'dd Jim yn fodlon dangos ei
bryfed iddo fe, 'fyd. Ma'n gwbod shwt i'w trafod nhw, o'dd
e'n gweud, ta beth o'dd e'n feddwl wrth 'ny.

Bydde fe'n dod draw…

Bydde fe'n dod draw i helpu fi'n yr ardd a neud cwpwl
bach o jobs rownd y tŷ. Stad ryfedda ar y tŷ pan symudon
ni lawr gynta. Shabwchedd y diawl. O'dd. Fuost ti ddim
draw 'co erio'd, naddo, Sue? Wedi clywed sôn, 'na ti… Ie,
ond nage wncwl o'dd e'n iawn t'wel… Na… Cwrdd â fe
drw'r gwaith 'nes i… Na, nage fe o'dd yn symud… Cadw
ffarm o'dd Wil… Cetyn bach o dir 'da fe draw ar bwys
Neath. O'dd… A byw 'da'i fam. Alli di gredu 'ny, Sue?
Dros fifty ac yn dal i fyw 'da'i fam? Wedi bod 'na drwy'i
o's. A dim whant symud, glei. Ddim bod lot o ddewish 'da
fe, walle. Yn gorffod cadw'r ffarm i fynd a'r cwbwl. Ie. Ei
wha'r o'dd yn symud, t'wel. Ei wha'r fowr e. Yn gwerthu

tŷ draw yn Pant-lasau. Ei gŵr hi wedi ca'l y dwst yn wael.
O'dd. Gelli Wastad Road. Fifty-six Gelli Wastad Road. Do.
Fuodd Wil fel tad i Jim wedyn. Yn fwy o dad na'i dad ei
hunan, gallet ti weud. Buon ni'n deulu bach clòs 'to, am
sbel. Wy'n meddwl lot am yr amser 'ny. Yn Darren Street.
Wil a fi a Jim. A John, w'th gwrs. Serch bod John bant 'da'i
ffrindie lot yr adeg 'ny. O'dd.

O'dd.

Ac o'dd John walle ddim cweit mor fodlon, nac o'dd.
Ddim mor fodlon â Jim. I don't need another dad, bydde
fe'n gweud.

Dod draw i helpu fi yn yr ardd na'th e, y dwyrnod 'ny.
A neud cwpwl o jobs ambwyti'r lle. O'dd e'n dda fel 'ny.
O't ti'n galler dependo arno fe. Ac o'dd shwt stad ar y lle.
Tynnu hen ddail a baw ma's o'r gwter o'dd e. Wy'n cofio fel
se hi ddo'. A cwmpo.

Do.

Na. Weles i ddim byd.

Halodd e dair blynedd i farw, pŵr dab. Draw yn Bryn
Coch. A'i fam yn 'i garco fe.

'Wedes i wrth y crwt, Mari,' bydde fe'n gweud. A mynd
mla'n a mla'n. 'Wedest ti beth, bach?' weden i 'nôl wrtho fe.
Ond o'dd 'i gof e wedi mynd, t'wel'.

O'dd e'n lwcus bod e ddim yn cofio, walle. Wyt ti'n
meddwl 'ny, Sue?

Ne' ife fi sy'n lwcus, achos bo' fi'n cofio'r cwbwl? Y
pethach neis.

A'r pethach erill hefyd.

Beth wyt ti'n feddwl, Sue?

Am restr gyflawn o nofelau cyfoes Y Lolfa,
a'n holl lyfrau eraill, mynnwch gopi o'n
Catalog newydd, rhad – neu hwyliwch i
mewn i'n gwefan

www.ylolfa.com

Ile gallwch archebu ar lein

Talybont Ceredigion Cymru SY24 5AP
ebost ylolfa@ylolfa.com
gwefan www.ylolfa.com
ffôn 01970 832 304
ffacs 832 782